비밀의 책

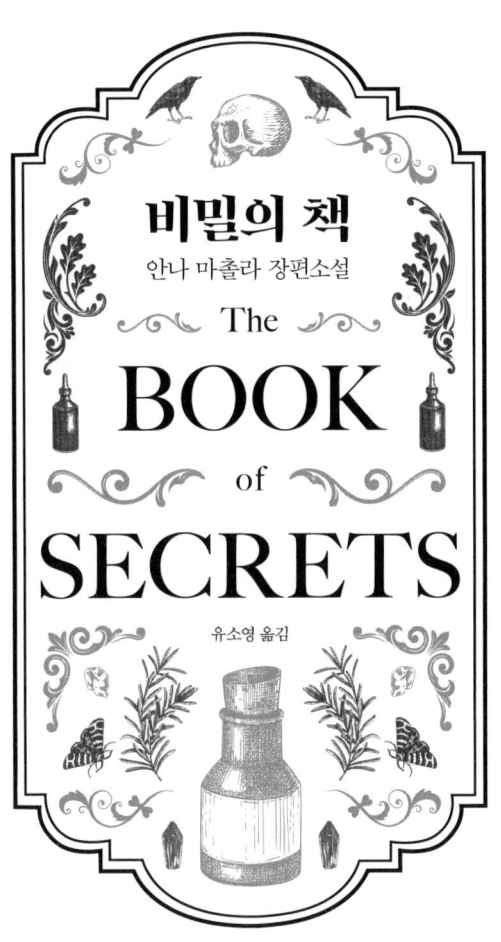

비밀의 책

안나 마촐라 장편소설

The
BOOK
of
SECRETS

유소영 옮김

ƗNFLUENTIAL
인플루엔셜

진실을 아는 모든 여성에게

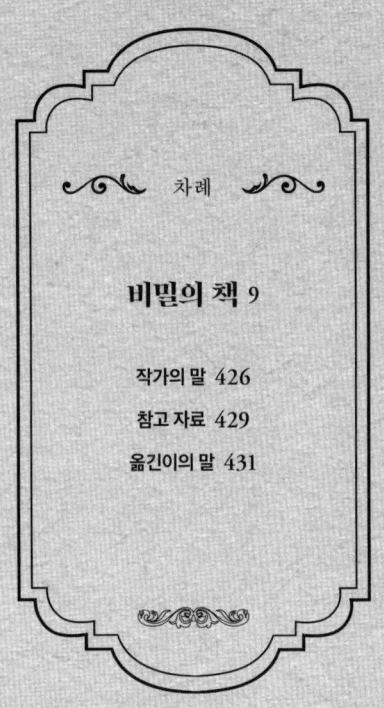

차례

비밀의 책 9

I

로마, 1659

지롤라마

돌처럼 단단한 눈매의 천사들이 관을 응시한다. 끌로 깎은 얼굴은 매끄럽고 흔들리지 않는 표정으로 매일같이 발아래에서 열리는 수많은 장례식과 결혼식, 세례식을 지켜본다. 역병이 로마와 이탈리아를 이루는 도시국가들을 휩쓸고 지나간 지난 한 해 동안은 대부분 장례식이었다. 이제 역병도 다 소진되어 잠잠하다. 이 남자를 죽인 것은 역병이 아니다.

산타마리아 델 포폴로 예배당에서, 지롤라마는 매장을 앞두고 안치된 시신 앞을 지나는 문상객들이 고개를 숙이고 입속으로 뭔가 중얼거리는 풍경을 바라본다. 어떤 이는 남편의 관 옆에 서 있는, 버드나무처럼 키 큰 젊은 여자의 팔이나 장갑 낀 손을 가볍게 토닥거리고 지나간다. 그녀는 검은 베일로 얼굴을 가렸다. 그 뒤에는 더 나이 많고 몸집이 크지만, 분위기는 비슷한 다른 여자가 서 있다. 안쓰럽게 지켜보는 눈빛이 과부를 떠나지 않는 것으로 보아 이쪽이 어머니인 모양이라고 지롤라마는 생각한다.

관 옆에는 젊은 남자 둘이 서 있다. 그들은 망자를 지나치게 빤히

9

들여다보며 서른 살밖에 안 된 나이에 세상을 떠난 남자의 죽음에 대해 장례식에 어울리지 않는 태도로 이야기를 나눈다. 죽음이 로마를 초토화했고, 역병은 선한 자와 악한 자, 젊은이와 늙은이를 가리지 않고 데려갔지만, 지롤라마의 경험상 거기 익숙해지는 사람은 없다. 사람들은 여전히 마음 깊이 슬퍼하며, 하나의 상실은 여전히 영혼에 그만큼의 구멍을 낸다. 하지만 이 두 청년은 슬픔도, 안타까움도 느끼지 않는 것 같다. 한 사람이 이렇게 말하는 것이 들린다. "뺨이 발그레하네! 생전보다 더 보기 좋잖아. 죽는 게 잘 어울린다."

지롤라마는 입속으로 그들을 저주하며 악마에게나 가라고 내뱉는다. 그들은 아무것도 모른다. 아무것도 이해하지 못한다. 젊고 자신만만한 남자이니까. 그녀가 경험한 것, 이 여자들이 경험한 것들을 경험하지 못했으니까. 남자들에 의해, 남자들을 위해 건설된 이 도시에서 살아남는다는 것이 어떤 것인지 모른다. 땅이 입을 벌려 그들을 삼켜버렸으면 싶지만, 오늘 묻히는 사람은 한 명뿐이다.

문상객들이 조문을 끝내자, 교회 인부들은 판석 깔린 바닥에 새겨진 흑백 장미 문양에 쇠지렛대를 밀어 넣기 시작한다. 즉시 악취가 퍼진다. 바닥재가 들리면서 올라오는 죽음의 독한 숨결, 이것은 공동묘지의 뚜껑이다. 교회 아래의 땅은 벌집처럼 구획이 나뉘어 관과 시신들이 들어차 있다. 산 사람들 아래에 죽은 사람들의 집 한 채가 들어앉아 있는 것이다. 유족이 원한다 해도 다른 곳에 망자를 묻지는 못한다. 예배당과 묘는 부자들의 전유물이다. 로마의 죽은 자들은 대부분 이 지하도시에 거주하고 있다.

사제와 신부는 물러갔고, 문상객들도 떠났다. 일꾼과 여자들만 남았다. 진홍색 드레스를 걸친 순결한 성모상이 그들을 위로하듯 팔을 벌리고 있다. 시신이 밧줄에 매달려 구덩이로 내려가는 것을 지켜보면서, 지롤라마는 그가 어떤 비밀을 무덤까지 가져가는 것일까 생각한다. 삶에는 책으로 적어 남기는 비밀도 있고 입에서 입으로 전해지는 비밀도 있지만, 죽음까지 지니고 가는 비밀도 있기 마련이니.

그녀는 성호를 긋고 교회를 나선다. 바깥은 연하고 깨끗하게 닦아낸 듯한 파란 하늘이다.

2

스테파노

이 얼마나 순수한 기쁨의 순간인가, 스테파노는 생각한다. 이 모든 사람이 다시 모여 두 가문의 어우러짐을, 로마에 새 생명과 빛을 가져다줄 결합을 축하하고 있다. 사중주단의 활기찬 음악 위로 말발굽 소리가 들려오더니, 여동생 피오랄리사가 백마를 타고 팔라초 경내에 도착한다. 말의 하얀 옆구리와 그 위로 드리워진 진홍색 실크 가운이 선명한 대비를 이룬다. 대사의 아들인 새신랑이 검은 벨벳 더블릿 위로 상기된 얼굴을 하고 신부를 맞이하러 나선다. 신부는 고개를 숙인다. 유순하고 아름답고 활짝 핀 꽃 같은, 이상적인 로마 여성의 초상이다. 피오랄리사의 머리에는 꽃장식이 얹혀 있고, 소녀들이 말린 꽃잎과 라벤더를 흩뿌리며 뒤따른다. 공기 중에는 달콤한 향이 떠돌고, 하객들의 웃음과 들뜬 목소리도 가득 차 있다. 지난 2년간의 역병이 불러온 황폐함과 텅 빈 거리, 수군거림, 공포에 비하면 이 얼마나 판이한 풍경인가.

말에서 내리는 여동생을 도우려고 형이 다가가는 모습이 눈에 들어오자, 스테파노의 행복감은 잦아들었다. 자신이 왜 저 역할을 맡지 못했는지 알고 있었다. 하지만 그 생각에 오래 사로잡혀 있을 사이도 없이 새로운 음악이 연주되고, 벽에 걸린 정교한 태피스트리

앞에서 신랑과 신부가 서로만 바라보며 춤을 추기 시작한다.

누나인 루치아가 눈에 들어온다. 그녀는 어쩐지 서글픔이 깃든 눈으로 피오랄리사를 바라본다. 당연히 루치아는 혼자다. 옆에는 남편도 없고, 치맛자락을 붙든 아이도 없다. 서른여섯 나이에 남편을 잃은 누님은 안타깝게도 다시 아버지 슬하로 돌아와 있다. 루치아에게이 결혼식은 씁쓸한 잔치일 것이다. 아직 아름답고 영리해서 마음만 먹으면 얼마든지 다시 결혼할 수 있을 텐데, 누님은 다른 남편을 찾을 생각이 없는 모양이다. 자기가 너무 나이가 많다고 생각하는지도 모른다. 이탈리아에서 여자는 갓 피어났을 때 가장 달콤한 장미꽃에 비유된다. 번듯한 지참금을 마련할 수가 없어서일 수도 있다. 돈이란돈은 모조리 여동생의 혼수에 들어가버렸으니. 태피스트리를 대여하고 스파클링 와인이며 이 주위를 둘러싼 온갖 향연을 준비하느라. 스테파노는 자기가 격을 높이고 사회적으로 성공한다면 누님에게도 넉넉하게 베풀 수 있을 거라고 생각한다. 루치아는 동생의 눈길을 느끼고 이쪽을 바라본다. 스테파노는 미소 짓지만 루치아는 잠시 바라보고만 있다가 미소를 돌려준다.

결혼식이 끝난 뒤 잔치가 이어지고, 정원의 긴 탁자 위에 갖가지 푸짐한 요리가 차려진다. 구운 닭과 장어 요리, 화이트와인에 조린 비둘기 가슴살, 달콤한 술에 절인 배, 석류로 장식한 농어, 노간주나무 열매를 곁들인 구운 토끼요리. 아버지는 수많은 하객 앞에서 요리가 나오는 사이사이 잔치를 주재하고 있다. 그중에는 추기경 두 사람과 로마 총독도 있다. 오른쪽에 앉은 덥수룩한 턱수염을 기른 고위직 검사는 자의식이 수염보다 더 비대한지 스테파노가 군이 힘들게 화제를 이어갈 필요도 없이 자기가 다룬 사건을 줄줄이 늘어놓으며 범죄자를 엄정하게 벌하는 것이 얼마나 중요한지 떠들고 있다. 스테파노는 하급 판사이고 아직 중요한 역할을 맡기에는 젊지만, 그래도 자신이 아직 교황령 법원이라는 광활한 연못에서 잔챙이에 지나지 않는다는 것이 씁쓸하다. 그래, 서른세 살도 안 된 새파란 나이이지만, 이보다 더 어린 나이에 죽은 사람이 얼마나 많은가. 지난 몇 년 동안 수많은 동료들이 세상을 떠났으니, 지금 여기 앉아 있는 것조차 행운이다. 거리에서 역병의 악취는 가셨지만, 죽음과 목숨의 유한함을 연상시키는 것들은 아직 사방에 남아 있다. 이 결혼피로연에 참석하지 못한 얼굴들에, 법원 입구의 명판에서 지워진 이름들에. 호리병 속 모래는 쉬지 않고 흐른다. 성공해야 하고, 빨리 성공해야 한다. 그러지 못한다면 인생에서 무엇을 이루었다고 말할 수 있을 것인가.

여동생(이제 와인으로 발그레해진 얼굴로 탁자에 앉아 있다)에게는 여느 여자들처럼 빨리 아이를 갖는 게 중요하다. 오가는 이야기를 들어보니, 이미 임신을 보장한다는 약도 먹고 있는 모양이다. 여자들은 자궁을 자극하는 온갖 방법을 쓴다. 여자들에게는 특효약이 없는 일이 없다. 구체적으로 어떤 처방인지 알 수는 없지만, 여자들 사이에서 전해지는 '비술'이라는 것이 있고 그게 적혀 있는 비밀의 책을 '리브로 디 세그레티(Libro di segreti)'라고 부른다. 그럴듯한 요리책 같은 것이리라.

추기경의 비서인 스테파노의 맏형 빈첸초가 탁자 너머로 몸을 내민다. "네 차례는 언제냐, 꼬마 스테파노?" 그가 놀린다. "언제쯤 로마의 운 좋은 딸들 중 하나를 고를래?"

"적절한 시기에." 스테파노는 그릇에 담긴 향기로운 물로 손을 씻는다. 어엿하게 성공해서 신부를 직접 고를 자격을 갖추게 되면, 형의 아내와 비견되는 아름다움과 기지를 지닌 여자, 집안의 지위를 한층 드높일 수 있는 여자를 얻고 싶다. 그는 방 안을 훑어보다 술피치아를 바라본다. 설탕 덩어리처럼 흰 피부, 까마귀처럼 검은 머리채. 하지만 술피치아는 귀족 핏줄이다. 지금 같아서는 그가 감히 쳐다볼 수도 없는 신분이다. 집안에 재산이 있다 해도 스테파노와 그의 형제는 일개 포목상의 자식들이다. 이 도시에서 확고한 엘리트 계급을 형성하고 있는 것은 서른 개 남짓한 귀족 가문이며, 그들끼리 패권을 다투며 무수히 흘린 피를 통해 더 고귀한 집안으로 인정받고 있다. 콜론나, 오르시니, 알도브란디니, 보르게세, 바르베리니, 키지, 이런 집안들이 바로 그런 가문이다.

막내아들인 스테파노는 가장 적은 재산을 물려받을 것이고, 부족한 재물을 메워줄 정도로 자신에게 대단한 아름다움이나 매력이 있다는 착각은 하지 않는다. 맑은 피부, 숱 많은 검은 머리, 적당히 가지런한 치아를 가진 준수한 외모이지만, 형들보다 키도 작고 덩치도 왜소하며 형들 같은 여유 있는 자신감이나 아버지 같은 당당한 기품도 없다. 눈동자는 연갈색, 아버지와 형들처럼 짙은 갈색이 아니다. 속눈썹이 진하고 턱은 수염 없이 매끈해서(시도는 했지만 자라지 않았다) 여성적으로 보이는 것이 신경 쓰인다. 아니, 좀 더 격을 높이려면 뭔가 다른 것이 필요하다.

"너무 오래 끌지 마라, 꼬마 스테파노." 둘째 형 브루노가 말한다. "그러다 네가 좋아하는 말하고 결혼하는 수가 있어!"

"알았어요, 형님." 브루노의 농담은 늘 이런 식이다. 그와 빈첸초는 걸핏하면 스테파노를 놀려댄다. 그가 말을 사랑하는 것도 놀림감 중

하나다. 미트리다테스가 매일 독을 소량 복용해 면역력을 기르고, 남자들의 주량이 점점 늘어나듯이, 스테파노 자신도 언젠가 이런 조롱에 무감각해졌으면 하는 마음이다. 하지만 술기운에도 불구하고 형들의 조롱은 여전히 쓰리다. 좀 더 무뎌져야 한다. 여자들한테 혹시 이런 데 기가 막힌 비술은 없는지.

연회와 설탕 조각상 다음으로 볼거리가 이어진다. 무용수들이 장대 위에 올라타 춤을 추고 곡예사가 하늘로 불기둥을 뿜어 올린다. 십여 명의 곡예사들이 새로 만들어진 무대를 가로지르며 춤을 추고 구경꾼들의 독려 속에 서로 어깨를 밟고 올라선다. 마지막 곡예사가 피라미드의 정점에 올라서는 순간, 누군가의 손이 스테파노의 어깨를 짚는다. 돌아보니 다름 아닌 프란체스코 바란초네, 로마 총독의 커다란 몸집이 버티고 있다. "잠시 이야기 좀 할까?"

"그러시지요." 스테파노는 순간 긴장한다. 주교이자 로마 총독인 바란초네는 아버지의 오랜 친구였지만, 스테파노는 그와 함께 있으면 영 편하지 않다. 몸집이 너무 큰 데다 당당하고 자신만만한 모습, 스테파노가 되었으면 하는 인간상에 가깝다. 총독의 앞에 서면 자신은 항상 비루한 존재처럼 느껴진다.

"이쪽으로." 바란초네는 집주인처럼 거침없는 태도로 벽난로에 불이 있고 음식과 포도주가 차려진 작은 방으로 들어선다. 방을 가르는 커튼을 친 그는 스테파노 쪽으로 돌아선다.

"자네 아버지에게 들었는데 벌써 아주 복잡한 사건들을 맡는다면서."

스테파노는 학생처럼 한쪽 발에서 다른 발로 체중을 옮겨 신는다.

아버지가 자신에 대해 긍정적인 말을 했다는 것이 약간 놀랍지만, 원래 아버지는 남에게 좋은 인상을 남기기 위해 계산된 말을 하는 사람이다. "운이 좋았습니다, 예." 사실 운이 크게 작용했다고 할 수는 없다. 그는 누구보다 열심히 일한다.

"자네에게 맡길 일이 있을 것 같은데." 바란초네는 작고 검은 눈으로 스테파노를 유심히 살펴본다. "배짱 좋은 사람이 필요한 일이야. 깡이 있는 사람."

스테파노는 그의 눈을 마주 본다. "저는 어려운 일 앞에서 주눅 들지 않습니다." 법정에서 일하면서 인간 세상의 끔찍한 광경과 피비린내라면 접할 만큼 접했다. 어쨌든 여기는 로마, 로물루스가 레무스를 살해하면서 건설한 도시가 아닌가. 남성 인구가 넘쳐나는 이 도시는 명예와 지위, 복수에 집착한다. 대부분의 남자들이 검이나 칼을 소지하고 있으며 사용하는 방법도 잘 안다. 프랑스와 스페인 도당, 서로 경쟁하는 예술가들, 패싸움을 벌이는 부랑자들, 깡패와 도둑 떼 사이의 갈등은 틈만 나면 코를 베고 얼굴을 긋는 혈전으로 번지고 사람이 죽는다.

"그렇겠지." 바란초네는 슬쩍 미소 짓는다. "틀림없이 그럴 거라고 생각하네만, 이건 단순히 지저분한 일에 손을 담그는 것과는 다른 일이야. 끈질기게 밀어붙이고 끝까지 버텨야 하네."

스테파노는 눈길을 피하지 않는다. 그래서? 체구는 작지만, 그는 집요하다. 이런 집안에서 자기 몫을 차지하려면 그래야만 했다.

"이리 와 앉아보게." 바란초네는 잔이 놓여 있는 작은 탁자에 자리를 잡고 술병에 든 와인을 두 잔 따른다. 스테파노가 마주 앉자 그는 말한다. "상황은 이렇다네. 최근 감옥에서 풀려난 한 염색장이가 병에 걸렸고, 애통해하는 아내를 남기고 세상을 떠났어. 여기까지는 흔한 일이지."

스테파노는 와인을 홀짝이며 기다린다. 옆방에서 웃음소리와 대화가 들려온다. 왜 바란초네는 이런 문제를 하필 지금 여기서, 여동생의 결혼식장에서 꺼내는 걸까.

"그런데 당연히 썩어야 할 시신이 썩지 않는다는군." 그는 눈썹을 치켜올린다. "죽은 지 며칠이 지난 뒤에도 혈색이 불그스레하고 건강해 보였다고 해. 땅에 묻을 때도 시신이 썩어가는 악취가 전혀 풍기지 않았다지."

스테파노는 미간에 주름을 잡는다. 전에도 들어본 적 있는 이야기다. 무슨 기적이 내렸는지 시체가 썩지 않고 죽은 뒤에도 마치 생전의 영혼처럼 아름다운 모습을 유지했다는 성자들. 하지만 이 사람은 성자가 아니라 평범한 인간, 범법자다. "시신을 직접 보셨습니까?"

"아니, 그 이야기도 계속하겠네. 알겠지만, 스테파노." 여기서 바란초네는 여전히 방 안에 둘만 있는지 주위를 둘러보며 확인한다. "소문이 돌고 있어. 이런 시기에 위험할 수 있는 소문. 역병이 지나갔음에도 비정상적일 정도로 많은 수의 남자들이 계속 죽어간다는 소문이 돌고 있다네."

스테파노는 팔의 솜털이 쭈뼛 서는 기분을 느낀다. "소문의 근거는 있습니까?"

"음, 일을 맡게 된다면, 바로 그 점을 자네가 알아봐주어야 해. 시장통에서 부녀자들이 떠들어대는 근거 없는 뜬소문에 지나지 않을 수도 있어. 진짜 근거 있는 이야기일 수도 있고." 바란초네는 고개를 끄덕인다. "느릅나무집 염색장이, 죽은 뒤에도 기이하게 시체가 보존

된다는 소문이 내 귀에 들어온 건 이자가 처음이 아니야."

"또 누가……."

총독은 스테파노의 말을 자른다. "이름이나 구체적인 정보는 없고 그저 소문일 뿐이야. 할 수 있는 일이라고 생각된다면, 조사하는 것이 자네 임무일세."

"염색장이의 죽음에 대해서요?"

"염색장이의 죽음을 포함해 자네가 볼 때 관련되어 보이는 다른 평민들의 죽음에 대해서도. 공식 조사를 수행하는 거야. 다시 말하지만, 심심풀이로 퍼뜨리는 부녀자들의 이야기에 불과할 수도 있어. 그 정도에 지나지 않기를 바라는 마음이야. 그렇더라도 비밀리에 제대로 된 조사를 통해 전말을 확실히 파악하는 것이 좋겠지. 로마는 다시 부흥하고 있네. 역병을 힘겹게 극복하고 가톨릭 세계의 중심으로 우뚝 서는 중이지. 교황께서 로마가 새로운 질서의 본보기를 보이기를 바라고 계시는 판국에 이런 소문은 마땅치 않아."

"교황께서도 이런 상황을 모두 알고 계십니까?"

"당연하지. 교황께서 명한 일이야. 이건 교황청 차원에서 진행되는 성스러운 임무일세. 자네는 교황을 대리하는 조사관 자격으로 활동하게 될 거야."

스테파노는 침을 삼킨다. 로마의 중심이자 가톨릭 세계 전체를 다스리는 영적 지도자인 알렉산데르 7세께서 명한 일이라니. "그렇다면 기꺼이 제가 맡겠습니다. 이 임무를 제게 맡겨주신 것을 정말 영광스럽게 생각합니다."

바란초네는 와인을 다시 한 모금 마시며 미소 짓는다. "좋아. 하지만, 굳이 당부할 필요도 없는 일이네만, 극도로 신중히 행동하게, 극비리에 일을 진행해주길 바라네. 사람들을 놀라게 하면 곤란하지 않겠나. 이 도시는 지난 몇 년 동안의 고통을 딛고 이제 막 기지개를 켜고 있어. 혹시라도 새로운 역병이 돈다는 소문이 퍼지면 분위기는 흉흉해질 걸세. 조사는 반드시 민중의 눈을 피해 진행되어야 하네. 최측근 말고는 누구에게도 발설하지 말도록."

"물론입니다. 비밀을 지키겠습니다."

"좋아. 굳이 비밀을 당부하는 데에는 두 번째 이유가 있어. 혹여 이 소문에 진실이 조금이라도 있고 이들 죽음의 배후에 신의 손이 아닌 인간의 손이 있다면, 범인, 혹은 범인들에게 조사가 진행 중이라는 것을 절대 알려서는 안 되지 않겠나."

"알았습니다." 그렇다면 단순한 소문은 아니다. 뭔가 수상하다고 여기고 있는 것이 분명하다. 그렇지 않다면 굳이 이런 조사를 명령하겠는가? 이렇게까지 쉬쉬하면서? 스테파노는 심장이 두근거리는 것을 느낀다. 총독은 '새로운 역병'이라고 했다. 제발, 하느님, 부디 그것만은 아니기를. "이런 사안을 단독으로 수사하는 것은 처음입니다. 그렇다고 해서 못 하겠다는 것은 당연히 아닙니다만……." 스테파노는 얼른 덧붙인다. "도와줄 사람이 필요하지 않을까 합니다."

"도울 사람은 당연히 있지. 이미 의사를 수배해놓았네. 두뇌가 칼날처럼 날카로운 사람이야."

"좋습니다." 하지만 스테파노의 말뜻은 그것이 아니었다. 그가 판사로 임명된 것은 불과 얼마 전이다. 물론 복잡한 사건들을 두루 접해보았지만, 의심스러운 죽음에 대해 조사하는 수사관 임무를 맡은 적은 없었다.

바란초네는 말한다. "이렇게 경사스러운 날 이런 용건을 전하는 것을 양해하길 바라네만, 곧 시체가 올라올 거야."

"예?"

"부패가 진행되기 전에 내일 염색장이의 시신을 발굴할 예정이야. 그러니 즉시 일을 시작해야 할 걸세."

스테파노는 총독을 응시한다. 자기가 맡겠다고 한 다른 사건들이 떠오른다. 하지만 수락하지 않을 수 없다. 거절할 수 없는 일이다. 총독이 그에게, 교황의 신하에게 직접 청하는 일, 게다가 사실상 이것은 청이 아니라 명령이다.

바란초네는 일어선다. "연회장으로 돌아가세. 축하할 일이 남았지. 하지만." 그는 스테파노의 술잔으로 턱짓한다. "내일 시체안치소에서 속엣것을 게워내고 싶지 않다면 술은 적당히 마셔야 할 게야."

스테파노는 미소 짓는다. 총독의 말을 거스를 수 없다. "말씀드렸듯이 그 정도 배짱은 있습니다." 그는 잠시 사이를 둔다. "제 아버지도 알고 계십니까?"

"자네에게 청하기 전에 부친의 허락을 구하지는 않았어. 자네가 툭하면 얼굴 붉히는 신부는 아니지 않나." 바란초네의 눈빛은 차갑다. "하지만 자네한테 맡길 일거리가 있다는 말은 해두었어. 자네가 날 절대 실망시키지 않을 거라고 하더군."

스테파노가 방을 나서서 중앙 안뜰로 나가는데, 키 큰 여자가 그를 돌아본다. 루치아다. 루치아는 바란초네가 어느 정도 멀어질 때까지 기다린다. "그가 뭘 원하던?"

"왜 그가 원하는 게 있을 거라고 생각하지?"

"항상 그러니까. 바란초네 같은 남자는 늘 그렇지. 그래서 지금 그

자리까지 올라간 것이기도 하고." 루치아는 팔짱을 낀다. "무슨 용건이었니?"

"음, 누님, 내가 중요한 임무를 새로 맡았어. 신중하게 처리해야 하는 일이야."

루치아는 미간을 찌푸린다. "무슨 임무?"

스테파노는 잠시 고민한다. 바란초네는 최측근에게 털어놓아도 좋다고 했고, 루치아는 분명 최측근이다. 솔직히 말하자면, 그에게 루치아 말고는 가까운 친구가 거의 없다. "이 집 담장 밖으로 나가면 안 되는 이야기이긴 하지만, 들려드리지." 스테파노는 약간 흥분해서 털어놓는다. 시체를 발굴한다는 대목에 이르자 루치아의 미간에 팬 주름이 깊어진다.

"이 임무를 수락해도 좋을지 모르겠구나, 스테파노."

분노가 치밀어 오른다. 이야기하지 말걸 그랬다. 동생의 행복에 찬물이나 끼얹을 거라는 걸 알았어야 했는데. "이미 수락했어, 루치아. 거절하는 건 내 입장에서 현명하지 못한 처사이고, 어쨌거나 이건 좋은 기회야."

루치아는 입술을 깨문다. "하지만 정말 그게 새로운 역병이라면, 네가 누구보다 먼저 병을 접하게 되는 거 아니냐. 네 건강이……."

"조심할게, 약속해. 난 병약한 어린애가 아니야, 루치아. 괜한 걱정할 필요 없어."

그녀는 고개를 젓는다. "마음에 들지 않아."

스테파노는 톡 쏘아붙인다. "맙소사, 누님, 그냥 잘된 일이라고 해주면 안 돼? 꼭 그렇게 인생을 반쯤 빈 술잔으로 봐야겠어?"

누나는 돌아서고 스테파노는 순간 후회하지만, 그가 한 말은 사실이다. 지난 몇 년 사이 루치아는 늘 우울해 보이고 짜증이 잦다.

"널 도우려는 거야, 동생아. 항상 그 마음뿐이야. 나는 바란초네를 신뢰하지 않고 그의 속셈도 믿을 수 없어. 왜 이 임무를 너한테 맡겼을까? 이제 갓 판사가 되었을 뿐인 네게."

"내가 유능하다고 생각했을 수도 있지 않겠어, 누님? 그렇게는 생각 안 해? 내가 두뇌 회전이 빠르다는 소문을 듣고 잘해낼 거라고 생각했겠지."

"조종하기 쉬울 거라고 생각했거나." 루치아는 조용히 말한다.

이 말이 아픈 곳을 찌른다. 집안에서 그는 언제나 어린 동생, 가장 왜소하고 약한 존재였다. "하, 난 그 사람 마음대로 그렇게 쉽게 휘둘리지 않아. 날 좀 믿으면 큰일이라도 나?"

"그런 게 아니야. 이건 그 사람의 문제야."

스테파노는 누나의 말을 믿지 않는다. "누님이 왜 이렇게 그에게 반감을 가지는지 모르겠어. 열심히 일하고 쉼 없이 정의를 좇아 지금의 자리까지 오른 사람이고, 아버지의 오랜 친구야. 이제 아버지의 판단력까지 의심하는 거야?"

루치아는 돌아서서 침착한 검은 눈으로 스테파노를 쳐다본다. "요즘 난 사람 보는 눈만큼은 정확하거든."

"아니, 루치아, 누님은 속이 쓰린 거야. 여동생이 샘나고 이제 나한테도 질투가 나는 거지." 이런 말은 하지 말아야 했지만, 술기운에 화까지 솟아 말이 함부로 나온다. "나는 축하연으로 돌아가겠어. 오늘은 피오랄리사의 결혼식이야, 알지? 행복한 날이어야 한다고."

"그래야 하지. 맞아." 그녀는 조용히 말한다.

"무슨 뜻이야?"

"행복은 당연히 주어지는 것이 아니라는 뜻이야, 스테파노. 당연한 것은 아무것도 없어. 인생은 그보다 훨씬 복잡하단다." 루치아는 다시 돌아서서 창밖을 바라본다.

"소망할 수 있잖아, 루치아. 소망하고 즐거워하며, 사랑하는 사람을 위해 최선을 빌어줄 수 있잖아. 누님은 그렇게 하지 않으려는 것뿐이야." 스테파노는 루치아를 내버려두고 웃음과 춤이 펼쳐지는 바깥으로 나온다. 총독의 경고를 받았지만, 그는 누나의 씁쓸한 말을 잊기 위해 와인을 한 잔 더 따라 훌쩍 마신다. 루치아 때문에 이런 순간을 망칠 수는 없다. 그도 행복할 자격이 있다.

이런 생각에 화답하듯, 불꽃놀이가 혜성처럼 하늘을 향해 솟구친다. 은빛과 금빛이 반짝이며 황금의 강물처럼 눈부시게 어둠을 가른다. 하객들의 탄성과 아이들의 즐거운 비명이 뒤섞인다. 스테파노는 생각한다. 그래, 바로 이 순간이다.

이제 모든 것이 바뀌려 하고 있다.

3

안나

주여 자비를 내려주소서.

문을 두드리는 소리가 너무나 요란해서 머릿속에서 쿵쿵 울리는 것 같다. 남편이 들어오면 그 주먹은 고막이 아닌 그녀의 몸과 머리, 부풀어 오른 배를 구타하리라는 것을 안나는 안다. 워낙 오랫동안 몸속에 도사리고 있던 탓에 이제 익숙해져 둥글게 무뎌진 공포. 그래도 모서리는 칼처럼 날카롭다.

"하느님의 이름으로 명한다. 문을 열어라, 이 마녀야. 안 그러면 죽인다!"

자기가 하는 말에 아무 논리가 없다는 것도 모르는 것 같지만, 그는 취했고 격분했다. 이성으로 따지는 것은 의미가 없다. 몇 주 동안 빌어도 보고 애원도 하다가 이미 오래전에 깨달은 사실이다. 저렇게 펄펄 날뛸 때는 문을 부수고 들어오기 전에 제풀에 지쳐 조용해지거나 곯아떨어지기만을 바라며 조용히 숨죽이고 있는 것이 최선이다. 그래서 안나는 태아를 품은 배 위에 한 손을 올린 채 작고 어두컴컴한 방 안에서 등을 벽에 대고 서서 말없이 기도한다.

옆에는 하녀 베네데타가 역시 겁먹은 채 숨을 죽이고 있다. 필리프는 베네데타에게 손찌검한 적은 없지만, 혹시 그녀가 막아서기라도 한다면 분명 밀쳐낼 것이다. 안나가 혹시 남편이 덤벼들면 물러서서 조용히 있으라고 베네데타에게 일러둔 것은 그 때문이다. "네가 날 위해서 할 수 있는 일은 없어. 너는 너 자신을 보호해."

베네데타가 어둠 속에서 같이 있다는 사실만으로 충분하다. 혼자 가 아니라는 사실. 그녀는 겨우 한 달 전에 이 집에 왔지만 부부 사 이가 어떤지 곧장 알아차렸다. 하녀의 이야기를 통해, 안나는 베네데 타 역시 결혼 생활에 어려움을 겪었다는 것을 짐작할 수 있었다. 하 녀는 남편이 죽었다고 했지만, 안나는 그녀가 도망쳤거나 버림받은 게 아닐까 생각하고 있다.

쾅쾅 두드리는 소리는 계속된다. 이제 주먹보다 더 요란하다. 의자 다리 비슷한 도구를 쓰는 것 같다. 문이 부서질까 봐 무섭다. "난 네 남편이야!" 필리프는 소리치고 있다. "네게 벌을 주는 건 내 정당한 권리다. 혼쭐을 내주겠어!" 다시 무시무시하게 문을 후려치는 소리.

땀방울이 목을 따라 흘러내리는 것을 느끼며, 안나는 부디 엄마가 느끼는 불안과 아버지의 분노가 배 속 아기에게 전해지지 않기를 기 도한다. 제대로 계산했다면, 아기는 이제 6개월이다.

"어떻게든 하세요." 베네데타가 속삭인다. "계속 이렇게 지낼 수는 없어요. 안 돼요."

하녀와 자기 자신을 진정시키려는 마음으로 안나는 배에 얹고 있 던 손을 들어 베네데타 쪽으로 뻗는다. 어떻게든 하라니, 어떻게? 어 디로 가지? 하느님 말고 부탁할 사람은 없고, 하느님조차 기도를 듣 지 않으시는 것 같은데. 안나도 거듭 자문하고 또 자문했다. 어머 니에게도 사정하면서 심지어 허벅지에 난 멍을 보여주기도 했지만, 어머니는 치맛자락을 끌어 내리며 날카롭게 말했다. "네 남편이다.

이건 그의 권리야. 네 남편은 예술가의 성정을 지닌 사람이잖니. 그를 다독이고 견디는 것이 네 의무다. 우리 모두의 의무야, 안나. 이것이 우리가 사는 세상이다."

애당초 필리프에게 혼인을 허락했던("떠오르는 예술가다." 아버지는 자신 있게 말했다. "장래가 유망한 남자지.") 아버지가 살아 계셨다면 어떻게라도 했겠지만, 아버지는 결혼 직후 세상을 떠난 덕분에 딸이 어떤 고통을 겪는지 보지 못했고, 자신이 무슨 짓을 저질렀는지도 알지 못했다.

그러니 가족도 도와주지 않을 것이고, 법에 호소해도 아무 소용이 없다. 안나는 경찰과 법정이 자신을 돕지 않을 거라는 것을 알고 있다. 남편이 하는 짓은 대부분 법적으로 정당하며, 정당하지 않은 일들? 그런 것들은 안나가 입에도 담을 수 없다. 주님 앞에서조차. 로마에서는 어떤 경우 남편은 아내를 죽여도 된다. 순간적인 격정에서 비롯된 행위라면 죄가 되지 않는다. 여자의 생명에는 그 정도의 가치밖에 없다. 아니, 법은 그녀를 돕지 않을 것이다. 이론적으로는 혼인 무효 청구를 할 수 있지만, 변호사를 고용할 돈도 없을뿐더러 그럴 돈이 있다 해도 서류가 도착하자마자 필리프는 그녀를 죽일 것이다. 그렇다면 누가? 누가? 어떻게 빠져나갈 길을 찾을 수 있을까?

문틈으로 불빛이 보인다. 나무가 주저앉는다. 이제 곧 그가 들어올 것이다.

4

스테파노

거리로 나가는 문을 열자 맹인 거지들이 손에 손을 잡고 줄지어 지나가고, 맨 앞에 선 남자는 돈을 달라고 바구니를 내밀고 있다. 장님이 장님 길잡이 노릇이라니. 스테파노는 그들에게 바이오키 구리 동전을 한 줌 주면서 이것이 앞으로의 수사 방향을 예고하는 징조가 아니기를 바란다. 정의의 여신은 종종 눈을 가린 모습으로 묘사되지만, 이것이 여신이 자기 앞에서 벌어지는 불의에 눈감겠다는 뜻인지 부와 지위에 휘둘리지 않는다는 것을 표현하는 것인지 스테파노는 알 수 없다. 그저 자신의 법정에서만큼은 후자 쪽의 정의가 실현되기를 바랄 뿐이다.

그는 트라스테베레의 산타마리아 성당으로 걸어가 분수의 성수에 손가락을 담근 다음 성호를 긋는다. 한쪽 무릎을 꿇고 절을 한 뒤 주님의 인도를 구한다. 새로운 임무를 내려주심에 성령께 감사드리고 진실을 찾을 수 있도록, 그리하여 아버지와 가족, 나아가 자기 자신을 실망시키지 않도록 도와달라고 청한다. 보호를 구하는 기도도 올린다. 이 점에서는 루치아의 말이 분명 맞았다. 염색장이의 죽음은 역병이 막 물러간 마당에 다시 새로운 괴질이 나타났음을 의미하는 것일 수도 있기 때문이다. 바란초네가 조용하고 신속하게 수사가 진행되기를 바라는 것도, 나이 많은 판사를 제치고 그가 이 임무에 채택된 것도 어쩌면 그 때문일 것이다. 몇 달 만에 처음으로 스테파노는 질병을 물리치기 위해 향나무와 계피, 장뇌와 사향을 넣은 태피터 주머니를 옷 안에 넣었다. 역병이 옮지 않도록 만능 해독약 1회분도 복용했다. 결혼식에서 누님의 말에 차갑게 대꾸한 것이 후회된다. 어머니가 돌아가셨을 때 스테파노는 아직 어린아이였고 유모는 온갖 무시무시한 이야기와 괴상한 미신을 믿는 특이한 여자였기에 루치아는 동생을 돌보는 것을 늘 자신의 의무로 생각했다. 누나가 동생의 행복을 망치려 한다니, 그런 막된 소리가 어디 있나. 나중에 사과하고 작은 선물이라도 드려야겠다. 과일 설탕 절임 같은 선물을 받는다면 누님의 마음도 누그러지겠지.

스테파노는 시스토 다리를 지나 우중충한 녹색 테베레강을 건너 남쪽으로 걸음을 옮긴다. 강둑에서 빨래를 돌에 두드리며 시끌벅적하게 떠들어대는 여자들 옆을 지나 오르시니 가문의 대저택을 지나고, 먼지를 뒤집어쓴 인부들이 아직도 성당을 건설하고 있는 광장을 지난다. 로마는 워낙 오랫동안 많은 곳이 공사판이었기 때문에 스테파노는 언젠가 뭔가 완성될 거라는 기대를 하지 않았다. 그가 아는 모든 교황은 돈을 쏟아부어 수도를 새롭게 설계하고 신앙심을 북돋우고 반대 세력을 몰아내는 본보기로 탈바꿈하려 했다. 옛것 위에 새로운 것이 한 겹 더해지고 있다. 건축가와 예술가, 도시계획가 들은 로마를 가톨릭의 장엄함과 영광을 상징하는 도시로 만들라는 임무를 받았다. 하지만 지금 이 도시는 비계와 덮개에 휘감겨 있다. 돔이 없는 교회, 천장이 없는 건물. 그렇다고 순례자들의 발길이 뜸해지지는 않는다. 야심 찬 건축과 놀라운 예술을 감상하기 위해서가 아니라 그저 쓰러져가는 유물을 바라보고 순교한 성인들의 제단에 손을 대어보기 위해 수천 명씩 꾸역꾸역 계속해서 몰려온다. 한 해 가 저물어가는 지금도, 마치 나방 고치처럼 검은 망토로 몸을 둘둘 감은 순례자들이 성 베드로 대성당의 돌계단에서 잠을 청한다.

스테파노가 부상자 병원에 당도하자, 환자를 실은 들것 하나가 서둘러 들어간다. 비명 소리가 공기를 가른다. 들것을 든 사람들이 너무 빨리 움직여서 정확히 보이지는 않지만, 피를 상당히 흘린 것으로 보아 다급한 상황이라는 것을 짐작할 수 있다. 그래도 남자는 살아 있다. 그러나 스테파노가 향하는 곳에는 죽은 자밖에 없다. 간호사가 그를 안내하여 복도를 지나 계단을 내려간다. 시체안치실 문밖까지 지독한 악취가 풍기는 것으로 보아, 제대로 찾아왔음을 알 수 있다. 마르첼로 박사로 보이는 인물이 돌의자에 앉아 기다리고 있다. 피부가 가무잡잡하고, 몸을 일으키면 키가 스테파노와 비슷하지만 더 다부지고 보기 좋은 체구다. "마르첼로 박사?"

"브라키 선생, 만나서 반갑습니다." 남자는 장난기 어린 미소를 짓는다. "시체안치소에는 처음이십니까?"

"네. 박사님은 처음이 아니시겠지요."

"그럼요. 이 공간과 저는 오랜 친구 사이입니다." 따뜻한 갈색 눈동자가 반짝거리는 것 같다. 스테파노는 그가 자신을 놀리는 게 아닌가 하는 생각이 든다. 성격이 유쾌할 뿐인 사람 같기도 하지만, 죽은 사람들 옆에서 유쾌하다니 그것도 이상한 일 아닌가. "테베레강에서 건져낸 온갖 것들을 검사하느라 전에도 자주 불려 다녔지요. 가장 최근에는 머리가 둘 달린 송아지가 나왔습니다."

"좋지 않은 징조일까요?"

남자는 어깨를 으쓱한다. "총독님도 그렇게 걱정했습니다. 마술이 아닌가 생각하셨지만, 자연에는 인간의 손이 닿지 않은 기이한 일들이 많습니다."

"박사님은…… 이 일을 좋아하십니까?"

"돈을 받고 하는 일입니다." 다시 미소. "그리고, 예, 흥미롭기도 합니다. 인간의 몸은 죽은 뒤 생전에 안고 있던 비밀을 드러냅니다. 읽는 법을 배워야 하는 책과 같아요. 오늘 이 친구도 우리에게 뭔가 해답을 주기를 바라야겠지요."

"시체를 보셨습니까?"

"겉으로만요. 바란초네가 선생이 도착할 때까지 기다리라고 했습니다."

"좋습니다." 스테파노는 마르첼로를 따라 다른 방으로 들어가서 탁자로 향한다. 누워 있는 남자의 몸 위에 천이 덮여 있다. 천장에 허브 주머니가 매달려 있고, 악취는 숨이 막힐 정도다. 스테파노는 매일 아침 시체를 불태우기 시작할 때 구덩이에서 흘러나오던 악취를 기억하고 있다. 달짝지근하고 속이 뒤집어지는 죽음의 냄새. 당연히 다시 맡고 싶지 않은 냄새다.

마르첼로는 스테파노를 쳐다본다. "아직 이 남자의 사인이 무엇인지 확실하지 않은 만큼, 조심하는 것이 좋겠지요. 시체에서 떨어져 계세요."

스테파노는 고맙게도 핑계가 생겨서 침을 삼키고 뒤로 물러선다. "그렇다면 이것이 새로운 질병일 수도 있다고 생각하십니까? 그 때문에 바란초네가 우리에게 수사를 맡겼을까요?"

"그럴 수도 있지요. 정말이지 전 모르겠습니다." 마르첼로는 장갑을 낀다. "살아 있을 때 이 남자를 진찰했던 의사는 그렇게 생각하지 않았습니다만, 그래도 시체를 검사해보면 더 확실해질 겁니다. 부검에 참관하는 건 처음이신가요?"

"예, 하지만 관련된 글은 많이 읽었습니다."

작은 미소. 마르첼로가 천을 걷자 시체의 울긋불긋한 얼굴이 드러난다. 끄떡없을 거라고 장담했는데도 스테파노는 무표정한 얼굴을 유지하는 것이 힘들다. 이건 부패를 방지하기 위해 의도적으로 보존된 성인의 말간 얼굴이 아니다. 피부는 썩어 부풀기 시작했고, 통통부은 입술은 마치 애벌레 같다.

"예상과 다르죠." 마르첼로는 말한다. "듣던 만큼 완벽하게 보존되어서 생생한 상태는 아니죠? 하지만 땅에 묻힌 지 적어도 일주일이 넘었으니."

"손에 이건 뭡니까?" 남자의 손바닥과 손가락은 변색되어 있다. 진한 붉은색 반점 같다.

"직업을 알려주는 징표지요." 마르첼로는 소매를 걷는다. "장갑이나 가죽을 염색하려면 손에 약을 묻히지 않을 수 없으니까요."

그럴 수밖에. 스테파노는 뻔한 질문을 한 자신이 어리석게 느껴진다. "염료 때문에 죽은 건 아닐까요?"

"그럴 가능성은 적습니다. 사람이 죽을 정도라면 아주 강력한 물질이었을 텐데, 이 사람은 아주 오랫동안 염색 일을 했어요. 이제 내부가 무엇을 말해주는지 들여다봅시다." 그는 본격적으로 일을 시작하려고 칼을 든다.

스테파노는 자기도 모르게 숨을 참고 있었음을 깨닫는다.

"우선 가슴부터 열겠습니다." 마르첼로는 설명한다. 그는 쇄골을 지나 옆구리까지 길게 절개하여 피부를 들어 올리고 가슴뼈와 허파를 노출시킨 다음 불쾌할 정도로 고깃덩어리처럼 보이는 심장을 드러낸다. 다음으로, 그는 작은 톱으로 갈비뼈를 자르기 시작한다. 오싹한 소리가 울려 퍼진다.

스테파노는 아무것도 놓치지 않으려고 열심히 귀를 기울이고 눈으로 지켜본다. 악취는 예상보다 심하다. 아침 식사를 간단하게 하고 간밤에 10시쯤 술잔을 놓은 것이 다행이었다. 이런 일에 익숙해 보이는 마르첼로조차 가끔 향수를 뿌린 손수건을 코에 댄다. 연신 자르고 톱질하면서, 마르첼로는 눈에 보이는 대로 설명한다. 심장과 폐는 정상. 간은 콜레라 증상과 일치하는 양상.

"지금까지 특이한 것은 없습니까?"

마르첼로는 고개를 젓는다. "별로 없습니다. 콜레라를 앓은 사람의 특징에 부합합니다. 간과 비장에는 혈액이 울혈되었고 내장은 병든 상태입니다. 나이에 비해 부패가 덜 진행된 것은 사실이지만, 이 시체는 보통 콜레라로 사망한 환자보다 탈수가 심합니다. 폭행 흔적은 없습니다. 오염이나 독극물이 원인이라고 볼 만한 징후도 없고요. 손톱이 검어지지도 않았고, 피부에 반점이 나타나지도 않았고, 식도나 위벽에 상처도 없습니다. 위장은 일반적인 경우보다 약간 더 붉지만, 질병으로 인해 염증이 생겼다고 볼 수도 있어요. 그러니 지금까지 제가 볼 때는 새로운 수수께끼의 질병을 시사하는 요인은 없습니다."

"가족들의 진술대로 그냥 죽었다?"

"그럴 수도 있지만, 가을에 땅속에서 일주일이나 묻혀 있던 시체에서 당연히 예상될 정도로 부패가 진행되지 않았다는 점은 여전히 의문으로 남습니다."

그들은 함께 시체를 바라본다.

스테파노는 말한다. "장례식에서 시체를 목격한 사람들의 말대로 당시 혈색이 좋고 건강해 보였다면, 무엇이 원인일까요?"

마르첼로는 입술을 핥는다. "솔직히 말씀드릴까요? 모르겠습니다. 지금은 분명 혈색이 좋다기보다 그냥 푸르죽죽한 시체 색깔이네요. 입수할 수 있는 자료를 모조리 찾아보았지만, 이런 경우에 대한 설명은 찾을 수 없었습니다. 시체를 화장시킨 사람들이 유난히 솜씨가 좋았을 수도 있지만, 바란초네가 들은 바로는 따로 화장하지 않았답니다."

"어떻게 아는 사이신지요? 바란초네 말입니다." 스테파노는 굳이 입에 올릴 필요가 없는 이름을 덧붙인다. 시체와 어떻게 아는 사이인지는 뻔하지 않나. 이제 막 해부를 마친 사이다.

"전에 몇 번 다른 사건으로 협조했습니다. 처음 만난 것은 몇 년 전 마법 관련 사건에 대해 제가 법정에서 증언한 일이 계기였어요."

"그건 어떤 결론이 났습니까?" 스테파노는 날카롭게 묻는다. "마법?"

"증거가 없었습니다." 마르첼로는 모호하게 대답한다.

스테파노는 박사가 마법을 아예 믿지 않는 요즘의 부류 같다고 생각한다. 자신에게도 그런 확신이 있다면 얼마나 좋을까.

두 사람은 시체를 다시 돌아본다. "의학적인 수법은 아니었을까요?" 스테파노는 묻는다. "시체의 부패를 늦추기 위해 뭔가 주입했다든가?"

마르첼로는 천천히 고개를 젓는다. "무엇을 주입했을지 저는 모르겠습니다. 독이라 해도 흔적이 전혀 없어요. 분명 건조된 것도 아니고, 미라 상태도 아니고, 청어처럼 소금에 절여지지도 않았습니다. 약물이나 연고로 이런 상태를 만들 수 있을 것 같지는 않습니다. 그렇다면 달리 어떻게 설명할 수 있을까요?"

마술이라, 스테파노는 생각한다. 말레피키아(Maleficia, 악행이나 주술). 로마의 거리와 골목에는 마법이 떠돌아다닌다. 주문과 저주로 병에서 낫거나 살해된 사람들의 이야기. 주술사의 손으로 저승에서 되살아난 사람들의 이야기. 지금은 새로운 시대, 개혁의 시대다. 교회가 인정한 기적이 아닌 이상 그런 기적을 믿어서는 안 되지만, 그래도 사람들은 성인에게 기도하듯 밀랍 성상을 만들고 행운을 준다는 부적을 몸에 지닌다.

스테파노는 말한다. "총독께서 말씀하시길, 이 경우와 유사하게 보존된 다른 시체에 대한 소문도 있다고 합니다."

"그러셨지요. 이런 이야기를 더 찾아내서 사실인지 알아보고 망자를 진료한 의사들이 있다면 만나봐야겠습니다." 마르첼로는 두 손을 든다. "용서하세요. 제가 이래라저래라 할 일이 아닌데. 수사판사는 선생이니까."

스테파노는 본능적으로 짜증이 솟지만 일을 도와줄 사람은 많을수록 좋다. "의견이 있으면 언제든지 말씀하시지요, 마르첼로 박사. 성공하려면 서로 긴밀하게 협조해야 합니다."

마르첼로는 피투성이가 된 장갑을 내려다본다. "악수를 청하고 싶지만 잡기 곤란하시겠습니다."

스테파노는 미소 짓는다. "시신을 발굴했다는 것을 이 남자의 가족이 알고 있습니까?"

"원칙적으로는 미리 연락해야 합니다. 하지만 바란초네와 그간 같이 일했던 경험을 돌아보면, 가족에게 알렸을 것 같지 않아요. 어쨌든 가난한 사람들이니까요."

스테파노는 마르첼로의 화통한 태도와 유쾌한 성품이 고맙다. 보통 그는 사람을 처음 만날 때 어색함을 느끼고 곤란을 겪곤 하지만 이번 만남은 순조롭게 흘러가 곧장 대화를 허물없이 나누는 사이가 되었다. 둘은 염색장이의 아내 테레사를 곧장 찾아가기로 했다. 그녀는 판테온에서 멀지 않은 산토 스테파노 델 카코 성당 뒤쪽에 살고 있다. 판테온 일대는 장인과 작업실, 미술상과 페이스트리 가게가 가득 들어선 도시의 중심이다. 테레사는 그중 가장 가난한 동네에 산다. 컴컴하고 좁고 축축한 골목이 구불구불 꺾이며 이어지는 옛 도시 그대로의 모습이고, 곳곳에 포장되지 않은 진흙길이 남아 있으며, 하수구에는 쓰레기가 넘쳐난다. 염생장이의 아내가 사는 공동주택은 다 허물어져서 썩는 냄새를 풍기는 건물이다. 그러나 현관에 나타난 여자는 대단한 미인이다. 키가 큰 데다 날씬하고, 도자기 같은 피부가 검은색 거친 모직 드레스와 대조를 이룬다. 네, 그녀는 놀란 기색으로 대답한다. 제가 테레사 베르첼리나, 느릅나무집 염색장이의 아내입니다. 스테파노는 자신과 마르첼로가 누구인지 소개한 뒤, 부군이 슬프게도 세상을 떠났다는 소식을 들었다며, 그 문제와 관련해 조사를 하러 나왔다고 설명한다. 어떤 조사인지, 누가 맡긴 일인지는 자세히 설명하지 않는다.

여자는 흰 이마에 살짝 주름을 잡은 채 스테파노를 응시한다. "경찰에서 오셨나요?"

"아닙니다, 그렇지 않습니다." 그는 미소 짓는다. 경찰, 즉 스비리 (Sbirri)는 대체로 깡패 같은 악당에 부패와 탐욕으로 유명하다. 그런 자들로 오해받고 싶지 않다. "저는 판사입니다. 여기 이 친구는 의사이고요. 우리는 로마 총독의 명을 받고 왔습니다만, 걱정하실 것은 없습니다. 다른 모든 사건과 마찬가지로 아무 문제가 없는지 확인하러 온 것뿐이니까요." 명백한 거짓말이다. 총독이 모든 죽음에 대해 수사를 벌인다면 오줌 쌀 시간도 없을 것이다. 로마에서는 매일 수십 명이 죽어나가니까.

하지만 테레사는 정중하게 손님을 집 안으로 들이고 창가에서 바느질하고 있는 여동생을 소개한다. 집 안의 빈곤함이 스테파노의 눈에 들어온다. 칠이 벗겨진 벽, 변변찮은 가구(침대 두 개, 의자 두 개, 벽난로의 쇠붙이, 낡은 나무 트렁크가 전부다). 나이 많은 세 번째 여자가 안쪽에서 나온다. 진회색 속옷 위에 소매가 트인 검은 드레스를 입고 닳아빠진 검은 슬리퍼를 신고 있다. 테레사는 그녀를 어머니 체칠리아라고 소개한다. 아직 풍성한 검은 머리를 지닌 단정한 용모의 여성이지만 딸처럼 우아한 미모는 아니다. 딸처럼 순진하지도 않은 것 같다. 체칠리아는 테레사보다 경계심이 많고 스테파노가 무슨 용건으로 왔는지 알고 싶어 한다. "총독님이 보냈다고요? 어째서?"

스테파노는 테레사가 건네는 음료를 받아 들고 마르첼로를 흘깃 돌아보며 조금 더 설명하기로 한다. "벨트람미 씨의 시신 상태에 대한 우려가 있었습니다. 깔끔하게 장례 준비를 하신 덕이겠지만, 전혀 부패하지 않은 것 같다는 이야기가 있었어요."

나이 든 여자의 눈에 경계하는 빛이 켜진다. "마법이니 속임수니 하는 이야기를 들으셨다면……."

"아니, 아니요." 스테파노는 얼른 여자를 달랜다. "그렇게 주장하는 사람은 없습니다." 하지만 로마에서는 그런 공론이 무성하다. 성자와 유물의 도시, 묘약과 전조의 도시, 빨간 나비 떼가 날아다니는 것이 죽음의 징조라고 여겨지는 도시다. "궁금합니다. 벨트람미 씨는 언제부터 아프셨습니까? 감옥에 있었다고 알고 있습니다만."

"빚 때문에 그런 거예요." 테레사가 얼른 말한다. "범죄를 저지른 게 아니고요."

"그러셨군요." 사실인지 모르지만, 스테파노는 얼른 말을 받는다. 분명 그럴듯하다. 로마 시민 중에는 빚 때문에 감옥신세를 지는 사람들이 많다.

"거기서 앓기 시작했습니다." 체칠리아가 말한다. "체포되고 겨우 며칠 뒤부터였어요. 이게 말이 됩니까? 빚을 못 갚는다고 사람을 감옥에 집어넣었는데, 거기서 병에 걸려 죽게 만들면 돈은 무슨 수로 갚나요."

"대우가 좋지 않았나 보군요?" 스테파노는 묻는다.

체칠리아가 스테파노를 바라보는 눈길에 경멸 비슷한 빛이 스친다. "로마에서 돈 많은 사람이 갇히는 것과 돈 한 푼 없는 가난뱅이가 갇히는 것은 전혀 다릅니다. 애써 먹을 것과 담요를 구해서 갖다줘봤자, 축축한 감방 안 돌바닥에서 잠을 자는 판이니."

마르첼로는 몸을 내민다. "그럼 그 병 말인데, 어땠습니까? 어떤 증상이 나타났나요?"

"열이 계속 났어요." 테레사가 말한다. "처음에는 목구멍이 타는 것 같다고 했는데, 그러다가 통증이 가슴과 위장으로 옮겨가고 몸이 너무 약해져서 일어서지도 못하는 지경이 되었어요." 그녀는 옷자락을 잡아당긴다.

"어떤 질병이었는지 알고 계십니까?" 마르첼로가 묻는다.

"그때는 몰랐어요. 우리가 의사를 데려가겠다고 했는데, 그것조차 못 하게 하더라고요." 테레사의 뺨을 타고 눈물이 흘러내린다.

"왜요?"

체칠리아는 딸의 몸에 팔을 두른다. "감옥 책임자가 그건 허락되지 않는다고 했어요. 그쪽 의사만 진찰할 수 있다고. 그 의사라는 작자는 죄수를 하루 수백 명씩 보면서 아무 치료도 해주지 않는 늙은 돌팔이였는데도."

스테파노는 고개를 끄덕인다. 흥미롭다. 감옥 책임자를 만나봐야겠다. "벨트람미 씨가 감옥에서 풀려난 건 건강 문제 때문이었나요?"

"아뇨. 빚쟁이가 고소를 취하했어요."

"빚을 갚았습니까?"

"아뇨, 제가 빌었거든요. 하지만 소용없었어요. 그가 집에 왔을 때는 이미 너무 늦어버렸죠. 살릴 수가 없었어요."

"직접 간호하셨습니까?" 마르첼로가 묻는다.

"우리가 돌봤어요. 의사는 콜레라라고 하면서 약과 설사약을 처방했는데, 무슨 수를 써도 상태가 나아지지 않았어요. 안 좋아지기만 했어요." 테레사의 목이 멘다. 진심으로 애통해하고 있다는 것에 의심할 여지가 없다.

"진찰한 의사의 이름을 알려주시겠습니까?" 마르첼로가 묻는다.

"예. 산트이냐치오 근처에 사는 코르실리 박사예요."

"어떤 약을 썼습니까?"

"처음에는 황산이 든 구토제를 썼어요. 그걸 복용하고는 구토가 너무 심해서 지붕이 자기 가슴 위로 무너진 것 같다고 하더라고요.
그래서 더 쓰지 않았어요." 테레사는 자기 손을 내려다본다.

"다른 건?"

체칠리아가 말을 받는다. "생강즙과 각성 효과가 있는 휘발성 소금
과 양귀비를 섞은 약제. 열이 날 때는 민트와 식초를 썼습니다."

"성자의 기름도." 여동생이 끼어든다.

체칠리아는 딸을 돌아본다. "그래, 그것도 썼지."

"실례지만 한 가지 여쭙겠습니다." 마르첼로가 말한다. "처음 병에
걸렸을 때부터 돌아가실 때까지 얼마나 걸렸습니까?"

여자들은 서로 얼굴을 돌아보더니 테레사가 말한다. "체포되고 나
흘 만에 아프기 시작했는데, 그게 성모승천 대축일 바로 전이었어
요."

"그리고 9월 성모의 날이 지나고 안식일에 죽었지." 어머니가 결론
을 내린다.

스테파노는 계산한다. "그럼 3주 걸렸군요." 환자가 죽음에 이르는
기간으로는 그럭저럭 일반적이다. 첫 주에 좋아지지 않으면 다음 두
주 만에 사망하는 경우가 많다. "감옥에서 아팠던 사람이 혹시 또
있다던가요?"

테레사는 고개를 젓는다. "감옥에서 아픈 사람들이 있다고 했지
만, 그 사람처럼 아팠던 사람은 없었어요. 제가 아는 한 죽은 사람은
없었어요."

스테파노는 고개를 끄덕이지만 머릿속으로는 생각하고 있다. "이
런 질문으로 힘들게 해드려서 죄송합니다만, 저희는 부군의 죽음에
이상한 점은 전혀 없다는 것을 확실히 하고 싶습니다."

테레사는 이해가 되지 않는지 미간만 찡그린다. 틀어 올린 머리채에서 삐져나온 머리카락이 섬세한 목선을 따라 늘어져 있다. 남편이 아내를 얼마나 보호했을지, 심지어 질투가 얼마나 심했을지 상상할 수 있다. "부군은 어떤 분이었나요?"

"좋은 사람이었어요, 어르신. 힘센 사람이었습니다."

"그에게 원한을 가진 자는 없었습니까?"

"보통 남자들과 같은 정도로요."

적이 있었다는 뜻이군. "특별히 사이가 안 좋은 사람이 있었나요?"

"물건을 대주기로 했다가 사이가 틀어진 형제들이 있었어요. 하지만 정말 사람을 해칠 정도의 불화는 아니었어요. 사소한 문제였어요."

스테파노는 고개를 끄덕인다. 로마의 남자들은 매일같이 사소해 보이는 문제로 서로 죽인다. 명예가 더럽혀졌다고, 눈빛이, 몸짓이 마음에 안 든다고 칼을 뽑는다. "그 형제는 누굽니까?"

"프라티 지구의 리날디라는 사람이에요. 꽃과 이끼를 팔아요. 염료용으로. 꼭두서니, 버밀리온, 이런 거요. 지불 문제로 갈등이 있었어요."

"그렇군요. 또 다른 사람과 싸움은 없었습니까? 협박한 사람은?"

"아뇨. 감히 그럴 사람은 없었어요."

스테파노는 테레사를 유심히 살핀다. 뭔가 숨기고 있다는 느낌이 들지만, 그냥 낯선 사람 앞에서 불안해서일 수도 있다. "감옥에서 문제는 없었습니까? 싸움이나, 말다툼 같은."

"그랬다 해도 감옥에서 저한테 알려주지 않았겠죠."

"하지만 선생님." 어머니 체칠리아가 약간 짜증스러운 기색을 비친다. "누가 그를 해치려 했다 해도 의도적으로 콜레라에 걸리게 할 수는 없는 것 아닙니까."

스테파노는 마르첼로를 돌아본다.

"그렇지요, 부인." 박사가 말한다. "그럴 수는 없습니다. 걱정 마세요."

체칠리아는 고개를 끄덕인다. "그럼, 이게 전부인가요? 제 딸이 힘들어하네요. 힘든 시기였습니다. 우리 모두에게요."

"오죽하셨겠습니까." 스테파노는 말한다. "이만 가보겠습니다."

그들은 허름한 문짝으로 향한다.

✎

"사실인가?" 거리로 나온 뒤 스테파노는 마르첼로에게 묻는다. "콜레라를 의도적으로 누군가에게 감염시킬 수는 없다는 거 말이야."

"가능할 수야 있겠지. 옷이나 이불을 통해 전염되는 병에 대해서는 많이 들었어. 카테리나 스포르차가 보르자 교황 알렉산데르에게 역병을 감염시키려 했다는 소문도 있고, 나폴리에서도 괴질을 전파시키려고 가루를 뿌렸다는 사람들로 인해 폭동이 일어났어. 하지만 스테파노, 난 이것이 콜레라라고 믿지 않아. 정말 이것이 콜레라였고 감옥에서 걸렸다면, 다른 죄수들도 죽었어야지."

"감옥에서 거짓말을 하는 게 아니라면."

"그럴 가능성도 있지." 마르첼로는 말한다. "감옥 책임자를 만나봐야 해."

"그래. 그리고 아까 그 여자들이 말한 의사도. 갈등이 있었다는 형제도 만나보고." 스테파노는 잠시 말을 끊는다. "어떻게 생각하나? 그 여자들 말이야. 여자들이 한 말에 대해서."

마르첼로는 고개를 젓는다. "인체의 내부에 대해서야 얼마든지 말할 수 있지. 하지만 그들의 머릿속에 들어 있는 것? 그쪽은 잘 모르겠어. 아니, 우리는 우리 자신의 머릿속에 대해서는 잘 알고 있는가? 모르는 경우가 태반이야. 어머니는 방어적인 것 같았는데, 놀랄 일은 아니지. 그런 사람들은 큰일이 나거나 범죄가 저질러졌을 때나 국가 권력을 상대하니까, 아마 딸을 보호하고 싶었을 거야. 그들에게 자네나 자네가 입은 검은 법복은 저승사자처럼 보이지 않겠나." 그는 스테파노에게 이를 드러내며 씩 웃어 보인다.

5

위험한 난산에서 아이를 꺼내려면:
대추 씨앗을 빻아 가루로 만든 뒤 포도주에 타서 산모에게 먹이고
고란초를 발에 감으면, 태아는 살아 있든 죽었든 곧장 나온다. 그런
뒤 용담을 포도주에 섞어 산모에게 마시게 하는데, 생물 용담이든
말린 용담이든 상관없다. 또한 다른 산모의 젖도 먹인다.

지롤라마

여자는 비명을 지르고 있다. 좋은 징조다. 비명을 지를 힘조차 없어
서 고개를 벽 쪽으로 돌릴 때가 더 위험한 법이다. 지롤라마는 여자
의 가슴에 손을 얹는다. 가슴이 땀으로 축축하고 맥박은 제법 강한
편이다. "산통이 시작된 지 얼마나 됐지?" 그녀는 반나에게 묻는다.

"아베 마리아 종이 울린 뒤였어."

그럼 열두 시간쯤 됐군, 불쌍한 여자. 비명이 잦아들 때마다 그녀
는 산모의 이마를 닦아준다. "움직임은 전혀 없어?"

"거꾸로 내려왔어." 반나가 말한다. "산파가 그렇게 말했어."

"산파는 어디 있어?"

"집에 갔어. 자기 말로는 피곤하다는데, 술 냄새가 나더군."

누가 나무라겠나. "그래도 대신 당신을 불러왔으니."

그들은 산파도 의사도 아니지만, 그들과 그들의 조직은 몇몇 지식을 알고 있다. 아니, 사실 상당히 많은 것을 안다. 특히 지롤라마는. 극비리에 전해져 내려온 비밀들이다. 이제 마흔세 살, 세상 사람들의 눈에 쓸모없거나 차라리 없는 것이 나은 존재에 지나지 않지만, 지롤라마는 자기 가치가 무엇인지 안다. 그녀를 돕는 여자들도, 그들이 돕는 여자들도. 대단한 보석은 아닐지언정, 지롤라마는 에트나 화산의 단단한 마그마처럼 깨뜨릴 수 없는 단단한 반석이다. 지금까지 여러 생명을 구했고 수많은 출산을 지켜보았기에 이 여자에게 남은 시간이 길지 않다는 것도 알고 있다. 뭔가 해야 한다면 바로 지금이다.

"제발 도와주세요." 다시 진통이 밀려오자 여자는 애원한다. 지롤라마에게 말하는 것인지, 신에게, 혹은 자신의 몸을 괴롭히는 악마에게 비는 것인지 알 수 없다.

"그래, 동생." 지롤라마는 대답한다. "우리가 이렇게 돕고 있잖아. 하지만 당신이 힘을 내야 해."

반나에게 이렇게 저렇게 하라고 지시할 필요는 없다. 그들은 오랜 세월 함께 일했고, 그전부터 반나는 지롤라마의 양어머니 줄리아를 도왔다. 그들은 출산 의자의 손잡이와 끈, 볼트를 풀고 산모를 내린다.

"이걸 봐." 반나가 중얼거린다. "종교재판소에서 여자들 고문할 때 쓰는 물건 같네."

"그건 당신이 잘 알겠지."

반나는 불과 얼마 전에 치유자라는 혐의를 벗고 종교재판소에서 무사히 빠져나왔다. 그 못 박인 늙은 손을 보면 도저히 짐작할 수 없겠지만, 그녀는 어떤 의사도 하지 못한 일들을 해왔다. 교회는 여자의 손에 대해 어떤 힘도 인정하려 하지 않는다. 자기들의 권력을 위협하는 힘이라면 더욱. 기적에 대한 독점을 유지하고 싶어서 다른 모든 의식과 마법을 악마의 능력으로 치부하는 것이다.

산모를 침대에 눕히고 나서, 반나는 여자의 몸을 향유로 문지르기 시작한다. 마편초와 육두구, 성모백합, 캐모마일, 아욱은 자궁을 아래로 끌어내리는 데 효험이 있다. 지롤라마는 벨라돈나와 사리풀을 약간 따라서 여자의 입에 부어 넣는다. 통증을 다스리는 금지된 약물이지만, 이 도시의 법이란 모든 여자는 이브의 후손이니 고통을 겪어야 한다고 믿는 남자들이 만든 것이다. 직접 겪어보라고 하면 제대로 시작하기도 전에 오금이 저린다고 할 것들이. 지롤라마는 남자들이 말을 타다가 다쳤다며, 통풍 걸린 발가락이 아프다며 울부짖는 모습을 보았다. 이 하나 빠졌다고 질질 짜는 모습도 보았다. 어쨌든 지롤라마는 이 문제가 법적으로 옳은지 어떤지에는 관심이 없다. 이 여자가 지난 열두 시간 동안 겪었던 고통을 계속 겪지 않게 해주고 싶을 뿐이다. 비명을 멈추게 해주고 싶을 뿐이다.

"마리아를 불러." 지롤라마는 잠시 후 반나에게 말한다. "절개를 해야 할지도 몰라."

반나의 얼굴이 찌푸려지고 회색 눈이 가늘어진다. "마리아가 올 필요는 없어."

"필요해. 당신이 그 여자에 대해 어떻게 생각하든, 마리아는 의사의 기술을 갖고 있잖아."

"정육점에서 고기 다루는 기술이겠지."

"디오 에 투티 산티(Dio e tutt'i santi, 하느님 성자님 맙소사). 당신들이 서로 의견이 맞건 안 맞건 난 관심 없어." 지롤라마가 쏘아붙인다.

"그냥 불러와." 지롤라마를 가장 측근에서 돕는 여자는 네 명, 대체로 가까운 사이이지만 이따금 서로 성질을 부릴 때가 있다. 지난 몇 주 동안 반나와 마리아는 멱살을 잡을 기세였는데, 각자 상대가 자기를 지금 위치에서 밀어내고 정당한 제 몫의 돈을 가로채려 한다고 생각하고 있었다. 둘 다 나이 오십이 훌쩍 넘었건만, 마치 장난감을 놓고 싸우는 아이들을 달래는 기분이었다. "하지만 일단 깨끗한 수건과 뜨거운 물부터 갖다줘. 진통이 잦아들면 아기를 꺼내보자."

하지만 30분이 지났는데도 별다른 진전이 없다. 아무리 연고와 기름을 바르고 성 마르가리타에게 기도를 올려보아도, 여자에게나 아기에게나 지롤라마가 아무 도움이 되지 않는 것 같다. 이러다 둘 다 잃겠다는 두려움이 밀려오기 시작한다. 평생 수없이 보아온 광경이라 면역이 되어 있지만, 산모의 비명은 여전히 살을 떨리게 한다. 기억. 어둠 속의 붉은 섬광. 작고 어린 지롤라마 자신이 나무 바닥에 누운 채 산파도, 친구도 없이 몸부림치던 모습이 보인다. 아무도 없다. 그가 자신에게 가한 그 어떤 고통마저 넘어서는 고통. 그때 그녀는 열다섯 살이었다.

지롤라마는 분노를 억누르려 하지 않는다. 그녀를 움직이고 연료를 제공하는 것은 분노다. 자신이, 그녀 같은 다른 여자가, 수많은 세대의 여자들이 당한 일에 대한 분노. 매일같이 목격하는 부당함에 대한 분노. 그 분노는 정신을 날카롭게 벼리고, 집안을 꾸리게 해주며, 여러 사람에게 생계 수단이 된다. 양어머니 줄리아에게도 이렇게 불꽃 같은 화가 있었다. 지롤라마처럼 강하게 타오르지는 않았다. 더 부드러운 사람이었으니까. 좋은 시절도, 나쁜 시절도 겪었지만, 여자들에게 설 자리가 거의 주어지지 않는 세상에서 몇 가지 수법을 사용할 권리가 당연히 있다고 지롤라마에게 가르친 이는 줄리아였다.

지롤라마는 이제 녹초가 되어 반쯤 잠든 듯, 반쯤 죽은 듯 누워 있는 산모를 바라본다. 입술에는 핏기가 없고 눈가의 피부는 회색이다. 그녀는 다른 방법을 써보기로 결심한다. 종교재판소에서 알게 되면 새벽이 오기 전에 재판에 회부될지도 모른다. 사람들은 '말레피키아'라고 부르지만, 무엇이 악이고 무엇이 선인지 왜 그들이 결정하는가? 자연에는 온전히 좋기만 한 것은 없다. 온전히 악하기만 한 것도 없다.

그녀는 손가락을 향수에 적신 뒤 초에 불을 켜고 얼굴을 그쪽으로 돌린다. 자신의 모습이 검게 떨리는 그림자로 벽에 드리운다.

"안녕하세요." 그녀는 속삭인다. "내 그림자, 내 자매여. 도움을 청하기 위해 당신을 불렀습니다."

6

스테파노

감옥소장은 보통 때라면 스테파노가 피해 다니는 부류의 인간이지만, 오늘은 그를 구슬려서 염색장이의 죽음에 대한 진실을 털어놓게 해야 한다. 그는 덩치가 크고 우락부락한 얼굴에 포도주 때문에 코가 빨간 남자이고, 쿠리아 사벨리 감옥이라는 처참한 구렁텅이에서 오랫동안 일해온 탓에 불만과 억울함이 쌓인 사람이다.

"왜 여기 와서 물으시는지 모르겠소이다, 선생." 그는 스테파노와 마르첼로에게 말한다. "그가 여기서 죽은 것도 아니고."

"그건 아닙니다만……." 스테파노는 말한다. "처음 병에 걸린 곳이 이곳으로 보이기에 정확히 어떻게 된 사정인지 확인해야 합니다. 궁금합니다. 염색장이는 어떤 사람이었습니까? 어떤 죄목이었나요?"

"푸촐라(Puzzola, 더러운 인간). 이곳에 갇힌 말종들이 다 그렇지만 냄새나고 성질 더러운 불한당이었소. 술을 하도 마셔서 돈 간수를 못 하다 보니 빚도 못 갚고 여기 갇힌 거요."

소장의 코를 볼 때, 약간은 위선적인 소리가 아닌가 하는 생각이 든다. "성질이 더럽다는 건 무슨 뜻입니까? 여기서 싸움이라도 벌였나요?"

"아, 몇 번 투닥거렸소. 그런 일은 항상 있소이다. 간수도 그렇고 다른 죄수도 그렇고, 다들 그 친구를 별로 좋아하지 않았소."

"원한을 가진 자라도?"

"내가 아는 한 그에게 적은 없었소. 특별한 친구도 없었고. 말했지만 호감을 사기 힘든 성격이었지. 뚱하고 난폭한 성질머리 때문에."

스테파노는 고개를 끄덕인다. "가족이 한 말과 다르군요."

"다르겠지, 안 다르겠어?" 소장은 대꾸한다. "이미 땅에 묻힌 사람인데. 가족이야 천사처럼 포장하겠지."

"그럴 수도 있겠네요." 그래도, 부인의 비탄은 진심일 거라고 스테파노는 생각한다. "다른 죄수 중에도 아픈 사람이 있었습니까?"

"많소이다. 이와 매독이 득실거리는 몸으로 들어와서 서로 옮기니까. 열병도 도는데, 요즘은 별로 없더군."

마르첼로는 앞으로 한 걸음 다가간다. "벨트람미와 같은 증상을 호소한 사람이 또 있었습니까? 아내 말로는 목구멍이 화끈거리다가 가슴과 배로 옮겨갔다고 합니다."

남자는 두 손을 든다. "감옥 안 병원에 가서 배와 머리, 발, 기타 다른 곳이 아프다고 호소하는 죄수가 얼마나 되는지 알아보시오. 로마에서는 매일같이 사람이 아프고 죽어나가지 않소이까, 선생."

"맞습니다." 스테파노는 말한다. 그 숫자는 점점 늘어가는 것 같다. 사실인가? "하지만 오늘 우리는 이 남자 문제로 왔고 이건 로마 총독의 명입니다." 스테파노는 미소를 잃지 않았지만, 표정은 약간 굳어졌다.

"이보시오, 선생." 소장은 말한다. "여기서 몸이 안 좋아졌을 수 있겠지만, 벨트람미는 앉아서 다른 죄수들과 이야기도 하고 주사위 놀이도 할 정도로 멀쩡했소. 감옥을 떠날 때도 부축받지 않고 혼자 힘으로 걸어 나갔단 말이오. 나가기 며칠 전부터 몸이 한결 좋아진 것 같다는 말도 했었소. 의사의 일지에서 확인해보시오."

당연히 확인해야지, 스테파노는 생각한다. "그런데 고작 2주 뒤 무덤에 들어갔습니다."

소장은 어깨를 으쓱한다. "우리가 여기서 돌봐준 것보다 집에서 돌본 게 부실했던 모양이지. 내가 무슨 말을 하겠소이까? 그건 내 책임이 아니오."

"그런 말이 아닙니다, 소장. 누구의 잘못도 아닐 수 있어요."

"그럼 왜 조사를 하는 거요?"

스테파노는 망설이며 마르첼로를 돌아본다. "매장할 때 이례적인 점이 보고되었기 때문입니다."

"무슨 점?"

스테파노는 털어놓아야겠다고 결심한다. "시신의 뺨이 발그레하고 건강해 보였답니다. 어쨌든 직접 본 사람이 그렇게 주장했다고 합니다."

스테파노가 집무실에 들어선 뒤 처음으로 소장은 그의 말에 흥미를 보이는 것 같다. "혈색이 좋았다고? 살아 있는 것처럼 말이오?"

"네, 바로 그겁니다. 뭔가 아시는 게 있습니까?"

"얼마 전이었나, 어느 여관 주인에 대해서 그런 말을 들어본 적이 있어서 말이오. 죽음의 신이 전혀 건드리지 않은 듯한 모습으로 무덤에 들어갔다고."

스테파노의 심장박동이 빨라진다. "그게 언제였습니까? 사인은 무엇이었나요?"

소장은 고개를 젓는다. "모르겠소이다. 집사람한테 들었는데, 집사람도 다른 여자한테서 들었다고 했던 것 같소."

"어디서 들었는지 부인에게 물어봐주시겠습니까?"

"물어볼 수야 있지만 대답은 못 얻으실 거요. 집사람은 크리스마스 직전에 애를 낳다가 죽었거든."

스테파노는 자신이 실수했다는 것을 깨닫는다. "삼가 조의를 표합니다, 소장님."

남자는 손을 내저어 그의 애도를 물리친다. "잔소리 많은 여자였소. 먼저 죽지 않았다면 죽을 때까지 내가 쫓겨 다녔겠지." 그는 일어선다.

"부인께서 그 여관 주인에 대해 또 뭐라고 했는지 기억나시는 게 있습니까? 어디 살았는지. 누구인지."

소장은 문을 열고 스테파노와 마르첼로를 재촉한다. "로스테리아 델라 세냐 드 트레레. 간판에 세 명의 왕 그림이 그려진 곳이지. 죽은 사람이 일하던 여관 이름이오. 아내는 무덤에서도 시체가 산 사람처럼 생생한 것이 주술의 징표라고 했지만, 뭐, 워낙 쓸데없는 말이 많은 여자였으니까. 마지막까지도."

7

안나

안나는 이제 걸을 수 있을 정도로 몸이 나아졌지만, 갈비뼈의 통증은 아직 심해서 몇 분에 한 번씩 베네데타의 팔을 붙잡고 중심을 잡아야 한다. 아내가 공공장소에 모습을 보이는 것을 필리프가 워낙 싫어해서 집 밖에 거의 나가지 않지만, 이따금 미사에 참석하기 위해 성당에 가는 것은 허락받았다. 오늘은 트리니타 데이 몬티 성당에 가는 길이다. 안나는 평소 고해를 받아주는 신부와 이야기를 나눠보기로 결심했다. 전에 이야기한 적이 있기 때문에 신부도 잔인한 폭행에 대해 알고 있지만, 오늘은 도움을 청해볼 것이다. 물론 가톨릭 교리에는 어긋나지만 다른 길이 없고, 신부도 인간이니 안나가 얼마나 고통받고 있는지 틀림없이 알 것이다. 분명 그냥 돌아가라고 하지 않을 것이다.

그녀와 베네데타는 바람을 얼굴에 맞으며 가파른 핀초 언덕을 오른다. 이따금 통증이 너무 심해지면 안나는 잠시 쉬면서 힘을 끌어모은다. 스페인 광장을 돌아보니, 광장에서 저 멀리까지 뻗은 거리를 따라 호박색과 황토색 건물들, 그 사이사이 솟은 희끄무레한 성당의 돔 지붕들이 한눈에 들어온다. 할 수 있다. 해야만 한다.

성당 안은 바깥보다 더 춥고, 공기에는 유향 냄새가 떠돈다. 아는 얼굴들이 몇몇 눈에 띄지만, 안나는 숄로 얼굴을 가린 채 고개를 숙인다. 상한 얼굴 앞에서 당혹스럽고 불편해할 사람들과 차마 인사를 나눌 수가 없다. 다들 안나가 남편의 기분을 상하게 한 것이 틀림없다고 생각할 것이다. 그녀는 사람들의 질책이나 동정을 원하지 않는다. 그래서 안나는 천천히 고해소로 걸어가서 먼저 들어간 사람들이 죄를 고백하고 사함을 받을 때까지 베네데타와 함께 기다린다. 대체로 고개를 숙이고 있지만, 가끔 안나는 눈길을 들어 거대한 성모 대관 초상화를 올려다본다. 순결하고 완벽한 여성성의 상징 마리아가 천사들에 둘러싸여 천국의 여왕에 등극하고 있다.

마침내 안나의 차례가 되자, 지금부터 할 일과 할 말이 두려워 심장이 두근거린다. 고해소 안의 공기에는 앞사람의 체취가 가득 배어 있다. 담배 연기와 사향 냄새. 옆 칸에서 옷자락 스치는 소리가 들려오더니, 드르륵 소리를 내며 신부가 칸막이 너머 커튼을 연다. "말해보세요."

안나는 한참 침묵을 지키다가 겨우 용기를 내어 입을 연다. "신부님, 오늘은 도움을 구하러 왔습니다."

"고해하러 왔습니까?"

"예, 물론 고해하려 하지만, 혹시 도움의 손길을 내어주실 수는 없는지 간청하려고 합니다." 목소리가 갈라진다. "달리 청할 사람이 없습니다."

망설임. "말해보세요."

안나는 온 힘을 짜내 말을 잇는다. 온갖 조롱과 모욕, 위협, 주먹질, 발길질, 온몸에 퍼져가는 아픔, 그가 자신은 물론 배 속의 태아까지 죽일지도 모른다는 두려움에 대해서 말한다. "우리가 죽기를 바라는 것 같습니다. 그는 저를 미워하는데, 저는 그 이유를 모릅니다." 종종 생각해보지만 정말 해답이 없다. 그녀는 남편의 분노를 자아낼 만한 짓을 한 적이 없었다. 남편은 안나가 존재한다는 것 자체가 미운 것 같다. 그의 영혼에는 원한과 독이 가득 고여 있고, 지금으로서는 그 독을 그녀에게 쏟아붓기로 작정한 것 같다. 시누이들이 찾아오지 않는 것도 다 이유가 있다.

마침내 신부는 대답한다. "그런 말을 하면 안 됩니다." 안나가 기대했던 자신감 있는 목소리가 아닌 당황한 음성이다. "스스로에게 물어보세요. 남편과 돈독한 결합을 유지하고 그의 단점을 인내와 너그러움으로 감싸주었는지? 그에게 충분히 순종하였는지?"

가슴이 무거워진다. "저는 할 수 있는 모든 일을 다 했습니다. 해야 하는 모든 일을. 아무것도 바뀌지 않았습니다. 그렇다면 이제 뭘 해야 할까요?"

"그의 뜻 앞에 수그리세요."

"하지만……."

이제 신부의 목소리는 안나가 아니라 자기 자신을 설득하려는 듯 빠르게 흘러나온다. "남편의 뜻에 복종하는 것이 아내의 역할입니다. 그가 당신을 때린다면, 그것은 당신이 죄를 지었기 때문이며, 당신이 그를 불쾌하게 했기 때문입니다. 그를 달래고, 그의 필요를 살펴야 합니다. 무릎을 꿇고 기도하며 당신과 남편 사이의 조화를 간구해야 합니다. 다음과 같은 일들을 해야만 합니다."

온몸이 땅 밑으로 꺼지고 모든 희망이 빠져나가는 것 같다. 신부에게 분노가 일지는 않는다. 아니, 정녕 무엇을 기대했던가? 이것은 안나가 평생 배운 교리이고 부모님이 되뇌던 말들이다. 수용, 인내,

체념. 그러나 선이어야 할 것의 핵심에 연민이 없다는 것을 막상 확인한다면? 절망감을 느끼지 않기란 어렵다. 어둠 속에서 안나는 격자 칸막이 건너편에서 흘러들어오는 작은 빛의 점들에 집중한다. 신부는 계속 말하고 있지만, 아무것도 귀에 들어오지 않는다. 안나는 힘들게 몸을 일으켜 퀴퀴한 냄새가 풍기는 작은 방을 떠나 비틀비틀 밝은 빛 속으로 나선다.

팔에 손길이 느껴진다. 베네데타다. "이리 오세요, 마님. 이쪽으로."

광장까지 거의 다 내려간 뒤에야 베네데타는 걸음을 멈추고 입을 연다. "한 가지 생각이 있어요."

안나는 돌아서서 하녀를 바라본다. 정말 아름다운 여자이지만, 얼굴에는 이미 주름이 패어 있고 검은 눈은 진지하다. "무슨 생각?"

잠시 침묵. "다른 방법이 있다고 생각했다면 이런 말씀을 드리지 않았겠지만, 교회도, 경찰도, 마님의 친정도 도움이 되지 않는다면……."

"그렇다면?" 안나가 재차 묻는다.

베네데타는 거리에 사람이 없는지 주위를 둘러본다. 그러고는 아주 작은 목소리로 말한다. "저는 부부를 화해시켜줄 수 있다는 여자를 알고 있어요."

안나는 하녀를 본다. 베네데타가 무슨 말을 하는지 알고 있다. 사랑의 묘약을 짓고 점을 보고 짝을 맺어주는 여자를 말하는 것이다. 이 모든 것은 악마의 힘이자 교회의 섭리에 어긋나는 일로 간주되어 로마의 법에 어긋난다. 하지만 생각해보면 교회가 먼저 그녀를 저버리지 않았나. "그 여자가 하는 일이 효과가 있을까?" 안나는 말한다.

베네데타는 어깨를 으쓱한다. "모르겠어요, 마님. 장담은 못 드리겠습니다. 하지만 달리 생각나는 게 없네요."

8

스테파노

납으로 된 공이 허공을 획 가르고, 스테파노는 공을 맞히기 위해 몸을 날린다.

그들은 캄포 마르치오 지구의 팔라코르다(Pallacorda, 초창기 테니스) 코트에 있다. 2주에 한 번씩 여기서 만나 경기하고 땀을 흘리며 싸우는 것이 세 형제에게는 일종의 의식이 되었다. 소년 시절처럼 실제 싸움박질하는 것보다는 조금 낫지만, 브루노와 빈첸초가 종종 힘을 합쳐서 막내를 공격하고 경기가 끝나면 보통 스테파노의 몸 어딘가에 상처가 나 있다는 점에서 본질적으로 크게 달라졌다고 볼 수는 없을 것이다. 스테파노는 형들보다 빠르고 민첩하기 때문에 이따금 이기기도 한다.

코트 끝에서 끝까지 줄이 쳐 있다. 경기 목표는 공―납덩이에 모직 천과 가죽을 감은 형태다―을 때려서 줄 건너편의 상대방에게 보내고, 상대가 보내는 공이 얼굴에 맞지 않도록 피하는 것이다. 무슨 이유에서인지 이 스포츠는 로마에서 선풍적인 인기를 끌어서 거리 하나가 아예 이 경기를 위한 공간이 되었을 정도다. 어떤 사람들은 경기를 하고, 나머지는 계단에서 지켜보며 누가 이길지 내기를 벌인다. 이제는 중간계급이나 귀족을 위한 사설 코트도 생겨났는데,

보통 대저택의 안뜰을 이 용도로 개조해서 쓰고 있다. 브루노의 친구인 변호사가 소유한 이 코트도 그런 경우다.

"잘해봐, 스테파노. 더 힘껏 쳐."

아버지는 한쪽에 앉아 전략을 조언하기도 하고 열심히 하지 않는다고 투덜거리기도 한다. 하지만 스테파노가 게으른 것은 아니다. 절대 그렇지 않다. 어린 시절 한쪽 폐에 결핵을 앓은 탓에 가끔 숨이 찬 것뿐이다. 아버지는 편리하게도 그 사실을 잊었지만, 스테파노도 굳이 기억을 되살리고 싶지 않다. 아니, 그는 더 열심히 달리고 공을 더 세게 친다. 브루노도 받아내지 못한다.

"훌륭해!" 맏형 빈첸초가 웃으며 외치고, 브루노는 얼굴을 찡그린다.

"브루노, 살도 찌고 게을러졌구나." 아버지가 말한다. "고기와 포도주를 줄여야겠다."

잠시 뿌듯한 자부심이 차오르지만, 이내 스테파노는 그런 기분을 떨친다. 아버지의 이런 수법에 말려들 수는 없다. 어린 시절 펜싱을 하거나 레슬링을 할 때, 아버지는 형제들에게 항상 싸움을 붙였다. 그에게는 그것이 일종의 스포츠였다. 스테파노는 거의 이기는 일이 없었다. 원래 몸집도 제일 작은 데다 병치레를 한 뒤로는 언제나 약하고 자주 앓았다. 어쩌면 아버지가 그를 얕보는 것도 그 때문이겠지만, 캐묻기에는 너무 고통스러운 질문이었다.

"이번 수사는 어떻게 되어가고 있느냐?" 빈첸초는 스테파노에게 수건을 건네며 묻는다.

스테파노는 자리에 앉아 얼굴에서 땀을 닦는다. "묘한 사건입니다." 자세히 말하고 싶지 않다.

"아무리 묘한 사건이라도, 시간만 있으면 반드시 해결되겠지." 아버지가 말한다. "바란초네에게 내가 장담했다."

화가 치민다. 사건에 대해서도, 법에 대해서도 아무것도 모르면서 무엇 때문에 그런 장담을 하셨을까? "저는 제 능력을 다해 일하고 있습니다, 아버지."

아버지는 그의 표정을 살핀다. "좋아. 네가 이 일로 사람들을 실망시키지 않는 것이 중요하다, 스테파노. 중요한 사람들이 지켜보고 있어. 네게는 크게 성장하는 계기가 될 수 있다."

낭떠러지로 떨어지는 계기가 될 수도 있겠군. 아버지의 목소리에서 미덥지 않다는 투가 짙게 묻어나지만, 어쩌면 스테파노의 착각인지도 모른다. 아버지가 초조한 것은 당연한 일이다.

"뭐가 묘하다는 거지?" 브루노는 스테파노 옆에 앉으며 묻는다. 몸에서 짭짤한 땀 냄새가 풍긴다.

스테파노는 망설인다. 부자연스럽게 보존된 시체, 체칠리아의 주술에 대한 두려움, 전염되지 않는 콜레라가 떠오른다. "이 사건에는 자연법칙으로는 쉽게 설명되지 않는 요소가 있습니다."

브루노는 가죽 부대에 입을 대고 물을 한 모금 마신다. "동생아, 그건 우리 유모가 하던 소리 아니냐. 온갖 미신과 말도 안 되는 치료법을 주워섬기던 여자."

"허, 그 여자 정말 성가셨지." 빈첸초가 회상한다. "팔이 긴 마녀 이야기 기억나? 우리가 말썽을 피우면 마녀가 우물로 끌고 간다고 했었지. 불쌍한 스테파노는 몇 날 며칠 잠 한숨 못 자고!" 다들 즐거운 기억이라도 되는 양 웃지만, 빈첸초는 과소평가하고 있다. 그 이야기가 뇌리에 남은 것은 그저 며칠 정도가 아니었다.

"효과적인 방법이었죠." 스테파노는 말한다. "전 그 뒤로 말썽을 피운 적이 없었으니까요. 그 괴상한 약도 고분고분 받아먹었습니다." 유모는 건강해진다면서 쓰디쓴 약초와 기름을 숟가락으로 그에게 퍼 먹였다. 무엇이 들어 있었는지는 신만 아시리라.

"우리한테는 별 효과가 없었어." 브루노는 사실을 말한다. "유모의 침대에 두꺼비를 넣어놓곤 했으니."

형제는 웃음을 터뜨리고 아버지는 혀를 찬다. "그때나 지금이나 버릇없는 건 여전하지." 그는 일어선다. "난 이만 일하러 가봐야겠 다." 일, 일, 항상 일. 꼼꼼하게 정돈된 집무실에서 아버지는 작은 무 역의 제국을 다스린다. 베네치아에서 들여온 벨벳, 인도산 인디고 염 료, 아메리카 대륙의 곤충에서 얻은 코치닐 염료.

"스테파노, 네 사건에는 분명 실질적이고 직접적인 해답이 있을 게 다. 체계적으로 접근하면 돼. 나도 언제나 그런 식으로 일한다. 해법 은 항상 있게 마련이야."

스테파노와 빈첸초는 시선을 교환한다. 스테파노는 수수께끼의 죽 음을 조사하는 일과 특정 직물에 적합한 염료를 찾는 일은 완전히 다르다고 대꾸하고 싶지만 참는다. 아버지는 언제나 자식들에게 성 취를 독려하지만, 자기 자신이 상인이라는 사실을 떠올리는 것을 좋 아하지 않는다.

"명심하겠습니다, 아버지." 스테파노는 이렇게만 대답한다. 어쨌든 해답을 찾으려면 분석적으로 접근해야 한다는 아버지의 말은 옳다. 단지, 그의 앞에 놓인 일을 해결하려면 단순한 체계적 방법론 이상 이 필요한 것이 문제다.

스테파노는 코트를 떠나 세 명의 왕 여관, 무덤에 들어간 남자의 여관을 향해 걷는다. 여관은 카스텔 산탄젤로 근처, 우산장이들의 가게가 다닥다닥 붙어 있는 비콜로 델리 옴브렐라리, 우산장이 골목에 있다. 공기에는 기름 먹인 실크 냄새가 가득하고, 여관에 들어서니 파이프 연기와 찌든 포도주 냄새가 자욱하다. 손님들은 악취를 아랑곳하지 않는 듯 다들 유쾌해 보인다. 대부분 작업복 차림의 일꾼들이고 거친 나무 탁자에 걸터앉아 있거나, 남자 한 명과 여자 한 명이 접대하는 바 앞에 앉아 있다.

스테파노는 구석 자리에 앉아 누구에게 접근할지 생각하며 지켜본다. 옆 탁자에는 한 무리의 남자들이 닳았지만 아름다운 카드 한 벌로 타로코 게임을 끝내고 있다. 남자 중 한 사람이 탁자를 주먹으로 내리치며 '바토(batto)!'라고 외친다. 자기가 가장 숫자가 높은 트럼프 카드를 쥐고 있다는 뜻이다. 나머지는 야유하며 웃어댄다.

스테파노가 탁자에 앉은 지 몇 분 뒤, 여자가 다가와 와인을 한 잔 줄까 묻는다. 기껏해야 열아홉쯤 되었을까, 어리고 귀여운 얼굴이다. 죽은 여관 주인의 아내일까? 그렇다면 놀랄 정도로 젊다. 바로 돌아가다 말고 여자는 타로코 패거리 중 한 사람에게 인사한다. 녹색 모자를 쓴 남자다. 그가 뭐라고 농담을 하자 여자는 웃는다. 단골이라고 짐작한 스테파노는 그에게 다가가 근처에 있는 식당을 추천해달라고 청한다. 남자가 온갖 손짓을 곁들여 대답하자, 이제 스테파노가 진짜 질문을 던진다.

"여기는 괜찮죠?"

"아, 괜찮아. 정직한 사람들이 운영해. 와인에 물도 안 타고, 내가 보장해."

"여기 자주 오시나 보죠?"

"아주 오래됐지, 오래됐어."

"예전 주인을 아십니까?"

"보렐리? 아, 그럼. 잘 아는 사이였어. 불쌍한 친구."

"죽었다고 들었습니다."

"죽었어. 역병이 돌던 해에."

"역병으로 죽었나요?"

"음, 그렇다고 할 사람도 있고, 아니라고 할 사람도 있고."

여자가 스테파노의 와인을 들고 온다. 감사 인사를 하는데, 잔을 내려놓는 여자의 손목에 난 깊은 흉터가 눈에 띈다. 노예였거나 죄수였던 것 같다.

여자가 물러간 뒤, 스테파노가 다시 묻는다. "그럼 뭐였습니까, 역병이 아니라면?"

"나도 의사가 아니라 잘 모르지만, 끔찍한 병이었다는데. 통증이 아주 심했다고 들었어. 처형이 간호했지. 토마소. 그는 이발사요."

스테파노는 고개를 끄덕인다. 돈이 없어서 의사를 부를 수 없는 사람들에게는 이발사가 종종 의사 비슷한 역할을 한다. "가족 중에 그런 사람이 있는 건 행운이지요."

"그렇다고 사람이 살아났나?" 그는 고개를 젓는다. "카밀라 혼자 남아 여관을 꾸려야 했으니, 포베레타(Poveretta, 불쌍한 것)."

스테파노는 와인을 갖다준 젊은 여자를 다시 쳐다본다. "그럼 저 사람이 그 남자의 아내로군요, 카밀라." 그렇다면 아주 어린 나이에 결혼했다.

"아내였지. 지금은 카밀라 카펠라야. 곧 여기 마르코와 재혼했어. 그래도 누가 흉을 보겠소. 여자 혼자 이런 여관을 꾸릴 수는 없잖나."

"그렇지요." 스테파노의 시선은 바에 있는 남자에게 향한다. 그가 마르코일 것이다. 젊고 건장한 사내다. 파이프를 피우는 남자에게 여관 주인의 시체가 썩지 않았다는 소문에 대해 더 물어보고 싶지만, 지나치게 속내를 드러내는 것이 아닌가 걱정된다. 스테파노는 큰 도움이 되었다며 고마움을 표하고 다시 탁자로 돌아가 포도주를 비운다. 분명 물을 탄 맛이다.

스테파노는 바에서 일하는 남녀를 바라본다. 젊은 주인이 카밀라 카펠라에게 몸을 기울이고 뭐라 말하자 그녀가 웃음을 터뜨린다. 카밀라는 그의 뺨에 가볍게 키스한다. 스테파노의 가슴에 슬픔, 어쩌면 질투 같은 감정이 스친다.

그는 이발사 토마소를 찾아가기로 결심한다. 마르첼로도 데리고.

이발사를 찾는 것은 어렵지 않다. 그는 여관에서 멀지 않은 골목에 작은 이발소를 운영하고 있고, 입구에는 피 흘리는 발 그림이 그려져 있다. 내부는 지저분하고 비누와 피 냄새가 풍긴다. 여기서 죽을지도 모른다는 생각이 스친다. 그럼에도 스테파노는 우선 이발 의자에 앉아 목깃을 느슨하게 푼다.

토마소는 여관 주인의 아내인 여동생과 전혀 닮지 않은 외모다. 카밀라는 큰 눈과 연갈색 머리카락을 지닌 예쁜 여자지만, 이발사는 시무룩한 표정에 이마가 넓어서 성질 고약한 원숭이 같은 인상이다. 말수도 많지 않아서, 스테파노는 그가 얼굴에 비누를 다 칠할 때까지 기다렸다가 질문을 던진다.

"세 명의 왕 여관 카밀라 카펠로의 오빠 되시지요?"

"맞습니다. 왜 그러시죠?"

"그럼 카밀라의 첫 남편이 아팠을 때 돌본 사람이 당신이었군요."

"맞습니다."

남자는 이제 면도날을 꺼낸다. 이런 순간에 그의 성질을 건드리고 싶지는 않다. 스테파노는 마르첼로를 돌아보며 질문의 주도권을 넘긴다.

"궁금한 것이 있습니다." 마르첼로가 묻는다. "보렐리가 아팠을 때 어떤 증상을 보였나요?"

이발사는 스테파노의 얼굴에서 마르첼로에게로 시선을 옮긴다. "그건 왜 묻는 겁니까?"

"조사 중입니다." 마르첼로는 조용히 말한다. "로마 총독의 명으로 나왔습니다. 심각한 건 아니고, 아직 공식적인 수사도 아닙니다. 그냥 탐문 중입니다. 그가 왜 죽었는지, 사인에 대해 알고 싶습니다."

토마소는 일을 계속하지만, 스테파노는 그의 표정을 통해 뭔가 다른 생각을 하고 있음을 느낄 수 있다. 그러다 토마소는 다시 입을 연다. "괴상한 병이었습니다. 왔다가 갔다가."

"무슨 뜻입니까?" 마르첼로는 묻는다.

"아니, 약재상에서 사온 설사약을 주고 물약을 먹이면 괜찮아지는 것 같다가도 이틀만 지나면 또 나빠지곤 했어요."

"어떻게 나빠졌습니까?"

"구토, 설사, 통증, 열, 심한 갈증." 그는 반대편 뺨을 면도하려고 스테파노의 얼굴을 살짝 옆으로 돌린다. "그 자식이 불쌍해질 지경이었습니다."

마르첼로와 스테파노는 시선을 교환한다. "별로 사이가 안 좋았습니까?" 스테파노가 묻는다.

"호감 가는 인간은 아니었어요." 남자는 면도날을 닦고 스테파노의 얼굴을 굽어보며 작업을 감상하더니 목으로 옮겨간다.

"그래도 돌봐주셨군요."

"가족은 가족이니까요." 토마소는 말한다. 그래, 로마에서는 그렇다. "카밀라가 도와달라고 했습니다."

"통증이 있었다고 했지요?" 마르첼로가 묻는다. "어디가 아팠습니까?"

"위와 내장이 아프다고 했어요. 뱀장어처럼 몸을 뒤틀었습니다."

그렇다면 염색장이와 비슷하다. 스테파노의 심장박동이 빨라지기 시작했다. "언제 죽었습니까?"

그는 천을 들어 스테파노의 얼굴을 닦는다. "오순절 며칠 뒤였어요. 그때는 구토가 너무 심해서 저러다 내장까지 다 게워내겠다 싶을 정도였습니다. 그래서 신부님을 청해서 종부성사를 부탁드렸어요."

스테파노는 망설이다 질문을 던진다. "시신이 묻히기 전에 유난히 건강해 보였다는 소문도 들었습니다."

토마소의 눈에 뭔가 스친다. "네. 사람들이 그렇게 수군거렸어요. 시신을 관에 안치할 때도 뺨이 장밋빛을 띠었다고요. 하지만 제 생각을 말씀드리자면, 관에 들어가기 전에도 죽은 사람처럼 보이긴 했습니다. 특이한 점이 있었다면…… 보통 사람들처럼 죽은 뒤에 몸이 굳지 않고 계속 뱀장어 같더라고요."

"무슨 뜻입니까?"

"죽은 뒤 몇 시간이 지났는데도 말랑말랑했어요. 팔다리를 구부릴 수도 있었습니다. 전 사람 죽는 걸 볼 만큼 봤기 때문에 그가 보통과 다르다는 걸 알았어요."

"여기 이 가게에서 진료를 보십니까?" 스테파노가 묻는다.

"남자, 여자, 아이들, 개들. 환자를 데려오면 난 그게 누구든 최선을 다합니다. 의사를 부를 돈이 없는 사람들이니까요. 바로 이 탁자에서 팔다리도 몇 번 잘라봤어요." 그는 손을 닦는다. "다음은, 친구분?"

하지만 마르첼로는 놀랄 만큼 재빨리 일어선다. "아니, 오늘은 시간이 다 돼서 이만 가봐야겠습니다."

토마소는 어깨를 으쓱한다.

스테파노는 그의 눈을 똑바로 바라본다. "보렐리가 호감 가지 않는 사내였다고 하셨죠. 그를 죽이고 싶은 사람이 있었을까요?"

토마소의 눈빛은 무표정하다. "제법 있었겠죠, 하지만 이름을 알려드리는 건 곤란합니다."

지금은 곤란하겠지만 실토하게 만들 수도 있어, 스테파노는 생각한다. 그렇더라도 이발사가 손에서 면도칼을 놓을 때까지 기다려야 한다. "혹시 벨트람미라는 염색장이와 아는 사이였습니까?"

"제가 아는 한은 모르겠지만, 별로 가까운 사이는 아니었을 겁니다. 트레레에 술을 마시러 드나들던 염색장이가 하나 있었는데, 이름은 몰라요. 키가 큰 사내였습니다."

"요즘은 안 오죠?"

"꽤 오랫동안 못 본 것 같습니다."

그렇겠지, 스테파노는 생각한다. 못 봤을 수밖에. 땅속에 묻혔으니.

9

고열에 시달릴 때:

엔다이브 물 반 온스. 수영과 장미수 각각 반 파인트. 수련과 스카비
오사 각각 6온스. 계피 물 2온스. 바이올렛이나 장미 농축액 반 파
운드. 레몬즙 2온스. 위의 재료를 모두 섞은 뒤 적당히 신맛이 돌도
록 황산을 조금 더한다. 이는 고열, 자줏빛 반점이 나타나는 악성 열
병, 기타 악성 홍역에 탁월한 처방이다.

지롤라마

민트, 사향, 정향, 약쑥. 이것은 갓 출산한 산모를 위한 고약을 만
드는 재료이고, 여기에 산욕열을 다스리는 수영을 추가한다. 비아 델
라 룬가라에 있는 약초 정원에서 지롤라마는 전정가위로 식물을 자
른 뒤 체카에게 건넨다. 기억조차 나지 않는 오래전, 일가가 팔레르
모에서 도망쳐 로마에 다시 정착했을 때 아무것도 묻지 않고 같이
따라와서 지롤라마와 그녀의 가족을 위해 변함없이 일해온, 이제 머
리가 희끗희끗한 충직한 하녀다. 줄리아는 로마에 도착한 직후 지롤
라마가 어렸을 때 이 정원을 가꾸었다. 지금 세이지와 로즈메리 덤불
로 둘러싸인 정원에는 치유의 효험이 있는 신선한 약초가 가득하고,
풀냄새가 공기 중에 떠돈다. 줄리아 만지아르디, 미아 마드레냐(Mia

madregna, 내 어머니). 동화 속에 나오는 사악한 계모가 아니라, 어린 지롤라마를 거둬주고 남자들을 위해 지어진 세상에서 살아남으려면 무엇을 가지고 있어야 하는지 가르쳐준 여자다. 지롤라마의 삼촌 로레스티노도 많은 것을 가르쳐주었다. 정신을 통제하는 법, 얼굴과 손바닥 읽는 법, 별자리를 해석하는 법. 하지만 읽고 쓰는 법을 배운 것은 줄리아 덕분이다. 줄리아 덕분에 지롤라마는 정원 가꾸는 법, 식물을 수확하여 다른 여자들을 위해 사용하는 법을 알게 되었다. 줄리아는 8년 전 세상을 떠났지만, 아직도 이곳에 오면 페니로얄과 코스트마리 사이에서 줄리아의 존재가 느껴진다. 죽은 뒤에도 여전히 마법을 부리고 있는 것이다.

지롤라마는 식물을 달이고 즙을 짜낸 뒤 말린 재료를 섞을 것이다. 지난주 도와준 여자는 출산 후 회복했고 아기도 살아남았지만, 그러다 열이 올랐다. 많은 산모들이 그렇다. 그러다 많이들 죽는다. 이 여자를 보낼 수는 없다.

"돈을 낼까요?" 체카가 묻는다.

"낼 수 있는 만큼 내겠지." 지롤라마는 대답한다. "아니, 충분하지는 않겠지만, 그러다 보면 돈을 더 많이 낼 수 있는 사람들도 만나게 되니 너무 걱정하지 마. 다른 데서 메워질 거야."

체카는 입을 불퉁히 내밀지만 더 말하지 않는다. 식량부터 잡다한 물품까지 집안의 재정을 관리하는 것은 체카이고, 그녀는 지롤라마가 이런저런 처방과 약제를 너무 싼값에 나눠주지 못하도록 잔소리를 하는 것이 자신의 역할이라고 생각한다. 하지만 대장은 지롤라마이고, 그녀는 바보가 아니다. 자신의 가치를 알고 있으며, 고객 하나하나의 가치, 얼마를 불러야 할지까지 다 알고 있다. 어쩔 수 없는 상황이 되면 공짜로 여자를 돕기도 하는데, 그런 일은 흔치 않다. 지롤라마는 자선단체가 아니라 사업을 꾸리고 있다. 그래야만 한다. 두 번째 남편은 오래전 빚만 남기고 도망쳤고, 남자와 함께 행복을 찾고 싶었던 지롤라마의 마지막 희망 한 줄기도 그와 함께 사라졌다. 작년에 역병으로 그가 세상을 떠났다는 소식이 닿았을 때, 지롤라마는 영혼 깊은 곳에서 묘한 무감각을 느꼈다. 이제 정말 모든 것이 그녀의 몫이다. 다른 여자들을 위해 생계를 꾸리는 것도, 이제 거의 성인으로 자란 두 아들과 이제 막 열네 살이 된 수양딸을 돕는 것도. 무슨 일이 있든 감상에 빠질 수는 없다. 그것은 지롤라마의 천성이 아니고, 살면서 지금까지 만들어진 성격도 아니다.

"어머니!" 안젤리카가 정원 끝에 와 있었다. "마차가 왔어요. 멋진 마차요!"

지롤라마는 어린 얼굴에 홍분이 가득한 안젤리카 쪽으로 향한다. 아까 감은 머리카락이 아직 축축하다. 머리카락이 곱슬거리도록 지롤라마가 땋아준 그대로다. 하느님, 제가 얼마나 이 아이를 사랑하는지요. 안젤리카는 지롤라마의 피를 받은 딸이 아니라, 아버지가 죽고 한 달 뒤 어머니마저 출산 도중 피를 너무 흘려 세상을 떠나면서 고아가 된 아이다. 출산을 돌보다가 아이를 떠맡고 만 지롤라마는 처음에는 다른 여자에게 맡길 생각으로 돌보기 시작했다. 하지만 그럴 수가 없었다. 후회할 이유는 없었다. 안젤리카는 그녀에게 기쁨을 주는, 인생에서 중요한 것 중 하나다. 하지만 그렇다고 마냥 오냐오냐 할 수는 없다. 아이가 물려받게 될 의무와, 그녀가 살아야 할 세상을 생각한다면. "세상에, 성모마리아님, 뭐 하자는 거냐? 마을 소식 전하는 사람이야? 지붕 꼭대기까지 들리도록 고래고래 소리를 지를 필요는 없잖니, 안젤리카. 이웃들이 벌써 다 봤을 거다." 이웃들은 참견이 심한 사람들이라 누가 찾아왔는지 늘 문틈으로 훔쳐본다. 아닌 게 아니라 이 집을 찾는 고객들은 상당히 흥미롭고 다양한 군상들이다.

"금으로 장식된 마차예요, 어머니. 가문의 인장도 박혀 있어요."

그럼 귀족이다. 드문 일은 아니다. 두 번째 남편 덕분에 상당한 사회적 지위가 있는 성을 물려받은 지롤라마는 사회 각층에 쉽게 스며들어 화장수와 각종 비법을 팔 수 있었다. 로마에서는 젊음이 숭배의 대상이고 늙음은 경멸당하기 때문에, 여성들은 평생 은과 도자기 가루 화장품으로 시간을 되돌리는 데 몰두한다. 지롤라마는 기꺼이 이런 것들을 대주고 있다. 하지만 보통 그들은 심부름꾼을 보낸다. 이번에는 뭔가 급한 일인 것 같다. "얼른, 나가서 누구인지 알아오너라. 그 머리카락 좀 가리고. 그러다 감기 들어!"

지롤라마는 급히 집 안으로 들어가 장갑을 벗고 장미수에 손을 씻는다. 작은 독수리 문양이 수놓인 검은 드레스 위에 두르고 있던 앞치마도 벗는다. 유일한 장신구는 열쇠와 작은 가위를 달아서 두른 허리띠뿐이다. 고객들에게 궁색해 보이고 싶지는 않지만, 지나치게 화려한 차림으로 나가고 싶지도 않다.

안젤리카는 1분쯤 뒤 돌아와서 속삭인다. "알도브란디니 공작부인이에요. 당장 만나고 싶대요."

"알겠다. 거실로 모시고 오렴. 커튼이 쳐져 있는지 확인하고. 이웃이 엿보면 안 돼."

공작부인. 벌써 몇 달 만이다. 계단을 올라 피아노 모빌 쪽으로 향하면서 지롤라마는 마지막으로 공작부인을 만났을 때 자신이 얼버

무리며 대충 피해갔던 질문을 떠올린다.

"이번에는 뭘 원하는 걸까?" 그녀는 소파 위에서 몸을 말고 있는 고양이에게 묻는다.

고양이는 '알게 뭐야?'라고 말하듯 하품을 하더니 등부터 앞발까지 기지개를 켠다. 처음은 아니지만, 지롤라마 자신의 인생도 고양이처럼 단순하다면 얼마나 좋을까 하는 생각이 든다. 의무도 없고, 약속도 없고, 멱살을 잡아채듯 끈질기게 따라다니는 기억도 없고, 물려주어야 할 유산도 없이. 쿠션들을 두드려 부풀린 다음 내려놓는데, 공작부인이 벨벳과 실크 치맛자락을 사락거리며 방에 들어선다. 목에는 강낭콩처럼 통통한 진주 목걸이를 두르고 있다.

"어떻게 지내셨나요, 부인?" 지롤라마는 살짝 고개를 숙이며 묻는다.

공작부인은 진주 목걸이를 움켜쥐며 초조하게 주위를 둘러본다. 귀족의 화려한 저택 바깥이 어떤지 잊고 지낸 게 분명하다. "나는…… 걱정이 되어서 찾아왔어요, 지롤라마. 꿈을 꾸었답니다."

아, 부자들의 꿈이란 늘 두둑한 돈이 되지. "앉으시지요. 천천히 말씀하세요."

공작부인은 묵직한 새틴 치맛자락을 들어 올리더니 이가 득실거릴까 봐 걱정되는지 소파 끝에 살그머니 걸터앉는다. 하지만 지롤라마는 자신의 거처가 로마에 있는 대부분의 집보다 훨씬 위생적이라는 것을 알고 있다. 바로 옆집만 가봐도 이따금 벼룩이 뛰어다니는 것은 물론 발치에 쥐까지 돌아다닌다. 하지만 지롤라마는 미소로 짜증을 감추고 부인의 다음 말을 기다린다.

"내 딸이 땅속에 묻힌 꿈을 꾸었어요." 공작부인이 입을 연다. "위험이 닥친 꿈. 어둠이었어요. 시시각각 액운이 다가오는데, 딸아이는 모르고 있었죠. 경고하려고 아무리 애써도 내 말을 듣지 못하는 꿈이었어요." 무릎 위에 놓인 두 손이 가만히 있지 못한다. "너무나, 심히 걱정이 됩니다. 당신의 신탁으로 미래를 보아주었으면 해요. 불길한 생각만 들어서 견딜 수가 없네요. 딸이 앞으로 무사할지 알고 싶어요."

지롤라마는 고개를 끄덕인다. 점치는 일이야말로 본질적으로 그녀가 하는 일이다. 오래전, 점술의 달인이었던 삼촌 로레스티노에게 배웠다. 삼촌은 온갖 일에 도통한 사람이었다. 점성술, 손금보기, 관상. 귀족들은 '신탁'이라고 부르는 것을 좋아한다. 그렇게 부르면 더 종교적이고 고상하게 들리기 때문이다. 사실 어떤 용어를 쓰든 불법적인 일이다. 미래가 어떻게 펼쳐질지는 하느님만 아시기 때문이다. 그러나 지롤라마는 점술이 교회의 전유물이어서는 안 된다고 믿는다. 오직 그들만이 신의 뜻에 다가가는 참된 길이며, 교회의 예식만이 인정된다고 주장하는 것. 이는 교회가 가난한 사람을 통제하는 방법 가운데 하나다. 유대인을 게토에 몰아넣고 각종 서적을 금지한 것도, 교황이 종교재판을 시작한 것도 그 때문이다. 모두 평범한 시민들에게서 권력을, 자신의 운명에 대한 통제력을 빼앗고 그 자리에 눌러앉히려는 수단이다. "알았습니다, 부인. 거울을 가져오라고 하지요." 지롤라마는 문간에 서 있는 안젤리카에게 말한다. "양초 세 자루를 가져오너라. 좋은 것으로. 그리고 사리풀 씨앗 한 줌도 가져오렴."

지롤라마는 자기 침실에 둔 상자 안에 거울을 보관하고 잠가둔다. 예전에 그 상자는 줄리아의 것이었고, 줄리아 역시 자기 어머니에게서 물려받았다. 은제 거울 안에는 영혼이, 어둠의 힘이 갇혀 있는데 절대 도망치지 못하도록 해야 한다. 지롤라마가 지금 소통하려는 대상이 바로 이 영혼이다. 그러려면 몽환 상태가 되어 환상을 보아야 하는데, 늘 보이는 것은 아니다. 이따금 지롤라마는 이야기를 지어내기도 한다. 그러지 않으면 돈을 받을 수 없기 때문이다. 그녀는 나무 상자를 방으로 가져와 거울을 감싼 천을 걷고 탁자 위에 올려놓는다. 잠시 거울에 비친 자신의 모습을 바라본다. 예전보다 훨씬 날카로워진 윤곽, 검은 눈동자 위로 처진 눈꺼풀, 더 도드라진 목의 뼈. 그래, 세월이란 이런 것이겠지. 여자들이 요청하면 시간의 흐름을 멈춰주려고 최선을 다하기도 하지만, 지롤라마 자신에게는 늙음이라는 베일이 오히려 유용하다. 나이는 그녀를 거의 눈에 띄지 않게 감춰준다. 안젤리카가 밀랍 양초 세 자루를 들고 돌아와서 작은 초의 불을 옮겨붙인다. 지롤라마는 작은 초를 받아 사리풀 씨앗에 갖다 댄다. 연기가 거울 쪽으로 흘러가 얼굴을 뒤덮는다. 그녀는 연기를 깊이 들이마시고 줄리아가 가르쳐준 말을 중얼거린다. 달래고 정화하는 주문, 그녀를 거울 안 영계와 연결해주는 주문이다. 호흡은 깊고 규칙적이며, 독한 사리풀 냄새가 공기를 가득 채운다.

"성모마리아의 베일을 두르고, 나는 무사히 갔다가 무사히 돌아오리라.

물로, 땅으로, 바다로, 배로, 모든 길로, 모든 수단과 경로로……"

서서히 형체가 나타나기 시작하지만, 그것이 한 겹 드리운 거울의 어둠 속인지, 자신의 마음속인지, 지롤라마는 알 수 없다. 하지만 그것이 실체라는 것만은 믿고 있다. 움직임이 보인다. 갇혀 있는 새 같다. 새장 안에서 떨림과 날갯짓이 보인다. 이어 창살 뒤의 다른 형태에 초점이 맞춰진다. 탁자에 앉아 있는 남자, 손에 책을 들고 있다. 여자는 웅크린 채 그 앞에 앉아 있다. 그녀 자신일까? 지금 보고 있는 것이 미래가 아니라 혹시 과거인가? 잠시 지롤라마는 겁에 질린 채 심장이 목구멍으로 튀어나올 것 같은 기분으로 폭력이 덮치기를 기다리는 젊은 여자로 되돌아간다. 하지만 아니, 이건 젊은 여자가 아니라 고개 숙인 늙은 여자다. 지롤라마는 눈을 질끈 감고 다시 현실로 자신을 끌어당긴다. 더 보고 싶지 않다.

"어떤가요?" 공작부인이 말하고 있다. "무엇이 보이나요? 뭔가요?"

지롤라마는 억지로 미소 짓는다. "따님은 무사합니다." 그녀는 부인에게 말한다. 이 여인은 이 말을 듣기 위해 여기에 왔다. "하지만 변화가 찾아올 거예요."

"무슨 변화?"

지롤라마는 고개를 젓는다. "확실하지는 않지만, 무슨 변화인지 몰라도, 따님을 해치지는 않을 겁니다. 따님은 보호받고 있습니다." 부와 특권이, 수도원의 높은 담장이, 아무리 도망치고 싶어도 그녀를 가두고 있다. "걱정하실 필요는 없습니다." 사실일까? 확신할 수는 없지만, 걱정이 도움이 되는 경우는 거의 없었고, 돈까지 내면서 두려운 예감을 확인하려는 사람도 없다.

"하느님, 감사합니다." 공작부인은 숨을 내쉬며 말한다. "몹시 걱정했답니다. 워낙에 매사 행실이 가벼운 아이였거든요. 하지만 무슨 위험이 있다 해도, 지금 있는 그곳에는 내 보호가 미칠 수 없습니다." 잠시 침묵. "그럼 딸을, 굳이 데려올 필요는 없겠군요?"

지롤라마는 여자의 얼굴을 찬찬히 바라본다. 진정 원하는 대답이 무엇일까? 딸을 집에 불러들이고 싶은 걸까, 곁에 없는 편이 마음이 놓이는 걸까? 지롤라마는 신중하게 말을 고른다. "말씀드렸지만, 공작부인, 따님은 위험하지 않습니다. 하지만 꿈에 나타났다는 것은 따님이 불행하다는 징표일 수 있어요. 어머니를 그리워한다는."

공작부인은 고개를 끄덕인다. "계획보다 조금 일찍 수녀원에 찾아가보는 게 좋겠어요."

지롤라마는 미소 짓는다. "좋습니다." 공작부인은 골칫덩어리 딸을 집에 데려오고 싶지 않은 것이다. 그저 양심의 짐을 덜고 싶을 뿐. 많은 여자들이 딸을 이렇게 대한다. 하지만 줄리아가 지롤라마를 대했던 방식은, 그녀가 안젤리카를 대하는 방식은 이렇지 않았다. 안젤리카가 공작부인을 경멸 비슷한 눈빛으로 보고 있는 것이 눈에 띈다.

마차가 떠나는 것을 바라보며, 지롤라마는 얼굴에 가면처럼 띠고 있던 미소를 털어낸다. 현기증이 나고 피곤하다.

"정말 뭘 보셨어요?" 안젤리카는 조용히 말한다. 아이는 보통 사람보다 예리하다.

"남자. 책. 새장."

"무슨 뜻일까요?"

안젤리카를 바라보는 지롤라마는 불쑥 두려운 마음이 엄습한다. 자신에게 의지하는 이 아이가 언젠가 이 모든 짐을 짊어져야 한다. "나도 모르겠구나. 깊이 생각할 시간도 없다. 할 일이 많거든."

순간, 어쩌면 교회가 옳을지도 모른다는 생각이 든다. 어쩌면 미래를 모르는 것이 나을지도.

IO

스테파노

두 남자 사이에 틀림없이 뭔가 있을 것이다, 스테파노는 생각한다. 둘 다 같은 술집에서 술을 마셨고, 비슷한 나이였으며, 성품도 비슷했던 것 같다. 그렇다면 무엇이 연결고리일까?

로즈메리 우린 물에 적신 천으로 이를 문지르고 하루를 준비하면서, 스테파노는 첫 며칠 동안의 수사에서 마르첼로와 자신이 알게 된 사실들을 다시 생각해본다. 염색장이의 아내 테레사와도 다시 이야기를 나누었지만, 그녀는 남편이 세 명의 왕 여관에 이따금 갔었다는 것밖에 몰랐다. 여관 주인과 남편 사이에 친분이 있었는지 없었는지는 모르고, 그에 대한 말을 들어본 적도 없다고 했다. 귀여운 얼굴을 한 여관 주인의 아내 카밀라도 다시 만나보았지만, 그녀도 염색장이를 이따금 찾아오던 손님으로만 기억할 뿐, 남편과 특별한 우정이나 관계는 없었다고 했다.

"무슨 관계가 있었다면 부인이 알았을까요?" 스테파노는 물었다.

"네, 어르신. 그랬을 거예요. 남편과 떨어져 지낸 적이 거의 없거든요."

"비밀도 없었습니까?"

"없었어요. 저는 남편의 마음을 잘 읽었답니다."

이 말을 듣자 스테파노는 서글픔이 가슴을 찌르는 것을 느꼈다. 자신을 온전히 이해하는 사람이 있다는 것은 어떤 기분일까?

"혹시 우리가 알아두어야 하는 것이 또 있을까요, 카밀라? 원한이나 갈등 같은 것 말입니다. 남편을 그렇게 잘 아셨다면, 우리가 당신 말고 누구에게 물어보겠습니까."

젊은 여자는 고개를 저었다. "정말이지, 어르신. 생각하고 또 해봤는데, 달리 생각나는 건 없었어요."

뭔가 숨기고 있는 걸까? 스테파노는 알 수 없다. 카밀라는 진심인 것 같았지만, 그가 여자의 마음과 감정을 잘 읽는다고 할 수는 없다. 어쨌든 여자들은 어린 시절부터 자신을 감추는 법을 배운다. 그가 여자들에 대해 아는 것이라고는 죄다 누이들을 통한 것이었고, 특히 루치아의 행동은 교회와 법률을 통해 그가 알고 있는 여자라는 존재에 항상 부합하지는 않는다. 그는 아직 배울 것이 많다.

두 남자가 불법적인 거래나 사업에 연루되어 있지는 않았을까. 밀수라든가, 혹은 그보다 더 어두운 거래에?

현관문을 두드리는 소리가 들리고, 스테파노는 아래쪽 거리가 보이는 창가로 향한다. 항상 활기찬 마르첼로다. 요즘 스테파노는 점점 그가 마음에 든다. 그의 태도에는 조롱보다는(스테파노의 형들과 달리) 삐딱한 농담이 배어 있다. 그는 삶을 웃음거리로 삼고, 자기 자신조차 농담의 대상으로 본다. 스테파노가 얼굴을 닦고 아래층으로 내려가니 하녀가 이미 박사를 집 안에 들이고 옆에서 기다리고 있다.

"좋은 소식이 있어." 마르첼로의 목소리는 들떠 있고 얼굴은 밝다.

"좋은 소식? 뭔가?"

"시체를 하나 더 찾았지."

스테파노는 하녀를 흘끗 본다. 열여섯 살 대담한 처녀는 이따금 그를 불편하게 한다. "고맙다, 콘체타. 이제 가도 좋아."

그녀는 나가라고 하는 것이 못마땅한지 두 남자를 빤히 보더니 고개를 까딱 숙인다.

하녀가 사라진 뒤 스테파노는 말한다. "그걸 좋은 소식이라고 하다니?"

"나한테는 그래." 마르첼로는 말한다. "이번에도 얼굴이 발그스레한 시체고, 죽기 전에 통증과 구토 증상이 있었다는 남자니까. 단지 계급이 다를 뿐." 마르첼로는 극적인 효과를 내기 위해 잠시 사이를 둔다. "체리 공작이야."

스테파노는 눈을 깜빡인다. 공작이 죽은 지는 1년도 넘었다. 아버지와 알고 지낸 사람이었다. "확실해?"

"다른 의사한테서 들었어. 오래전 같이 해부학을 공부했던 사람이야. 우리의 임무에 대해 약간 털어놓았더니……."

"마르첼로!" 스테파노는 엄하게 경고한다.

"입이 무거운 사람이야. 내 목숨도 맡길 수 있다고. 아니, 실제로 맡긴 적도 있지만. 내 몸을 가지고 실험을 하도록 했는데, 뭐, 그건 다른 이야기고." 그는 눈살을 찌푸린다. "그 친구가 말하길, 체리 공작의 시신에 특이한 점이 있다는 이야길 공작의 주치의에게서 들었대. 사후강직이 다른 환자보다 훨씬 오래 지속되었다는 거야."

"그건 오히려 이발사 말과 반대 아닌가."

"그렇지만, 연관성이 있어. 여기가 가장 흥미로운 지점인데, 시체의 위장 내부가 진홍색이었어. 가련한 그 염색장이와 마찬가지인데, 오히려 더 심했다는군."

"흠." 스테파노는 조금 전의 염려를 잊었다. "체리 공작의 주치의 이름을 알고 있나?"

"이름을 알 뿐만 아니라 어디서 일하는지, 어디 사는지도 안다네. 당장 가보세나."

"잘됐군, 친구! 잘됐어!" 하지만 스테파노는 흥분한 와중에도 찜찜한 마음을 떨칠 수 없다. "하지만 조심스럽게 진행해야 해. 이건 귀족의 일이야, 아주 돈 많은 가문. 자기 집안 문제가 동네방네 소문나는 걸 바라지는 않을 걸세."

"아무한테나 발설해서는 안 되지." 마르첼로가 말한다. "신중하게 사람을 골라 탐문하자고."

그들은 서로를 보며 미소 짓는다. 드디어 단서가 생기는 것 같다.

"식사는 했나?" 마르첼로는 묻는다.

"아니, 아직."

"그럼 파르네세 광장 쪽으로 가서 끝내주는 페이스트리를 먹고 저명한 베니치 박사에게 무슨 질문을 할지 구상해보세."

사제복을 입은 신부와 줄에 개를 묶어 끌고 가는 아이들 사이를 지나며, 스테파노는 마르첼로에게 의학을 어디서 공부했는지, 어쩌다 시체 해부하는 일을 하게 되었는지 묻는다.

"파도바에서 의학을 공부했는데, 학업을 계속할 돈이 필요해서 해부학자의 조수로 들어갔어. 난 부잣집 출신도 아니고, 거긴 급여가 상당했거든."

"그래도 가족의 지원은 받았겠지?"

"어느 정도. 어머니는 항상 내게 거는 기대가 컸지만, 그게 시체 해부하는 사람이 되라는 꿈은 아니지 않았겠나!"

"이거 실례했군." 스테파노는 자기 자신을 나무란다.

"이건 내 직업이고 내게는 무척 흥미진진해. 아내는 이 일에 대해 아무 불만이 없지만, 어머니에게는 내가 해부학 박사라고 말씀드린다네. 그러면 저녁 식탁에서 이야기를 나눌 때 크게 거부감이 생기지 않을 테니. 자네 부모님은 이번 일에 대해 알고 계시나?"

"어머니는 일찌감치 돌아가셨어." 스테파노는 말한다. "아버지는…… 나보다 먼저 이 일에 대해 알고 계셨지. 바란초네와 친구 사이라네."

"아. 아버님도 법조인이신가?"

"아니, 직물 상인이야. 자네 어머니가 자네에게 거는 기대가 크셨듯, 우리 아버지도 나에 대한 야심이 크시지." 야심이 적절한 표현인가? "당신을 실망시키지 말라고 내게 분명히 말씀하셨어."

"이런, 스테파노, 부모님을 무슨 수로 완전히 만족시킨단 말인가? 우리 스스로 원하는 것을 해나가는 것이 더 중요하지 않겠나. 어쨌든 베니치 박사가 뭔가 유용한 대답을 주기를 바라세."

의사의 저택은 장미색 돌로 지어진 3층 저택이다. 두 사람은 줄줄이 이어진 여러 개의 방을 지나 베니치 박사가 일하는 집무실로 안내된다. 토마소가 쓰던 거친 탁자와는 하늘과 땅 차이다. 푹신한 의자, 반질반질 윤이 나는 호두나무 가구, 서가에는 금박 장식이 있는 가죽 장정 의학서가 줄줄이 꽂혔고, 벽난로에서 타닥타닥 불이 타오르고 있다. 하지만 주인이 손님을 맞는 태도는 쌀쌀하다.

"체리 가문에 접근하셨다고?"

"아직 안 했습니다." 스테파노는 말한다. "쓸데없는 불편을 끼치고 싶지 않아서요. 그저 박사님에게 몇 가지 질문을 드리고자 합니다."

의사는 그를 응시한다. 덩치 크고 둥글둥글한 얼굴에 건포도처럼 작은 눈이 박혀 있다. "약속도 하지 않고 미리 전갈도 없이 이렇게 찾아오는 것은 극히 이례적인 일이군. 나는 바쁜 사람이네."

"당연히 박사님의 기술을 찾는 사람이 많으리라 생각합니다." 스테파노는 달래듯 말한다. "그저 잠시만 시간을 내주십시오. 공작이 어떻게 죽었는지, 사망하기 전에 어떤 증상을 보였는지 확인만 해주시면 됩니다."

의사는 얼굴을 찌푸린다. "당시 의료 보고서에도 기록했지만, 악성 열병이었어. 갑작스럽고 고통스럽고 치명적인 열병. 다양한 처방과 치료법을 동원했는데도 일주일 만에 세상을 떴지. 보통의 경우 잘 듣는 치료였다네."

마르첼로가 묻는다. "증상은 어떤 것들이었습니까?"

"악성 열병에서 흔히 보이는 증상이었네, 젊은이. 위장과 내장의 통증, 열로 인한 심한 갈증, 다량의 토사물과 배설물."

익히지 않은 햄 같은 의사의 손이 스테파노의 눈에 들어온다. 그가 집도하는 수술대에는 절대 올라가고 싶지 않다. "피부의 변색은 없었습니까? 반점이라든지."

"없었네."

거짓말이다. "다른 사인은 절대 있을 수 없다고 확신하셨습니까?"

"그랬다네."

"부검은 시행하지 않으셨지요?" 마르첼로가 묻는다.

"그럴 리가 있겠나." 분노가 치미는지 의사의 뺨이 붉어졌다. "가족들이 내 진단을 의심할 이유도, 달리 범죄행위를 의심할 이유도 없었네."

"그랬겠지요." 스테파노는 얼른 대답하지만, 그와 마르첼로는 시선을 교환한다. 왜 굳이 범죄라는 말을 꺼내는 거지?

"자네들이 이런 질문을 하고 있다는 사실 자체가, 그런 질병이 어떻게 진행되는지 잘 모를 뿐만 아니라 점잖은 사교계가 어떻게 움직이는지에 대해서도 아는 바가 없다는 걸 말해주는군." 베니치는 늘어진 턱살을 부들부들 떨며 일어선다. "어떻게 이렇게 막무가내로 쳐들어와 내 진단에 의문을 제기할 수가 있나?" 그는 스테파노를 노려본다. "아무것도 모르는 새파란 친구에게 수사권이 주어졌다는 자체가 놀랍기 짝이 없어."

스테파노는 몸을 굳히며 얼굴에 분노를 드러내지 않으려고 노력한다. "말씀하신 그대로입니다. 겉으로 보이는 것이 전부는 아니지요." 그는 고개 숙여 인사한다. "번거롭게 해드려서 죄송합니다. 그럼 안녕히 계십시오. 이만 가보겠습니다."

II

안나

자신이 어떻게 해야 하는지 징표를, 작은 암시라도 내려달라고 안나는 기도했지만, 신은 어떤 응답도 주지 않았다. 어쩌면 그 여자의 집 문 위에 새겨진 천사 조각에서 의미를 찾아야 할지도 모르지만, 거기도 먼지가 덕지덕지 앉아서 상서로운 징조로 보이지 않는다. 차라리 타락 천사 같기도 하다. 안나는 그 생각을 길게 하지 않으려고 애쓴다. 건물은 좁고 햇빛이 들지 않는 비아 베네토의 골목에 자리 잡고 있다. 베네데타와 함께 라우라의 집에 들어가보니, 변변한 가구도 없는 방 하나짜리 공간에서 묘한 냄새가 감돈다. 약 냄새와 퀴퀴한 악취, 축축한 습기 냄새다.

라우라는 어떻게 보면 마흔 같고 어떻게 보면 예순처럼 보이는, 비쩍 마르고 초췌한 여자다. 치맛자락 밑으로 앙상한 발목이 막대기처럼 툭 튀어나와 있다.

"베네데타에게 들었는데, 남편과 아내를 화해시키는 방법을 아신다면서요. 사이가 조금……." 그녀는 망설인다. "엇나갔을 때요."

여자는 눈을 가늘게 뜨고 안나를 응시한다. "보아하니, 약간 엇나간 정도가 아닌데."

안나는 퉁퉁 부은 목구멍으로 힘겹게 침을 삼킨다. 그가 목을 조

84

른 것은 간밤이 처음은 아니었지만, 그녀가 정신을 잃은 것은 처음이었다. 겁이 났다.

"얼마나 자주 때리지요?" 여자는 묻는다.

안나는 베네데타를 돌아본다. 도움을 기대했지, 신문을 바란 것은 아니었다. "이런 질문이 꼭 필요한지 모르겠네요. 저는 남편의 사랑을 얻을 방법이 있는지 알고 싶어서 왔어요."

여자는 코웃음을 친다. "사랑을 얻는다? 되찾는 게 아니라? 그렇게 심각해요?"

"네, 심각해요." 그녀는 딱딱하게 답한다. 여기 온 것은 분명 실수다. "절 도와줄 수 있나요, 없나요?"

"내가 그의 기질을 바꿀 수는 없어요. 어떤 여자도 그런 일은 못합니다."

안나는 욱신거리는 통증을 느낀다. 그녀 자신도 알고 있었지만, 여전히 마음 한구석은 누군가 이 모든 것을 바로잡아줄 거라는 희망을 버리지 못한다. "그럼 저를 도와주실 수 없는 거군요." 그녀는 일어서려 하지만, 베네데타의 손이 그녀의 팔을 잡는다.

"그런 말은 아니에요" 라우라는 약간 부드럽게 말한다. 그녀는 베네데타와 안나를 찬찬히 뜯어보고 있다. 그리고 목소리를 낮춘다. "이런 일을 할 수 있는 여자를, 실제로 이뤄주는 여자를 알고 있습니다. 당신을 구할 수 있는 사람."

"어떻게요?" 안나는 자신의 목소리가 필사적이라는 것을 알고 있다.

"비용이 들 겁니다. 돈은 있으시지요."

"약간은요." 많지는 않다. 안나의 전 재산은 결혼할 때 필리프 앞으로 넘어갔고, 그는 식료품이나 옷가지를 살 때마다 바이오키 몇 닢을 던져줄 뿐이다. 이것 역시 통제 수단이다.

"음, 상당한 돈이 필요할 테니, 최대한 모아보세요. 내가 그 여자에게 연락해주지요."

"다른 비방이 있다는 말씀인가요?"

"그럼요. 아주 센 비방이죠."

"화해시킬 수 있는?"

아무 경고 없이 여자는 팔을 뻗어 안나의 목을 만진다. 안나는 움찔하며 뒤로 물러선다.

"남편은 곧 당신을 죽일 겁니다. 알고 있지요? 사실은 그래서 여기 온 거잖아요."

안나는 아연하다. 뭐라 할 말이 생각나지 않는다.

"그러니 이쪽에서 선수를 쳐야지. 다음 주에 50스쿠디를 갖고 오세요. 우리가 당신의 문제를 해결해드릴게요."

안나는 멍한 기분으로 그 집을 나선다. 여자의 말을 제대로 들은 것인지 자신의 귀를 믿을 수가 없다. 내가 잘못 이해했나? 베네데타는 고개를 숙인 채 안나의 시선을 피하고 있다. 이 여자가 어떤 사람인지, 무슨 짓을 하는 사람인지, 나를 여기 데려왔을 때 하녀도 알고 있었을까.

잠시 후 가까스로 정신을 차리고, 안나는 베네데타에게 말을 건넨다. "당신을 위해 기도할게, 베네데타. 우리 둘을 위해 기도하겠어. 우리를 긍휼히 여기시고 인도해달라고."

하녀는 그녀를 똑바로 쳐다본다. "눈에는 눈으로, 이에는 이로, 손에는 손으로, 발에는 발로. 성경에 그렇게 쓰여 있지 않던가요?"

다시 목이 콱 막히는 기분이지만, 이번에는 눈물이 차올라서다. "정말 내가 이런 수단에 손댈 정도로 저열한 사람이라고 생각했어?"

베네데타는 대답하지 않는다. 그녀의 입은 일자로 굳게 닫혀 있다.

안나는 앞장서서 걸음을 옮긴다. 방법이 있을 것이다. 다른 방법이. 틀림없이 있을 것이다.

12

스테파노

스테파노의 다갈색 암말 다미젤라가 아버지의 마구간에서 그를 기다리고 있다. 말은 그가 다가가자 코를 대고 킁킁거린다. 옆에 서자 말은 머리를 그의 어깨에 기대고, 그는 벨벳 같은 귀를 쓰다듬어준다. 말과 건초, 가죽, 똥이 어우러진 익숙한 냄새를 맡으며 숨을 들이마시니 잠시 평온한 만족감이 찾아든다. 이런 기질의 말을 갖는 것은 물론 행운이지만, 이는 주인이 말을 어떻게 다루느냐에 따라 좌우되기도 한다. 아버지의 검은 종마는 훨씬 사나운데, 망아지 시절 너무 많이 얻어맞았기 때문이다. 주인에게 코를 비비지 않는 것도 당연하다.

부츠에 짚 밟히는 소리가 들린다. "브라키."

돌아보니 바란초네다. 눈빛과 굳은 턱선을 보니, 사교적인 방문이 아니라는 것을 알 수 있다. 문제가 생긴 것이 분명하다.

"방금 대단히 기분이 상한 어느 대사의 방문을 받았다. 자네가 귀족의 주치의를 신문하고 다닌다면서."

스테파노는 침을 삼킨다. "신문은 아니었습니다. 저희는 그저 체리 공작을 진찰한 의사에게 몇 가지 질문을……."

"맙소사, 스테파노." 바란초네는 이를 악문다. "머릿속에 뇌라는 게 아예 없나, 아니면 말에게 먹이는 건초만 가득한가? 이 도시의 규칙이 어떤 건지 알고 있잖나. 이런 일이 어떻게 돌아가는지를! 귀족을 수사하기 시작하면 우리가 가진 미미한 권력도 **빼앗기게 돼!**"

"하지만 체리 공작의 증상은……."

"자네는 잘못된 길로 가고 있어, 스테파노. 내가 조심스럽고도 신중하게 조사하라고 했지, 언제 유력 가문의 주치의에게 달려가 반대 신문을 하라고 했나? 그 가문에서 주치의를 보내 대사에게 불쾌감을 전하게 한 것도 놀랄 일이 아니야."

스테파노의 뺨이 수치심에 달아오른다. "총독 각하, 제 잘못입니다. 파장이 어디까지 미칠지 미처 생각하지 못했습니다."

"생각 못 했겠지. 나는 자네에게 더 많은 것을 기대했다, 스테파노. 자신을 증명해 보일 거라고 생각해 기회를 주었지. 이렇게 자네 자신과 나까지 난처하게 만들 줄은 몰랐네."

"더 잘하겠습니다. 약속드리겠습니다." 스테파노도 자신의 목소리가 미덥지 않다는 것을 알고 있다.

"공허한 장담은 필요 없어. 신중한 행동으로 보이게." 바란초네의 목소리는 짧고 차갑다. "수사를 비밀리에 못 하면, 범인은, 만일 범인이 있다면, 잠적할 테지. 로마 전체를 공황 상태로 몰아넣는 것은 절대 바라지 않아."

"맞습니다."

바란초네는 차가운 눈으로 그를 바라본다. "이번 일에 제대로 된 판단력을 보여주지 못하면 자네 경력은 여기서 끊기고, 앞으로 어떤 일도 주어지지 않을 것이야. 알았나?"

심장이 얼어붙는 것 같다. "알았습니다."

바란초네는 숨을 내쉰다. "좋아." 그는 돌아서서 걸음을 옮기며 어깨 너머로 한마디 던진다. "다음에는 진척이 있다는 보고를 듣고 싶네, 스테파노. 다른 누구에게서도 더는 다른 소리를 듣고 싶지 않다. 알아들었으면 당장 시작해."

총독이 떠난 뒤, 스테파노는 한동안 꼼짝도 하지 않고 그 자리에 서 있다. 얼굴은 여전히 화끈거리고 속이 울렁거린다. 깊이 생각도 해보지 않고 단서를 뒤쫓는다는 흥분에 들떠 일을 벌였으니. 로마에서 귀족계급은 스테파노 같은 관리의 공권력이 미치지 않는 존재라는 불문율이 있는데, 그가 그만 진실을 찾겠다는 결기에 차서 목적을 숨기지도 않고 주치의를 찾아간 것이다. 다른 방식으로 접근했다면 이렇게까지 빗장이 내려오지는 않았을 것이다. 귓전에 온기가 느껴진다. 다미젤라가 뜨끈한 숨결을 내뿜으며 코를 부비고 있다. 말들은 일이 잘못되었을 때 본능적으로 감지하고 위로해준다. 입밖으로 내기는 뭣한 이야기지만, 느낄 수 있다. 스테파노는 말의 머리를 쓰다듬는다.

잠시 후 루치아가 나타난다. 바란초네가 한 말을 들었는지, 그냥 고성이 오가는 것을 듣고 짐작했는지, 그녀는 스테파노에게 아무것도 묻지 않는다. 그것이 고맙다. 누나는 그저 이렇게 말할 뿐이다. "미네스트라를 만들었어. 가서 좀 먹자."

스테파노는 누이를 따른다. 식욕은 없지만, 루치아는 거실에 앉아 동생이 숟가락을 입에 가져가는 모습을 지켜본다. 무슨 맛인지도 느껴지지 않는다.

그가 어느 정도 그릇을 비우고 나자, 루치아는 말한다. "네가 그보다 더 좋은 남자야, 스테파노. 열 배는 더 나아."

"아니, 루치아. 나는 바보야."

그녀는 고개를 젓는다. "넌 궁중의 이중적인 처세술을 아직 배우지 못했을 뿐이야."

스테파노는 종종 어머니 역할을 해온 누나를 쳐다본다. 친모에 대한 스테파노의 기억은 이제 흐릿한 그림자에 지나지 않는데, 생전부터 원래 그랬던 분인지, 세월이 흘러 유령처럼 존재감이 희미해진 것인지는 알 수 없다. "내가 이 일을 그냥 덮어두어야 한다고 생각하는 건 아니지?"

"그런 말은 한 적 없어."

"요즘 누님은 워낙 말이 없으니."

"난 아이 없는 과부야, 동생아. 의견을 가질 자격조차 인정되지 않는 사람이지. 조용히 입 다물고 순종하며 자기주장을 하지 않는 것이 내 의무야." 그녀는 일어나서 찬장으로 가더니 마욜리카 식기를 정리하기 시작한다. "마찬가지로 너 역시 암묵적인 경계를 지켜야 하는 것이지. 어쩌면 그것이 현명한 처사일지도 모르겠구나."

"어쩌면." 스테파노는 무슨 맛인지도 모르면서 빵을 씹는다. 그는 계속 생각에 잠긴다. 가문의 허락이 없었다면 그 주치의는 감히 대사에게 달려갈 수 없었을 것이다. 그들은 왜 나를 집 안에 들이지 않으려 하는 것일까?

누나는 돌아보지 않은 채 말한다. "이 일에서 손을 떼도 돼, 스테파노. 끝이 좋지 않을 것 같아서 걱정된다."

또다시 잔이 절반이나 비었다고 말하는 루치아. "누님, 나는 이번 수사를 끝까지 마무리할 거야. 성공적으로 끝내고야 말겠어."

그녀는 말이 없다.

스테파노는 계속 생각에 잠긴다. "체리 공작에 대해 아는 게 있어, 루치아? 아버지의 친구였지?"

그녀는 동생을 돌아본다. "단순한 지인 이상이었을 거야. 나는 그를 잘 모르지만."

"그의 아내를 만나본 적은? 아녜제 알도브란디니?"

"몇 번밖에 안 돼. 허영심이 있고 예쁜 여자였어. 남편 나이의 반밖에 안 되고. 그 점에서는 우리도 공통점이 있네." 루치아는 미소 짓는다. "물론 알도브란디니 가문은 우리보다 한 단계 위지."

"몇 단계는 높지." 스테파노가 말한다. "그 가문에서 교황을 배출한 지가 50년도 안 됐잖아."

"너도 공작과 그의 부인을 봤을 거야. 브루노의 결혼식에 참석했었거든. 부인은 신부보다 더 돋보이는 레이스와 진주로 치장한 파란 드레스 차림이었어."

스테파노는 기억을 더듬는다. 그래, 그 모습이 떠오른다. 우아한 금발 숙녀. "술피치아와 같이 있던 사람이군." 술피치아는 분명히 기억난다. 검은 머리, 도자기 같은 피부.

"그래, 그 둘은 아주 가까운 친구 사이지. 추측하건대 둘 다 머릿속에 든 게 없지만."

"아녜제는 우리 아버지와 춤도 췄지." 파란 형체가 빙글빙글 돌던 기억.

"맞아. 공작은 통풍으로 발이 아팠지."

"체리 공작은 전혀 기억나지 않는군."

"넌 그럴지도 모르겠다. 저녁 내내 자리에 앉아서 자기가 수집한 유물 이야기만 늘어놓았거든. 성 크리스토포로스의 발가락을 100스쿠디에 샀다는 이야기가 기억나네." 루치아는 뻐딱한 미소를 지으며 다시 개수대 쪽으로 돌아선다.

유물이라. 거기 뭔가 단서가 있을까? 스테파노는 생각에 잠긴다. 로마에서 유물 거래는 줄곧 유행하고 있지만, 끊임없이 무덤과 고대 유적 같은 것을 도굴해서 성자의 손가락 따위를 파내야 하는 지저분하고 문제 많은 사업이다. 혹시 이 사업 때문에 염색장이와 여관 주인 사이에 무슨 관계가 있지는 않았을까? "루치아? 공작은 유물을 어디서 구했지?"

"모르겠다. 경매에서 샀겠지."

"그렇지." 어두컴컴한 여관에 앉은 상인들과 공작이 흥정하는 모습이 떠오른다.

루치아는 그가 무슨 생각을 하는지 눈치챈다. "고작 사건 하나일 뿐이야, 동생아. 지나치게 몰입하지 말아라."

고작 사건 하나이지만, 수상하지 않은가. 복잡하고 의미 있는 사건을 맡아보고 싶다는 열망을 언제나 품고 있었지만, 지금은 눈앞에서 스르르 똬리를 푸는 이 뱀에 대한 섬뜩한 두려움이 밀려온다. 주치의의 방어적인 태도가 다시 떠오른다. 의사는 대뜸 실력자들에게 달려가 수사를 차단하려 했다. 불문율을 어겼다는 사실에 그저 화가 났을 수도 있지만, 그게 전부는 아닐 거라는 예감이 든다. 오늘 마르첼로와 이야기를 해봐야겠다.

의사의 집에 가보니, 그는 아내와 저녁 식탁에 마주 앉아 있다.

"앉아서 같이 드세요." 미르틸라가 고집한다. 그녀는 다갈색 머리카락의 활달한 여자다. 스테파노에게 거절할 틈도 주지 않고 세 번째 의자를 끌어내고 그릇 하나를 더 가져온다.

"말해봐, 스테파노." 아내가 토끼 스튜를 퍼 담는 사이, 마르첼로가 말한다. "말해보라니까." 스테파노가 망설이자 그는 다시 말을 잇는다. "아내는 내가 업무상 보고 듣는 역겨운 이야기들에 익숙하다네. 자네가 무슨 말을 해도 놀라지 않을 거야."

"사실이에요." 미르틸라는 스테파노 앞으로 그릇을 밀어준다. "저희 식탁에는 창자니 피니 하는 이야기가 늘 올라온답니다. 어디 얼마나 흉한 이야기인지 들어보죠."

스테파노는 바란초네의 장광설과 그들의 느닷없는 방문에 대한 주치의의 반응을 차근차근 이야기한다.

마르첼로는 빵을 한 조각 찢어낸다. "퉁퉁 불어터진 자루 같은 노친네 같으니. 그가 가문을 대신해서 불만을 제기했다고?"

"그런 것 같아."

"그렇다면 진짜 사인을 숨기고 있는 건 그 살찐 의사놈뿐만 아니라 체리 가문 자체라는 이야기가 되는군."

"나도 그렇게 생각해." 스테파노는 말한다. "그렇다면 왜? 자살일 경우 망자의 가족들은 보통 쉬쉬하지만, 이건 그런 경우가 아닌 것 같은데."

"아니지." 마르첼로가 말한다. "이건 다른 문제야."

"가문의 명예가 손상될 만한 일이겠네요." 미르틸라가 추측한다. "로마의 집안은 명예니 남의 시선이니 하는 것에 환장하잖아요."

스테파노는 고개를 끄덕인다. "당신 말이 맞을 거야. 나는 가문의 공적인 이미지를 더럽히지 않기 위해 목격자가 증언을 거부하는 사건을 여러 번 봤어." 로마에서는 사회적 체면과 지위가 전부, 진실보다 훨씬 중요하다. 부잣집 여자들이 언젠가 피부가 썩는다는 것을 알면서도 얼굴을 납 가루로 희게 칠하는 것도 그래서이다.

마르첼로는 빵으로 그릇을 닦는다. "당연히 그 집안이 귀족 가문이라면 더더욱 그럴 가능성이 크고."

"하지만 바로 그 때문에 접근조차 하지 못하는 거잖아!" 스테파노는 조바심을 낸다. "우리가 이 방향으로 계속 수사하면, 바란초네는 우리에게서 수사권을 빼앗고 아예 경력까지 망가뜨릴 거라고."

"공개적으로 수사하자는 게 아니야." 마르첼로는 목소리를 낮춘다. "그래도 이 건을 통해 다른 사건의 단서를 찾아낼 수도 있으니 반드시 진상을 알아내야 해. 그게 우리의 임무라는 것만은 잊지 말아야 한다고."

스테파노는 숨을 내쉰다. "사실이야." 무엇보다 이대로 손 놓을 수는 없다. 여기에는 분명 뭔가가 있다.

"생각해봐." 마르첼로는 말한다. "우선, 가문을 보호하겠다는 욕망이 체리 일가가 이렇게 나오는 동기라고 가정해보자고. 주치의는 공작의 사인을 알지만, 누군가를 보호하기 위해, 혹은 사인이 수치스럽다고 여겨지는 것이기 때문에 우리에게, 온 세상에 숨기는 거겠지. 하지만 모든 것을 숨길 수는 없었어. 시체를 관에 안치했을 때 목격한 사람들의 증언이 우리 귀에 들어왔으니까. 우리는 시체가 보통 사람들처럼 썩지 않았다는 사실을 알고 있고, 그가 묘사한 증상 중 적어도 일부는 사실이라는 것도 알고 있어. 하인 중 한 사람의 증언으로 확인되었거든."

스테파노는 그를 날카롭게 바라본다. "자네가 그걸 어떻게 알지?"

"내가 물어봤으니까, 스테파노."

"언제?"

"주치의를 만나고 나온 직후에." 마르첼로는 침착하게 말한다. "기회가 있었어."

"기회가 있었다고? 맙소사, 의사가 총독한테 달려가서 질질 짠 것도 무리는 아니군. 자네가 지금 그의 가솔들을 신문했다는 거잖아!"

미르틸라는 크게 웃는다. "라가차치오(Ragazzaccio, 나쁜 사람)! 말썽꾸러기 마르첼로!"

"아, 의사는 모를걸." 마르첼로는 말한다. "돈을 찔러줬으니까. 나와 이야기한 사람이 말하길, 자기가 듣기로 공작은 목과 위장에 극심한 고통을 호소했고, 갈증과 구토도 심했다고 했어."

"그럼 염색장이와 여관 주인과 똑같은 증상이군." 스테파노의 심장이 두근거리기 시작한다.

"정확히 똑같지. 게다가 장례식에서 시체를 본 사람들이 얼굴이 발그레했다고 증언했어. 난 문헌을 찾아보면서 생각했다네. 이런 증상을 일으키는 것이 무엇인가? 정말 질병인가? 새로운 괴질? 하지만 그런 결론을 뒷받침할 만한 근거는 전혀 없었어."

"가족의 반응에도 들어맞지 않아. 새로운 괴질이 의심스러웠다면 세상 사람들에게 알렸어야 할 것 아닌가." 스테파노는 말한다.

"바로 그거지. 물론 친지가 매독으로 죽었다면 수치스럽겠지만, 이건 그 병이 아니야. 내가 아는 다른 성병도 아니고. 아니, 내가 볼 때 이 증상들은, 통증이 심했다가 약했다가 하는 데다 통상의 치료도 듣지 않았다면, 다른 원인이야."

"독이로군." 스테파노는 속삭인다.

마르첼로는 미소 짓는다. "독이지."

그러지 않을 이유는 많지만, 스테파노는 마주 미소를 보인다. 사실 그도 똑같은 결론을 내렸기 때문이었다. 독은 악마의 소행, 비술, 이단으로 여겨지고 있으니, 가족이 쉬쉬하는 것도 무리는 아니다. 고대의 대규모 독살부터 시작해서 네로와 아그리피나의 음모, 보르자와 메디치 가문의 술수에 이르기까지 이탈리아에는 독에 얽힌 오랜 역사가 있다. 체리 가문이 공작의 진짜 사인을 숨기려 했던 이유도 이해할 수 있다. "어떤 독일까, 마르첼로? 이건 분명 흔적을 남기지 않는 독이지."

"나도 확실한 결론을 내린 건 아니지만, 이쪽으로 와봐." 마르첼로는 아내의 뺨에 키스한다. "미아 테소라(Mia tesora, 여보), 이만 일어날게."

그녀는 남편을 손짓해서 보낸다. "가세요. 독 이야기나 실컷 해요."

마르첼로는 자기 책상으로 가서 책더미 맨 위의 책을 집어 들더니 첫 장을 펼친다. "사람을 해칠 때 사용될 수 있고 실제 사용되고 있는 독이라면, 수없이 많아. 뱀, 전갈, 두꺼비, 샐러맨더, 물고기, 물집벌레의 독. 거기다 식물도 있어." 그는 책장을 넘긴다. "벨라돈나, 협죽도, 투구꽃, 마전자, 까마중, 흰 헬레보어. 그리고 광물성 및 연금술 독도 있어. 비소, 석고, 솔리마토로 불리는 염화수은 같은 것. 하지만 대부분 고유의 특성을 지니고 있어서 흔적을 남긴다네. 스트리크닌은 얼굴에 '죽음의 가면', 그러니까 일그러진 상태로 굳어버리는 특유의 표정을 만드는데, 이 경우는 그렇지 않아. 환각을 일으키거나 반점을 남기는 독도 있어. 그래서 이런 식으로 범위를 좁혀보았네."

"어디?"

마르첼로는 스테파노에게 뭔가를 잔뜩 적은 양피지 한 장을 보여준다. "내 추론으로는 비소, 디기탈리스, 알광대버섯 중독이 우리가 조사한 남자들과 비슷한 증상을 나타내. 위장 통증, 구토, 혼미, 탈수. 비소일 가능성이 가장 높아 보이지만, 그건 마늘 냄새 같은 것이 나니까 피해자들이 분명 눈치챘을 거야. 부검할 때 우리도 맡았을 거고."

"교묘하게 숨겼다면?"

"그랬을 수도 있어. 널리 알려져 있지 않고 책에도 없는, 아주 드물고 영리한 약일 수도 있겠지."

"그런 독이 존재한다고 생각하나?"

"충분히 가능해. 보르자 가문은 칸타렐라라는 비밀의 독을 사용했다는 전설이 있어. 눈부시게 희고 천천히 작용하는 독인데, 맛이 좋고 피해자의 혈관에 침투해서 은밀하고 치명적인 효과를 일으켰다고 전해지지."

"칸타렐라의 성분은 모르나?"

"몰라." 마르첼로는 다른 책을 집어 든다. "그냥 보르자 가문이 적에게 겁을 주려고 퍼뜨린 신화에 불과할 수도 있어. 설사 그 독이 실재한다 해도, 그 제조법은 어떤 책에도 나와 있지 않아. 적어도 세상에 나와 있는 책에는. 물론 모든 독극물 제조법을 기록으로 적어 남기지는 않겠지. 그것이 내가 읽은 유일한 비밀의 독도 아니고. 십인회가 흔적이 남지 않는 새로운 독을 개발하려고 파도바 대학에서 식물학자들을 고용했다는 소문이 있지. 이것도 그런 경우가 아니라고 누가 장담하겠나?"

스테파노는 마르첼로에게서 책을 받아 첫 장을 넘긴다. 다양한 종류의 독극물 목록이 적혀 있다. 헬레보어, 독당근, 사리풀, 맨드레이크. 바로 이런 식물을 이용해 마녀가 독약을 달인다는 이야기를 들려주던 유모가 생각나서 몸이 떨린다. "이것이 독이라면 아주 영리한 독일 터. 누가, 어떻게 만들까? 이 사람들을 죽이기 위해 독을 사용하는 이유는 뭘까?"

"그것이 다음 단계야. 독을 만드는 자, 혹은 독을 파는 자를 찾는 것."

"독을 판다고 떠들썩하게 광고하지는 않겠지만, 상당한 기술을 가진 자가 분명해. 약제사?" 책장을 넘기니 독미나리 그림이 나온다. 전호나물처럼 너무나 무해해 보이지만, 한 뿌리로 소 한 마리도 죽일 수 있는 맹독이다.

"식물성 약재를 파는 약재상, 혹은 스페치알라(Speziala, 여자 약제사). 이들이 그런 지식을 갖고 있을 가능성이 가장 높지." 마르첼로도 동의한다. "그리고, 독을 판다고 광고하지는 않겠지만, 분명 그런 기술을 갖고 있다고 소문이 난 장소가 있을 거야."

"어떤 장소 말인가?"

미르틸라가 과일과 견과류 접시를 들고 와서 탁자에 놓는다. "어두운 곳이겠네요. 지하 공간. 어디서 시작해야 할지 알겠어요."

I3

낙상해서 머리에 혹이 난 환자:
천일염 1온스, 생꿀 3온스, 송진 2온스를 불 위에서 잘 섞은 뒤 리넨
천 위에 반죽을 넓게 펼쳐 찜질 붕대를 만든다. 이를 뜨겁게 하여
머리에 붙이면 부기가 가라앉고 씻은 듯이 낫는다.

지롤라마

"지금 이게 신선하다는 거예요?" 지롤라마는 양상추를 파는 시장
상인에게 말한다. "이런 잎으로는 뒤도 못 닦겠네. 좋은 건 어딘가에
숨겨놨겠지. 하루 지난 쓰레기는 나한테 팔 생각도 하지 마요."
상인은 오만상을 쓰며 가판 뒤에 숨겨놓았던 신선한 채소를 내놓
는다.
안젤리카는 당황스러운 표정으로 근대를 돌려준다. "그런 소리를
꼭 입에 담으셔야겠어요, 어머니?"
지롤라마는 깔깔 웃으며 필요한 채소를 고르고 구리 줄리오 몇
푼을 상인에게 건넨 뒤 치즈를 사러 걸음을 옮긴다. 페코리노와 파
르미지아노, 몬테보레 치즈. 캄포 데 피오리 시장에서는 온갖 상인
들이 각자 천막을 세워놓고 물건의 무게를 달고 자르고 포장하고 있
다. 스파게티 상인, 살라미를 만드는 사람, 신선한 리코타치즈 장수,

약초상, 과일 장수, 시골에서 물건을 가져온 꽃장수. 인파와 함께 움직이는 상인도 있다. 밤 장수, 오렌지 장수, 식초 장수, 바구니에 단추와 부채를 가득 담아 파는 행상, 카나리아와 되새, 꾀꼬리가 든 철창을 갖고 다니는 새 장수.

새 장수 옆을 지나면서 지롤라마는 거울 안에서 보았던, 철창에 날개를 파닥거리던 새를 떠올린다. 책을 들고 있던 젊은 남자와 그의 앞에 움츠리고 있던 젊은 여자도. 아무리 떨쳐내려고 애써보아도 그 모습은 뇌리를 떠나지 않는다. 그것은 경고다. 너무 늦기 전에 안젤리카에게 지식 전수를 시작해야 한다는. 하지만 아직은 도저히 감당할 수가 없다. 수양딸에게, 저 순수하기만 한 아직 새파란 청춘에게 자신이 무엇을 요구하려는 것인지 알고 있기 때문이다. 이 일이 그녀에게 어떤 위험을 짊어지게 하는지 지롤라마는 알고 있다.

근처에 다른 철창이 걸려 있다. 이번에는 새가 아니라 죄인들이 갇힌 우리다. 형틀과 태형 기둥도 있다. 처형 날에는 교수대가 세워지기도 하고, 더 나쁘게는 이단이나 기타 반역자들을 위한 화형대가 준비된다. 이것은 교황령에 도전하는 자의 운명이다. 사람들이 저녁거리를 사러 나오는 장소에서 불에 타 죽는 것이다.

철퍼덕 소리, 이어 사람들의 목소리가 높아진다. 지롤라마는 돌아본다. 과일 가판에서 한 상인이 여자를 향해 소리를 지르고 있다. 아내인 모양이다. 과일 쟁반이 땅에 놓여 있다.

"멍청한 여자, 멍청하긴!"

남자가 손바닥으로 아내의 뺨을 철썩 때린다. 순간 시간이 멈춘 듯, 인파가 일제히 숨을 죽이고 지켜본다.

여자는 꼴사납게 바닥에 쓰러지며 어깨를 돌바닥에 부딪힌다. 뼈

부러지는 소리가 들리는 것 같다.

사람들은 빤히 쳐다보다 시선을 돌린다. 어쨌든 남편에겐 아내를 훈육할 권리가 있지 않던가? 심지어 그것은 남자의 의무다. '여자는 치댈수록 맛있어지는 반죽이다'는 속담도 있지 않나. 인파의 웅성거림이 다시 커지고 칼질 소리, 대장장이가 쇠 두드리는 소리가 더 높아진다. 한 여자는 파닥거리는 닭을 붙잡고 잽싸게, 사정없이 목을 비튼다.

하지만 지롤라마는 움직이지 않는다. 그녀는 돌처럼 꿈쩍 않고 말 없이 선 채, 여자가 무릎으로 기어 몸을 일으키려고 애쓰는 모습을 바라본다. 여자의 얼굴, 코와 입 주변에 피가 흘렀다. 뺨은 수치심과 고통으로 붉게 달아올랐다. 그 모습을 바라보고 있으니 현재의 벽이 무너지고 과거가 밀려온다. 그 순간 지롤라마는 어린 시절의 자신, 여리고 두려움에 떨던 자기 자신으로 돌아간다. 다른 어딘가로, 안전한 곳으로 가고 싶었지만 그런 곳이 없었던 때로. 뱃속에서 넘실거리는 불꽃이 가슴으로 솟구치며 그녀를 앞으로 밀어낸다. 지롤라마는 포석 위에서 걸음을 옮긴다.

상인들의 차가운 시선을 무시하고, 지롤라마는 여자에게 다가간다. 그녀는 손을 내민다. "자, 이 손을 잡으세요."

14

아무리 좋은 것이라도 그 안에 독 또한 존재한다는 것을 부정할 수 있는 이가 누가 있으랴? 모두 이 점을 인정해야 한다. 그렇다고 할 때, 내가 묻고자 하는 질문은 이것이다. 좋은 것과 독을 구분하여 좋은 것을 취하고 나쁜 것을 버려야 하지 않겠는가? 당연히 그렇게 해야 한다.

파라켈수스,《파라그라눔》

스테파노

전 시민에게 통행금지 시각을 알리는 아베마리아 종이 울린다. 로마의 선량한 시민들은 각자 집으로 돌아가 침대에 들고 촛불을 끄지만, 젊고 혈기왕성한 화가나 창녀, 도둑들은 잉크처럼 밤의 어둠 속에 스며든다. 길모퉁이와 골목 구석구석에서 조용히 세상을 응시하는 수많은 성모상 곁에 람피온치니(Lampioncini, 작은 등불)만이 켜진 채 깊어가는 어둠을 밝힌다.

스테파노와 마르첼로는 어두워지는 거리를 지나 포로 로마노와 고대 로마의 으슥한 유적으로 향한다. 염소들이 아래에 쉬고 있는 셉티미우스 세베루스의 무너진 개선문을 지나고, 막센시우스 바실리카의 부서진 반원형 지붕을 지나고, 성벽과 통합된 티투스 개선문을 지난다. 그들 앞에는 콜로세움의 거대한 형체가 유령처럼 웅크리고 있고, 빠진 이빨처럼 들쑥날쑥한 원형 아케이드가 악마의 성채처럼 솟아 있다. 하지만 이것은 버려져 박쥐만 들끓는 폐허가 아니다. 콜로세움 내부와 미로처럼 연결된 터널, 무너진 벽과 기둥은 환한 대낮에 거래할 수 없는 물건과 서비스를 교환하려는 사람들의 소굴이다. 파편화된 어둠 속에 악당들의 마법 같은 지하도시 로마가 펼쳐진다.

이 비밀의 도시에 출몰하는 많은 사람들이 그렇듯, 스테파노와 마르첼로도 정체를 드러내지 않고 다른 모습으로 변장했다. 중고 의류 상인에게서 구한 거친 옷가지를 두른 채 오늘만은 판사와 의사가 아니라 수상한 인물 행세를 하면서 여기서 팔고 있을 것으로 짐작되는 물건, 독을 찾으려는 것이다. 그냥 독이 아니라, 아무런 흔적을 남기지 않는 독이다. 세 명의 남자를 죽이는 데 사용된 것으로 짐작되는 독, 범인이 의심받지 않고 빠져나갈 수 있게 해줄 수 있는 독.

어두워서 아무것도 분명하게 보이지 않는다. 하늘이 보이는 지점이나 희끄무레한 달빛이 비치는 곳, 이따금 촛불이나 등불이 밝혀진 곳에서만 윤곽을 알아볼 수 있다. 걸음을 옮기면서, 스테파노는 호기심이 일면서도 섬뜩한 기분으로 주변 풍경을 둘러본다. 육체적인 것부터 저세상의 것까지, 여기서는 모든 것이 거래 대상이다. 그늘진 콜로세움의 구석과 틈새마다 수상쩍은 약제사며 점치는 여자, 뒷골목 낙태 시술사, 문서위조범, 흑마술을 쓰는 성직자들이 북적거린다. 약초 다발을 파는, 몸이 비틀린 남자는 하늘을 나는 기분을 느끼게 해주는 식물이 있다고 속삭인다. 하지만 흔적을 남기지 않는 독에 대해서는 아는 것이 없다. 사랑의 묘약을 파는 지저분한 얼굴을 한 여자도, 외눈박이 남자도 아는 것이 없다. 그는 헛수고라고 단언한다. "그런 약이 어디 있소? 있다면 여기서 진작 소문이 났겠지."

콜로세움에는 향과 연기, 씻지 않은 체취가 풍기고, 어떤 구석은 거의 빛 한 점 없이 캄캄하다. 스테파노는 어리석은 짓을 하면 안 된다고 다짐하지만, 이 비틀린 도시에 사악한 뭔가가 도사리고 있다는 느낌을 떨치기 어렵다. 오랫동안 이곳은 악마와 악령의 소굴로 일컬어졌는데, 직접 와보니 이유를 알겠다. 이곳에는 병색이, 죽음의 기운이 깃들어 있다. 어서 이곳을 뜨자고 온몸이 재촉한다. 전에 느껴본 적 없는 기분이다. 하지만 이렇게 떠날 수는 없다. 할 일이 남아 있다. 외눈박이 남자의 재촉을 받은 스테파노와 마르첼로는 베티나라는 여자를 찾기 위해 터널을 돌고 돌아 콜로세움 깊은 곳까지 들어간다. 외눈박이는 그런 묘약을 아는 사람이 있다면 그 여자일 거라고 말한다. 그는 속삭인다. "마법을 아는 여자요."

스테파노와 마르첼로는 시선을 교환한다. 자연의 마법을 부리는 자라면 이런 곳에서 지낼 리가 없다. 그 여자가 정말 마법을 안다면, 분명 흑마술이나 주술, 지난 100년 동안 종교재판소에서 신문하던 종류이리라. 그런 술수를 부리는 남녀는 고문당하고 목매달리고 화형에 처해졌다. 스테파노는 그런 마법이 자신을 해할 수 없다고 굳게 마음을 다잡고 있지만, 사랑하는 사람들이 고통받고 죽음에 이른 것이 일반적인 질병이 아니라 바로 그런 주술 때문이라고 주장하는 사람들을 너무나 많이 알고 있다. 임신한 아내에게 동네 여자가 저주를 걸어서 나무뿌리처럼 몸이 비틀린 기형아가 태어났다고 고소한 남자도 있었다.

여러 번 길을 잘못 든 끝에, 그들은 외눈박이가 알려준 여자를 찾아낸다. 등이 굽은 노파를 상상했지만, 여자는 서른 살도 되지 않은 것 같다. 영양 상태만 괜찮다면 고운 얼굴일 것 같다. 아니, 어둑어둑한 곳에서 윤곽으로 미루어 짐작하기에는 그렇다. 스테파노가 두려워하듯 그녀가 정말 마녀라 해도 겉으로는 그렇게 보이지 않는다. 실제로 그녀는 그들과 말을 트는 것을 꺼리는 것 같고, 겨우 입을 열자 가늘고 쉰 목소리가 나온다. "저는 그런 독에 대해 아는 게 없습니다. 그 남자가 저에 대해 왜 그런 말을 했는지 모르겠어요."

어쩌면 그와 마르첼로의 정체가 겉보기와 다르다는 것을 알아차린 것 같기도 하고, 이 종교재판과 고발의 시대에 상대를 조심스럽게 가리는 것 같기도 하다.

"하지만 정말 치료약이 필요합니다." 마르첼로는 끈질기게 말을 붙인다. "돈은 있어요. 당신이 우리를 도울 수 있는 사람을 알지도 모른다고 들었습니다. 천천히 작용하는…… 약물을 만드는 사람을 당신이 알고 있을지도 모른다고."

여자는 고개를 젓는다. "아뇨, 제가 아닙니다. 다른 사람과 착각한 거예요."

두려워하고 있구나, 스테파노는 생각한다. 이걸 이용해야겠다. "그런 것 같지 않은데요. 스스로 인정하지 않는 거잖아요. 우리가 누구와 착각했단 말입니까?"

여자는 검은 눈으로 잠시 그를 응시한다. "'라 스트롤라가'라는 여자가 있다는 이야기를 들었어요." 그녀는 속삭인다. 점성술사라는 뜻일 것이다. "그런 일을 하고, 그런 걸 만든다고요. 땅 한복판에서 악마와 거래한다고. 사실인지는 저도 몰라요."

유모가 들려주던 이야기가 떠오른다. 우물 속에서 살면서 창백한 팔로 어린아이를 끌고 간다는 라 마날롱가, 긴 팔 마녀. 이렇게 긴 세월이 흘렀는데도 아직도 그 생각을 할 때면 소름이 돋는다.

"그 여자는 어디 있습니까? 그 라 스트롤라가라는."

"몰라요. 여기 없어요."

"로마에 삽니까?"

"아마도." 그녀는 고개를 돌린다.

"알면서 모르는 척하는 것 같군요." 스테파노는 말한다.

"당신은 정체를 숨기고 있는 것 같고요." 여자는 대꾸하며 그를 휙 돌아본다. "당신, 장사꾼 아니잖아요." 혀짤배기소리. "친구분도 그렇고요. 우린 가난하지만 장님도 아니고 바보도 아니에요. 당신들이 못 보는 많은 것을 봅니다."

이 여자에게는 어딘가 고양이 같은, 악령 같은 분위기가 감돌지만, 스테파노는 물러서기를 거부한다. 움츠러들지도 않는다. "라 스트롤라가가 어디 있는지, 정확히 누구인지 안다면 우리에게 알려주는 것이 좋을 거요. 돈을 주겠소."

여자는 그의 얼굴에 대고 이를 드러내며 쉿 소리를 낸다. 고약한 입냄새가 코를 찌른다.

"여기서 나가세." 마르첼로는 스테파노의 팔을 잡으며 중얼거린다. 그도 여자의 어두운 소굴에서 벗어나서 얼른 입구로 돌아가고 싶다.

하지만 고작 몇 미터쯤 갔을까, 다른 여자가 그들을 불러세운다. "정보를 주면 값을 치른다고요?" 걸걸하고 칼칼한 목소리다.

"좋은 정보라면, 그렇소." 스테파노는 조심스럽게 대답한다. 이 여자는 조금 전의 여자보다 나이가 많다. 밀짚 색으로 물들인 머리, 납작한 가슴을 드레스 안에서 한껏 밀어 올렸다. 창녀로군, 스테파노는 짐작한다. 로마에는 창녀가 워낙 많아서 그 숫자가 사제보다 많을 정도다. 하지만 대체로 로르타치오, 악의 정원이라 불리는 사창가에 집단적으로 거주한다(유대인을 게토에 몰아넣듯이). "라 스트롤라가라는 여자를 아시오?"

"별자리를 읽는 라 프로페테사는 들어봤어요. 같은 여자인지도 모르죠. 사람들 말로는." 그녀는 속삭인다. "미래를 예측하기 위해 악마와 거래한다고 해요."

점성술은 불법이다. 그것은 오로지 하느님의 권리로 간주된다. 단테의 지옥에서 점쟁이들의 목이 비틀려 눈에서 흐른 눈물이 엉덩이를 적시는 것도 그 때문이다.

"그 여자가 독도 팝니까?" 스테파노는 묻는다.

"온갖 걸 다 팔죠. 내가 알기로."

"어디 살지요?"

"몰라요. 하지만 찾아낼 수 있어요."

허풍일까? 여자의 얼굴과 입 주변에 가득 번진 농포가 눈에 띈다. "우리가 찾고 있는 사람은 독약 장수요. 흔적을 남기지 않는 독을 만드는 사람."

"내가 땅에 귀를 바짝 대고 알아보지요, 나리들. 연락할 방법을 알려주세요. 수고에 대한 보수도 좀 챙겨주시고."

스테파노는 마르첼로를 돌아본다. 함정일까? 이 여자에게 집 주소를 알려줄 수는 없다. "좋은 정보가 있으면 로스테리아 델라 토레타로 연락하시오. 시뇨레 스크리치올로 앞으로 전갈을 남기면 됩니다." 이 이름은 어렸을 때 형들이 그를 부르던 별명이었다. 작은 새우라는 뜻이다.

"알았어요. 내 이름은 플라비아."

스테파노 자신이 댄 이름과 마찬가지로 당연히 가명일 것이다.

"돈은?" 여자는 묻는다.

스테파노는 이런 곳에서 지갑을 꺼내기가 꺼려진다. 어둠 속에서 마술처럼 사라져버릴 것만 같다. 하지만 마르첼로가 스쿠디 몇 개를 꺼낸다.

"이게 다야?" 여자는 동전을 유심히 살펴본다. "이 정도는 한 시간만 일해도 벌어요."

"필요한 정보를 가지고 오면 두둑하게 드리리다." 마르첼로가 대답한다. "그 상태를 치료할 수 있는 약도 드리겠소."

여자는 그를 응시한다. 이번 여자도 아까처럼 쉿 소리를 낼까 봐 스테파노는 버럭 겁이 나지만, 그녀는 그저 이렇게 말한다. "약속 지키셔야 할 거예요, 친구한테 거짓말을 하는 자에게 저주를 거는 사람들이 여기 있으니."

"진심으로 말하는 거요." 스테파노는 여자의 저주에 흔들리지 않는다. "믿든지 말든지 마음대로 하시오."

플라비아는 돈을 보디스 안에 구겨 넣는다. "독약 장수는 틀림없이 찾아줄 테니 걱정 마세요."

콜로세움을 빠져나와 시원한 밤공기 속으로 나서니, 스테파노는 여자에게 한 말이 후회되기 시작한다. 그를 찾아내 해코지하지 않는다는 보장이 있나? "그 여자 무슨 병이지?" 그는 마르첼로에게 묻는다. "매독인가?"

"그런 것 같아." 의사는 대답한다. "그 직업에 종사하는 여자들에게 흔한 병이지."

살점을 뜯어먹는 전염병. 이탈리아인은 '프랑스병'이라 부르고, 프랑스인은 '나폴리병'이라고 부른다. 나폴리에서 시작되어 이탈리아 각지로 들불처럼 퍼져나갔기 때문이라나.

"치료할 수 있나?"

마르첼로는 어깨를 으쓱한다. "아마도? 한동안은."

스테파노는 흠칫 몸을 떤다. "다행이군. 저 여자의 저주를 받고 싶지는 않아."

"저주를 믿나, 스테파노?"

그는 대답을 망설인다. 물론 많은 사람이 믿는다. 교회는 그런 믿음을 몰아내려고 노력하지만, 어쩌면 대다수가 믿을 것이다. 유모는 어린 스테파노에게 저주를 막는 주문을 가르쳐줬고, 악귀의 손길로 인해 중풍에 걸린 사람들에 대해 들려주었다. 어린 시절부터 주입된 믿음을 흔들기는 어렵다. "난 솔직히 모르겠어. 자네는? 분명, 의료인이니 흑마술이니 주술 같은 것에 대해서는 회의적이겠지."

"나는 마녀의 존재를 믿을 수 없어."

"하지만 유럽 전역에서 마녀를 적발해서 감옥에 가두지 않나."

"대체로 여자들, 몇몇 남자들, 그렇지. 하지만 마녀는 악과 불운이라는 질문에 대해 해답을 내놓아야 하는 남자들이 겁을 먹고 만들어낸 존재라고 생각해. 세상일은 그렇게 단순하지 않아."

"그렇다면 저주를 받아 병에 걸리는 사람이나 어린아이에 대해서는 어떻게 설명할 건가?" 스테파노는 묻는다. 어머니가 갑자기 앓아누웠을 때, 일곱 살이었던 그는 가슴을 도려내는 듯한 통증을 일으키고 어머니의 기운을 앗아간 것이 마녀의 저주였다고 굳게 믿었다. 유모가 입버릇처럼 그렇게 말했는데, 그가 어떻게 의심하겠는가.

"나는 저주를 받았다고 스스로 믿으면 고통이 시작된다고 믿어."
마르첼로는 말한다. "그것이 정신의 독특한 점이야. 하지만 맞아, 이
여자의 저주를 군이 시험할 필요는 없겠지. 여자가 찾아오면 수은
치료법을 알려줘야겠어."

그들은 이제 포로 로마노에 도착했다. 달이 구름 뒤에서 나와서
고대의 유적을 희끄무레하게 비추고, 카스토르와 폴룩스의 신전 기
둥이 눈앞에 유령처럼 우뚝 솟아 있다. 로마는 죽은 자들이 사방을
둘러싼 곳이라고 스테파노는 생각한다. 항구적인 메멘토 모리(죽음
을 기억하라). 이런 공간에서 오로지 산 자들만 자신의 운명을 이끌어
간다거나 주술은 단순한 날조에 지나지 않는다고 믿기란 어려울 것
이다.

15

안나

필리프는 그림을 사달라고 청하려고 추기경을 알현하러 갔다. 지난달 내내 팔린 것이 거의 없고, 안나의 아버지가 물려준 유산은 빠르게 줄고 있다. 남편은 인정하지 않으려 하지만, 안나가 그보다 훨씬 계산이 빨라서 집안의 장부를 관리하기 때문에 알고 있다. 이번 방문이 성공할 거라고 기대하지는 않는다. 로마는 이탈리아 전역, 세계 각지의 미술가들을 먹여 살리는 꿀단지 같은 곳이며, 안나가 보기에 필리프의 수준은 그저 그렇다. 여기는 카라바조와 미켈란젤로, 보로미니와 베르니니의 도시다. 무난한 실력의 프랑스 화가는 별 필요가 없다. 필리프가 억울함을 품고 있는 것은 분명 그런 까닭도 있겠지만, 그 씨앗은 애당초 그가 로마에 오기 오래전부터, 어쩌면 어머니의 자궁에서부터 시작되지 않았을까. 그는 자신의 부모를 입에 올릴 때마다 적대감을 드러내며, 그들이 자신을 무시하고 사랑하지 않았으며 관심도 없었다고 입버릇처럼 말한다.

안나는 남편이 부디 몇 점이라도 팔기를 기도하며 집에서 기다린다. 팔리지 않는다면 남편의 울분은 고스란히 그녀를 향할 것이다. 베네데타가 초조하게 서성거리는 것도 안나의 신경을 더욱 곤두서게 한다. 베네데타가 제발 그만 돌아다니고 어디 앉았으면 좋겠지만,

그녀는 하녀를 꾸짖지 않는다. 하녀가 빠져나갈 방법을 알려주었는데도, 안나는 그 길을 거부했을 뿐만 아니라 그런 말을 입에 담았다고 나무라기까지 했으니. 그래서 두 사람은 두려움에 음식조차 입에 대지 못하고 말없이 기다릴 뿐이다. 안나는 아기를 위해 작은 털신을 뜨고 있다. 집 안에서 들리는 소리라고는 대바늘 딸각거리는 소리와 벽난로에서 장작 타닥거리는 소리뿐이다.

아베마리아 종이 울리고 30분 뒤, 현관의 자물쇠가 돌아가고 문열리는 소리가 들린다. 안나는 그 자리에 얼어붙은 채 남편이 얼마나 취했는지, 얼마나 화가 났는지 가늠하려고 발소리에 귀를 기울인다. 필리프의 발소리는 가볍고, 방에 들어서는 그의 얼굴에는 묘한미소가 떠올라 있다. 하지만 안나는 이것이 진심에서 우러나는 미소가 아니라는 것을 안다. 그의 피부는 창백하고 끈적하다. 그는 아무말 없이 자리에 앉는다. 낯선 분위기, 안나는 두렵다. 취해서 고함이라도 지르면 무슨 일이 닥칠지 예상하고 몸을 피할 텐데. 이건 뭔가다른 분위기다. 감히 무슨 일이 있었는지 묻지도 못한 채, 안나는 저녁 식사 준비를 시작한다. 안나가 일하는 동안 그는 말 한마디 없이발로 바닥을 톡톡 두드릴 뿐이다. 초조해서 속이 울렁거릴 지경이다. 요리를 마치고 안나는 접시와 날붙이, 컵과 술병을 그의 앞에 늘어놓는다.

안나가 포도주를 따르려는데, 필리프가 번개처럼 포크를 움켜잡더니 그녀의 손등을 푹 찌른다. 아픔보다 충격이 먼저 닥친다. 잠시안나는 아무것도 느끼지 못한 채 자신의 손과 흘러내리는 피를 멍하니 바라본다.

"왜?" 그녀는 남편에게 묻는다. "왜 이러죠?"

"3천 스쿠디. 나한테 약속했잖아. 그 거짓말쟁이 돼지 새끼가."

"누가요? 누가 약속했어요?"

고통이 밀려온다. 극심한 아픔 때문에 무릎을 꿇고 의식을 잃지 않으려고 기를 쓰는 와중에도 그의 목소리가 계속 들려온다.

"네 벌레 같은 아비지 누구겠어." 필리프는 생각보다 더 취했다. 아니, 무슨 약을 먹었는지도 모른다. "자기가 죽으면 너한테 1만 스쿠디를 남기겠다고 했는데, 우리가 받은 건 고작 1천이었어." 그는 냉소적으로 피식 웃는다. "날 속였다고."

안나는 아직 포크가 꽂혀 있는 손을 움켜쥔다. 사실인가? 아버지가 날 급히 결혼시키려고 내게 더 많은 돈을 물려주겠다고 하셨을까? 그녀는 보잘것없는 신붓감이 아니었다. 외모도 고왔고, 건강했고 (그때는), 집안도 번듯했다. 아버지가 왜 굳이 거짓말을 한단 말인가?

"당신이 오해한 거예요. 분명."

"아니, 마누라. 오해한 건 너야. 네 아버지는 너한테도 거짓말을 했으니까."

"난 믿지 않아요." 그녀는 이제 헐떡이며 울고 있다.

"정말 내가 그렇게 적은 지참금만 받고 널 데려온 줄 알았어? 당연히 더 큰돈이 곧 따라올 줄 알고 데려왔지. 그런데 아니, 이 비실비실한 노친네가 도무지 죽지를 않네? 오죽했으면 내가 약을 바꿨을까."

그 순간, 아픔과 고통 속에서도 안나의 머릿속이 맑아진다. "무슨 뜻이죠?"

그는 다시 웃는다. "아무 뜻도 아니야, 마누라. 아무것도 아니라고."

안나는 남편의 퉁퉁 부은 얼굴을, 붉게 충혈된 술고래의 눈을 처다본다. 극심한 고통에 시달리며 그녀와 어머니를 부르던 아버지의 마지막을 생각한다. 오죽했으면 내가 약을 바꿨을까. 안나는 피로 뒤덮인 자신의 손을 마치 다른 사람의 손처럼 내려다본다.

갑작스러운 명료함이 눈부신 흰빛으로 시야를 밝힌다. 눈에는 눈으로, 이에는 이로, 손에는 손으로 갚을지니라.

이것이다, 안나는 생각한다. 이것이야말로 그녀가 기다리던 징조, 깨달음이다. 손바닥에서 흘러내리는 피.

아버지의 죽음에 대해 복수하고 아이를 살리자. 그로 인해 교수형을 당해야 한다면 당할 수밖에. 여기 계속 있다가는 어차피 곧 죽을 것이다. 그 여자, 라우라도 그렇게 말했다. 이쪽에서 선수를 쳐야 한다고.

안나는 아직 통증 때문에 힘이 없지만, 다음 날 베네데타를 데리고 라우라를 찾아간다.

그들이 방에 들어서자 라우라는 거의 냉소하듯 입술을 일그러뜨린다. "다시 볼 줄 알았지. 돈은?"

"모을 수 있는 건 다 긁어모았어요. 30스쿠디."

"부족해요."

"가진 건 이게 다예요." 안나는 말한다. 베네데타는 안나의 진주를 팔아 돈을 마련했다. 남아 있는 유일한 보석이었다.

라우라는 고개를 젓는다. "돈을 버는 다른 방법이 있는데."

하지만 그렇게까지는 할 수 없다. 안나는 더 이상 짓밟히고 싶지 않다. "보이시겠지만, 난 아이를 가졌어요. 아이가 다칠지도 모르니 내 몸을 팔 수는 없어요. 부디 제 처지를 봐서, 최소한의 상식이라도 가져주세요. 당신의 약이 말한 대로 효험이 있다면, 나머지 돈을 손에 넣는 것도 쉬울 겁니다." 필리프가 금을 얼마간 숨겨놓았다는 것을 알고 있지만, 그가 살아 있는 동안에는 손댈 엄두가 나지 않는다. "우선 30만 받으세요, 나중에 20을 드릴게요."

여자는 턱을 쓰다듬는다. "내가 결정할 문제가 아니에요. 아쿠아를 만드는 건 다른 여자라서."

아쿠아. 물. "누구죠?"

"강 건너 백합꽃 문장(紋章)이 달린 집에 사는 똑똑한 여자. 정원 가득 약초를 기르죠. 비밀의 책과 돈을 아주 조심스럽게 지키고 있어요."

"그러면 부디 제 상황을 전해주세요. 당신도 말씀하시지 않았나요. 시간을 오래 끌면 내가 죽는다고. 내 아이도 같이요. 그러면 당신과 당신 친구도 얻는 게 없잖아요. 이렇게 해야 우리 모두 이득을 볼 수 있어요."

라우라는 안나를 아래위로 훑어보면서 마치 얼마나 돈이 될지, 얼마나 오래 살지 계산이라도 하듯 붕대 감은 손과 멍든 피부를 확인한다. 만족스러웠는지 그녀는 다시 입을 연다. "물어봐주죠. 하지만 약속은 할 수 없어요. 그 여자는 선량한 영혼이기 이전에 사업가니까. 남편 둘을 보내고 아들 둘을 키우고 있으니 돈을 벌어야 먹고 살 수 있어요."

안나는 침을 삼킨다. "그 안에는 뭐가 들었나요? 그 물, 왜 그렇게 비싼 거죠?" 그리고 어째서 그렇게 치명적인지.

라우라는 가볍게 미소를 짓는다. "내가 그걸 알면 직접 만들지. 하지만 뭐가 들었든 효과는 좋아요."

16

스테파노

스테파노의 형 빈첸초가 모시는 추기경의 대저택에서 연회가 열린다. 포도밭으로 둘러싸여 시내를 내려다보는 높은 지대에 위치한 값비싸고 웅장한 집이다. 손님들이 자리에 앉는 사이 해가 지기 시작하고, 배배 꼬인 포도 덩굴 너머 하늘이 짙은 주황색으로 물든다. 요리는(올리브유에 절인 앤초비와 베이컨을 곁들인 닭고기) 최상급이다. 대화 내용은 요리에 미치지 못한다. 바란초네가 주치의 문제에 대해 불만을 표현했다는 소식을 듣고 식탁에 함께 앉아 있던 형들이 기회를 틈타 동생을 또 괴롭히고 있다.

"그래서, 말해봐라." 빈첸초가 말한다. "이 일을 수사할 방법이 아직 남아 있겠지? 모든 기회를 허무하게 바람결에 날려버린 건 아니겠지?" 그는 검은 실크 망토와 모자를 쓰고 있는데, 살집 없는 얼굴과 어울려 역병을 다루는 의사 같은 인상을 준다.

"걱정 마세요, 형님. 몇 가닥 단서를 추적하고 있습니다."

"그러기를 바란다." 빈첸초는 닭고기를 열심히 입에 넣고 있다. "아버지는 당연히 불만스러워하신다."

"그러시겠지요." 스테파노는 가볍게 대답하며 근처 식탁에 앉아 있는 아버지에게 시선을 준다. "실망시키는 아들. 그게 이 집에서 제 역할 아닙니까."

"설마, 그렇지 않아."

아니, 그렇다. 빈첸초도 알고 있다. 아버지는 늘 스테파노를 가장 홀대했다. 창백한 피부와 검은 눈썹 때문에 어머니를 가장 많이 닮아서인지도 모른다. 덩치가 작아서인지도. 스테파노도 수없이 생각해봤지만 결론에 이르지 못했다.

"하지만 이번 일로 총독을 실망시켜서는 안 돼." 빈첸초는 말을 잇는다. "그분은 그리 관대한 성품이 아니야."

"아, 그렇기야 하겠나." 브루노가 끼어든다. "우리 집안과 예전부터 좋은 친구 사이이기도 하고. 내가 조금 너그럽게 봐달라고 부탁해두었다, 스테파노. 이따금 실수가 나오더라도 눈감아달라고."

스테파노의 얼굴이 굳는다. 형들이 자기 대신 굽실거리는 것이 싫다. 그는 오로지 자기 자신의 능력으로 성공하고 싶다. "이제 실수는 없을 겁니다." 그는 조용히 말한다. "진실을 파헤치려다가 선을 넘은 것뿐이니까요."

"아, 너란 녀석은 원래 그랬지." 빈첸초는 하인에게 술잔을 채워달라고 손짓한다. "얼굴에 보라색 반점이 있던 그 불쌍한 아이에게 어쩌다가 그렇게 된 거냐고 꼬치꼬치 캐묻던 네 모습이 떠오르는구나. 그 녀석이 널 두드려 팬 것도 무리는 아니었어." 두 형은 클클 웃는다.

"아, 그랬던가요." 스테파노는 떠올리고 싶지 않다. 어린 시절의 실수들, 다른 아이들과 잘 어울리지 못했던 수많은 일화 중 하나다. 그 아이를 불쾌하게 할 마음은 전혀 없었고, 단지 무엇 때문에 얼굴과 목에 선명한 반점이 생겼는지 궁금했을 뿐이었다. 어차피 설명할 수 없는 모든 현상을 뭉뚱그리는 바로 그 대답이 돌아올 것을 예상했어야 했다. '악마의 소행'이라는.

"체리 공작이라면서. 그렇지?" 브루노가 묻는다. "감히 그의 주치의에게 반대신문을 하다니!"

"반대신문이라니요. 아닙니다." 스테파노는 중얼거린다. "그냥 몇 가지 질문을 했을 뿐이에요."

"맙소사, 설마 그 좋은 의사가 공작의 명을 재촉했다고 생각하는 건 아니지?" 브루노는 눈을 반짝이며 목소리를 낮게 깐다.

스테파노는 형의 눈길을 마주 본다. "섣부른 추측은 하지 않습니다, 형님. 그쪽은 건드리지 말라는 명을 받았고, 말씀드렸듯이 이제 실수를 저지를 생각은 없습니다."

"그런데 그게 삼일열이 아니었어?" 빈첸초는 말한다. "나는 그렇게 들었는데."

스테파노는 입을 굳게 다문다.

"아, 우리 동생이 어른들 말씀대로 입을 다무는군." 브루노가 말한다. "하지만 스테파노, 우리한테는 말해도 된다." 그는 닭고기를 집어 들고 한입 가득 문 채 말한다. "공작이 자연사한 게 아니라는 말이냐?"

"그 말은, 공작에게 원한을 가진 자가 있었다는 뜻이 됩니다." 스테파노는 말을 조심스럽게 고른다.

형들은 서로 마주 본다.

"그랬습니까?" 스테파노는 묻는다. 입이 근질거려서 참을 수가 없다.

"스테파노." 브루노는 조용히 말한다. "공작은 성자의 신체를 수집하는 위선적인 늙은이였어. 아무도 그를 좋아하지 않았다. 하지만 그를 죽일 정도로 미워한 사람이 있었다?"

빈첸초는 미소 짓는다. "그거야말로 궁금하군. 누가 그런 동기를 지녔을까?"

"그 풍만한 아내를 탐낸 사람 아닐까?" 브루노가 말한다.

"아녜제 알도브란디." 스테파노는 파란 옷의 여자를 떠올린다.

"맞아. 가지에 묵직하게 달린 과일처럼 탐스럽지." 브루노는 식탁 한복판에 놓인 과일 그릇에서 복숭아를 집어 들고 한 입 베어 물며 씩 웃는다. "틀림없이 그래서 수녀원에 가둬놓은 거야."

"그렇겠지요." 스테파노는 무심한 척 맞장구치지만 머릿속은 온갖 생각으로 복잡하다. 그들은 부유한 가문이다. 왜 딸을 수도원에 가두었을까?

"그럼 네 여자는?" 빈첸초가 문득 스테파노에게 묻는다.

"무슨 여자요?"

"하! 이런 대답이라니!" 브루노는 동생의 등을 두드린다. "서둘러 여자 하나 낚아채야 한다, 동생아. 안 그러면 네 거시기가 말라죽는다고."

"페르 카리타(Per carità, 맙소사)!" 빈첸초는 짐짓 몸서리쳐지는 듯 외치지만, 스테파노는 형이 식탁 시중을 드는 처녀 몇 명에게 다른 시중도 받았을 거라고 짐작하고 있다. "하지만 브루노 말이 맞아. 너는 건강하고 젊은 남자 아니냐. 그러다가 사람들이 널 고자라고 생각하면 곤란하잖니." 그는 목소리를 낮춘다. "더한 오해를 하거나."

스테파노는 두려움이 밀려오는 것을 느낀다. 형들은 그가 남색가를 상대하는 미소년처럼 생겼다고 놀려대곤 했지만, 아니, 이건 농담거리가 아니다. 흔히 '소돔의 죄'라 불리는 남색의 죄는 로마에서 여전히 화형에 처해지고 있으나, 신분이 높은 사람들이 처벌받는 경우는 거의 없다. 스테파노는 그런 오해를 받고 싶지 않지만(사실 인간과의 교류가 그리운 데다 깊은 외로움을 느낀다), 젊은 여자를 찾아 창녀로 만들고 싶은 마음은 없다. 데리고 놀기만 하고 결혼하지 않으면 여자는 그런 신세로 전락하지 않던가. 아내, 수녀, 창녀. 이탈리아 사회에서 여자는 이 세 부류 중 하나에 속한다. 아니, 신붓감을 찾아야 하겠지만, 그러려면 우선 성공해야 한다. "당장 제 관심사는 오로지 일뿐입니다." 그는 솔직하게 말한다.

"사랑스러운 술피치아가 재혼한다는 소식 들었니?" 브루노가 말한다. "그 대단한 키지 가문의 아들과 맺어진다는구나."

스테파노는 결혼식에서 녹색 드레스를 입고 있던 젊은 여자를 떠올린다. 우유처럼 흰 피부, 긴 속눈썹을 생각하니 가슴이 쩡할 정도로 애석한 감정이 밀려온다.

"그 여자를 마음에 두고 있었지, 동생?" 브루노는 짓궂게 던진다.

"기억도 잘 안 납니다. 그보다 체리 공작의 아내가 궁금하군요. 아녜제라는 여자. 어떤 여자인지 알고 계십니까? 루치아 말로는 예쁘고 허영심이 많다던데요."

"우리 누이는 자기보다 젊고 예쁜 모든 여자에 대해 그렇게 말하지." 빈첸초는 말한다. "그런 여자가 얼마나 많겠어."

"말이 너무 심하시군요." 스테파노는 말한다.

"약간은. 하지만 아주 틀린 말은 아니야. 어쨌든 체리 공작의 부인은 아주 예쁘고 춤 솜씨도 빼어나지만, 성품은…… 나는 잘 모르겠다."

"나는 알아." 브루노가 말을 받는다. "치베타(Civetta) 같은 여자지."

창녀라는 뜻이다.

"근거 있는 이야깁니까, 그냥 추측입니까?"

"아, 난 기가 막히게 냄새를 맡거든." 브루노는 콧등에 주름을 잡는다. "그 여자는 뭘 원하는지 바로 알 수 있는 눈빛으로 남자를 지그시 쳐다본다고."

"형님은 모든 여자가 형님을 원한다고 생각하잖아요. 그녀라고 특별하겠습니까."

빈첸초는 이 말에 웃음을 터뜨린다. 실제로 브루노는 납작한 얼굴과 푸석푸석한 검은 곱슬머리의 보잘것없는 외모치고는 항상 자신감이 과했다. 그는 스테파노에게 말한다. "네 말이 맞아, 동생. 브루노는 그렇지. 하지만 지금은 브루노 말에 일리가 있다. 그 여자 눈빛은 정말 그렇다니까."

스테파노는 형들이 여자를 두고 평가하는 말들을 많이 들어봤지만, 항상 둘 중 하나였다. 천사 아니면 창녀. 중간은 없었다. 그가 보기에 여자는 그보다 더 복잡하고 다양했다. 그렇지만, 예쁘고 발랄한 여자를 평판 좋지 않은 노인네와 결혼시켰다가, 노인이 죽자 수녀원에 가둬두다니. 그거야말로 흥미로운 이야깃거리다. "무슨 풍문이라도 들으셨습니까, 브루노 형님? 불륜 냄새가 난다든가."

브루노는 스테파노에게 한 방 먹은 것이 아직 못마땅한 표정이다. "동생." 그는 쌀쌀맞게 말한다. "이제 실수하지 않겠다고 하지 않았니? 다른 단서를 추적하겠다고. 아버지를 실망시키지 않겠다고."

스테파노는 침을 삼킨다. "그랬죠. 그럴 겁니다."

"네가 이번 일을 제대로 해낼 만한 그릇 같지는 않구나, 동생아. 칼쵸(Calcio, 축구) 한 판 못 이기면서 살인사건 수사를 어떻게 성공하겠냐."

스테파노는 세 형제 사이의 끊임없는 적대감과 경쟁심에 질려 시선을 돌린다. 그는 방 반대편 추기경의 식탁에 앉은 아버지를 쳐다본다. 어린 시절부터 아버지가 불을 붙인 경쟁이었고, 스테파노가 늘 지다시피 한 경기였다. 아니, 이번에는 질 수 없다고 스테파노는 생각했다. 내가 진정 어떤 인간인지 보여주고 말겠어.

스테파노는 11시가 다 되어 집에 돌아온다. 저택으로 향하는데, 그늘 속에서 누가 불쑥 나온다. 여자다. 스테파노는 숨을 멈춘다. 플라비아, 콜로세움에서 거래를 튼, 밀짚 색 머리카락의 창녀다. 그가 누구인지 알아낸 모양이다.

"여기서 뭐 하는 거요?" 스테파노는 격하게 속삭인다.

"원하는 정보를 갖고 왔어요."

분노와 호기심이 한꺼번에 밀려와서 잠시 당황스럽다. 그는 주위를 둘러본다. 목에 모피를 두른 부부가 마차에서 내리면서 이 동네에 왜 이런 여자가 와 있는지 궁금한 눈으로 쳐다보고 있다. "여기서 이야기할 수는 없소. 술집을 통해 대화하자고 했잖습니까."

플라비아는 얼굴에 주름을 잡는다. "최대한 빨리 정보를 얻고 싶을 거라고 생각했어요. 당신을 찾는 것도 어렵지 않았고요." 그녀는 연갈색 이를 드러내며 웃는다. "내 능력에 기뻐할 줄 알았는데."

스테파노는 주위를 다시 둘러본 뒤 여자에게 골목으로 따라오라고 손짓한다. 지나가던 이웃이 보고 그가 으슥한 골목에서 창녀를 상대로 해결한다고 생각하지 않기만을 바랄 뿐이다. "뭡니까, 내가 최대한 빨리 알고 싶어할 거라고 생각한 그 정보라는 게. 라 스트롤라가라는 여자를 찾았습니까?"

"아직요. 하지만 들어봐요. 그때 말했듯이 주변에 물어봤는데, 처음에는 아무 소득도 없었어요. 푼돈만 쥐어줘도 사람 하나 처리해주겠다는 이가 널린 이 도시에 말이죠."

"그렇겠지요. 하지만 독을 만들 줄 아는 사람은 없었다?"

"없더라고요." 플라비아는 말한다. "그러다 산타마리아 마지오레에 사는 여자한테 물어봤어요. 산드로하고 문제가 생겨서 처리해야겠다고 핑계를 댔죠. 나한테 손님을 물어다주는 남자인데……." 포주라는 뜻이군, 스테파노는 생각한다. "사실 틀린 말도 아니죠. 죽일 정도까진 아니라서 그렇지. 어쨌든 그 여자가 반나라는 여자에 대한 이야기를 들었대요. 산타 푸덴치아 교회를 다니는데, 절대 안 들키는 독을 만든다고."

드디어. "그 여자가 누굽니까?"

"비밀스러운 재주가 꽤 많은 노파인 모양이더라고요. 멜리사 말로는, 오빠 때문에 골치를 썩던 어떤 여자한테 그 노파가 독약을 권한 적이 있대요."

"그래서 죽었답니까?"

플라비아는 애매하게 어깨를 으쓱한다. "모르겠어요. 그 여동생한테 독을 권하면서 싹을 잘라버리라고 했다는 말만 들었어요."

"어디 있습니까, 반나라는 여자. 어디서 살지요?"

"파니스페르나의 산로렌초 언덕배기 공동주택에 세를 살아요. 교회에서 그 여자를 찾아내 집까지 뒤를 밟았어요." 여자는 자기 행동에 만족하는지 고개를 끄덕인다. 사람들을 미행하는 재주가 훌륭한 것 같다.

스테파노는 생각에 잠긴다. 그 누추한 집으로 반나라는 여자를 찾아가 단도직입적으로 독약에 대해 물어볼 수도 있겠지만, 그렇게 했다가는 콜로세움에서 만난 그 여자처럼 아무것도 모른다고 잡아뗄 것이다. 다른 전략이, 더 빠른 전략이 필요하다.

"돈은 줄 거죠?" 플라비아가 말한다. "의사 친구분도, 날 치료해줄 건가요?"

스테파노는 그녀를 응시한다. "돈은 드리지요. 마르첼로도 약속대로 약을 줄 겁니다. 하지만 그 전에 한 가지 더 해줄 일이 있어요."

"다른 사람을 찾아볼까요?"

"아니." 스테파노는 계속 생각에 잠긴다. 이 플라비아라는 여자는 수완이 좋다. 반나를 찾아냈고, 그를 찾아냈다. 과연 그가 염두에 둔 이 역할도 해낼 수 있을까? 그는 모험을 해보기로 결심한다.

17

질투를 예방하는 법:
다음과 같은 증상으로 질투로 인한 주술을 확인할 수 있다. 주술에
걸린 사람은 안색이 창백하고 눈을 뜰 수 없으며 항상 고개를 숙이
고 한숨을 자주 쉬며 심장이 부서질 듯하고 별다른 일도, 악의 징후
도 없이 짜고 쓴 눈물을 흘린다. 주술을 풀려면, 우선 달콤한 향수
에 불을 붙여 오염되고 감염된 공기부터 정화한다. 그런 다음 계피
와 정향, 측백나무, 사향, 알로에, 호박으로 향을 낸 물을 그에게 뿌
린다.

지롤라마

조직에서 라우라는 가장 지롤라마의 마음에 들지 않는 사람이다.
몇몇은 이렇게도 부른다. '라우라치아', 사악한 라우라. 지롤라마는
단순히 사악한 사람 같은 것은 존재하지 않는다고 생각하지만, 라우
라에게는 흰 사근초나 협죽도처럼 강력한 독성 같은 것이 있다. 오
래전 남편과 딸에게 버림받고 그로 인해 온 세상을 저주하는 여자
인데, 아마 태어날 때부터 천성이 그랬고 살면서 한층 성품이 고약
해진 것이 아닐까, 지롤라마는 생각한다. 반나가 꿀이라면 라우라는
식초다. 그녀는 유용하다. 너무 느리고 또 친절한 반나, 장난기 많은

그라치오사, 지나치게 수다스러운 라 소르다와 달리, 라우라는 일을 제대로 똑 부러지게 한다. 좋은 사람은 아닐지언정 좋은 장사꾼이다. 지롤라마가 계속해서 성공할 수 있었던 것은 타인의 연민뿐만 아니라 차갑고 단단한 돈 때문이었다.

"이건 다른 일만큼 수수료를 지불할 수 없어." 라우라는 상황을 설명하고 덧붙인다. "이 안나라는 여자는 30스쿠디밖에 못 모았대."

지롤라마는 라우라를 찬찬히 바라보며 마른 몸과 해골처럼 앙상한 얼굴까지 살핀다. 본인이 원하기만 하면 먹을 돈이 없는 것도 아닐 텐데, 아마 위장도 말솜씨처럼 신랄해서 음식이 들어갈 때마다 산이 콸콸 쏟아지는지도 모를 일이다. "당신도 평소 떼어가는 몫만 가져가, 라우라. 총액이 부족하면 당신 몫도 적어지는 거야. 잘 알면서 왜 그래."

라우라는 얼굴을 찡그린다. "난 지불해야 할 청구서가 있어. 우리 모두 당신처럼 형편이 좋은 건 아니라고." 그녀는 방 안을 둘러보며 벽걸이와 장식품, 윤기 나는 호두나무 찬장을 부러운 듯 바라본다.

"이 안나라는 여자는 왜 이것밖에 못 내지?" 지롤라마는 불평을 무시하고 묻는다. 라우라가 충분히 잘 산다는 것은, 아니, 마음만 먹으면 얼마든지 그럴 수 있다는 것은 알고 있다. "상인의 딸이라고 했잖아."

"아버지는 죽었어. 남편이 자기 돈과 아버지의 유산을 죄다 뜯어가서 수중에 남은 게 없대."

지롤라마는 고개를 끄덕인다. "흔한 이야기네." 아버지가 돌아가신 뒤 줄리아와 재혼한 남자가 떠오른다. 언뜻 매력적인 남자였지만 자기 주머니만큼 텅 빈 영혼을 숨기고 있었다. 란케티. 그는 모든 것이,

지롤라마까지 자기 것인 양 굴었지만, 당시 지롤라마는 어린애에 불과했다. 기억이 떠올라 소름이 돋는다. 란케티는 그녀의 몸은 물론 지참금까지 빼앗았다. 칼을 들고 줄리아의 목을 겨누며 돈을 내놓으라고 윽박지르던 란케티의 모습이 순간 눈앞에 선하다. 칼이 피부를 꿰뚫고 핏방울이 가늘게 흘러내리던 광경. 흰 피부와 붉은 피의 충격적인 대조. 그 순간 모든 것이 변했다. 그녀가 토파니아를 만난 것이 그때였다.

"급박한 상황이라고 할 수 있나?" 지롤라마는 묻는다.

"내가 보기에 사육제 때까지 뭔가 하지 않으면 이 여자는 죽어." 라우라는 무심하게 대답한다. "이 화가는 분명히 주먹질과 발길질을 즐겨 하는 사람이야. 여자가 아이를 가졌는데도 그러니."

지롤라마는 배에 통증을 느꼈다. 근육에 새겨진 기억일 것이다. "그런 부류로군. 그렇다면 우리가 도와야지. 바로 아쿠아를 만들게. 정원에서 기다려."

라우라의 얼굴에 교활한 빛이 떠오른다. "내가 도울 수 있는데."

"아니, 라우라. 나는 혼자 일해. 전에도 말했잖아."

지롤라마는 라우라를 남겨두고 자신이 '부엌'이라고 부르는 방에 몸을 숨긴다. 사실은 부엌보다 약제사의 작업실과 더 비슷한 공간이다. 가마솥, 구리 저울, 증류기와 환풍구, 천장에 매달린 약초 다발. 워낙 소중하고 위험한 것들이 많기에 방문은 항상 걸어 잠근다. 화장수와 묘약, 알약 재료가 가득 담긴 유리병과 도기 병. 이곳에서 지롤라마는 피부를 맑게 하고 잡티를 제거하는 화장수와 발삼 크림, 얼굴 피부를 희게 하는 납 가루 마스크, 눈을 반짝이게 만드는 벨라

돈나, 얼룩을 닦아내는 경석 가루 치약을 만든다. 검은 머리 색을 연하게 할 수도 있고, 물집 잡힌 피부를 매끄럽게 할 수도 있다. 양귀비 농축액으로 잠들지 못하는 사람을 재우기도 하고, 초조한 사람을 호수처럼 잔잔하게 진정시키기도 한다. 하지만 다른 것들도 만든다. 자궁에 아기가 들어서지 못하게 하는 묘약, 여자를 처녀로 되돌리는 일 레메디오 디 레스트린제레(Il remedio di restringere, 조이는 약), 매독을 예방하는 크림까지. 짐승의 심장으로 만드는, 마시면 사랑에 빠지는 묘약. 올바른 주문을 곁들이면 상대에게 저주를 내리는 용액도 있다.

　제조법 중 많은 것들이 줄리아가, 그전에는 토파니아 이모가 개발한 것들이다. 토파니아는 지롤라마의 이모가 아니었지만, 줄리아와 자매지간처럼 닮은 사람이었다. 그녀는 영리하고 재치있으며 강인했다. 줄리아가 지롤라마에게 들려준 이야기에 따르면, 토파니아는 스페치알레(Speziale, 약제사)와 결혼했는데, 그는 해를 입히기도 하고 치료하기도 하는 남자, 고통을 만들지만 약도 만드는 남자였다. 하지만 토파니아는 남편보다 훨씬 똑똑했다. 그녀는 최대한 많은 것을 배웠고, 심지어 글 읽는 법까지 독학으로 배웠다. 오랜 세월 고통을 견디던 그녀는 남편에게 배운 기술과 스스로 익힌 기술을 동원하여 그를 죽이기 위한 묘약을 스스로 개발했다. 다른 독은 이름만 들어도 무슨 독인지 알 수 있었다. 투구꽃, 치명적인 까마중, 파괴의 천사. 하지만 토파니아는 자신의 독을 '아쿠아'라고 불렀다. 그것은 향도, 색도 없는 투명한 액체였다.

　아쿠아는 너무나 효과적이고도 강력해서 토파니아 혼자만 알고 있을 수가 없었다. 처음에는 오랫동안 고통받았거나 정말 살해당할 위험에 처한 몇몇 친구들이나 친구의 친구들에게만 건넸다. 그러다 여자들 사이에서 입소문이 돌았고, 그들은 토파니아의 집에 찾아와서 도와달라고 애원했다. 어려운 처지의 여자들을 돕고 생계를 꾸릴 돈을 벌기 위해 사업을 확장하기로 결정한 것은 그 때문이었다. 줄리아가 왔을 때, 토파니아는 그녀가 도움을 필요로 할 뿐만 아니라 자신처럼 머리 회전이 빠른 여자라는 사실을 간파했다. 줄리아가 란케티를 처리한 뒤, 토파니아는 그녀와 지롤라마를 식구로 받아들였다. 그리고 줄리아에게 아쿠아와 다른 약에 대한 지식을, 잘 알려진 독약 제조법은 물론 여자들을 도울 수 있는 다른 치료법까지 전수했다. 임신을 막는 약초, 임신을 돕는 약초, 월경통을 완화하고 출산 후 회복을 돕는 찜질, 출산 도중 산통을 줄여주는 약물, 노화를 편안하게 넘길 수 있는 약물 등. 양가죽으로 장정해 항상 열쇠와 자물쇠로 잠가두는 리브로 디 세그레티, 즉 '비밀의 책'에 이 모든 것이 적혀 있었다.

지롤라마는 그 여자들의 지혜와 온기에 둘러싸인 채 그 집에서 오랜 세월을 살면서 작업실에서 일손을 돕고 약초 정원을 가꾸고 약제 기술을 배웠다. 하지만 지금 그녀가 만들고 있는 약물 제조법을 줄리아가 알려준 것은 지롤라마가 열여덟 살이 되었을 때, 그러니까 아쿠아가 왜 필요한지 아주 분명히 알려준 남자와 결혼했을 때였다. 뭉개지느냐, 뭉개느냐. 얻어맞느냐, 때리느냐. 인생이 지롤라마에게 가르쳐준 것은 그것이었다. 자신이 하는 일을 정당화할 수 있었던 것도 그 때문이었다.

그녀는 닭껍질 장갑을 끼고 필요한 재료를 모두 한데 모은다. 그리고 전부 절구에 넣어 빻기 시작한다. 라우라의 속셈을 알고 있지만,

저 사악한 라우라에게 이 약의 제조법을 전수할 일은 절대 없을 것이다. 라우라는 아무 고민이나 양심의 가책 없이 원하는 아무에게나 독약을 팔아넘길 사람이다. 지롤라마는 아이들이나 일가족이 독약을 먹었다는 이야기를 많이 들었다. 아주 엄격한 심사를 거친다고 할 수는 없지만, 자신이 무덤으로 보내는 남자들은 대체로 거기 가도 마땅한 사람들이라고 그녀는 생각한다. 종종 그들은 지옥의 불구덩이에 떨어져도 싼 남자들이고, 그들이 신속하게 추락하는 것을 도울 수 있어서 기쁘다. 지금껏 살아오면서 보고 들은 것들. 그 잔혹함과 야만. 늘 육체적인 잔인함만 있는 것은 아니었다. 그 어떤 상처보다 더 아픈, 정신적인 잔인함도 존재한다. 한 여자를 속에서부터 갉아먹어서 껍데기만 남은 인간으로 만드는 잔인함. 그런 여자에게는 종종 지롤라마도 손쓸 도리가 없다. 스스로 맞서 싸울 힘을 잃어버렸다고 생각하고 햇빛을 받지 못한 식물처럼 말라죽는다. 마치 전생처럼 느껴지는 오래전, 지롤라마도 거의 그 상태까지 갔기 때문에 알아볼 수 있다. 이따금 지롤라마나 그녀의 조직은 그런 여자들에게 손을 내민다. 반나나 마리아, 라 소르다가 교회나 시장에서 그런 여자에게 다가가 '방법이 있다'고 속삭인 적도 여러 번이었다. 이런 전략은 모험이다. 때로 여자들은 이런 말에 기겁하고 고발하겠다고 위협한다. 하지만 때로는, 캄포 데 피오리 시장에서 그랬듯, 물에 빠진 사람이 나뭇가지를 잡듯 그들이 내민 손을 잡기도 한다.

종종 그런 여자들은 자기 자신보다 같이 고통받는 아이들을 구하고 싶어한다. 지롤라마는 절구를 계속 쿵쿵 찧는다. 그런 경우는 견딜 수가 없다. 이제 다 자란 아들들의 얼굴을 보고 있으면, 귀여운 안젤리카의 얼굴을 보고 있으면, 인간이 어떻게 자신의 피붙이를 해칠 수 있는지 도저히 이해할 수 없다. 그래도 그런 일은 종종 일어난다. 이 안나 콘티라는 여자는 아이를 가졌다고 했다. 무지막지하게 아내를 구타하는 남편에게서 도망칠 방법을 찾아 나서게 된 것도 그 때문일 것이다. 혹은 다른 이유일 수도 있다. 야만과 증오로 얼룩진 관계에서 마지막 지푸라기로 작동하는 것은 종종 의외로 사소해 보이는 것들이다. 반복되는 불륜, 인색한 행동, 세 번째로 부러진 코. 지롤라마는 잠시 자신의 첫 남편을 떠올린다. 내면의 검은 심연이 너무나 깊어 모든 빛을 빨아들이던 남자. 그녀는 빻은 재료를 팬에 넣으며 기억을 떨친다.

독약은 은밀하게, 서서히, 소리 없이 퍼지기 때문에 가장 악하다고 사제들은 설교한다. 지롤라마의 독약은 그중에서도 가장 느리고 가장 조용하다. 하지만 이 여자들이 달리 어떻게 할 수 있을까? 야수 같은 남편 앞에서 칼을 들까? 맨손으로 덤빌까? 어떤 차원에서도 공정한 싸움이 될 수 없다. 여기는 남자들의 세상, 이 땅의 법률과 규범은 남자들에게 유리하다. 다른 방법이 없는 경우가 많다. 그러니 어쩔 수 없이, 밤중에 몰래, 슬그머니 해치우는 것이다. 악의 존재를 믿는가. 지롤라마는 알 수 없다. 인간의 본성은 다양한데, 어떤 사람은 선한 쪽에, 어떤 사람은 악한 쪽에 가깝다. 다양한 필요에 따라 정원에 재배하는 서로 다른 식물들이 그렇듯. 어떤 식물은 치유하고, 어떤 식물은 독이 있다. 인간도 마찬가지다. 지롤라마가 누군가에게는 극심한 고통과 죽음을 주었을지 몰라도, 동시에 다른 인간들을 구하기도 했다. 사람들은 이것이 팔레르모 출신의 교육받지 못한 여자가 할 일이 아니라 신(神)이 하실 역할이라고 한다. 신의 역할을 대신하는 것은 악마의 소행이라고 한다. 하지만 이것은 남자가 남자를 위해

써 내려간 신이고, 지롤라마는 그런 신을 거들떠볼 여유가 없다. 어쨌거나 생계를 유지하는 것, 이것이 지롤라마의 일이다. 그녀 이전에 줄리아가 그랬고, 토파니아가 그랬듯. 지롤라마는 직접 그들에게 독을 먹이지 않는다. 그저 필요한 사람의 손에 도구를 쥐여줄 뿐이다. 이것이 남자들에게 단도나 검을 파는 것보다 나쁜 짓일까? 그들은 매일같이 길거리에서 서로 죽여대지 않던가. 이런 생각에 자주 골몰하지는 않는다. 지롤라마는 그럴 시간이 없다.

혼합물이 부글부글 끓기 시작한다.

이대로 대가 끊기게 할 수는 없으니, 언젠가는 안젤리카에게 제조법을 알려주어야 한다. 수많은 사람에게 이것은 생명줄이다. 희망이, 힘이 들어 있는 작은 병이다. 하지만 아직은 아이에게 가르칠 마음이 도저히 나지 않는다. 안젤리카는 너무 어리고 너무 태평스럽다. 이것은 수많은 목숨을 손에 쥐는, 너무나 무거운 책임을 짊어져야 하는 일이다. 아니, 아직 조금만 더, 때 묻지 않은 인생을 살게 하자.

지롤라마는 숟가락을 들고 젓는다. 결정들이 용해되기 시작한다.

18

스테파노

정오를 알리는 종이 울린다. 플라비아가 독약 파는 여자를 데리고 오기로 한 시각이다. 침대 밑의 공기는 먼지로 갑갑하고, 어둠 속에서 거미와 전갈이 주위에 기어다닐 것 같다. 어린 시절, 아버지의 매질을 피하려고 숨던 기억이 떠오른다. 금방이라도 재채기가 나올 것 같다. 하지만 털끝 하나 움직이지 않고 죽은 듯이 있어야 한다. 그때 계단에서 발소리가 들린다. 플라비아인가? 혼자 왔을까, 아니면 계획한 대로 표적을 낚아채서 자기 소굴로 끌고 왔을까? 독약 파는 여자를 함정에 빠뜨리자는 계획은 터무니없게 느껴졌지만, 지금부터 벌어질 일을 지켜볼 증인이 필요하다. 스테파노보다 나은 증인이 어디 있겠는가?

여자 목소리가 점점 더 크게 들려오자, 심장박동이 빨라진다. 빗장 올리는 소리, 문 열리는 소리가 이어진다. 스테파노는 재채기를 참으려고 손가락으로 코중격 뼈를 누른다.

"누추한 곳이지만 이해하세요." 플라비아의 목소리에 아양이 섞인다.

"그럴 필요 없어요." 또 다른 여자의 목소리는 한층 조용하고 담담하다. "나도, 내 손님들도 다 가난한 여자들입니다. 다들 힘들게 먹고 사는 거죠, 뭐." 스테파노는 이 여자가 독약을 판다는 그 소문의 반나이기를 기도한다.

"그럼요, 그럼요." 플라비아는 대답한다. 그녀가 방을 돌아다니며 잔 같은 것을 내려놓고 액체를 붓는 소리가 들린다. "한잔하실래요?"

"친절하시네요. 고마워요."

머리 위에서 앉는 소리가 들린다. 여자 중 한 사람, 아마 플라비아가 침대에 걸터앉았을 것이다. 스테파노에게 대화 내용이 들리도록 하려는 것이다.

"그래서……." 플라비아가 말한다. "솔직하게 말씀드리면, 지금 제가 곤란한 상황이라 도움이 필요해요."

"무슨 도움이 필요하신가요?" 상대는 무심하게 묻는다.

플라비아는 기침을 한다. "그러니까 소위 제 보호자라는 사람이 저를 학대해요."

"안타깝네요."

"도와줄 수 있나요?"

"무슨 뜻인지 모르겠네요."

침대 밑에서, 스테파노는 뭔가 옆으로 기어가는 소리를 듣는다.

"그를 없애는 데 도움이 필요해요." 플라비아는 제법 커다랗게 속삭인다.

긴 침묵. "내가 왜 당신을 도울 수 있을 거라고 생각했는지 모르겠네요." 반나가 말한다.

말을 아끼는 건가? 스테파노는 생각한다. 플라비아를 믿을 수 없다고 판단한 건가? 아니면 독약을 거래한다는 이야기 자체가 헛소문이었나? 이 더러운 침대 밑에 숨어서 쓸데없이 고생만 하고 있는 걸까?

"제발." 플라비아의 목소리가 상당히 설득력 있게 갈라진다. (어쨌거나 직업상 감정을 꾸며내는 데 익숙할 것이다.) "그가 제게 너무 심한 짓을 하는데, 내게는 의지할 사람도 없고 갈 곳도 없어요. 날 받아줄 사람도, 숨겨줄 사람도 없고요." 플라비아가 몸을 내밀자 매트리스가 삐걱거린다. "툭하면 절 죽이겠다고 하는데, 언젠가 정말 그럴 것 같아서 무서워요. 당신이 그런 사람을 물리칠 수 있는 약을 달인다고 들었어요."

긴 침묵. "내가 할 수 있는 일이 있을지도 모르겠네요."

"네?" 플라비아의 목소리가 다급해진다.

반나가 목소리를 잔뜩 낮추는 바람에 스테파노는 귀를 쫑긋 세운다. "내가 아는 사람한테서 액체를 받아 올 수 있어요."

어둠 속에서 스테파노는 바짝 긴장한다. 그렇다면 사실이군. 약은 존재한다.

"독약 말인가요?" 플라비아의 말에 스테파노는 숨을 빠르게 들이마신다. 너무 성급한 질문 아닌가.

"흔히들 이야기하는 그런 건 아닙니다. 하지만 효과는 확실해요. 정말 당신이 그걸 원한다면. 다른 방법이 없다고 확신한다면."

"다른 방법이 있었으면 이렇게 부탁하지도 않을 거예요. 비싼가요? 그 액체?"

"20스쿠디면 됩니다. 돈이 많은 사람도 아닌 것 같고, 정말 상황이 다급하다고 하니."

"디오 비 베네디카(Dio vi benedica, 하느님 부디 축복을)!" 플라비아는 말하지만, 신이 이 여자를 축복할 것 같지는 않다. "언제요? 언제 그 액체를 줄 수 있나요? 효과는 얼마나 빠르죠?"

"아쿠아는 아주 느리게 작용해요. 그게 장점이랍니다. 한 번에 조금씩 줘야 해요."

"하지만 독을 먹었다는 걸 본인이 알아차리지는 않을까요? 다른 사람에게 발각되지는 않나요?"

"내가 줄 이 물은 잘 감지되지 않아요. 이미 아주 여러 번 효과를 봤습니다. 며칠만 있으면 구할 수 있어요. 돈을 준비할 수 있나요?"

"최선을 다할게요. 꼭 그렇게 할게요."

바닥에서 여자의 발소리가 들린다. 몸을 일으키고 있다. 기다렸던 신호다. 지금 나가야 한다. "멈춰라!" 스테파노는 몸을 일으키며 외친다. "아젠티(Agenti, 경찰)!"

경찰 두 사람이 그를 돕기 위해 방으로 뛰어들지만, 사실 한 명 이상 필요하지도 않다. 반나라는 여자는 스테파노가 예상했던 것보다 체구가 작고 나이가 많다. 가죽만 남은 듯 마른 몸, 연한 눈동자, 달걀 껍질 색으로 바랜 머리카락, 너무 여러 번 세탁해서 녹색 기운이 도는 상복. 여자는 도망치려고도 하지 않고 그냥 창백한 얼굴로 벽에 등을 기대고 서서 이쪽만 바라보고 있다.

"할 말 없습니까?" 스테파노가 묻지만 여자는 그냥 넋이 나간 것 같다. 경찰 한 사람이 쇠고랑을 꺼낸다. 여자를 결박한다는 게 한심하게 느껴지지만, 절차는 따라야 하는 법. 남자를 죽일 목적으로 방금 독약을 팔겠다고 한 여자다. 배짱과 끈기, 바란초네가 주문했던 정신이자 스테파노가 자기 자신에게 기대하는 것.

경찰은 반나의 손목을 뒤로 돌려 결박한다. 다른 경찰이 여자의 가방을 뒤지지만, 열쇠 몇 개와 종이에 싸인 알록달록한 가루, 전당포 영수증 여러 장뿐이다. "조용히 같이 가시죠."

남자들은 반나를 끌고 계단을 내려와서 기다리고 있던 검은 마차에 태운다. 스테파노는 이웃이 놀라지 않도록 최대한 소란을 피우지 말라고 지시했지만, 흥미로운 일이라면 촉각을 곤두세우는 동네 사람들이 이미 문간에 나와 있거나 창가에서 빤히 지켜보고 있다. "어디로 데리고 가는 거요?" 한 여자가 묻는다.

스테파노는 무시하고 죄수를 감금할 장소까지 따라갈 두 번째 마차에 올라탄다. 구경꾼들에게 말하지는 않았지만, 그들이 가는 곳은 토르 디 노나다. 총독의 명으로 다시 열린 악명 높고 유서 깊은 감옥은 스테파노가 반드시 체포하겠다고 약속한 죄수와 증인들을 맞이할 채비를 마쳤다. 비록 껍질만 남은 비실거리는 노인이지만, 이 여자는 최초의 퍼즐 조각이자 전체 그림을 완성하는 첫 단계다. 호송차가 출발하는 광경을 지켜보니, 스테파노의 가슴에 뿌듯한 자부심이 차오른다.

30분이 채 안 되어 그들은 토르 디 노나에 도착한다. 언뜻 평범해 보이는 3층에서 5층짜리 건물이 한 줄로 늘어서 있지만, 사실 그 안에는 감옥이 숨겨져 있다. 창살 쳐진 창문에서 밖을 내다보는 사람은 아무도 없다. 그들을 맞이하러 나오는 사람도 없다. 여기는 죄수들이 몇 달 전 카르체리 누오베(Carceri nuove, 새로운 감옥)로 옮겨가고 버려진 공간이다. 안뜰은 음산할 정도로 고요하고, 대문이 끼익 소리를 내며 열린다. 상관없다, 스테파노는 생각한다. 이제 여기는 내 영역이다. 이곳에서 이름을 떨치리라. 이곳에서 진실을 밝혀내리라.

19

안나

부엌에서 안나는 수프에 넣을 꽃상추와 양상추를 썬다. 베네데타가 조용히 지켜보고 있다. 라우라가 추천한 요리다. 꽃상추에서 쓴맛이 나기 때문에 혹시 시큼한 맛을 느끼더라도 필리프는 문제 삼지 않을 것이다. 어쨌든 라우라는 그럴 거라고 했다. 하느님, 그녀의 말이 들어맞게 해주세요. 아까 만났을 때 라우라는 안나에게 작은 유리병을 건넸다. "걱정하지 말아요. 이 물약은 거의 아무 맛도 없고, 보다시피 깊디깊은 우물에서 길어 올린 깨끗한 지하수처럼 맑으니."

이제 부엌으로 돌아와서, 안나는 병을 빛에 비춰본다. 과연 투명하다. 병을 코에 대고 냄새를 맡아본다. 아무 냄새도 나지 않는다. 감히 맛을 볼 수는 없다. 가진 것을 다 주고 사온 이 물이 보통 물이 아니라는 걸 어떻게 확인하지? 그저 남편의 수프에 약간 섞고 효과가 나타나기만을 기다리는 수밖에 없다. 안나는 유리병 뚜껑을 열고 그릇 안에 액체를 흘려 넣는다. 똑. 똑. 똑. 숟가락으로 젓고 있으니 손이 떨리기 시작한다.

"마음 굳게 먹어요, 남편은 아무 의심도 하지 않을 테니까." 라우라는 장담했지만, 말처럼 쉬운 일은 아니다. 자신이 무슨 짓을 하는지 낌새라도 챈다면 필리프는 안나의 목을 부러뜨릴 것이다. 어쩌면

한 번에 끝내주지 않을지도 모른다. 정말로 내가 이 일을 벌일 수 있을까? 배 속에서 아기가 발로 차는 것이 느껴진다. 그래, 해야 한다. 나 자신만이 아니라 아기를 위해서, 아버지를 위해서. 안나는 계속 젓다가 소스팬을 불에서 내리고 빵을 자르기 시작한다.

음식 접시를 들고 부엌을 나서기 전에, 베네데타와 시선이 마주친다. 베네데타는 안나를 똑바로 바라보며 임무를 결행할 힘을 주는 것 같다. 눈에는 눈으로, 손에는 손으로. 안나는 다시 성경 구절을 떠올린다.

그럼에도 식당에 들어갈 때가 되자 손이 너무나 심하게 떨려서, 안나는 남편이 눈치채기 전에 얼른 쟁반을 식탁에 내려놓는다. 액체가 그릇에서 가볍게 출렁거리자, 필리프는 책에서 얼음장 같은 시선을 들어 그녀를 본다. 하지만 음식을 문제 삼지는 않는다. 그는 계속 책을 읽으며 빵을 집어 든다.

안나는 손을 맞잡은 채 문간에 서서 그가 빵을 수프에 적셔 먹는 모습을 지켜본다. 숨을 쉴 수가 없다. 가슴이 답답하고 귓속에서 심장 뛰는 소리가 쿵쿵 울린다. 하지만 필리프는 아무 말이 없다. 칭찬도 없고, 질책도 없다. 그는 아내가 거기 없는 것처럼 행동한다. 마치 음식에 흘려 넣은 독약처럼, 그녀는 그에게 물처럼 투명한 존재다.

몇 시간이 흐른다. 안나는 기다린다. 기도하지만, 무엇을 기도하는지 자신도 알 수 없다. 용서를 구하는 것은 아니다. 비록 죄를 지었으나, 그녀는 독약이 효과를 발휘하기를 원한다. 아니, 정말 그런가? 진정 그토록 끔찍한 것을 소망할 수 있단 말인가? 살인하지 말라. 누구든지 살인하면 심판받게 되리라. 시간이 흐르고 아무 일도 일어나지 않자, 두려움과 안도가 뒤섞인 감정이 밀려온다. 어쩌면 그 여자가 가짜 약을 팔았는지도 모른다. 어쩌면 신께서 개입하셨는지도. 잠자리에 들 무렵, 안나는 아무 일도 없을 거라는 결론을 내리고 있었다.

하지만 한밤중이 되자 필리프는 침대에 누운 채 그녀 옆에서 몸부림치기 시작한다. 목구멍이 타는 것 같다고, 물을 빨리 가져오라고 한다. 안나의 심장이 미친 듯이 뛰기 시작한다. 그녀는 서둘러 부엌으로 향한다. 그는 물을 받아 마시고 투덜거리다가 다시 잠든다. 하지만 안나는 그의 옆에 꼿꼿이 누운 채 밤이 밝아 새벽이 찾아올 때까지 뜬눈으로 지샌다.

아침에 필리프는 한결 나아 보인다. 커피와 페이스트리를 불평 없이(최소한 평소보다는 덜하다) 먹더니 오늘은 하루 종일 작업실에 있겠다고 한다. 안나는 그를 유심히 뜯어보지만 아픈 것 같지는 않다. 목이 아프다고 한 건 그 약과 무관했나? 그럴지도. 하지만 믿을 수 없다. 그 독약은 마치 뱀과 같다.

과연, 한낮에 안나와 베네데타가 빨래를 정리하고 있는데 문이 벌컥 열린다. 필리프가 이상하게 번들거리는 눈빛으로 돌아와서 열이 난다고 한다. 매사에 그렇지만 이번에도 남편은 안나를 탓한다. 밤에 잘 때 덧문을 닫지 않아 병을 예방하지 못했다고, 체질이 강해지도록 제대로 챙겨주지 않았다고. "쓸모없는 마누라, 쓸모없는 여편네 같으니. 아, 물 좀 가져와. 또다시 목이 미칠 듯이 마르단 말이야."

그녀는 남편을 바라본다. 통통한 얼굴이 달아올라 있고 축축하다. "뭐 해? 당장 가져오라고!"

"침대에 가서 누우세요." 안나는 침착하게 말한다. "물과 수프를 가져갈게요." 가져가야지. 특별한 물을 섞어서. 남편의 모욕은 안나를 강하게 만들 뿐이다. 일을 시작했으니 끝을 낼 것이다. 그의 증오도, 비방도 안나가 뒤집어쓸 이유가 전혀 없는 것이다. 부엌에서 작은 유리병을 다시 열고 불빛에 비춰본다. 전에는 무엇이 되었든 자신에게 잘못이 있을 거라고, 남편이 자신을 미워하는 데에는 이유가 있을 거라고 생각했었다. 하지만 지금은 아무 이유도 없다는 것을, 최소한 자신과 관련된 이유는 없다는 것을 알고 있다. 남편은 자기 자신의 억울함 속에서 허우적대는 남자이고, 그렇게 죽어갈 것이다.

안나는 수프를 화덕에 올리고 데운다. 소중한 액체를 몇 방울 떨어뜨린다.

20

얼굴을 아름답게 하는 물:
은을 정련하고 남은 산화납 가루 2솔디어치, 아주 강한 백식초, 우유, 오렌지 과즙, 타르타르 오일. 산화납 가루를 식초와 함께 유리병에 넣고 3분의 1로 졸아들 때까지 끓여 보관한다. 우유와 오렌지 과즙, 타르타르 오일을 더해 전부 다 섞는다.

지롤라마

요란하게 쿵쿵 치는 소리. 누가 지롤라마의 집 현관문을 두드리고 있다. 소리는 잠시 멈추었다가 한층 다급하게 다시 울린다. 지롤라마는 체카와 함께 화장수를 증류하다가 서로 눈길을 마주친다. 아베마리아 종이 막 울린 시각인데, 예감이 좋지 않다. "누가 왔는지 구멍으로 내다봐, 체카. 필요하면 다른 문으로 나가야 돼."

체카는 늙은 무릎을 최대한 빠르게 움직여 복도로 나가더니 작은 유리창을 통해 손님의 정체를 확인한다. "마리아예요." 그녀는 지롤라마를 돌아본다.

"휴, 그럼 다행이네. 안으로 들여!" 지롤라마의 날카로운 말투에서 두려움이 묻어난다. 마리아는 쉽게 당황하는 여자가 아니다. 조직에서 그녀는 마리아를 가장 소중하게 여긴다. 몇 년 전 처음 만났을 때, 지롤라마는 마리아가 시칠리아 말투를 쓰는 것을 보고 팔레르모 출신임을 곧장 알아차렸다. 남부의 가난을 피해 도망친 또 다른 여성 동지였다. 그때 마리아는 딱총나무 껍질처럼 강인했다. 지금은 그때보다 더 강인하다.

잠시 후 마리아는 지팡이에 의지한 채 숨을 씩씩거리며 그들 앞에 서 있다. 한쪽 눈동자는 갈색, 다른 쪽은 흰색이지만, 모든 것을 다 볼 수 있다. 반나가 치유하는 사람이라면, 마리아는 앞날을 내다보는 사람이다.

"마리아, 무슨 일이지? 들어와." 지롤라마는 검버섯이 난 손을 잡는다. 체카는 현관문을 닫는다.

"반나." 마리아는 힘겹게 숨을 씩씩 몰아쉰다. "반나가 토르 디 노나에 갇혔어."

목에서 숨이 턱 막힌다. "누가 잡아갔어? 무엇 때문에?"

"나도 아직 몰라." 마리아는 속삭인다. "하지만 지롤라마, 끝장난 것 같아."

가슴에 돌덩이가 툭 내려앉는 것 같지만, 지롤라마는 애써 무거운 마음을 다독인다. 언젠가 이런 날이 올 줄 알고 있었다. 조직의 누군가가 잡히는 날이. 그렇다고 다 끝난 것은 아니다. 절대 그렇지 않다. 이대로 끝낼 수는 없다. 지롤라마는 줄리아에게, 토파니아에게, 출구가 없는 수많은 여성들에게, 책임지고 이 전승을 계속 이어갈 빚을 지고 있다. 계획이라면 이미 세워두었다. "두려워하면 안 돼, 마리아. 우리 모두 똘똘 뭉쳐야 해. 반나를 믿어야 해." 겉으로는 바람 한 번만 불어도 넘어갈 것처럼 연약해 보이지만, 반나는 수많은 폭풍우를 겪어온 사람이다. "너무나 오랫동안 알아온 사람이잖아, 당신도 나도. 반나는 항상 충직했어. 안 그래?"

"당신에게는 그랬지." 마리아는 고개를 돌린다.

"마리아." 지롤라마는 보다 단호하게 말한다. "그들이 반나를 왜 체포했는지 우린 아직 몰라. 우리가 두려워하는 그 이유 때문이라 해도, 반나가 실토할 거라고 생각할 이유가 없어." 적어도 당분간은. 죄수에게서 정보를 끌어내는 방법은 많지만, 굳이 거기까지 생각하고 싶지는 않다. "누구한테 들었어?"

"반나의 이웃에게서. 간밤에 반나가 검은 옷을 입은 남자 두 명과 함께 토르 디 노나에 도착하는 것도 다른 여자가 봤대."

"하지만 탑은 닫혔는데." 지롤라마는 혼잣말처럼 중얼거린다.

"다시 열었겠지." 마리아는 말한다.

섬뜩한 두려움이 지롤라마를 덮친다. 사람 하나 체포하기 위해 감옥을 다시 열지는 않는다. 하지만 지나치게 앞서가지 않으려고 한다. "누구 명령으로 체포되었대?"

"몰라. 하지만 누구인지 몰라도 맞서야 해." 마리아는 조용히 말한다.

"그럼, 미아 아미카(Mia amica, 내 친구), 그래야지." 그녀는 체카를 돌아본다. "오늘 반나에게 좋은 음식과 담요를 갖다주자. 최대한 편안하게 있을 수 있게."

"네, 파드로나(Padrona, 마님)." 체카가 말한다. "당장 음식을 만들게요."

"그래." 지롤라마는 말한다. 최대한 몸을 건강하게 유지하도록 돌보면서 누구에게 의리를 지켜야 하는지 단단히 상기시킬 것이다. 하지만 반나의 마음과 정신을 위해서는, 지롤라마가 나름의 방법을 써야 한다. "마리아, 라 소르다와 그라치오사에게 빨리 가봐. 두 사람의 도움을 받아서 다른 모두에게 알려." 핵심 측근 외에도, 지롤라마에게는 로마 전역과 외곽에서 물건을 판매하는 하위 공급책이 있다. 이런 여자들은 대부분 그녀의 이름조차 모른다. 그녀는 그저 '라 스트롤라가'나 '라 프로페테사', 비밀에 싸인 위험한 인물일 뿐이다. 오래전부터 지롤라마는 이렇게 테베레강 건너에서 다른 사람 뒤에 숨어 거리를 두어왔다. 약물의 주재료를 사다준 남자는 이미 무덤 속에서 싸늘하게 식었다. 하지만 라우라, 라우라는 문제가 될 수 있다. "라우라치아는 내가 알아서 하지. 특별 처방이 필요해." 혹시라도 이름을 불면 특별히 고통스럽게 해주겠다고 라우라에게 경고할 생각이다.

"우리 여자들에게 뭐라고 할까?" 마리아가 묻는다.

"로마에서 달아날 필요는 없다고 해. 아무에게도 도움이 안 돼. 겁에 질리거나 다른 사람에게 함부로 발설하면 절대 안 돼. 우리 사업과 관계없는 사안일 수도 있어. 행여 사업 때문이라 해도 우리가 알아서 대응할 수 있고, 반드시 그렇게 할 거라고 해." 지롤라마는 생각에 잠긴다. "우리가 최대한 보호할 거라고 안심시켜. 항상 그래왔다고. 우리만 똘똘 뭉쳐 입을 다물면 어떤 남자도 파고들지 못할 거야." 하지만 상대가 어떤 부류의 남자인지는 아직 모른다. 그것을 알아내고 수사를 도울 만한 정보를 숨기는 것이 지롤라마가 할 일이다. "그리고 여자들에게 상기시켜, 마리아. 이 오랜 세월 동안 그들을 보호하고 생계를 제공한 건 우리라고. 내 이름을 아는 사람은 절대 입 밖에 내서는 안 되고, 내가 어디에 사는지 어떤 단서도 흘려서는 안 돼. 만약 그런 짓을 한다면, 후회하게 해줄 거라고 해." 그들은 지롤라마가 어떤 힘을 가졌는지 알고 있다.

마리아는 이제 숨을 헐떡이지 않는다. 주름진 얼굴은 침착하다. "그렇게 전하지."

"좋아. 여기서 좀 쉬면서 일단 기운을 차려. 여기 앉아. 체카가 향신료를 넣은 포도주를 줄 거야."

마리아는 고개를 젓는다. "당장 그라치오사에게 가야겠어. 나보다 발이 빠르니 다른 사람들에게 소식을 전할 수 있을 거야."

"당신은 정말 좋은 사람이야, 마리아. 이렇게 와줘서 고마워."

그들은 잠시 포옹한다. 지롤라마는 마리아의 여위고 깡마른 몸을 느끼고 흙냄새 섞인 체취를 들이마신다. 얼마나 오랫동안 알고 지냈던가? 15년? 더 됐나? 그들은 함께 제국을 건설해왔다. 과연 그 제국이 버텨줄 것인가?

21

스테파노

스테파노는 토르 디 노나에 대해 마음의 준비가 되어 있지 않았지만, 이 감옥에 대한 이야기는 종종 들어왔다. 조각가 벤베누토 첼리니가 여기 갇혔던 역사가 있고, 캄포 데 피오리의 화형대 위에서 산 채로 불태워진 수도사이자 철학자 조르다노 부르노도 그랬다. 감옥으로 사용되기 전에 토르는—정면에서 바라보면 사각의 험악한 형태다—수백 명의 목숨이 스러져간 요새였다. 그들의 비명이 이 벽에 스며들었을까? 스테파노의 옛 유모는 벽돌과 목재가 무시무시한 사건들을 고스란히 빨아들이고 저장했다가 유령 같은 메아리로 토해낸다고 말하곤 했다. 이 탑이 이렇게 거부감을 주는 것도 그 때문일까? 폐허의 적막감과 섬뜩한 위협이 건물 전체에 감돈다. 몇 달 동안, 혹은 몇 년 동안 폐쇄되어 있던 감방은 차고 축축하다. 완전히 물에 잠기고 쥐가 번식한 감방도 있다. 뚱한 경비병을 제외하면, 어둡고 쓰러져가는 공간에서 살아가는 유일한 주민인 쥐들이 찍찍거리며 돌아다니는 소리가 들려온다. 스테파노는 감옥을 보다 살 만한 곳으로 만들어야 한다고, 아니, 최소한 죽음의 냄새는 몰아내야 한다고 바란초네에게 건의할 생각이다. 어떤 방식으로든 난방도 보완해야 한다. 불을 때는 유일한 방은 지금 그와 마르첼로가 앉아 있는 방뿐이다. 회색 테베레 강물을 내려다보는 좁은 발코니가 딸린 황량한 정사각형 방이다. 그 옆에 딸린 작은 방에는 도르래에 걸린 굵은 밧줄이 아래로 늘어져 있었다.

돌바닥을 질질 끌며 다가오는 발소리가 들린다. 경비가 마침내 독방인 레 세그레테, '비밀의 공간'에서 반나를 데리고 온다. 아까 체포되었을 때보다 한층 추레한 모습이다. 얼굴은 백골처럼 희고, 빛바랜 머리는 빗질하지 않아 헝클어졌으며, 옷에는 먼지가 묻어 있다. 그 모습을 보니 일말의 불편함이 엄습하지만, 그렇다고 해서 여자를 편안하게 해줄 수는 없다. 정보를 끌어내야 한다. 그들은 여자의 집을 수색했고, 거기서 발견된 물건들은 어딘가 수상했다. 치아가 가득 든 상자와 엉덩이를 실로 묶어놓은 작은 나무 말 하나.

바란초네가 공증인으로 선임한 창백하고 깡마른 젊은 서기 로도비코가 이 방에서 진행되는 모든 일을 기록하는, 두꺼운 가죽으로 장정된 증거 기록 장부를 펼친다. 그리고 억양 없는 목소리로 여자의 이름과 날짜, 시각을 (관례에 따라 라틴어로) 공표한다. 로마법상 무슨 혐의가 제기되었는지 죄수 본인에게 알리는 것은 금지되어 있기 때문에 신문 목적을 명시하지는 않는다. 스테파노는 여자에게 탁자 반대편 의자에 앉으라고 지시한다. 오랫동안 죄수를 세워두고 신문하는 사람도 있지만, 그는 그런 부류가 아니다. 그래도 필요하다면 진실을 끌어내기 위해 얼마든지 다른 도구도 쓸 수 있다는 인상을 주고 싶었다. 그래서 벽에 걸려 썩어가는 족쇄와 채찍이 보이도록 옆방으로 이어진 문을 열어둔 것이다. 사실 그런 수단까지 쓸 수는 없을 것 같지만(스테파노는 여자는 고사하고 말에게도 거의 채찍을 쓰지 않는 사람이었다) 반나가 그런 그의 생각을 알 필요는 없다.

반나를 성경에 대고 맹세하게 한 뒤, 스테파노는 말한다. "반나 데 그란디스, 당신이 체포된 이유에 대해 할 말이 있는가?"

"어르신이 저를 왜 여기 데려오셨는지 제가 어찌 알겠습니까." 여자의 말투에는 별다른 감정이 섞여 있지 않지만, 스테파노는 상대가 자신을 비난한다고 느낀다. 반나는 계속 말한다. "저는 한낱 가난하고 늙은 여자에 지나지 않는데, 그런 저를 썩어가는 감방에 가두시다니요." 아무리 연약해 보여도 이 여자의 말에 넘어가서는 안 된다. 스테파노는 비술을 사용한 혐의, 구체적으로는 치유의 마법과 사랑의 묘약을 판매했다는 혐의로 종교재판소가 이 여자를 잡아 가둔 것이 불과 얼마 전이라는 것을 알고 있다. 둘 다 법정에서는 마술의 한 형태로 간주되지만, 죄의 강도로 볼 때 독약은 그보다 훨씬 심각하다.

"반나, 나는 당신이 다른 여자에게 독약을 판매하기로 동의하는 것을 내 귀로 똑똑히 들었다."

"아닙니다, 어르신." 여자는 고개를 젓는다. "그렇게 들으신 적이 없어요. 저는 독약을 판매하겠다고 하지 않았습니다."

독약이라고 명시적으로 말하지 않았다는 점에서는 반나의 말이 맞다. 좀 더 조심스러운 표현을 썼다. "그렇다면 뭐지? 당신이 말했던 그 강력한 액체는? 아쿠아라는 건 뭔가?"

"화장수입니다, 어르신. 얼굴에서 얼룩과 흉터를 지워주지요."

"아." 그는 잠시 사이를 둔다. "그렇다면 자기에게 고통을 주는 남자를 제거하고 싶다는 여자에게 화장수를 팔겠다고 한 이유는 뭐지?"

"저는 그런 목적으로 그걸 파는 게 아닙니다."

스테파노는 냉소한다. 오랫동안 형들에게 동네 바보 취급을 당해 온 그였기에, 상대가 자신의 지능을 얕보는 것이 영 불쾌하다. "반나, 내가 그 방에서 당신이 하는 말을 전부 들었다는 걸 잊은 모양이군. 나는 지금 당신이 하는 말을 믿지 않는다. 경고하지만 사실대로 말하라."

여자는 대답하지도, 동요하지도 않는다. 온전한 자백을 받아내거나 목격자 두 명을 확보하지 못하면 유죄판결을 끌어내기 어렵다는 것을 알고 있는지도 모른다. 그것이 로마의 형법이다. 그렇다면 누가 이런 법률적인 조언을 해줬을까?

이제 마르첼로가 말을 잇는다. "당신이 파는 그 '화장수'라는 건 뭡니까, 부인? 뭐가 들어 있지요?"

"회향, 베토니, 꽃상추, 장미, 백포도주를 수은과 섞어 증류한 것입니다."

스테파노는 마르첼로에게 시선을 던진다. 마르첼로는 계속 질문한다. "네, 피부가 희어지겠군요. 하지만 사람을 죽일 수는 없습니다. 아주 다량을 마시지 않는 이상."

"저는 사람을 죽일 거라고 말하지 않았습니다, 어르신." 여자는 말한다.

"그 제조법은 어디 있습니까? 책에?"

"제 머릿속에 있습니다."

편리하군. "하지만 당신 손으로 여기 장부에 이름을 기록하지 않았나, 반나. 당신은 글을 읽고 쓸 줄 알아."

"약간 쓸 줄 압니다, 어르신. 교육을 조금 받았습니다."

"당신의 성은 데 그란디스다. 귀족의 성 아닌가?"

"맞습니다. 제 처녀 때 이름이지만, 힘든 세월을 겪었습니다. 첫 남편이 세상을 떠났고, 딸을 혼자 길러냈지만 그 애도 죽고 말았어요. 저는 최근에 재혼했는데, 그마저 사별하고 그의 아이들도 모두 역병에 걸려 죽었습니다."

암담하지만 흔한 사연이다. "그 뒤로는 어떻게 생계를 유지하고 있지?"

"주로 빨랫감을 받아 얼룩을 빼주고, 화장수와 유액을 판매해서 돈을 법니다. 가끔 구걸할 때도 있고요."

스테파노는 여자를 찬찬히 뜯어본다. 옅은 색 눈동자와 빛바랜 머리카락. 질병과 비탄으로 점철된, 고달픈 삶을 살아온 여자의 행색이다. 하지만 간밤에 찾아간 공동주택은 염색장이의 아내 테레사가 살던 곳처럼 험한 공간이 아니었다. 반나에게는 검은 상복도 한 벌 더 있었고, 신발도 한 켤레 더 있었다. 신발이 사치품으로 여겨지는 이 도시에서. 침대 옆에는 거북 등껍질 빗과 작은 거울도 있었다. 가난한 사람들에게 흔치 않은 물건이다. 게다가 주머니에서 발견한 가루와 낡은 호두나무 궤짝에서 나온 기묘한 물건들. 작은 상자에 가득 찬 치아와 말린 두꺼비 항아리. 마르첼로는 사랑의 묘약을 만드는 재료일 거라고 생각했지만, 스테파노는 그런 것들이 어떻게 헌신적인 마음을 불러일으키는지 도무지 알 수 없었다. 틀림없이 다른 곳에 다른 물건들을 숨겨놓았을 것이다. 체포할 때 발견된 열쇠는 궤짝에 맞지 않았고, 방 안의 다른 어디에도 들어가지 않았다.

"당신은 극빈층과는 거리가 멀어 보이는데, 안 그런가, 반나? 집은 그럭저럭 살 만했고, 지금 입고 있는 옷도 낡긴 했지만 좋은 모직이군." 물론 이제는 추레해져 아주 좋다고는 할 수 없지만, 거리에서 눈에 띄는 여느 사람들의 옷차림처럼 수없이 기웠거나 너덜너덜하지는 않다.

"저는 불만이 없습니다, 어르신."

"불만이 있다고 말한 게 아니야. 하지만 당신은 거짓말하고 있는 것 같다." 스테파노는 말을 멈춘다. "당신은 단순히 빨랫감을 받거나 화장수를 팔아서 돈을 버는 것이 아니야."

"제 말은 거짓이 아닙니다, 어르신." 여자는 그와 눈을 맞추지 않는다.

"빨래할 때 두꺼비를 사용하나, 반나? 그래서 방에 두꺼비 항아리가 있나?"

"두꺼비는 치통에 쓰는 겁니다."

"그렇군. 그렇게 많은 두꺼비가 필요하다니, 치통이 심한 모양이지." 침묵.

"치아가 든 상자는? 그건 무엇에 쓴 물건이지?"

여기에도 미리 준비한 대답이 있다. "제 아이들의 치아입니다. 이를 하나씩 뺄 때마다 오랫동안 모아서 간직했어요. 그건 죄가 아니지 않습니까."

"죄가 아니지. 하지만 위증은 범죄다. 당신은 성서에 대고 맹세했어." 그녀가 대답하지 않자 스테파노는 말을 잇는다. "포르타 포르테제 외곽에 포도밭을 소유하고 있다지. 세탁해서 번 돈으로 샀나?"

"그 땅은 친구에게서 받은 것입니다."

"대단한 친구로군."

"네, 어르신. 하지만 빚이 잔뜩 딸려 있습니다. 거기서는 돈이 나오지 않아요. 저는 가난한 과부입니다. 닥치는 대로 일해서 돈을 벌어야 합니다."

"그렇다면 독약을 팔아서 약간의 돈을 챙기는 것도 쏠쏠하겠군."

"아닙니다, 어르신. 제가 하는 일은 그런 것이 아닙니다. 말씀드렸듯 그것은 피부에서 잡티를 제거하는 화장수입니다." 외운 대로 읊는 말투였다. 뭐라고 말해야 할지 정확히 배운 것이 분명하다.

"하지만 나는 당신의 거처에 가보았다, 반나. 그 집에는 변변한 부엌도, 가재도구도 없었어. 이런 화장수는 어디서 만들지?"

"친구의 집에 물건을 보관합니다."

"그 친구는 누구인가? 어디에 살지?"

반나는 입술을 깨문다.

"반나, 그 친구가 누구인지 실토하지 않으면 우리는 당신이 거짓말한다고 생각할 수밖에 없다. 다른 방편을 쓰지 않을 수 없어." 스테파노는 그런 방편을 쓸 의도가 없지만, 여자가 그런 것을 알 필요는 없다.

반나는 가늘게 뜬 회색 눈으로 그를 쳐다본다. "친구를 곤란하게 할 수는 없습니다. 그 여자도 노인입니다. 제 물건 몇 가지를 맡아주고 있을 뿐입니다."

"이름은 뭔가? 주소는?"

대답이 없다.

"반나, 당신에게서 정보를 끌어내는 방법은 얼마든지 있다."

여자의 몸이 쪼그라드는 것 같다. 반나의 시선이 옆방으로, 채찍과 밧줄, 도르래 쪽으로 향한다. 수치심이 스테파노의 가슴을 찌르지만, 이것은 그가 해야 하는 일이다. 이것이 신문관의 역할이다. "그 여자의 이름이 뭔가?" 스테파노는 목청을 높인다.

이번에도 아무 말이 없다.

"작업실을 갖고 있나, 그 여자가?"

"아니요, 하지만 화덕이 있습니다."

스테파노는 마르첼로와 눈을 마주치며 둘이 나눈 대화를 생각한다. 이 독은 아주 영리하고, 잘 훈련받은 사람이 신중하게 만들고 있으리라는 이야기. "반나, 나는 당신이 다른 사람에게서 물건을 받아 판매한다고 생각한다."

"아닙니다." 반나의 시선이 옆으로 비켜간다.

"그 사람이 당신을 보호해줄 거라고 생각하나, 반나? 그러지 않을 것이다. 그들은 당신을 여기 내버려둘 것이다."

이어지는 침묵은 적대감으로 가득 차 있는 것 같다.

"할 말 없나?"

"말씀드렸지만, 어르신. 저는 오래전에 배운 제조법대로 직접 화장수를 만듭니다."

바깥은 날이 저물고 있다. 오늘은 이 여자에게서 아무 정보도 얻어내지 못할 것 같다. 완력을 쓰지 않는 이상. 하지만 스테파노는 공포를 불러일으키는 과정을 시작했다. 이것도 일의 일부다. "음, 반나. 수수께끼 놀이나 하면서 뱅뱅 제자리를 돌 시간은 없다. 수사를 이어가야 해. 다른 증인들이 당신에 대해 무슨 말을 할지 들어보면 흥미롭겠지."

반나의 시선이 재빨리 그를 향한다. 그래, 통했다. 분명 입을 열 수도 있는 패거리가 있는 것이다.

"가르디아(Guardia, 경비)!" 스테파노가 외친다. "여자를 데려가라!"

여기 배정된 단 한 명의 경비가 다가온다. 덩치 크고, 나이를 짐작할 수 없고, 진흙을 뭉쳐놓은 것 같은 얼굴을 지닌 대머리 남자다.

"하지만 어르신." 여자는 경비가 다가오자 말한다. "감방이 너무 춥습니다. 정말 축축해요. 저는 일개 노파입니다."

모두 사실이지만, 상대의 말에 흔들리지 않는 것처럼 보이는 것이 중요하다. "그렇다면, 돈나 반나, 서둘러 내게 진실을 털어놓는 것이 좋을 거다. 그러지 않으면 여기 아주 오래 갇혀 있어야 한다. 오늘 저녁에 잘 생각해보아라."

경비가 반나를 데리고 나가자, 스테파노는 마르첼로를 향해 돌아선다. "여기서 병에 걸려 죽지 않을까?" 그는 조용히 말한다.

"그럴 가능성이 충분하지." 마르첼로가 대답한다. "내가 환경을 개선할 방법을 찾아보겠지만. 여기는 병을 키우는 곳이야. 애당초 폐쇄된 데도 그런 이유가 한몫했어. 바란초네와 이야기해봐야 해. 죄수가 진실을 토해내기 전에 죽으면 그에게도 득 될 게 없지 않나. 어쨌든 여기는 죽음의 구덩이이긴 하지만."

스테파노는 생각에 잠긴다. "하지만 우리가 해야 하는 일 아닌가? 두려운 게 없다면 계속 똑같은 말만 할 거야. 전부 미리 용의주도하게 준비해둔 대사 아닌가. 이름을 밝히지 않는 그 친구라는 여자를 찾아내야 해. 물건을 가지고 있다는 사람 말이야. 이웃을 수소문하면 단서가 나올지도 몰라. 하지만 우선 바란초네와 이야기를 해보고 진척 상황을 보고해야겠어."

스테파노는 길고 흰 손가락으로 깃털 펜을 쥐고 장부에 계속 뭔가 기록하는 로도비코를 흘낏한다. 그 역시 총독에게 따로 보고하라는 명령을 받았을지도 모른다. 말을 조심해야겠다.

스테파노는 미리 약속을 잡지 않고 곧장 팔라초 나르디니로 향하기로 한다. 바란초네에게 전해야 하는 중요한 정보가 있다. 반나를 체포하기 전, 독약을 이용한 범죄로 보인다고 미리 총독에게 보고했더니 예상했던 반응이 나왔다. '베네피키아는 곧 말레피키아다', 이것이 단순한 독이 아니라 마법이며, 약품이 아니라 악마의 수법이라는 이야기였다. 그 기억을 떠올리며 스테파노는 말을 타고 높은 아치를 지나 회랑이 늘어선 넓은 안뜰로 들어간다. 제복을 갖춰 입은 하인이 나와서 건초를 먹이고 묶어둘 수 있는 마구간으로 다미젤라를 인도한다. 이어 하인은 그가 도착했다는 것을 집 안에 알리고 전실로 데려간다.

저택은 이 집 주인처럼 부유하고 웅장하다. 오스만제국에서 들여온 양탄자, 동방에서 수입한 꽃병, 한 줄로 걸린 검, 고전적인 장식과 석상. 허브를 태우는 강렬한 냄새가 공기 중에 떠돌아서 약간 속이 메슥거린다. 바란초네가 넓은 계단을 내려와서 그에게 다가온다. 짙은 녹색 브로케이드 재킷을 입은 모습이 반나의 병에 들어 있던 두꺼비를 연상시킨다.

"아, 스테파노!" 지난번 마구간에서 만났을 때보다 한층 친근한 태도다. 전혀 다른 사람 같다.

"불쑥 찾아온 것을 용서하십시오, 각하. 소식을 한시라도 빨리 듣고 싶으실 거라고 생각했습니다."

"당연하지, 당연하지. 어서 서재로 오게나."

바란초네는 앞장서서 계단을 오르더니 수많은 종교화가 걸린 복도를 지나 바닥에서 천장까지 뚫린 큰 창문에 벨벳 커튼이 늘어진 넓은 방으로 안내한다. 호두나무 책상과 송아지 가죽 의자가 여러 개 놓여 있다. 커다란 벽난로가 타오른다.

"말해보게. 무슨 소식인가? 간밤에 용의자를 체포했다고 들었는데?"

"네, 모두 계획대로 잘 되었습니다. 오늘 아침 여자를 신문했는데, 아직 자기가 독약을 판매한다는 것을 인정하지 않고 어디서 구했는지에 대해서도 입을 다물고 있습니다. 필요에 따라 더 모질게 문초할 생각입니다."

"좋아, 좋아. 그렇게 해야지. 몇 시간 혼자 안절부절못하게 한 다음 더 강하게 나가는 거야. 그 여자는 누구한테 독약을 얻은 것 같나? 약제사나 주술사겠지? 어쨌든 그놈을 반드시 찾아내야 해."

이 말에 스테파노의 머릿속에서 윤곽을 갖추던 생각이 분명해졌다. "사실……." 그는 조심스럽게 말한다. "독을 제공하는 사람은 남자가 아니라 여자가 아닐까 싶습니다."

"독약을 만드는 이가 여자?"

"네, 어쩌면." 반나라는 여자는 자신이 보호하는 상대에 대해 대단한 충성심을 지니고 있는 것 같았다. 독약을 화장수로 가장해서 판다면, 만드는 사람도 여자일 가능성이 높지 않을까? 스테파노는 어머니가 달걀노른자와 식초를 이용해서 간단한 미용액을 만들던 모습을 기억하고 있다. '라 스트롤라가'나 '라 프로페테사'라는 존재에 대한 입소문도 들었다. 악마와 소통하는 여자들이라는 이야기였다. "여자가 약제사로 훈련받는 경우가 그렇게 드물지 않습니다. 다른 방식으로 기술을 익혔을 수도 있고요."

"하느님 맙소사, 정녕 우리가 찾는 것이 이런 것인가? 남자를 독살하는 여자들의 음모라니." 바란초네는 커다래진 동공으로 스테파노를 응시한다.

"제 생각이 틀렸을 수도 있습니다." 스테파노는 총독의 반응에 놀라 얼른 고쳐 말하지만, 이미 늦었다. 바란초네는 일어나서 방 안을 서성거린다.

"이건 어두운 음모야, 스테파노. 대단히 깊은 어둠이 도사리고 있어. 하층민 여자들이 학식 있는 남성들의 지식을 훔쳐내어 그들을 몰래 독살하고 있다니."

"말씀드렸지만, 이건 그저 가설에 불과할 뿐……."

"앞뒤가 맞는 가설 아닌가, 스테파노. 독, 이건 원래부터 여성의 도구였어. 아그리피나를 도운 저 악명 높은 로쿠스타를 생각해봐. 우르비노의 엘리사베타 곤차가, 아라곤의 이사벨라, 칼라브리아의 이폴리타 스포르차, 포를리의 카테리나 스포르차를 생각해보라고! 메디치 가문의 카트린, '독약 찬장'을 거느린 그 여자 말이야!"

"예, 총독님. 하지만 말씀드렸듯이, 아직은 이 사건의 범인이 누구인지 확실히 아는 바가 없습니다."

바란초네의 귀에는 들리지 않는 모양이다. 그는 벽난로에 부지깽이를 찔러 넣어 불꽃을 마구 일으키고 있다. "이 암흑의 중심에 있는 것이 여자라 하여 놀랄 것은 없어. 여자들이 남자보다 악마의 소행을 저지르는 성향이 더 높다는 것은 잘 알려져 있지 않나. 말레우스 말레피카룸(Malleus malificarum, 마녀의 망치)의 결론도 그것이고, 마녀 재판에서도 거듭 입증되고 있는 사실이지."

"하지만 그 여자들은 대부분 결국 유죄로 인정되지 않았던 것으로 압니다. 안 그렇습니까?" 확실히 알 수 없다.

"로마에서는 그랬지. 신문관과 판사가 너무 물러서 그래. 거짓말을 곧이곧대로 믿었어. 하지만 다른 곳, 특히 게르마니아에서는 많은 여자의 악행이 법의 심판을 받았고 독살도 그중 하나였다네. 독이 든 사과며 독이 든 케이크, 피부에 문지르면 사람을 미치게 하는 연고. 다 우리가 보아온 것들 아닌가. 왜 미처 이런 생각을 못 했는지 이상하군.”

스테파노는 총독이 흥분하는 모습에 찜찜한 기분을 떨칠 수가 없다. “음, 제 수사가 진실을 모두 밝혀낼 것입니다.”

“그래야 하네, 스테파노. 그래야만 해. 대충 물러서면 안 돼. 여성적인 간계에 넘어가서 해야 하는 일을 포기해서는 안 되네.”

“당연하지요.” 남자들은 툭 하면 여성적인 간계를 입에 올린다. 스테파노는 자신의 누이들이 간교하다고 생각해본 적이 없고, 그가 아는 여자들은 그들이 전부다.

바란초네는 꼬챙이를 검처럼 휘두르며 스테파노를 겨눈다. “분명히 말하지만, 스테파노, 이 여자들은 독사처럼 교활해질 수가 있어. 자네는 아직 젊어서 모르겠지만, 고문을 통해 실토한 게 아닌 이상 그들이 말하는 것을 절대 믿어서는 안 돼.”

스테파노는 침을 삼킨다. “꼭 필요하다면, 그래야지요.” 그는 조용히 말하지만, 그런 것을 동원하지 않고 자백을 얻어내도록 노력할 생각이다. 스테파노는 야만적인 성품이 아니다.

“자네 말이 맞는다면,” 바란초네는 말을 잇는다. “이 반나라는 여자가 정말 다른 여자들에게 독약을 공급하고 있다면, 얼마나 많은 여자들이 이 물건을 받아서 팔고 있을까? 얼마나 많은 사람이 독을 마시고 있는 거지? 얼마나 많은 남자가 이 악행에 쓰러졌을까?”

“알아내겠습니다.” 자원이 더 필요하다는 이야기를 꺼내기 좋은 순간인 것 같다. "최대한 서둘러 수사를 진행하겠습니다, 총독님. 하지만 인력이 더 필요합니다. 감옥에도 인원이 더 필요하고, 체포를 돕는 사람도 더 있으면 좋겠습니다."

"그래, 그래." 바란초네는 생각에 잠겨 턱을 쓰다듬는다.

"감옥의 내부 환경도 개선해야 합니다."

"뭐라고?"

"대단히 습기가 많습니다. 어떤 곳은 물에 잠겼습니다."

총독은 혼란스럽다는 손짓을 한다. "우리가 여관을 운영하는 건 아니잖나, 스테파노."

"그건 아니지만, 증인과 용의자가 자백하고 공범을 실토할 때까지는 살려두어야 하지 않겠습니까, 총독님. 정말 여자들이 연루된 사건이라면, 죄수들은 몸이 약할 겁니다. 최소한 난방이라도 해야 합니다. 겨울이니까요."

"좋아. 기본적인 계획을 세우면 비용을 책정하지. 하지만 죄수들이 서로 소통해서는 안 돼. 감옥 문을 열어둘 수는 없다. 서로 이야기를 나눌 수 있으니 라르고(Largo, 공동 감방)에 수용해서도 안 되고. 여자들이 말을 하기 시작하면 어떻게 되는지 잘 알지 않나."

그런가? 스테파노는 바란초네의 아내에 대해 불쌍한 마음이 들기 시작한다. "알았습니다, 총독님." 자금과 인력을 확보할 수 있다면야.

"정기적으로 진척 상황을 보고하도록. 중요한 변화가 있을 때마다 알리게."

"알았습니다."

바란초네는 스테파노를 바라본다. "휴, 스테파노, 자네 말이 맞는다면, 이건 오랫동안 로마에서 저질러진 음모 가운데 가장 사악한 것일 수도 있어. 역병이라는 악이 퍼진 틈을 타서 더 사악한 자기들의 죄를 감추다니."

"그렇습니다, 네." 시체가 구덩이에 산더미처럼 쌓였는데 사람 하나 더 죽는다고 누가 신경을 쓰겠는가?

"반나라는 여자한테서 자백을 끌어내야 해. 음모의 윤곽을 반드시 밝혀내야 한다."

그저 멀리 촉수를 뻗고 있을 뿐 뚜렷한 형태랄 게 없는 사건이 아닐까 하는 염려가 슬슬 들지만 스테파노는 대답한다. "알겠습니다."

❧

반나의 이웃들은 수다스러웠다. 경찰이 탐문에 나서자, 그들은 반나가 종종 집으로 찾아간다는 조그마한 빨간 머리 여자에 대해 이야기했다. 스테파노와 마르첼로는 이제 그라치오사 파리나라는 이름의 그 '친구'를 찾기 위해 산타마리아 아이 몬티로 가는 중이다. 좁고 구불구불한 골목이 미로처럼 얽혀 있고, 거의 모든 길이 비포장이며, 거무죽죽한 빨래가 바깥에 내걸린 곳이다. 쓰레기 더미를 쪼고 있는 닭과 거위를 지나 작은 광장에 다다르니, 노점상이 커다란 파스타 솥을 휘저으며 차례를 기다리는 노동자들에게 튀긴 생선요리를 내놓고 있다. 얼굴에 땀이 잔뜩 밴 노점상 한 사람과 이야기해본 마르첼로는 그라치오사가 이 근처 공동주택에 살고 있다는 것을 확인했다.

찾아가니, 건물은 오줌 지린내가 진동하는 암울한 곳이다. 약재상이 사는 곳은 분명 아니다. 문을 두드리자 여자 한 사람이 나온다.

분명 독약 판매상도, 악마의 작업실도 아닌 것 같다. 그라치오사라는 이 여자는 반나보다 나이가 많고 몸집도 더 작다. 보기 흉하게 염색한 빨간 머리, 물 빠진 검은 드레스, 입안에는 치아가 하나도 없다. 아무 말도 하지 않고 남자들을 저지하려고도 하지 않은 채, 노파는 그저 벽에 등을 기대고 서서 스테파노와 마르첼로를 안으로 들인다. 어둑어둑하고 검소한 방은 염색장이 과부의 집과 비슷한 크기이고, 가구라고 있는 것은 호두나무 무릎 받침대, 좁은 침대, 커다랗고 낡은 궤짝 하나뿐이다.

"반나의 물건을 찾으러 왔습니다. 여기 두었다던데요?"

여자는 잇몸을 문지르며 그를 응시하지만 아무 말도 없다.

"어디 있습니까?" 스테파노는 좀 더 목소리를 높인다. "반나의 물건 말입니다."

그래도 말이 없다. 겁을 먹어서 혼이 빠졌나? 정신이 조금 오락가락하나?

갑갑해진 스테파노는 궤짝을 연다. 안에는 낡은 숟가락과 접시, 닳아빠진 신발 한 켤레, 밀가루 포대와 기타 식재료, 짚으로 만든 인형만 눈에 띈다. 문득 그는 궤짝 밑바닥에서 나무 상자를 발견한다. 짜릿한 흥분이 퍼진다. "이거로군."

"열쇠 있나?" 마르첼로는 그의 시선이 닿은 곳을 본다.

"있어." 스테파노는 상자를 집어 들면서 반나를 체포하면서 찾은 작은 열쇠를 망토에서 꺼낸다. 몇 번 실패한 끝에 마침내 뚜껑이 열린다.

"허허." 마르첼로가 말한다.

상자 안에는 네모난 유리병이 가득 들어 있다. 어떤 병은 옆면에 남자의 그림이 붙어 있다. 한 칸에는 전당포 영수증이 몇 장 들어 있고, 다른 칸에는 검은 실크 슬리퍼 한 켤레가 들어 있다. 말린 물건을 넣은 병도 있다. 마르첼로는 냄새를 맡는다. "로즈메리로군. 이건 육두구." 그는 세 번째 병을 킁킁거리더니 콧등에 주름을 잡는다. "무슨 동물 똥 같은데. 이건 독으로 쓸 수는 없지만, 어떤 사람을 누군가와 이어주는 사랑의 묘약 따위로 팔 수는 있겠어. 말했듯이 반나의 방에서 나온 치아와 불쌍한 두꺼비도 아마 그런 용도겠지."

상자 안의 다른 물건은 닳아빠진 작은 검은색 수첩뿐이다. 손때 묻은 페이지에는 숫자와 날짜가 적혀 있다. "9월 10일, 5. 10월 2일, 3."

"무슨 뜻일까?" 스테파노는 수첩을 넘기며 마르첼로에게 묻는다. 그 외에는 아무 내용도 없다가 마지막 장에 문장 하나가 적혀 있다. 스테파노는 소리 내어 읽는다. "마리아가 5스쿠디를 빚졌다."

"보여줘." 마르첼로는 장부 쪽으로 손을 내민다.

"그라치오사, 마리아가 누굽니까?" 스테파노는 상자 앞에서 일어나서 빨간 머리 여자를 찾는다. "그라치오사!" 대답 대신 서둘러 계단을 내려가는 발소리만 들려온다.

"이런 젠장, 도망친다!" 마르첼로는 외치며 그라치오사를 쫓아간다.

스테파노는 수첩과 병 두 개를 주머니에 넣고 문간을 나선다. 마르첼로가 건물 바로 앞에 서 있다.

"사라졌어." 마르첼로는 여러 갈래로 뻗은 골목을 가리킨다.

"걸음이 빠르지 않잖아. 그 나이에."

"이쪽이에요!" 작은 소년이 외친다. "빨간 머리 노파, 이쪽으로 갔어요."

두 사람은 소년이 가리킨 골목으로 들어서서 똥과 쓰레기, 길거리에서 썩어가는 낡은 의자를 요리조리 피하며 최대한 빨리 달린다. 달리는 서슬에 수레를 뒤엎자 남자가 욕지거리를 퍼붓고, 한 무리의 아이들이 그들을 뒤쫓기 시작한다. 담장 위에서 고양이가 뛰어내려 스테파노의 다리 바로 앞에 내려앉고, 여자 한 사람이 날카롭게 욕설을 던진다. 스테파노의 허파가 힘들어서 비명을 지르기 시작하지만 절대 놓칠 수 없다. 다시 담장을 돌아 염소젖을 짜는 노파를 지나고, 샛길을 끝까지 달려가니 갑자기 고요하다. 늘어선 집들 뒤쪽, 마늘 냄새, 소녀의 노랫소리. 광장으로 나오니 다시 사람들이 북적거린다. 공놀이하는 아이들, 분수대에서 빨래하는 처녀들, 하지만 그라치오사의 모습은 어디서도 찾을 수 없다.

스테파노는 멈춰서 허리를 숙이고 무릎에 손을 얹는다. 눈앞이 아찔하면서 캄캄해진다.

"소용없어." 마르첼로의 목소리가 들린다. "이미 달아났어."

스테파노는 호흡이 돌아올 때까지 기다리다가 허리를 세운다. 어리숙한 노파라고 여겼던 여자에게 이렇게 당하다니 믿을 수 없다.

그들은 천천히 그라치오사의 집으로 돌아간다. 문은 여전히 열려 있지만, 안에 있던 상자는 온데간데없다.

흠, 이게 바로 여성적인 간계로군. 총독의 말이 옳았던 모양이다. 이제 그들이 모두 로마에서 달아나기 전에 빨리 추적해야 한다. "인력이 더 필요하겠어." 스테파노는 마르첼로에게 말한다. "용의자가 도시를 떠나기 전에 서둘러 체포해야 해."

추레한 건물을 떠나는 그들의 등 뒤로 소년의 웃음소리가 들려온다.

22

안나

나무 덧문을 여니 새벽이 얇은 금빛 천처럼 하늘에 퍼져 있다. 독을 사용한 지 사흘째. 필리프의 상태는 밤새 한층 악화되었다. 안나는 한숨도 자지 않고 옆에서 이마를 닦아주고 물을 먹여주었고, 네가 나쁜 짓을 해서 이렇게 됐다고 필리프가 고래고래 소리칠 때마다 이를 악물었다. 하지만 그가 계속 이렇게 불쾌하게 구는 것이 오히려 도움이 됐다. 병 때문에 끙끙 앓으면서 고분고분 착하게 굴었다면, 이 일을 끝까지 완수하기가 힘들었을 것이다. 아니, 안나는 오히려 독약을 더 많이, 더 빨리 사용하고 있다. 아버지를 죽인 남자, 살려둔다면 자신과 배 속 아이까지 죽일 것이 뻔한 남자를 이제 더는 견딜 수가 없다. 라우라는 천천히 진행하라고 당부했지만, 막상 시작하고 나니 최대한 빨리 끝내고 싶다.

"의사." 남편은 기침한다. "의사를 불러줘. 프랑스인 의사를. 무슨 병인지는 몰라도 죽을 것 같아."

돈을 그만큼이나 냈으니 당연히 그래야지. 안나는 생각한다. "오늘 아침에 가볼게요. 하지만, 아…… 돈을 낼 수 없을 텐데요. 당신이 다 써버렸다면서요."

필리프가 낮게 신음한다. 몸 안에서 벌써 뭔가 썩기 시작했는지 숨결에서 악취가 풍긴다. "내가 낸다고. 시키는 대로 해, 빨리. 간밤에 사람을 불러왔어야 했어. 파올리나 거리에 있는 뒤랑 박사한테 가."

안나는 끈끈한 병실의 공기에서 빠져나오게 되어 홀가분한 마음으로 침실을 나와서 망토와 모자를 챙긴다. 베네데타가 문간까지 따라 나온다. 로마에서 여자들은 혼자 걸어다니지 못한다. 병자를 돌보는 심부름이라 해도.

밖으로 나오자 베네데타가 말한다. "그가 시킨 대로 할 거예요?"

"선택의 여지가 없어. 의사를 데려오지 않으면 우리가 무슨 짓을 꾸미고 있는지 의심할 텐데, 그러면 어떻게 나올지 누가 알아." 안나는 하녀의 팔을 잡는다. 사실 갑갑한 집 안에서 나올 핑계가 생겨서 기분이 좋다. "하지만 의사가 이 병의 진짜 원인을 알아차리지 못해야 할 텐데."

두 사람은 외국인 화가들이 모이는 스페인 광장으로 걸어간다. 목동이 양 떼를 몰고 바르카차 분수 옆을 지나간다. 신발장이가 신발 가장자리의 가죽을 두드리고 있다. 안나는 잠시 광장에서 걸음을 멈추고 반쯤 가라앉은 배 모양의 분수와 거기서 흘러나오는 물줄기를 바라본다. 기껏 해놓은 일을 무위로 되돌릴 수도 있고 그녀가 무슨 짓을 꾸미는지 알아차릴지도 모르는데, 의사를 서둘러 부를 이유가 없다.

잠시 후 의사와 함께 돌아오니, 필리프는 말 그대로 화가 나서 침을 튀긴다. "도대체 뭘 했기에 이렇게 오래 걸렸어! 마실 것을 줘!" 얼굴은 부어 있고 붉은 반점이 울긋불긋하다.

베네데타가 물을 가지러 간 사이, 눈가가 축축한 노인 의사는 필리프의 맥을 짚고 이마를 짚어본다. 의사가 미간을 찌푸리고 필리프의 배를 누르며 고통스러워하는 모습을 확인하는 것을 보고 있으려니, 안나는 가슴이 죄어온다. 이 노쇠한 의사가 진실을 알아차리는 건 아닐까?

"어디가 잘못됐습니까, 의사?" 필리프는 그를 향해 으르렁거리듯 묻는다. "치료할 수 있소? 예수그리스도의 이름으로, 제발 서둘러주시오! 속이 아파 죽겠단 말입니다. 쥐가 내장을 갉아먹는 것 같소." 필리프는 침대 위에서 몸부림친다. 문득 안나의 머릿속에 앓던 아버지의 모습이 떠오른다. 어둠 속에서 목이 조이는 듯 신음하는 소리를 들을 때마다 안나 자신의 속이 뜯겨 나가는 것 같은 기분이었다.

문득 의사는 안나를 돌아본다. 순간 의사가 자신의 마음을 읽은 것이 아닐까 하는 두려움이 밀려온다. 그는 필리프에게 말한다. "전에도 간 문제가 있으셨지. 안 그런가?"

"예, 하지만 이 정도는 아니었습니다."

"그랬는지 몰라도, 이번에는 간에 염증이 더 심해진 것 같소. 설사약을 드리고 아픔을 잠재울 수 있는 양귀비와 만드라고라를 처방하겠소."

침대에서 돌아선 뒤, 의사는 안나에게 말한다. "부인, 남편분의 병이 많이 진행된 것 같습니다. 평소 술을 드시지요?"

"아주 많이요."

"그렇지, 피부가 누런 것을 보고 그럴 거라고 생각했어. 간이 거의 망가진 것 같아요. 진작 나를 불렀다면 손쓸 수 있었을 텐데, 장기가 이미 손상됐어. 그게 이 모든 증상의 원인이야."

안나는 회색빛이 도는 의사의 얼굴을 바라본다. 불친절한 사람 같지는 않다. 수개월 동안 남편의 온갖 성질을 다 받아낸 것이 자신이라는 말을 하고 싶다. 비통한 연기를 해야 한다는 것은 알지만 도저히 그럴 수가 없다. 너무 피곤하다. "얼마나 남았을까요?" 안나는 이렇게만 묻는다.

"고작 몇 주, 며칠밖에 안 남았을 수도 있어요." 의사는 대답한다. "환자의 고통을 덜어주기 위해서 할 수 있는 일을 찾아보리다."

안나는 고개를 끄덕인다. "감사합니다, 선생님. 남편을 위해서 기도하겠습니다. 부디 그의 고통이 빨리 끝날 수 있도록."

의사는 부풀어 오른 안나의 배를 바라본다. "8개월? 더 됐나?"

"거의 다 된 것 같아요."

"그렇다면 너무나 유감이군요."

"아뇨, 선생님. 안타까워하실 것 없어요. 아기를 지금껏 무사히 품을 수 있어서 저는 운이 좋았습니다."

의사의 시선이 그녀의 얼굴로 향한다.

아주 오랫동안 침묵이 흐른다. 심장이 도망치려는 나방처럼 파닥거리며 갈비뼈를 두드리는 것 같다. 말을 너무 많이 했나?

하지만 아니, 의사는 손을 뻗어 안나의 손에 가볍게 댄다. "정말 용감한 분이구려, 부인."

23

로졸리오 만드는 법:
꽃봉오리가 완전히 열리지 않은 장미를 따서 꽃잎을 뜯어낸다. 흰 꽃잎을 모아 설탕을 섞는다. 장미 설탕을 레몬 제스트와 증류주와 함께 항아리에 넣고 열흘간 방치한다. 물과 설탕을 더한다. 이따금 저어주면서 다시 이레 동안 놓아둔다. 일주일 후 천에 걸러서 병에 보관한다.

지롤라마

우린 정말 대단한 조직이야, 지롤라마는 난롯가에 모여 앉은 여자들을 바라보며 생각한다. 종교재판소가 지금 들이닥친다면, 검은 상복 차림의 쭈글쭈글한 얼굴들이 마리아의 파이프와 타오르는 화덕에서 피어오르는 연기에 휘감겨 있는 것을 보고 대뜸 마녀들의 집회로 여길 것이다. 독살범과 마녀는 분명 서로 다른 존재이지만, 민중과 교황의 눈에는 큰 차이가 없다. 사람들은 독을 제조하려면 악마를 소환해야 한다고 믿는다. 지롤라마는 독을 만들면서 악마의 실질적인 도움을 거의 받지 않지만, 많은 사람들이 자신을 마녀라고 생각하리라는 것을 알고 있다. 마지아(Magia, 마법)는 종종 스트레제리아(Stregeria, 주술)와 혼동된다. 하지만 지롤라마는 자기 자신을 일반적인 의사들이 간과하는 질병을 치료하는 의사라고 생각하는 편을 좋아했다. 월경통을 없애주는 약, 남편을 없애주는 독. 이런 것들을 만드니까.

지롤라마는 핵심 측근들을 불러 모았다. 마리아, 그라치오사, 라우라, 거의 귀가 멀었기 때문에 이런 별명이 붙은 라 소르다. 아직 감옥에 갇혀 있는 반나를 제외한 모두가 모였다.

"그들은 내가 반나의 물건을 갖고 있다고만 알고 있었어." 그라치오사가 말한다. "하지만 반나가 도대체 왜 내 이름을 입 밖에 냈는지 모를 일이지. 그냥 헛소리만 할 수는 없었나?"

지롤라마는 직접 만든 장미술을 작은 잔에 따른다. "반나가 당신 이름을 실토한 건지 확실히 모르잖아. 그들이 어떤 수법을 쓰는지도 모르고. 무엇으로 협박했는지, 지금 어떤 상태인지도 몰라." 반나는 감옥에 들어가기 전부터도 건강이 좋지 않았다.

"고문을 하는 부류 같지는 않았어." 그라치오사는 틀니를 고쳐 끼운다. "판사는 서른 살도 채 안 된 것 같았고 몸집도 작았어. 얼굴은 계집애처럼 예쁘장하고 오목조목하더라고. 다른 남자는 젊은 의사 같았어. 둘 다 점잖은 말투였어. 내가 몰래 도망치기 전까지는." 그라치오사는 미소 짓는다. 가짜 이빨은 이제 진주처럼 가지런하다.

"말투가 점잖다는 것으로 남자의 속을 짐작할 수 있는 건 아니지." 지롤라마는 점잖다는 작자들을 제법 만나보았기 때문에 알고 있다. "스테파노 브라키라는 남자는 야심이 크다고 들었어. 상인의 아들인데 혼자 힘으로 노력해서 그 자리까지 올라갔으니 분명 명성을 떨치고 싶겠지." 지롤라마는 분주하게 돌아다니며 닥치는 대로 정보를 모았다. 여기서 전부 다 털어놓을 생각은 없다.

"이제 그는 내 이름도 알고 있어." 마리아가 술잔을 내려놓으며 말한다. (그녀는 술을 물처럼 마신다.) "어리석은 반나. 수첩을 좀 더 잘 숨기지 않고. 필요한 게 있으면 암호로 적든가. 나는 집을 떠나 구호소에서 재워달라고 애원해야 했다고."

라 소르다가 웃는다. 덩치에 어울리게 커다랗고 화통한 웃음이다. "그가 알고 있는 이름은 마리아뿐이잖아. 로마에서 마리아라니! 건초더미에서 바늘 찾기지!" 라 소르다가 다시 껄껄 웃자 다른 여자들도 킬킬거리기 시작한다. 맞다, 로마는 성모의 도시, 마리아라는 이름은 교회 벽에도 새겨져 있고 시장통에도 바글거린다. 마리아라는 여자를 찾으려면 골치깨나 아플 것이다.

"그래도 안심하면 안 돼." 지롤라마는 말한다. "그는 재빠른 데다, 원한다면 탑 전체를 죄수로 가득 채울 수 있어. 반나가 그에게 다른 무슨 정보를 주었는지, 그가 또 누구와 이야기를 나눴는지 우리는 몰라. 마리아, 집에서 나온 건 잘한 일이야. 우리를 찾아내는 단서가 되는 건 모두 숨겨야 하고, 전갈이 오면 곧장 도망칠 준비를 해야 해."

"말이 쉽지." 라우라는 불평한다. "어디로 도망가지? 무슨 수로?"

"그래서 당신을 여기 데려온 거야, 라우라." 지롤라마는 쌀쌀하게 말한다. "계획을 짜려고. 어쨌거나, 라우라, 당신도 마차 하나 살 정도의 돈은 모아놨잖아. 로마에서 타고 빠져나갈 수레 하나가 무슨 대수야."

라우라가 뭐라 투덜거리려 하지만, 지롤라마는 말을 막는다. "우리 모두 위험에 처해 있어. 독살범에게 무슨 벌이 내려지는지 다들 알지?" 사형이다. 토파니아가 얼마나 끔찍하게 죽음을 맞았는지 지롤라마는 기억한다. 이 여자들에게 그런 말을 할 생각은 없다. "똘똘 뭉쳐야만 우리 자신과 아쿠아를 지킬 수 있어."

이 말에 여자들은 심각해진다. 라 소르다는 성호를 긋고 그라치오사는 뭐라 중얼거린다. 마리아는 다시 술잔을 채우고 목구멍으로 휙 넘긴다.

"그라치오사, 이 스테파노 브라키라는 사람에 대해 더 말해봐." 지롤라마가 말한다. "말투가 점잖고, 또 뭐? 그와 의사가 뭐라고 했어? 유리병을 가져갔다고?"

이것은 토파니아의 수법이다. 순례자에게 판매되는 기름, 성 니콜라스의 만나라고 표시된 병에 아쿠아를 넣는 것이다. 성자의 병에 독약이 들어 있을 거라고는 누구도 의심하지 않을 것이다.

"가져갔어. 하지만 빈 병이었어. 자기들끼리 상자 안의 약초는 사람을 죽이는 독이 아니라 사랑의 묘약으로 팔린다는 등 이야기를 나누더라고. 사실이지. 남자들이 늘 그렇지만 날 무시했어. 우리처럼 늙은 여자들이 아니라 많이 배운 약제사나 의사를 찾는 것 같았어."

"그렇겠지." 지롤라마는 말한다. "잘된 일이야." 귀족들은 자기들 같은 상류층만 영리한 독약을 만들 수 있다고 생각한다. 팔레르모의 가난 속에서 자란 교육받지 못한 여자가 아니라. 줄리아가 도망칠 수 있었던 것도 그 때문이었고, 오래전에 개발된 물약이 여전히 수많은 여성들의 생명을 구하고 있는 것도 그 때문이다. 하지만 지금, 그 모든 것이 위험에 처해 있다.

"그 남자가 어떤 사람이냐……." 그라치오사가 말한다. "당신 말대로 상당히 영리하고 집요한 사람 같아. 그 이상은 모르겠어."

마리아는 파이프의 재를 탁자에 떤다. 다시 담배를 한 줌 집어넣으면서 그녀는 말한다. "그를 찾아내서 지켜보자. 그러면 더 좋은 계획을 짤 수 있지 않겠어? 해칠 방법을 궁리해보자고."

지롤라마는 고개를 끄덕인다. "그냥 지켜보는 것보다 더 좋은 방법이 있어." 가능하다면 그의 머리카락과 손톱을 모아야겠다. 이 남자에 대해 쓸 수 있는 모든 방법을 다 쓸 것이다. 줄리아와 토파니아에게서, 로레스티노 삼촌에게서 배운 모든 지식을 동원할 것이다. 지금껏 지롤라마가 몸 바쳤던 모든 것, 줄리아와 토파니아가 건설한 모든 것을 교황령이 파괴하도록 내버려둘 수는 없다. "엉뚱한 방향으로 인도하는 거야. 혼란스럽게 하고, 존재하지 않는 것을 찾아 헤매느라 뻔히 있는 걸 못 보게 해야겠어."

"우리한테도 비밀의 책을 보여줘." 라우라는 짐짓 싹싹하게 말한다. "정말 그런 일이 있으면 안 되지만, 당신한테 무슨 일이 생길지 모르잖아. 제조법이 영영 사라지는 건 당신도 바라지 않을 거 아냐."

마리아는 다시 화통하게 웃는다. "꾀는 잘 썼지만, 라우라. 지롤라마는 아무것도 안 보여줄 거야." 마리아는 지롤라마를 돌아본다. "하지만 라우라의 말이 맞아. 비밀이 살아남을 수 있는 방법을 찾아야 해."

지롤라마는 탁자 위에 말라붙은 촛농을 긁어낸다. 누가 이래라저래라 하는 것이 탐탁지 않다. "그건 내가 제일 잘 알아."

24

스테파노

취조실에서 스테파노는 유리병 하나를 반나 앞의 탁자에 내려놓는다. 옆면에 길게 갈라진 홈이 있다. "당신 물건 중에 이런 병 여러 개가 있더군, 반나. 모두 비어 있었어."

여자는 눈을 깜빡인다. 눈이 충혈되어 있고 눈곱이 심하게 꼈다. 감옥에서 지낸 며칠 사이, 여자는 몇 년쯤 더 나이가 든 것 같다. 스테파노는 마음이 좋지 않지만, 상대가 거짓말을 포기하도록 해야 한다. 사람들이 독살당하는 것을 막아야 한다. "예, 어르신. 제가 시장에서 산 낡은 병입니다."

암기했다가 만일의 경우 읊으라고 누가 시킨 대사다, 스테파노는 생각한다. "무슨 뜻이지? 옆면에 그려진 이 남자는?" 그는 손톱으로 병을 두드린다.

"성 니콜라스입니다. 병에는 성자의 무덤에서 얻은 만나가 들어 있습니다."

스테파노는 오른쪽에 앉은 마르첼로를 돌아본다. 눈이 마주친다. 염색장이의 가족이 했던 말을 마르첼로도 나처럼 기억하고 있겠지?

"돈나 반나, 최소한 이것만 보아도 당신이 성자의 뼈에서 나왔다고 속이고 어떤 물질을 판매하려 한 사기죄를 저질렀다는 것을 알 수 있다. 하지만 나는 이 병이 그보다 더 위험한 물질을 넣는 용도로 사용되었다고 생각한다."

반나는 입술을 꾹 다문 채 말이 없다.

"이렇게 생각하는 이유는." 스테파노는 말을 잇는다. "테레사 베르첼리나라는 여자가 남편인 느릅나무집 염색장이를 바로 이 성자의 기름이라는 약으로 치료했고, 지금 그가 죽었기 때문이다."

반나의 입술이 움직이기 시작한다. 겁에 질렸다는 것을 알 수 있다. 당연하다.

"내 말이 들리나?" 스테파노는 목소리를 높인다. "무고한 남자가 죽었다! 지금 이 순간에도 얼마나 많은 남자들이 독살당하고 있지?"

"저는 염색장이를 죽이지 않았습니다." 그녀는 불쑥 내뱉는다.

그가 죽었다는 것을 알고 있었군. 스테파노는 잠시 침묵을 길게 끌다가 유리병을 반나 쪽으로 민다. "반나, 당신이 포주를 없애겠다는 여자에게 액체를 팔겠다고 동의하는 모습을 내가 보았다. 그 액체를 보관하던 병도 가지고 있다. 이것만으로도 충분히 유죄판결을 받아낼 수 있지만, 나는 당신에게 형량을 줄일 기회를 주려는 거다. 목숨을 건질 기회를. 혼자 이런 일을 벌이지는 않았을 거 아닌가."

"혼자 합니다. 혼자 해요." 반나는 중얼거린다.

"그렇다면 자백하는 것인가? 독살범이라는 사실을?"

반나는 충격받은 얼굴로 그를 바라본다. 자신이 무시무시한 실수를 저질렀다는 것을 알아차렸다. "아닙니다! 저는 사람을 독살한 적이 없어요!" 그녀는 얼른 대답하고 손을 맞잡고 비튼다. "전 그런 적이 없습니다."

스테파노는 고개를 끄덕인다. 침착하게 말한다. "하지만 독약을 다른 사람에게 팔지 않나."

"아닙니다. 저는…… 아닙니다."

"당신 딸도 이 일을 돕는가?"

"네? 아닙니다! 그 애는 로마에 살지도 않아요."

"아니지, 페라라에 살지. 그렇지?" 스테파노는 미리 뒷조사를 해두었다. "하지만 당신 딸도 거기서 독약을 팔고 있는지 내가 어떻게 아나. 체포하게 할 수도 있다." 이런 수법을 쓰고 싶지는 않지만, 어떻게든 여자에게서 말을 끌어내야 한다.

반나는 부들부들 떨고 있다. 당장이라도 구역질을 할 것 같은 모습이다.

"아니, 안 돼. 그럴 수는 없어. 내 딸은 안 돼."

"그러면 말해, 돈나 반나. 당신이 사람들에게 독약을 판매한다고."

반나는 머릿속에 소용돌이치는 안개를 붙잡으려는지 머리를 부여잡는다. "이따금, 네, 하지만 정말 절실히 필요한 사람만 상대합니다. 정말 너무나 고통받고 있을 때. 다른 탈출구가 없을 때."

됐다. 자백했다. "이 독약을, 그 병에 담는 액체를 대주는 사람은 누군가?"

반나는 스테파노를 응시한다. "직접 만듭니다."

스테파노는 다시 고개를 끄덕인다. "아. 그런가. 그 안에는 뭐가 들었지?"

반나는 침을 삼킨다. 너무나 조용해서 목으로 침을 넘기는 소리가 들릴 정도다. "그건…… 수은입니다. 여자들의 피부를 희게 하는 데 쓰는 그 물질에 독사의 맹독을 섞습니다."

스테파노는 마르첼로를 돌아본다. 그는 보일락 말락 고개를 젓는다.

"어떤 증상이 나타나는가, 반나? 독약을 먹은 사람은 어떻게 되지?"

이 질문에는 대답할 수 있다. 반나는 그 말이 자신을 살려줄 것처럼 얼른 답한다. "직접 본 적은 없습니다만, 어떤 증상을 일으키는지 들었습니다. 천천히, 확실히, 처음에는 목과 위장이 마르고 뜨겁다가 끔찍한 통증과 구토, 설사가 이어지고 그러다가 죽는다고 했어요." 그녀는 다시 말한다. "하지만 제가 직접 사람을 죽인 적은 없습니다."

"이 독약을 파는 사람이 또 누가 있지?"

"접니다…… 저뿐입니다."

거짓말이다. "그거 이상하군. 당신 친구 그라치오사는 아주 황급히 도망치던데. 숨길 것이 없다면 왜 달아났을까?"

공범의 정체가 밝혀졌다는 것을 깨닫자 반나의 얼굴에서 힘이 빠진다. 그녀는 낮은 목소리로 대답한다. "우리 같은 보잘것없는 사람들은, 어르신, 법을 두려워하는 이유가 있습니다. 아무 잘못을 저지르지 않아도요."

스테파노는 잠시 사이를 둔다. "마리아는?"

"마리아 이야기는 누구에게 들으셨지요?" 미처 막을 사이도 없이 말이 튀어나온다.

"반나, 우리라고 빈들거리고 있었던 게 아니야. 온갖 사람들을 찾아가 탐문했다."

"마리아도 만나보셨나요?" 그 이름을 내뱉는 말투에 쓸쓸한 감정이 배어 있다.

"마리아도 독약을 팔지, 안 그런가? 그 여자도 직접 만드나?"

반나는 경악한 얼굴로 그를 응시한다.

스테파노는 슬쩍 미소를 띤다. "반나, 당신이 파는 액체는 한동안 흔적이 남지 않는 매우 영리한 독약이다. 수은과 뱀독이 아니야."

"맞습니다, 맞아요."

스테파노는 다시 마르첼로를 돌아본다. "박사님, 이런 독약을 복용하면 우리가 아는 죽은 사람들과 같은 증상을 보이면서 사망에 이르게 될까요?"

"아니요." 마르첼로는 나직하게 말한다. "그렇지 않습니다."

스테파노는 다시 반나를 돌아본다. 그의 말이 한층 빨라진다. "당신은 약제사가 아니다. 많이 배운 여자가 아니야. 당신 집에는 도구나 비법을 담은 책이 없고, 그라치오사의 집에도 없었다. 당신은 독약을 제조하지 않아. 만드는 것은 마리아인가?"

"마리아는 저와 마찬가지로 배운 것 없고 무지한 여자입니다." 반나는 내뱉는다. "본인은 잘났다고 생각할지 몰라도."

"그렇다면 마리아도 독약을 만들지는 않고 팔기만 한다? 어디 살지?"

반나는 땅을 보며 다시 침을 삼킨다.

"반나." 스테파노는 말한다. "실토하지 않으면 모든 책임을 당신이 뒤집어쓰게 된다. 여러 사람이 함께 저지른 죄를 당신 혼자 뒤집어쓰는 것은 부당한 일이야."

반나의 시선은 바닥에 못 박혀 있다. 정보를 끌어내려면 더 강한 수단이 필요하다. 이 늙은 여자를 더 괴롭히는 것은 내키지 않지만, 어쨌든 이 여자는 독약 판매상이다. 그녀가 판매하는 독약은 사람을 죽였고, 만든 이를 찾지 못하면 앞으로도 더 많은 사람을 죽이게 된다.

스테파노는 일어선다. "그렇다면 페라라로 사람을 보내는 수밖에. 당신이 말하지 않는다 해도 당신 딸이 말할지도 모르지. 경비, 데려가라."

"안 돼!" 반나도 다리를 부들부들 떨며 일어선다. "제발! 제가 말하겠어요." 말이 잘 나오지 않는지, 노인의 입술이 여러 번 옴쭉거린다. 마침내 반나는 말한다. "마리아는 산타마리아 아이 몬티 근처에 삽니다. 정육점 옆집에. 하지만 그녀는 독약을 만들지 않아요."

"그러면 누가 만들지?"

반나는 고개를 젓는다. "말씀드렸잖아요. 제가 만듭니다."

마르첼로는 몸을 앞으로 내민다. "반나, 진실은 결국 밝혀질 겁니다. 이 독약은 사람을 죽여요. 지금도 죽이고 있습니다. 언젠가 아이가 먹는 일이 없을 거라고 어떻게 장담하지요? 오로지 좋은 일에만 쓰인다는 걸 어떻게 안단 말입니까?"

"아뇨, 아뇨." 반나는 얼른 대꾸한다. "아이한테는 쓰지 않습니다. 절대로." 그녀는 이를 딱딱 부딪히며 부들부들 떨고 있다.

"라 스트롤라가는 누구지?" 스테파노는 묻는다. "독약을 만드는 것이 그녀인가? 누구야?"

반나는 다시 의자에 주저앉아 머리를 움켜쥔다. "저는 모릅니다. 몰라요. 그런 사람은 없습니다. 제발. 저를 그냥 내버려두세요."

아주 오랫동안 정적이 흐른다. 난롯불 타는 소리, 저 멀리 도시의 소음이 들려올 뿐. 스테파노는 이제 라 스트롤라가가 존재한다는 것을 확신한다. 그는 머릿속에서 그녀의 모습을 그려보기 시작한다. 키가 크고 비틀린 형체, 창백한 얼굴, 독약 제조법이 적힌 책을 들여다보는 모습이다.

오늘은 도저히 이 여자를 무너뜨릴 수가 없다. 스테파노는 경비를 부른다. 감방에서 상태가 더 나빠지도록 두었다가 다시 시도해야 한다. 방을 나서는 반나를 향해 그는 말한다. "우리는 찾아낼 거다, 반나. 많은 것을 털어놓을수록 당신에게 좋을 것이다."

꿍

발소리가 점점 멀어지다가 사라진 뒤, 스테파노는 일어선다. 그는 마르첼로에게 말한다. "오늘 염색장이의 아내를 만나봐야겠어. 마페오에게 이 마리아란 여자를 즉시 찾아보라고 지시해야겠군."

바란초네는 스테파노에게 추가 용의자에 대한 수사를 지원할 경찰 두 명을 붙여주었다. 마페오와 베르투치오였다. 스테파노 자신이라면 절대 고르지 않았을 우락부락한 인상들이다. 하나는 얼굴이 흉터로 뒤덮였고, 다른 하나는 혹시 노 젓는 노예가 아니었나 싶을 정도로 어깨가 근육질이고 기형적이다.

"내가 같이 가지." 마르첼로도 일어선다. "새로 합류한 경찰 친구들이 체포 업무를 신중하게 진행할 거라고 믿을 수가 없군."

"그렇긴 하지만 가진 자원을 활용하는 수밖에. 어쨌든 필요할 때 와줬으니 다행이지. 최대한 빨리 움직이세."

물 한 잔을 얼른 마신 뒤, 스테파노는 흉터투성이인 베르투치오를 대동하고 탑을 나서서 테레사의 집으로 향한다. 외모는 위협적이지만 베르투치오는 의외로 괜찮은 말동무다. 그들은 망토를 목에서 단단히 여민 채 얼음장 같은 바람을 뚫고 로마를 가로지른다. 두루 사랑받기도 힘든 데다, 위험과 악이 넘쳐나는 지저분한 주거지와 냄새 나는 슬럼가 같은 지옥의 밑바닥까지 내려가야 하는 직업에 종사하면서 단련되었는지, 베르투치오는 음산한 이야기를 농담처럼 툭툭 던지는 재주가 있었다.

가게 문 앞에서 쓰레기를 쓸고 있는 소년을 지나치면서, 베르투치오는 말한다. "자기 집에서 범죄자를 끌어내는 스비리보다 길거리에서 똥을 쓸어내는 저런 불쌍한 친구들이 더 존경받는다는 생각이 가끔 들어요." 그는 '스비리'라는 비하어를 사용해서 스스로를 지칭하는 부류다. 그가 입에 담으니 그 단어는 어쩐지 재미있게 들린다. 마치 연극에 등장하는 희극적인 인물 같다. 하지만 이것이 연극이라면 아마 희비극일 것이다. 베르투치오가 들려주는 이야기들은 스테파노의 피를 얼어붙게 한다. 늑대처럼 주위를 배회하다가 피해자의 재산과 생명을 송두리째 빼앗는 도둑 떼 이야기, 성 베드로처럼 거꾸로 십자가에 매달린 남자 이야기.

지금 체포해야 하는 여자가 느릅나무집 염색장이의 아내라는 말을 듣더니, 베르투치오는 고개를 끄덕인다. "저도 잘 아는 사람이네요. 덩치 큰 친구였어요. 싸움질을 하고, 아내를 때리고, 이런 일로 몇 번 잡혀왔었지요. 여자 얼굴을 칼로 긋겠다고 협박한 일도 있었습니다."

스테파노는 날카롭게 경찰을 돌아본다. "어떤 여자를? 자기 아내를?" 그는 테레사의 아름다운 얼굴을 떠올리며 칼날이 그 얼굴을 긋는 광경을 상상한다.

"그랬던가? 하지만 보통 그런 부류가 얼굴에 상처를 내는 건 창녀들입니다." 그는 일상적인 대화를 하듯 아무렇지도 않게 말한다. "하지만 확실히 아내도 자주 팼어요. 보통 수준 이상으로. 안 그랬으면 우리가 개입하지 않았을 겁니다. 이 거리인가요, 판사님?"

"여기는 아니고 이 근처 같군." 스테파노는 대답한다. 남편이 좋은 남자였다는 테레사의 말이 떠오른다. 여관 주인의 아내와 손목에 난 상처도 떠오른다. 불현듯 속이 조여드는 것 같다. 자신이 실수한 게 아닌가 하는 두려움이 밀려온다. 그는 지금까지 죽은 남자들이 모종의 범죄로 서로 연결되었을 거라고 생각해왔지만, 어쩌면 남자들은 아무 관련이 없을 수도 있다는 생각이 든다. 서로 관련된 것은 그 아내들인지도 모른다.

골목은 점점 좁아지고 악취를 풍긴다. 헐벗은 소년 둘이 검은 새끼 돼지들과 나란히 쓰레기를 뒤지고 있다. 고작 일곱 살 남짓한 아이들이지만 얼굴이 앙상하고 눈빛에는 생기가 없다. 신은 어떻게 이런 것을 허락하시는가, 스테파노는 생각한다. 이 땅 위의 지옥도다. 뱃속을 휘저어놓는 심란한 기분을 달래고 싶은 마음에, 그는 최대한 빨리 테레사의 집에 도착하려고 걸음을 재촉한다.

도착하니 창문이 판자로 모두 막혀 있다. 스테파노의 가슴이 무거워진다.

"이 집이 확실합니까?" 베르투치오가 묻는다.

스테파노는 주위의 무너져가는 건물과 칠이 벗겨진 문짝들을 둘러본다. 테레사의 도자기 같은 피부와 가식 없어 보이던 태도를 생각한다. "맞아, 이 건물이군. 여기야."

베르투치오는 문간을 들여다보더니 예고도 없이 온몸을 문에 던진다. 문이 우지끈 밀려 들어간다. 안은 가구 하나 없이 텅 비어 있다.

스테파노는 순간 눈앞에 보이는 것을 부정하고 싶어서 눈을 질끈 감았다가 있는 힘을 다해 문틀을 발로 찬다. 스튜피도(Stupido, 멍청한)! 겉보기에 아무리 솔직해 보여도 일단 모든 것을 의심하는 게 신문관의 역할 아닌가? 처음부터 이 여자들을 의심했어야 했는데!

"진작 튀었습니다," 베르투치오는 손으로 팔을 문지른다. "여긴 무덤처럼 싸늘하네요."

스테파노는 숨을 내쉬고 바닥에 떨어진 종잇조각을 줍는다. 전당포 영수증이다. "아주 오래되진 않았어. 이건 지난주에 발행된 거야. 형편을 보건대, 멀리 가지 못했을 거다. 찾아내야지." 그는 입가를 비틀어 냉소한다. "소중한 교훈을 주어서 감사하다고 해야겠군."

다시는 이 여자들을 곧이곧대로 믿지 않으리라. 내 유약한 성정 때문에 휘둘리지도 않으리라. 젊은이든 늙은이든, 미인이든 추녀든 의심할 이유가 티끌만큼이라도 있는 자들은 무조건 탑으로 데려가겠다. 사건이 해결되고 재판에 회부할 때까지 거기 감금하겠다. 그런 뒤에야 나는 편히 쉴 수 있을 것이다.

25

안나

남편은 죽었고 산통이 시작되었다. 감당하기 힘들 정도로 버거운 상황이다.

"여기." 여자는 쓰디쓴 액체가 든 잔을 안나의 입에 기울인다.

안나는 무엇인지 묻지 않는다. 관심도 없다. 그게 무엇이든 머릿속의 복잡한 생각과 몸의 통증을 조금이라도 진정시켜주었으면 하는 마음뿐이다.

벽에서 필리프의 그림을 떼어냈지만, 남편의 얼굴은 아직 머릿속에 남아 있다. 창백하고 얼룩덜룩하고 화가 난 얼굴. 그는 조용히 무덤으로 가지 않았다. 아니, 생전과 똑같이 펄펄 뛰고, 고함치고, 세상에 복수하겠다고 날뛰었다. 마지막이 가까워 오던 때, 안나는 언뜻 남편이 이렇게 말하는 것을 들었다. "네가 준 약 때문에 큰 대가를 치렀다." 그렇다면 자신이 안나를 과소평가했다는 것을, 자신이 장인을 독살했듯이 아내가 자신한테 독을 먹였다는 것을 알아차린 것일까? 어쩌면 같은 증상이라는 것을 눈치챘을지도 모른다. 아니, 이유가 있든 없든 평생 아내와 타인만 원망했던 남자가 죽어가면서까지 지껄이는 헛소리였을지도 모른다. 어느 쪽이든, 혹여 남들의 귀에 남편의 비난이 들어가지 않도록, 안나는 용량을 늘려서 죽음을 재촉하기로 결심했다. 하루 반 만에 남편은 죽었다. 아무런 슬픔도, 죄책감도 그 단계에서는 느껴지지 않았다. 그저 아픔과 고통이 끝났다는, 아이를 살렸다는 먹먹한 안도감만 찾아왔을 뿐. 하지만 어떤 의문의 여지 없이 신속하게 매장을 끝내야 했기 때문에 쉴 수가 없었다. 남편이 땅에 묻힐 때까지 안나는 잠 한숨 자지 못했다. 장례식이 끝난 뒤에야 그녀는 상복을 입은 채 이불도 걷지 않고 침대 위에 쓰러져 죽은 듯이 잠들었다. 자고 또 자다가 마침내 눈을 떴을 때, 안나는 아기가 아래쪽으로 내려와 있는 것을 느꼈다. 그날 저녁 산통이 시작되었다. 아직 아기가 태어나기에는 이른 시점이었다.

베네데타는 라우라에게 달려갔다. 라우라는 생명을 끝내는 일은 물론 생명을 탄생시키는 일도 맡아 하는지 즉시 산파를 보내주었다. 산파는 키가 크고 검은 머리에 턱이 뾰족하고 검은 눈동자가 기민하게 움직이는 여자이고, 라우라와는 다른 종류의 인간 같다. 단순히 옷차림 때문에 그런 것은 아니다. 검은 상복이지만 옷감은 고급이고, 치맛자락에는 작은 독수리가 수놓여 있다. 아니, 중요한 것은 몸가짐과 태도. 엄격한 태도이지만, 안나는 그 안에서 온기를, 심지어 불덩어리를 느낀다. 동작은 재빠르고 단호하다. 무엇을 해야 하는지, 안나를 어떻게 진정시켜야 하는지 알고 있고, 거의 견딜 수 없는 산통 속에서 안나를 인도하는 법도 알고 있다. 산파는 연고와 약물이 든 상자를 가지고 왔는데, 그 약을 피부 위에 부드럽게 바르자 수축의 고통이 무뎌진다. 약은 특이하고 묘한 냄새를 풍긴다. 단순한 산파일까, 뭔가 다른 존재일까? 어머니가 수없이 출산할 때마다 곁을 지켰음에도 고통을 조금도 덜어주지 못했던 그 통통한 여자와는 전혀 다르다.

잠시 검은 머리 여자는 옆방으로 물러가서 베네데타와 이야기를 나눈다. 안나는 그들이 무슨 말을 하는지 알 수 없다. 내게 말하지 않으려는 게 뭘까? 아기가 너무 빨리 태어나서 죽을지도 모른다고 걱정하는 건가? 내 몸이 잘못된 걸까? 안나는 묻고 싶지만, 다시 산통이 밀려와서 머릿속을 가득 채운다. 산파를 부르고 싶지만 이름조차 기억나지 않는다. 아니, 말해준 적이 없던가. "베네데타!" 안나는 대신 부른다. 하녀가 즉시 옆에 나타난다.

"할 수 있어요, 마님."

"못 해. 너무 지쳤어."

"무슨 말이에요." 검은 머리 여자가 반대편에 나타난다. "당신은 여자 몇 명을 합친 것만큼 강해요. 자, 이제 이 작은 여자 아기를 내보냅시다. 이제 자기가 태어날 때가 됐다고 마음 먹었으니 말이에요."

안나는 여자들의 얼굴을 쳐다본다. 베네데타의 얼굴은 창백하고 겁에 질려 있지만, 산파의 표정은 단호하고 냉정하다. 안나는 그 얼굴에 집중하기로 한다. 필리프 생각은 절대 하지 않을 것이다.

26

스테파노

로마에서 30분간 말을 타고 달리니, 길은 내려앉아 진흙탕 황무지로 접어들었다. 그들은 독에 대해 박식하다는 의사를 만나러 시골로 나왔다. 모로시니 박사다. 스테파노는 차갑고 축축한 공기와 썩어가는 낙엽과 분뇨 냄새를 한껏 들이쉰다. 들판으로 나와서 말을 달리니 기분이 너무나 상쾌하다. 축축하고 차가운 감옥에 틀어박혀 있는 동안 폐가 막히고 위축된 느낌이었다. 스테파노와 마르첼로는 폐허가 된 수녀원의 벽을 지났다. 중세 탑의 잔해들이 무너진 벽 사이로 보인다. 양들이 들판 여기저기에서 풀을 뜯고, 버려진 변소 터와 낡은 마구간이 드문드문 흩어져 있다. 까마귀가 부러진 대들보 위에 앉아서 말들이 지나가는 것을 지켜본다.

말을 타고 가면서, 그들은 지난 이틀간 있었던 일에 대해 이야기를 나눈다. 반나가 이름을 토해낸 여자들, 마리아와 그라치오사는 아직 자기들의 소굴에 숨어 있지만, 스비리는 1년 사이 남편 셋이 다 죽어서 이웃들의 구설수에 올라 있던 세 자매를 체포했다. 하지만 마르첼로는 초조하다. "수사에 대해 소문이 퍼지고 있으니 속속 제보가 들어오겠지만, 전부 근거 있는 이야기는 아닐 거야. 마녀재판 때도 그랬어. 사람들은 자기가 싫어하거나 두려워할 이유가 있는 상대를 고발했어. 우리는 신중해야 해. 어쨌거나 독약이 아니라 역병으로 많은 사람이 죽은 마당이니 세 자매의 남편도 마찬가지일 수 있어."

"물론이야." 스테파노가 말한다. "철저하게 수사해야 해." 하지만 수사에 속도가 붙기 시작하자 흥분으로 가슴이 은근히 두근거리는 것은 어쩔 수가 없다. "남의 목숨을 빼앗고자 하는 자에게는 역병이 완벽한 핑계가 되었지. 그 점도 염두에 두어야 해. 지난 몇 년 동안 로마라는 거대한 시체안치소에서 얼마나 많은 타살이 은폐되었을까?"

"좋은 질문이야." 마르첼로는 결론을 내린다. "나 자신을 포함해 어떤 의사도 감염병이 심하다고 여겨진 시체는 꼼꼼히 검안하지 않았어. 삽으로 땅에 묻기 바빴지."

프라스카티에 도착한 그들은 말에게 풀을 먹이고 의사의 집으로 가는 길을 물으려고 여관에 들른다. 포도밭 한가운데에 사암으로 지어진 멋진 건물이다.

모로시니 박사가 집무실에서 그들을 맞이한다. 짙은 색 나무를 댄 넓은 방에 책장이 빼곡하게 들어차 있다. 벽에는 궁정 관료들이 식탁에 둘러앉아 식사하는 그림이 걸려 있다. 그림 오른쪽에는 해골이 서서 술잔을 내밀고 있다. 스테파노가 그림을 유심히 보자, 모로시니는 미소 짓는다. "죽음이 연회에 참석하다……. 하지만 이번 같은 경우는 연회와는 거리가 멀겠습니다."

"맞습니다. 독을 탄 음식이나 술잔이 명확하게 발견된 건 없으니까요. 어떤 독인지 몰라도, 느리고 조용히 작용합니다."

의사는 고개를 끄덕인다. "알고 계시는 것을 모두 들려주십시오."

스테파노와 마르첼로는 수사 진척 상황과 체포된 여자들, 염색장이의 부검에서 발견한 것들, 남자들에게 나타난 증상에 대해 번갈아 설명했다.

모로시니는 조그마한 서랍이 여러 개 달린 책상에서 서랍 하나를 열더니 작은 벨벳 상자를 꺼낸다. 뚜껑을 열자, 안에는 호두만 한 은색 광물 덩어리가 들어 있다. "비소입니다."

스테파노는 상자를 받아 들고 찬찬히 들여다본다. "확실합니까? 이것이 우리가 찾는 독일까요?"

"저도 확실히 알 수는 없습니다만, 말씀하신 증상 중 많은 것들이 비소 중독 증상과 일치합니다. 목과 위장이 타는 듯한 통증, 심한 갈증."

"우리도 그 생각을 했습니다." 마르첼로가 말한다. "하지만 피해자들이 겪었던 고통 전부를 그것으로 설명할 수가 없습니다."

"그렇다면 비소만으로 제조된 독은 아니겠군요." 모로시니가 말한다. "다른 성분도 들어 있을 겁니다. 납 같은 것. 그럼에도 묘사하신 증상 중 많은 것이 제가 그간 보아온 독살 사례와 일치합니다." 그는 잠시 사이를 둔다. "특히 그중 한 가지 사례가 묘하게 유사하군요. 거의 역사가 되풀이되는 느낌입니다."

"어떤 사례입니까?" 스테파노는 얼른 묻는다.

모로시니는 하인이 갖고 온 포도주를 잔에 따른다. "오래전 시칠리아에서 연쇄 독살 사건이 발생한 적이 있습니다. 방금 말씀하신 사건 내용과 정황이 대단히 유사해요."

스테파노는 이제 귀를 쫑긋 세운다. "어떤 정황이었나요, 박사님?"

"저도 정확한 내용은 기억나지 않습니다만, 악명 높은 여자가 독약을 제조하고 판매한 죄로 팔레르모에서 교수형에 처해졌습니다. 남편과 다른 남자들을 죽였지요." 모로시니는 생각에 잠긴다. "라 토파니아, 여자의 이름이었습니다. 아쿠아 디 팔레르모(Aqua di palermo, 팔레르모의 물), 혹은 아쿠아 토파니아라고 알려진 액체를 판매한 혐의를 받았어요. 연루된 다른 여자들도 독살범으로 교수형에 처해졌습니다만, 그들의 이름은 기억나지 않습니다."

"몇 명이었습니까?" 스테파노의 심장이 빠르게 뛰기 시작한다.

모로시니는 고개를 젓는다. "너무 오래된 일이라서요. 기억나지 않습니다. 당시 제 주변에서도 그 사건에 대해 많은 이야기가 오갔지만, 이제 20년, 아니, 30년 가까이 지난 옛이야기입니다. 시칠리아에서 독약을 사용한 죄로 잡힌 남자도 하나 있었습니다. 모두 다 교수형에 처해졌죠."

"어떤 독이었습니까? 아쿠아 디 팔레르모라는 게 뭐지요?"

모로시니는 접시에 놓인 무화과를 집어 든다. "정확한 제조법이 알려졌는지는 모르겠습니다만, 주재료는 비소였습니다. 이 토파니아라는 여자는 의심받지 않고 사용할 수 있도록 비소를 용해시켜서 증류하는 법을 알아냈습니다."

"그렇군요." 마르첼로가 말한다.

스테파노와 그의 시선이 마주친다. 머리에 피가 몰리는 기분. 이 두 사건 사이에 연관성이 없을 리가 없다. "모로시니 박사님, 시체에 발그레하게 핏기가 돌았던 것이 비소로 설명될까요? 피해자가 썩지 않는 것처럼 보인 것도 설명되겠습니까?"

의사는 썹던 것을 멈춘다. "사후강직이 지속된 것과 시신의 건조를 설명할 수 있겠지요. 부패가 시작되지 않는다면, 시체는 부자연스럽게 보존되고 핏기가 유지되는 것처럼 보일 겁니다."

스테파노의 시선은 다시 반짝이는 은빛 광물로 향한다. "그 시칠리아의 여자들은 어떻게 되었습니까? 교수형을 당했나요?"

"잡힌 사람들은 모두 사형당한 것으로 기억하고 있지만, 전부 다 깨끗이 잡아들였다고 어떻게 보장할 수 있겠습니까? 제조법이 다른 누군가의 손에 넘어가지 않았다고 장담할 수도 없는 일이지요. 제 기억으로, 토파니아라는 여자에게는 리브로 디 세그레티, 즉 비밀의 책이 있었는데, 그 책은 영영 발견되지 않았다고 합니다."

스테파노는 천으로 감싼 책이 손에서 손으로 전해지는 모습을 상상해본다. 바다를 건너 이탈리아 본토로, 결국 교황령 로마에까지 다다르는 모습을.

"토파니아라는 여자는 훈련받은 사람이었을까요?" 마르첼로가 묻는다.

"받았겠지요. 하지만 정확히 어떤 훈련이었는지, 어떻게 받았는지는 저도 모르겠습니다. 가난한 여자들, 혹은 수녀원에서 약제사 비슷하게 활동하는 여자들이 리브로 디 세그레티에 적힌 제조법대로 약이나 화장수를 만든다는 이야기는 들어서 알고 있습니다. 그런 여자들처럼 라 토파니아도 누군가에게 지식을 전수받아 자기 작업실을 꾸렸을 겁니다."

"그러고는 누군가에게 그 지식을 전수했겠군요." 스테파노가 결론 짓는다.

"네, 그것이 정말 같은 독이라면……." 모로시니는 잠시 뜸을 들인다. "로마에서 얼마나 오랫동안 유통되었는지는 알 수 없겠지요."

"이 책이나 시칠리아의 그 사건에 대해 더 자세히 알 만한 사람이 있을까요? 제가 누구를 찾아가면 되겠습니까, 박사님?"

"말씀드렸듯이 워낙 오래전 일이라 당시 관계자들은 이제 다 세상을 떴습니다. 데 리베라, 당시 시칠리아 총독은 토파니아가 사형당한 지 불과 몇 년 뒤 죽었고요. 하지만 수사와 재판 기록은 남아 있겠지요. 의사와 법률가들이 죽은 뒤에도 기록은 살아남으니까요."

"네." 스테파노가 말한다. 수사를 진척시키는 데 도움이 될 만한 것이 있는지 오늘 밤 당장 팔레르모 총독에게 전갈을 보내야겠다. "모로시니 박사님, 시칠리아의 그 사건 말고 비슷한 독살 사건이 빈발한 다른 예가 있을까요?"

"음, 다른 수단을 찾지 못한 여자들이 결국 독약에 의존하게 된다는 건 잘 알려진 사실입니다. 하지만 토파니아 사건을 제외하고, 하층계급 여자들이 조직을 이루어 자기들끼리 독약을 유통한 사례는 생각나지 않는군요. 워낙 충격적인 문제이니만큼 비슷한 사건이 있다면 널리 알려졌을 텐데요."

"그렇군요." 스테파노는 체리 공작의 부인 아녜제를 떠올린다. 아녜제는 하층계급은 아니다. 물론 결백할 수도 있다. "박사님, 지금까지 우리가 체포한 독약 판매범은 모두 초라한 여자들이었습니다. 하지만 로마에서 독약을 사는 사람 중에는 분명 다른 계층이 있을 겁니다." 그는 사이를 둔다. "말할 것도 없지만, 이것이 그런 경우라 해도, 상류층에 대한 수사는 허용되지 않을 겁니다."

의사는 천천히 고개를 끄덕인다. "네, 그렇겠군요."

"계층을 불문하고 모든 여자가 독약을 사고 있다면, 혹시 범인의 정체도 달라질 수 있을까요? 수사 대상을 좁히는 데 도움이 되겠습니까?"

모로시니는 한쪽 눈썹을 올린다. "음, 그렇다면 사회 각층에 접근할 수 있는 사람을 수사 대상으로 해야겠지요. 귀족과 결혼한 사람이라든가, 상류층의 성을 가진 사람. 어쩌면 처음에는 화장수 같은 다른 물건을 팔려고 구매자의 집에 접근했을 겁니다. 그렇다면 비소를 어떻게 구했는지도 설명됩니다. 피부를 희게 하는 데 많이 쓰이거든요." 그는 생각에 잠긴다. "아, 어쩌면 산파일 수도 있겠습니다."

27

안나

안나에게는 오로지 한 가지 생각밖에 없다. 어린 딸을 보호해야 한다는 것. 검은 머리 산파의 말대로 아기는 아들이 아니라 딸이었다. 사회에서는 여아보다 남아를 훨씬 귀하게 취급하지만, 안나에게 아기는 끊임없는 기적이었다. 조그마한 손톱, 깜빡이지도 않고 빤히 쳐다보는 눈길, 존재한다는 사실만으로 기적 같은 존재. 안나는 딸에게 아우렐리아라는 이름을 붙였다. 금빛 아이라는 뜻이다. 아기는 검은 머리였던 아버지와 닮은 데가 없었다.

하루 밤낮 동안 그들은 이 조그마한 목숨이 살아나지 못할 수도 있다는 두려움에 떨었다. 하지만 안나의 젖을 빨면서 끈질기게 생명을 이어가는 모습을 보니 쉽게 생명줄을 놓지는 않을 것 같다. 내 딸은 살아남았다고 안나는 생각했다. 산파도 그렇게 말했다. 아기는 자궁에서 필리프의 발길질과 차라리 죽어버리라는 저주를 이겨냈고, 산파의 진통제에도 불구하고 상상할 수 있는 어떤 고통도 아득하게 뛰어넘은 그 길고 힘겨운 진통도 이겨냈다. 이제 안나는 잠에서 깰 때마다 옆에서 숨을 쌕쌕 내쉬는, 자신이 이 세상에 탄생시킨 작은 인간을 새삼 경이로운 눈으로 바라본다. 머리카락에는 금빛 솜털이 보송보송하고, 젖과 사향 냄새가 풍기는 아기의 체취는 세상 어떤 냄새도 따를 수가 없다.

문 두드리는 소리가 들리고, 베네데타가 나간다. 산파가 안나의 상태를 확인하러 온 모양이다. 시칠리아 억양이 섞인 목소리가 귀에 익다. 복도에서 두 여자의 목소리가 들리지만, 내용은 알아들을 수 없다.

여자는 방에 들어와서 갓 세탁한 옷가지를 내려놓는다. 아우렐리아의 사랑스러운 팔다리를 살펴보고 포대기에 잘 감싼 뒤, 산파는 안나에게 말한다. "이제 기운이 좀 나나요?"

"약간요." 사실 안나는 출산한 뒤로 몸에 힘이 전혀 없다. 분만의 고통뿐만 아니라 그전 몇 달 동안 이어진 공포와 아픔 때문에 뼛속까지 지친 것 같다. 머릿속에는 부연 안개가 끼어 있다.

"출혈은 멈췄나요?"

"아직 완전히 그치지는 않았어요."

산파는 가방에서 작은 병을 꺼낸다. "이게 회복을 도와줄 겁니다. 하루 세 번 복용하세요." 그녀는 망설이며 베네데타를 돌아본다. "아직 아무 말도 안 했나요?"

"아뇨, 아직." 베네데타는 얼굴을 붉힌다. "출산 직후라 마님을 걱정시키고 싶지 않아서요."

"무슨 걱정?" 안나는 몸을 일으켜 앉는다. 순간 정신이 또렷해진다.

산파는 입술을 핥는다. "젊은 판사가 여자들을 토르 디 노나에 감금하고 있어요. 독살 혐의로."

이 말에 안나의 피로감이 싹 가신다. 심장에 차가운 칼이 꽂힌 것 같다. 이 여자도 내가 무슨 짓을 했는지 알고 있나? 아니, 당연하지. 라우라에게 들었을 것이다. 아니, 그 이상일지도 모른다.

"당장은 판사가 당신에 대해 알고 있다는 낌새는 전혀 없어요. 하지만 라우라와 내가 아는 어떤 여자들이 지금 감옥에 갇혀 있다는 사실은 알고 계셔야 할 것 같습니다." 산파는 미간을 찌푸린다. "부인, 아기를 그렇게 세게 껴안으면 안 돼요."

안나는 자신이 아우렐리아를 품에 안고 누르고 있다는 것을 깨닫는다. 아기는 칭얼거리고 있다. "제가 어떻게 해야 하나요?"

여자는 안나에게서 아기를 받아 등나무 요람에 내려놓는다. 발로 요람을 흔든다. 마침내 그녀는 말한다. "일단 몸을 추스르는 게 우선이지만, 그런 뒤에 무엇이 최선으로 생각되는지 결정을 내려야 합니다. 우리 모두 그렇게 하고 있어요. 출산 과정에서 피를 많이 흘렸고 아기도 이렇게 작으니 아직 여행을 떠나는 건 위험합니다. 하지만 내가 준 약을 복용하고 식사를 잘하면 머지않아 회복할 거예요."

안나는 베네데타를 돌아본다. 하녀의 얼굴은 백지처럼 희게 질려 있다. 요람 속 아우렐리아는 조용하다.

"고맙습니다." 안나는 산파에게 말한다. "제게 해주신 모든 일에 감사드려요. 그런데 죄송하지만 이름이 기억나지 않네요."

여자는 슬쩍 웃는다. "모르는 편이 좋습니다."

산파가 떠나고 안나는 다시 침대에 몸을 눕힌다. "베네데타, 여기 앉아봐."

하녀는 침대 옆에 의자를 끌어와 앉는다. 아주 오랫동안 두 여자는 말이 없다. 아기는 요람 안에서 잠들었다. 이 순간이 영원히 계속되어서 이대로 움직일 필요가 없다면 얼마나 좋을까, 안나는 생각한다. 너무나, 너무나 피곤하다.

"떠나야 해요." 베네데타는 속삭인다. "최대한 빨리. 이웃들도 수군거릴 거예요."

그래, 안나는 생각한다. 그럴지도 몰라. 이 집에서 무슨 일이 일어나는지 그간 들은 바가 있을 테니, 내가 남편을 죽이고 싶었으리라는 것도 알 테지. 남편이 얼마나 갑자기 죽었는지, 얼마나 급히 매장했는지 다 눈치챘을 것이다. "그럴 힘이 있을지 모르겠어, 베네데타." 어디로든 떠나야 한다니, 온몸이 아프다는 생각만 든다.

"하실 수 있어요, 마님. 지금 당장은 아니라도, 출혈이 멎으면, 몸에 힘이 돌아오면 최대한 빨리 도망쳐야 해요."

"어디로 가자는 거야?"

"어머님 댁은 곤란할까요?"

"아, 안 돼. 내 어머니는. 당국에 당장 신고하실걸."

베네데타는 잠시 말이 없다. "그러면 베네치아로 가면 어떨까요. 거기 제 친척이 있어요. 거기서 요양하시면 돼요. 이제 돈이 있으니 한동안 먹고살 수 있잖아요. 다른 계획을 세울 때까지."

안나는 자신이 회복하기만을 기다리며 혼자 두려움을 감추고 있던 이 용감한 여자에게 힘없이 미소 짓는다. 진작 혼자 로마를 뜰 수도 있었지만, 하녀는 끝까지 곁을 지켜주었다. "좋아. 그렇게 하자. 마차를 준비하고 짐을 꾸리자. 내게 조금만 힘이 돌아오면 같이 떠나는 거야." 안나는 침대에서 조심스럽게 내려온다. 기저귀와 아기 포대기가 옆에 흩어져 있다. "하지만 베네데타, 혹시라도 최악의 상황이 생겨서 내가 탑으로 끌려가게 된다면, 다른 여자들처럼 말이야. 내가 돌아오지 못하게 된다면, 약속해줄 수 있어? 부디……." 차마 말을 맺을 수가 없다.

베네데타는 안나가 무엇을 부탁하는지 곧장 깨닫고 고개를 끄덕인다. "네, 마님. 제가 아우렐리아를 돌볼게요."

28

스테파노

소문은 테베레강에서 솟아올라 아침 공기를 타고 소용돌이치는 차가운 겨울 안개처럼 퍼져간다. 말은 입에서 귀로, 집에서 집으로, 거리에서 거리로, 꾸물꾸물 스며든다. 로마에서 독살자들의 조직이 발각되었고, 증인과 용의자들이 새벽이나 해 질 녘에 집에서 끌려나와 토르 디 노나 지하에 있는 캄캄한 레 세그레테에 수감되고 있다는 풍문이다. 지금 갇혀 있는 사람은 최소한 열 명, 아니, 어떤 소문에 따르면 백 명이라고도 하며, 어둠 속에서 부질없이 창살을 갉는 생쥐 떼처럼 점점 그 수가 늘어나고 있다고 한다. 죄수들은 모두 여자 독살범이라는 주장도 있고, 마녀와 주술사, 사악한 사제가 섞여 있다는 주장도 있다. 이 모든 것이 거대한 독살 제국의 일부이며 이제 그들의 악행이 백일하에 드러나고 있다는 것이다.

나보나 광장의 시장에서 부인들은 몽마(夢魔)가 여자들의 영혼을 빨아먹었다는 둥, 너무나 많은 사람이 악마에게 인도되었고 지금도 길들여지고 있다는 둥 수군거린다. 지금까지 독살당한 사람이 수백 수천에 달한다는, 그야말로 독의 역병이라는 말이 오간다. 이번 수사가 시민들의 병이라기보다는 당국의 질환이며 종교재판소를 탄생시켰던 도덕적 공황을 웅변한다고 내뱉는 이들도 있다. 이탈리아의 법정은 잔혹함에 있어서 유럽 다른 곳에 미치지 못했지만, 주술이나 마법의 죄를 저질렀거나 교회의 가르침에 도전했다는 혐의를 받는 남녀를 기소하고 처벌하는 일에 게으르지는 않았다. 이단과 마법사, 치유사, 마녀. 누구도 의심에서 자유롭지 않다. 특히 사회의 바깥으로 밀려나 간신히 살아가는 사람들, 그 그림자 속에서 배회하는 사람들에게 더욱 그렇다. 공포가 거리를 횡행하고, 특히 어두운 골목과 가난한 골목에 만연하며, 한밤중에 로마 시내에서 늘상 울려 퍼지는 비명과 고함은 이제 더더욱 오싹하게 귓전을 때린다. 단순히 강도를 당했거나 싸움에서 진 사람의 비명이 아니라, 감옥으로 끌려가는 무고한 이들의 절규일 수도 있기 때문이다.

레 세그레테 안에서 공포는 손에 만져질 듯하고, 공기는 얼음이 얼 정도로 차갑다. 여자들은 작고 추운 독방에 갇혀서 서로 볼 수 없다. 아니, 얼굴에 갖다 댄 자기 손조차 잘 보이지 않을 정도로 거의 하루종일 캄캄하다. 하지만 들을 수는 있다. 다른 사람들이 흐느끼며 기도하는 소리, 묵직한 문이 열리는 소리, 부츠 소리. 여자들이 돌계단을 통해 취조실로 올라갔다가 좀 더 느린 걸음으로 돌아온다. 쥐들이 달려가는 소리, 물방울 떨어지는 소리, 알 수 없는 계획을 짜는 남자들의 나직한 대화, 이따금 경비의 성난 외침이 들려온다. 냄새도 맡을 수 있다. 독한 오줌 냄새, 씻지 않은 체취, 점점 커져가는 공포의 냄새가 풍겨온다.

하지만 경비는 주정뱅이이고, 때로 그가 인사불성으로 취한 밤이면 감방 벽을 사이에 두고 죄수들끼리 이야기를 나누어도 혀를 잘라버린다는 위협이 날아오지 않는다. 때로 그들은 노래도 부른다. 몇몇 여자들은 서로 아는 사이이고, 서로 달래주고 계획을 세울 줄 안다.

그들은 아직 희망을 버리지 않았다.

✿

레 세그레테 위층, 돌벽에 둘러싸인 방에서 스테파노는 자신의 역할과 스스로 되어야 한다고 결심한 남자의 모습으로 성장하기 위해 최선을 다하고 있다. 로도비코는 옆에 놓인 작은 탁자에 앉아서 작은 칼로 펜을 갈고 있다. 스테파노는 아직 음모의 핵심을 파악하지는 못했지만, 점점 접근하고는 있다. 이번에는 독약을 팔았다는 혐의를 받은 여자 두 명과 독약을 구매한 여자 몇 명이 잡혀 들어왔다. 세 자매와 정육점 주인의 아내, 여관 주인의 아내 카밀라 카펠라 등인데, 스테파노는 카밀라에게서 반드시 자백을 얻어내기로 결심했다. 추가로 다른 이름들과 증거를 끌어낼 수 있을 것으로 판단되는 증인도 감옥 안에 몇 명 잡아놓았다. 스테파노는 증인을 신문할 때마다, 입을 열지 않으려는 사람과 교활한 사람들에게서 진실을 끄집어내는 기술에 차츰 통달해갔다. 지금 상대하려는 사람이 어떤 인간인지 신문을 시작하기 전에 미리 파악하고 공격 방향을 결정하는 것이 그 비결이다. 마르첼로가 죄수 하나하나 신체검사를 하고 특이한 점이나 독특한 점이 있으면 미리 보고해주는 것도 도움이 되었다.

오늘 아침에는 마리아 스피놀라, 반나의 검은 수첩에 이름이 적혀 있던 여자를 신문할 차례다. 여자가 그라치오사처럼 잠적하는 바람에, 경찰은 며칠이나 걸려 겨우 찾아낼 수 있었다. 뭔가 나쁜 짓을 저질렀다는 분명한 신호다.

"나이는 예순인데 훨씬 더 늙어 보여." 마르첼로가 미리 보고했다.

"허리가 구부정하고 쭈글쭈글한 여자야. 한쪽 눈은 백내장으로 거의 실명했어. 하지만 아직 머리가 잘 돌아가. 다른 여자들만큼 겁도 먹지 않은 것 같고. 쉬운 증인은 아니겠어."

악마가 그렇듯, 이 여자도 여러 가지 이름으로 통하고 있었다. 어떤 이는 그녀를 라 구에르치아, 사팔뜨기라고 부른다. 무슨 이유에서인지는 몰라도, 어떤 사람은 그녀를 세카, 바싹 마른 여자라고도 부른다. 흥미롭게도 그녀는 오래전 팔레르모에서 로마로 이주했고, 그래서 마리아 팔레르미타나로 통하기도 한다. 아쿠아 제조법을 이 여자가 가져왔을 가능성이 있을까? 하지만 마리아가 이 독살 조직의 주범인 것 같지는 않았다. 스테파노는 그녀가 남편과 함께 빌린 셋방에 가보았다. 벽난로에 그릴과 삼각대, 꼬챙이가 있었지만, 독약을 제조하거나 보관할 만한 공간은 없었다. 약제사가 사용하는 장비도 없었다.

여자가 끌려오자, 스테파노는 '라 세카'라고 불리는 이유가 주름투성이의 어두운 피부색 때문일 거라고 생각한다. 재치가 풍부해서 그런 것 같기도 하다. 왜 여기 끌려왔는지 묻자 여자는 비꼬듯이 이렇게 말한다. "제가 어떻게 알겠어요, 나으리. 하느님이 새로운 시련으로 제 믿음을 시험하시려는 게 아닐까요?"

진주 같은 오른쪽 안구가 눈에 거슬린다. 마치 상한 우유처럼 희다.

"마리아 스피놀라." 스테파노는 라틴어로 기록 절차를 마친 뒤 입을 연다. "당신이 점을 치고 '비밀'을 팔아서 생계를 유지했다는 것을 알고 있다." 이웃들은 마리아를 온갖 비밀과 치료법에 밝고 결혼 문제를 해결해주며 창녀들이 고객을 유지하도록 돕는 일종의 '현자'라고 했다.

"저는 베를 짜고 다른 여자들을 돕는 일로 입에 풀칠합니다, 나으리."

"그래, 내가 알기로는 제법 다양한 일을 하던데." 스테파노는 메모를 내려다본다. "부적, 연고, 주문, 신탁. 이는 모두 법으로 금지된 일이다."

여자는 약간 어깨를 으쓱한다. "저는 해가 되는 일을 하지 않습니다. 오히려 액운을 막습니다."

"증인은 그렇게 말하지 않던데."

마리아는 흰 눈알과 멀쩡한 눈으로 동시에 그를 바라본다. "저처럼 생긴 여자를 헐뜯으려 들자면 사람들이 무슨 말을 못 하겠습니까, 나으리." 그녀는 미소 짓는다. "제가 원해서 마녀 같은 모습이 된 것이 아니지만, 살다 보니 그렇게 되더군요."

스테파노는 대답할 말이 없다. 외모나 성격이 남과 약간 다른 사람들에게 쉽게 편견이 생긴다는 말은 물론 맞다. 마르첼로가 말하듯, 이탈리아에서는 앙심을 품고 이웃을 마녀라고 쑥덕거리는 교활한 혓바닥들이 많다. 하지만 이번 주장은 서로 앞뒤가 들어맞는다. "당신이 독약을 팔았다고 하는 증인이 있어."

"아닙니다."

"아니야? 음, 이 증인의 말은 명확하다. 당신이 천천히 작용하는 독약을 유리병에 넣어서 판다고 했어."

"그 증인이라는 사람이 저한테 안 좋은 마음을 품었나 보군요. 혹시 그게 반나라는 여자라면, 사실을 명명백백 밝히려는 것이 아니라 이 법적 절차를 이용해서 자신을 무시했다고 생각하는 사람을 없애려는 속셈일 겁니다."

스테파노는 작고 쪼그라든 이 여자를 응시한다. 머리가 잘 돌아간 다는 마르첼로의 말이 맞았다. "시칠리아에서 제조법을 들여온 것이 당신인가? 토파니아에게서 배워서?"

"무슨 말씀인지 모르겠습니다." 표정이나 말투에서는 아무것도 읽 을 수 없다.

"직접 독약을 만들지 않는단 말인가, 마리아?"

"독약은 없습니다, 나으리."

이런 헛된 입씨름은 반나와 한 것으로 족하다. 더는 용납할 수 없 다. "연고와 향유는 누구에게 사는가? 당신의 집에는 장비가 거의 없었어. 직접 만드는 것이 아니다."

"아뇨, 제가 직접 딴 약초로 만듭니다."

스테파노는 그녀를 바라본다. "자유를 얻고 싶지 않으냐."

"제 자유는 여기 있습니다, 나으리. 이 안에 있어요." 마리아는 머 리를 두드린다.

정신은 그 자체가 광활한 공간이 될 수도 있고 감옥이 될 수도 있 다. 일말의 존경심마저 솟는다. 스테파노는 슬쩍 미소 짓는다. "그럼 에도 불구하고, 돌바닥에 판자를 깔고 자는 것보다 침대에서 자는 것이 낫지 않나."

마리아는 어깨만 으쓱한다.

"라 스트롤라가는 누구지?"

"무슨 말씀인지 모르겠습니다."

"알 텐데. 다양한 치료약을 만들어서 판매하는 여자, 당신이 팔았 던, 느리게 작용하는 독약을 포함해서." 라 스트롤라가가 어떤 모습 일까 상상을 거듭하다 보니, 이제 스테파노의 머릿속에는 어린 시절 유모가 이야기해준 우물 속 마녀와 뒤섞인, 인간과 양서류의 중간쯤 되는 유령처럼 하얀 존재가 자리 잡고 있었다.

"말씀드렸지만, 독은 없습니다."

스테파노는 짜증을 드러내지 않으려고 애쓴다. "경찰 보고서에는 당신이 5년 전 어떤 여자에게 남편의 집이 아닌 다른 거처를 마련해준 죄로 체포되었다고 적혀 있는데." 포주일 수도 있겠다는 생각이 들었다.

"네, 그랬습니다."

"왜지?"

"그렇게 하지 않았다면 상황을 미루어볼 때 남편이라는 자가 그녀를 죽였을 테니까요. 그래서 제 오랜 이웃의 집에 한동안 지낼 수 있는 거처를 마련해주었습니다. 그런데 그 남편이 스비리에게 가서 나를 체포하고 아내를 돌려달라고 고발했지요."

스테파노는 표정 변화가 없다. "그래서? 경찰은 아내를 집으로 돌려보냈나?"

"네, 나으리. 그랬습니다." 한순간 반짝이는 침묵. "네, 결국 남편은 여자를 죽였습니다. 여자가 알고 있었듯이. 스비리도 알고 있었고요." 다시 미소. "그 일로 경찰 기록에 남은 사람은 셋 중 한 명뿐인데, 그게 남편은 아닙니다. 그게 당신네 법이지요, 안 그렇습니까, 나으리? 그것이 당신이 소속된 체제죠."

불편한 기분이 명치 끝에 걸린다. "나는 그 체제의 일부가 아니다, 마리아 스피뇰라. 나는 법을 집행하고 있을 뿐이야."

"차이가 있습니까?"

분노가 치민다. "이번 사건의 용의자는 너다, 돈나 마리아. 핵심 용의자야. 나는 네게 질문을 하고 있다. 독약을 누가 만드는지 말하라."

"말씀드렸지만, 나으리, 독약이 어디 보인단 말입니까."

그는 숨을 내쉰다. "마리아." 한결 부드러워진 음성. "누가 아쿠아를 만드는지 알려주면, 교황께 사면받을 수 있도록 주선하겠다. 네 미래는 안전할 것이야. 남편에게 돌아갈 수도 있다. 남은 평생 평화롭게 살 수 있어."

여자의 멀쩡한 한쪽 눈이 밝게 빛난다. 지금이야말로 주범의 이름을 실토하지 않을까 하는 희망이 솟는다. 과연, 마리아의 얼굴에 미소가 떠오른다. "브라키 어르신, 잘만 되면 어르신도 가정을 꾸릴 수 있겠군요. 딸 둘 아들 하나."

스테파노는 움찔한다. "뭐라고?"

"네." 그녀는 고개를 끄덕인다. "아주 튼튼한 아들이네요. 하지만 당신의 정신을, 당신의 자유를 반드시 지켜야 합니다."

"그만하라!" 스테파노는 불쑥 말한다. "네 헛소리를 듣고 싶지 않다."

마리아는 다시 으쓱한다. "저는 눈에 보이는 대로 말하는 것뿐입니다. 악의 손아귀에 끌려가지 않도록 정신을 바싹 차리셔야 해요."

"돈나 마리아, 독약을 유통한 혐의로 체포된 것은 내가 아니라 너다. 엉터리 성경 구절 같은 그럴듯한 헛소리는 네 친구들에게나 들려주는 것이 좋을 것이다." 스테파노는 밋밋한 얼굴의 경비에게 죄수를 데려가라고 손짓한다. "내가 제시한 조건을 잘 생각해보길." 그는 차갑게 말한다. "그러지 않으면 다시는 자유를 누리지 못할 것이다."

마리아는 여전히 눈썹 하나 까딱하지 않는다. "자신을 돌아보는 것이 좋을 겁니다, 브라키 어르신. 길이 한층 어두워질 테니까요."

스테파노는 경비에게 말한다. "감방으로 데려가." 그는 일어서서 절뚝거리며 방을 나서는 마리아를 외면한다. 지팡이가 바닥을 짚는 소리가 들려온다.

마리아가 나간 뒤, 스테파노는 로도비코를 돌아본다. 서기는 계속 장부에 기록하고 있다. "대체 저건 뭐지?" 스테파노는 짐짓 가벼운 말투로 묻는다.

로도비코는 고개를 들고 연한 회색 눈동자로 그를 응시한다. "글쎄요, 판사님. 저런 여자들은 워낙 묘한 말투를 쓰니까요."

"그렇지." 스테파노는 짧게 픽 웃지만 불편한 기분은 가시지 않는다. 무슨 뜻이었을까, 자신을 돌아보라니? 여기서 재판을 받을 사람은 내가 아닌데? 빨리 이곳을 뜨고 싶은 마음이 밀려온다.

스테파노는 가루를 계량하는 마르첼로에게 찾아가서 같이 점심이나 먹으러 나가자고 재촉한다. 그들은 답답한 토르 디 노나를 나와서 스트라다 델 오르소의 한 오스테리아(Osteria, 식당)로 향한다. 누가 지켜보고 있다는 느낌이 들었지만, 뒤를 돌아보니 지팡이를 짚고 허리를 구부린 늙은 거지 여인 하나가 있고, 젊은 남자 한 무리가 웃으며 자기들끼리 이야기를 나눌 뿐이다.

어둡고 축축한 탑에서 나오니 안도감이 밀려온다. 스테파노가 고른 오스테리아는 화덕에서 활활 타오르는 불이 온기와 연기를 내뿜는 활기찬 곳이다. 그들은 코톨레타와 올리브를 주문하고 빵을 썹으며 허기를 달랜다.

"마르첼로, 이 독살 조직은 얼마나 오랫동안 활동했을까? 이 여자들은 하나같이 나이가 많고, 토파니아가 교수형에 처해진 지 20년도 더 됐잖아. 아주 오랫동안 이 악행에 몸담은 것이 분명해."

마르첼로는 말이 없다. "왜 그러나, 마르첼로? 감옥에서 나온 뒤로 말이 없군그래."

그는 식탁을 손가락으로 두드린다. "오늘 아침 여관 주인의 아내 카밀라 카펠라를 검사했어."

스테파노는 전날 일하던 여관에서 그녀를 체포했다. "잘됐군."

"아니, 스테파노. 좋지 않아."

다시 불안감이 엄습한다. "무슨 뜻이야? 좋지 않다니?"

"여자의 몸이……." 마르첼로는 얼굴을 찡그린다. "흉터투성이였어."

스테파노도 카밀라의 손목에 있던 깊은 흉터를 기억하고 얼굴을 찌푸린다. "어떤 흉터였나?"

"학대의 흔적 같아, 스테파노. 수도 없이 얻어맞았고, 불에 탄 자국에 칼자국도 있었어."

"칼자국?"

"그래. 온몸에."

스테파노는 그녀의 피부를 머릿속에 떠올린다. 식사가 도착하지만, 양고기가 전혀 당기지 않는다. "어쩌다 생긴 상처라고 하던가?"

"아무 말이 없었어. 전혀 입을 열지 않지만, 다 알고 있지 않나. 안 그래, 스테파노? 이런 상처를 누가 만드는지 알고 있잖아. 베르투치오 경관도 전에 카밀라 카펠라를 만난 적이 있다면서. 이웃이 불평해서 스비리가 몇 번 그녀의 집에 출동한 적이 있었다지. 염색장이 아내 테레사의 경우와 마찬가지로 이 집 남편도 아내를 때린다고 소문이 자자한 남자였어. 그러다가 수녀원에 피신했는데 결국 경찰이

도로 집에 데려갔다더군. 그 뒤로는 기록이 없고."

스테파노는 포도주를 한 모금 마신다. 시큼한 뒷맛이 남는다.

마르첼로는 몸을 앞으로 내민다. "말이 되잖아, 안 그래, 스테파노? 안 그러면 왜 남편을 독살했겠나? 그런 젊은 여자가. 법에 어긋나는 일이라고는 해본 적이 없는 여자가?"

남편에게서 벗어나기 위해서. 자신의 목숨을 건지기 위해서. 마르첼로의 말은 이런 뜻이다. 스테판도 혹시 이 사건들을 하나로 묶는 것이 남편의 폭력이 아니었을까 생각해본 적 있지만, 그 폭력성이 이렇게 명확하게, 피부에 기록되어 있다는 것은 전혀 다른 이야기다. 그 생각을 하니 배 속에서 포도주가 응어리지는 것 같다. "카밀라를 신문하기 전에 최대한 정보를 찾아봐야겠어. 경찰과 이야기도 해봐야지. 그 이발사를 다시 만나봐야 할지도 모르겠네."

"그래." 마르첼로는 여전히 식탁만 뚫어지게 노려보고 있다. "하지만 만약 이 여자들이 전부…… 독살의 목적이 결국 그것이었다면 어떻게 되는 거지? 남자를 먼저 죽이지 않으면 결국 자기들이 죽었을 상황이었다면?"

그는 아주 잠시 망설였다가 거침없이 대답한다. "그래도 법을 어겼다는 건 마찬가지야, 마르첼로. 살인이라는 사실은 변하지 않는다고." 스테파노는 힘주어 말하지만 속으로는 확신이 없다.

의사는 고개를 끄덕인다. "어쨌거나 그 많은 흉터를 보니 마음이 진정되지 않아. 우리의 목적이 과연 옳은 것인가 의심하게 돼."

스테파노는 칼을 더 단단히 붙잡는다. "우리의 목적은 마찬가지야. 당연히 그래야 해. 이유가 무엇이었건, 살인에 대한 변명이 될 수는 없어. 끔찍한 학대를 당했다 해도, 카밀라 카펠라는 다른 방법을 찾앉아야 했어."

"그래, 어쩌면 그랬을 수 있겠지." 마르첼로는 가볍게 말한다. "단지 다른 방법이 없었을 뿐."

시선이 마주친다. 마르첼로의 말이 맞는다는 두려움이 밀려온다. 자기를 패서 멍투성이로 만들고 밤낮으로 고문하는 남자를 상대로, 일개 가난한 여자가 대체 무슨 수를 쓸 수 있단 말인가. 이것이 진정 그런 경우라면? 베네치아와 베로나에서는 법원이 여자들에게 나쁜 결혼에서 벗어날 수 있는 재량을 어느 정도 부여한다고 들었다. 하지만 이 신의 도시에서 결혼은 깨뜨릴 수 없는 구속이며, 이혼했다는 사례는 거의 들어볼 수가 없다. *Quod Deus conjunxit, homo non separet*(하느님이 짝지어주신 것을 사람이 갈라놓지 못할지니라. 마르코 복음서 10장 9절). 베르투치오의 말을 들어보면, 남자가 아내를 정도 이상 때린다 해도 오랫동안 구금되는 경우는 드물다. "구타당한 아내에게 수녀원으로 피신하는 것을 허락하는 판사가 있다고 읽었어." 스테파노는 말한다.

"그래. 하지만 그런 판사를 만나려면, 변호사비부터 대야 하겠지, 안 그런가?"

"아, 그렇지. 변호사. 사회에 무슨 문제가 있건, 결국 죄다 우리 탓이지." 스테파노는 미소 짓는다. "하지만 맞아. 돈을 내야 하고, 비용을 감당할 수 있는 아내들조차 결국에는 다시 집으로 돌려보내지고 말아." 하느님이 짝지어주신 것을 사람이 나누지 못한다는 이유로. 스테파노는 경찰에 의해 남편에게 돌려보내진 학대당하던 아내가 결국 맞아 죽었다는 마리아의 이야기를 떠올린다. 죽음이 우리를 갈라놓을 때까지. "하지만 마르첼로, 이 모든 것도 살인을 정당화하거나 변호할 수 없어."

"그럴지도 모르지. 하지만 이 여자한테는 아이가 있어." 마르첼로
는 말한다. "만에 하나……." 그는 말을 맺지 못한다.

스테파노는 코톨레타를 한입 베어 문다. 그런 생각을 하고 싶지는
않다. "이 문제도 염두에 두지. 지금까지 해오던 대로 계속 신문하되,
죄수들의 신체를 보다 철저하게 검진하는 것도 좋겠어."

"혹독한 구타와 고문으로 인한 흉터를 찾으라는 건가? 상처는 점
차 희미해질 거야, 스테파노. 몸에는 흉터를 남기지 않는, 마음을 다
치게 하는 상처도 있어."

"그래, 마르첼로. 나도 알고 있지만, 가능한 한 확실한 증거를 찾으
라는 거야. 그것으로 인해 수사 방식이 바뀌는 건 아니겠지만, 사실
관계로 무장하는 것은 항상 중요하지 않나."

마르첼로는 음식을 접시 위에서 밀어낸다. "여자의 몸에는 화상도
있었어. 담배 파이프 같아. 온몸에. 어떤 남자가 여자한테 그런 짓을
한단 말인가?" 그가 묻는다.

"영혼이 타르처럼 검은 자겠지." 스테파노는 조용히 말한다. 그는
여관 주인과 그 한심한 파이프를, 카밀라의 사랑스러운 얼굴을 떠올
린다. "하지만 복수나 탈출이 아무리 절실한 상황이라 해도, 다른 인
간의 목숨을 빼앗는 일을 그저 인간에 지나지 않는 우리가 정당화
할 수 있을까?"

"그건 수사적인 질문인가, 진짜 궁금해서 묻는 건가?"

"무엇보다 나 자신에게 묻는 질문이야." 스테파노는 솔직하게 답
한다. "결국 수사관의 역할을 수행해야 하는 것은 나니까." 처음으로
루치아의 경고가 옳았을지 모른다는 생각이 든다. 이번 임무가 독

이 든 성배일지도 모른다고. 문득 스테파노는 자신을 추스른다. 마냥 이런 식으로 생각해선 곤란하다. 이렇게 해서 성공할 수는 없다. 책임 앞에서 움츠러들거나 감정에 휩쓸리면 위대한 인물이 될 수 없다.

"우리가 너무 앞서가는 거야, 마르첼로. 독약을 산 다른 사람도 많지 않나. 아직 그들의 동기를 다 아는 건 아니잖나."

"맞아. 다른 사람들은 그보다 덜 절박한 이유로 피해자를 죽이고자 했기만을 바라세."

"체리 공작의 부인 아녜제에 대해서 우리가 아는 사실이 또 뭐가 있지?"

마르첼로가 눈썹을 올린다. "총독이 분명 그쪽은 수사하지 말라고 하지 않았나?"

"총독은 귀족들을 자극하지 말라고 했었지. 그 건이 다른 건과 사실관계가 부합되는지 확인조차 하지 말라는 뜻은 아니야."

"자네 말은, 체리 공작이 아내를 학대했느냐는……."

"맞아. 아니면, 다른 강력한 사유가 있었는가."

"아내가 남편을 독살하고 싶을 만한 사유?" 마르첼로가 묻는다.

"그거야."

"조심스럽게 탐문을 시작할 수는 있겠지만, 위험하기도 하고, 혹시 뭔가 알아낸다 해도……." 그는 손을 양옆으로 벌려 보인다.

"범인들을 찾는 데 도움이 될 수 있지."

마르첼로는 천천히 고개를 끄덕인다. "그럴 수는 있지. 하지만 귀족이 아닌 사람만 잡아들인다는 것은 공정하지 않아."

"아직 거기까지는 생각하지 않았어. 일단 체리 공작의 미망인도 같은 구도에 들어맞는지 알아봐야 한다는 것뿐이야. 내가 알기로 그녀는 수녀원에 들어갔는데, 자기 발로 간 건 아닐세."

"그건 드문 사례가 아니야, 슬프게도."

"맞아." 이탈리아의 수많은 귀족 집안 딸들은 억지로 수녀원에 간힌다. "하지만 여기는 부유한 집안이야. 지참금 대신 값싸게 해결하려고 수녀원을 이용할 필요가 없어. 내 누님도 그렇지만, 과부가 되었다면 얼마든지 친정에 돌아갈 수 있지 않겠나." 루치아가 이 대안을 달가워했던 것은 아니다. "어쩌면 추문이 번질 것을 걱정해서 딸을 치워버리고 싶었을 가능성이 있어. 가문의 평판을 지키기 위해." 스테파노는 잠시 사이를 둔다. "체리 가문의 내부인이 필요해. 속사정을 잘 아는."

마르첼로는 팔짱을 낀다. "그렇다면, 스테파노, 나더러 하인하고 이야기해보라는 건가? 지난번에 내가 주치의 집 하인에게 캐물었을 때는 그러지 말라고 질책했던 것 같은데." 그의 눈동자가 장난스럽게 반짝인다.

"자네한테 그런 짓을 시키다니, 그럴 리가 있나." 스테파노는 입가에 번지는 미소를 누른다.

29

적에게 행하는 비술은 다양한 방식으로 이루어질 수 있지만, 밀랍 인형이든 다른 어떤 도구든, 각각의 세부 사항은 꼼꼼하게, 정확하게 지켜져야 한다. 날짜나 시간이 주어지지 않았다면, 정해진 대로 진행하되 이 목적에 맞는 인형이나 도구를 순서대로, 적절한 방식대로 준비한다. 알맞은 향으로 훈증하고, 인형에 글자를 새겨야 한다면 앞서 언급한 대로 기술에 맞는 바늘이나 탐침을 사용해야 한다.

지롤라마

"로마를 떠나야 해요, 어머니."

"내가?" 지롤라마는 부드럽게 묻는다. 그녀는 서리에 상한 월계수와 헬레보어의 잎반점병을 살피고 있다. 치유하는 식물과 해치는 식물.

"그래야 한다는 거 아시잖아요!" 안젤리카는 발을 동동 구른다. "이제 마리아도 잡혀갔고, 그라치오사도 수배 중이에요. 그들이 들이닥쳐서 어머니를 그 끔찍한 탑으로 끌고 가는 건 시간문제라고요."

"하, 그들이 오면 가야지. 아무 말도 안 하면 되지."

"왜 지금 도망치지 않고요?"

"너도 이유를 알잖니. 내 인생이 여기 있으니까. 돌봐야 할 식물과 약초가 여기 있으니까. 작업실이 여기 있으니까."(비록 중요한 물건들

은 잘 숨겨두었지만) "도움을 필요로 하는 여자들도 여기 있고. 그들을
그냥 내버릴 수는 없어." 그들은 매일 감옥으로 먹을 것을 나르고 있
다. "내가 도망간다면 무슨 잘못을 했다는 뜻이 되잖아. 지금 그들에
게는 아무 증거도 없어."

"그건 모르는 일이죠. 그 안에 들어간 사람들이 무슨 말을 했는지
모르잖아요. 그들이 무슨 말을 하라고 하는지도."

뱃속에서 공포가 뭉게뭉게 피어오르지만, 지롤라마는 자신이 창
조한 모든 것을 남겨두고, 그토록 오랫동안 자신을 도와준 여자들을
남겨두고 쥐새끼처럼 도망치지는 않을 것이다. 여기 남아서 있는 힘
을 다해 그들을 도와야 한다. "안젤리카, 판사한테 나를 찾아낼 단서
가 뭐라도 있었다면 진작 날 체포했을 거다. 마리아는 끝까지 흔들
리지 않을 거야."

"하지만 얼마나요? 그 남자는 절대 포기하지 않을 거예요. 아시잖
아요."

"그걸 누가 알겠니." 지롤라마는 수사 담당 판사 스테파노 브라키
를 죽 지켜보고 있었다. 탑 바깥에서 기다렸다가 그의 집까지 뒤를
밟으며 의사 친구와 나누는 대화를 엿듣고 일거수일투족을 지켜보
기도 했다. 나이는 서른다섯 살 정도, 작은 체구에 모든 것을 꿰뚫는
듯한 민첩하고 밝은 눈빛. 자신감이 없고 남의 의견에 좌지우지되며
성공하려고 몸부림치는 젊은 남자로 보였다. 그에게는 쉽게 광기로
빠져들 수 있는 어떤 에너지 같은 것이 있었다. 수많은 남자를 봐왔
기에 알 수 있었다. 지롤라마는 안젤리카에게 말한다. "자백을 해야
만 유죄판결을 내릴 수 있는 것이 법이란다." 지롤라마는 자신과 여
자들에게 관련된 법률이라면 확실히 알고 있었다. 그녀는 다른 가지

를 하나 꺾는다. "나는 자백할 생각이 없어."

안젤리카는 답답한지 숨을 푹 내쉰다. "자백을 끌어내기 위해 저들이 무슨 짓을 하는지 아시면서."

알고 있다. 직접 보기도 했다. 형틀에 매달려 어깨가 탈구될 때까지 방치된 남자들. 손이 형체를 알 수 없는 보라색 덩어리로 으깨진 여자들. 하지만 그들은 그녀에게 그런 짓까지는 하지 않을 것이다. 지롤라마는 나이 많은 여자로 간주된다. 기껏해야 손가락쯤 부러뜨릴 수도 있겠지만, 그렇게까지 하지 않을 것이다. 그녀에게도 고통과 아픔을 불러들이는 나름의 방법이 있다. 지롤라마는 다른 식물에서 시든 꽃봉오리를 잘라낸다. "안젤리카, 나도 줄곧 생각은 하고 있지만, 지금 네가 내 마음을 바꿀 수는 없을 거다. 날 도와주는 게 차라리 나아."

"뭘 도울까요?"

지롤라마는 미소 짓는다. "재료를 준비해주렴." 한동안 사업을 못 하게 된다면, 상품을 비축하고 작물을 판매할 수 있도록 준비해야 한다.

"가르쳐주세요." 안젤리카는 전에도 여러 번 이런 말을 했었다.

지롤라마는 안젤리카를, 콧등에 뿌려진 주근깨를 바라본다. 순간 가슴이 찡하다. 아이가 인형을 갖고 놀던 때가 엊그제 같다. 지롤라마가 만들어준 단순한 인형이었다. 내가 잡혀간다면 안젤리카는 어떻게 될까? 지롤라마 자신이 그랬듯, 어쨌든 아이는 자라나 어른이 되겠지만, 그녀는 딸에게 그런 인생을 주고 싶지 않았다. 뭔가 더 나은 인생을, 더 친절하고, 더 자상한 인생을 주고 싶었다. 아이가 세상에 짓눌릴 것을 생각하면 견딜 수가 없다. 겨우 열네 살밖에 안

된 아이에게 이렇게 무거운 책임을 지울 수는 없다. "곧 가르쳐주마. 당장은 더 급한 일들이 있어. 정제 만드는 것을 도와다오. 책을 가져오마."

하지만 지롤라마도 안젤리카의 말이 맞는다는 것을 알고 있다. 이제 가르침을 오래 미룰 수는 없다. 자신의 능력과 인내로 살아남을 수 있기를 바라지만, 장담할 수 없는 일이다. 그 판사가 어디까지 할 수 있을지도 알 수 없다. 지롤라마가 알아낸 바로, 그는 규칙을 지키는 사람이지만, 그렇게 젊은 나이에 여기까지 올라왔다면 분명 야심도 클 것이다. 지롤라마는 야심이 인간의 영혼을 부식시키고 결국 규칙까지 멋대로 주무르는 광경을 보았다.

내일. 내일은 수업을 시작해야겠다. 오늘은 다른 일이 있다.

안젤리카가 정제를 만들기 위해 당밀을 끓이는 동안, 지롤라마는 밀랍을 보관해둔 작은 방에 들어간다. 그녀가 어렸을 때 로레스티노 삼촌이 보여준 의식이다. "생각보다 효험이 좋단다." 삼촌은 말했다. 왁스와 두꺼비 피를 섞는다. 그런 뒤 흑단을 태운 불에 데운다. 그 위에 호박과 몰약을 뿌리고, 사람이든, 동물이든, 신체 부위든, 영혼이든 원하는 형상을 빚는다. 이렇게 하면 밀랍은 진짜 인간을 대체하는 존재가 된다.

이를 이용해 그 인간을 조종할 수 있다.

30

스테파노

바티칸의 정원에 늑대가 출몰했다. 얼어붙는 날씨에 굶주리다가 도시의 성벽을 넘어 먹을 것을 찾아 헤매는 것이다. 한편 나폴리에서는 염색장이의 아내 테레사와 그녀의 어머니 체칠리아가 도망쳐 왔다는 정보를 받은 경찰이 수색을 벌이고 있다.

스테파노는 이 사건의 신속한 해결책을, 거미줄 한가운데에 도사린 거미를 찾고 있다. 빠르게 수사를 완결하고 싶었다. 소문이 이렇게 걷잡을 수 없을 정도로 퍼지면 테레사 같은 용의자들은 로마에서 달아날 것이고, 최대한 흔적을 은폐할 것이다. 이번 일이 예감대로 복잡하다면, 용기가 꺾이기 전에 해결해야 한다. 스테파노는 밤마다 침대에 누워 뒤척였다. 수많은 이름과 얼굴이, 때로는 의혹이 머릿속에 뒤섞여 잠을 이룰 수가 없었다. 하지만 목록만큼 위안을 주는 것도 없다. 스테파노는 지금까지 알아낸 독약 판매상과 판매 용의자, 독약 구매자와 구매 용의자의 명단을 작성하고 있었다. 그들이 어떻게 서로 연결되는지 도표로도 그려보았다. 지금 그는 서재에 앉아 있다. 잘 정돈된 작은 방에는 법률 서적과 잉크 냄새, 향긋한 담배 냄새가 가득하다. 스테파노는 마지막 저녁 햇빛을 놓치지 않으려고 책상을 창가로 옮겨서 일하고 있다. 겨우 4시밖에 안 되었지만,

하늘은 철회색으로 물들어 컴컴하다.

독약 판매상에는 핵심 조직이 있는 것으로 보이고, 반나와 마리아, 왜소한 빨간 머리 그라치오사가 거기에 포함된다. 마침내 체포되어 탑에 갇힌 그라치오사는 정신이 오락가락하는 늙고 이빨 없는 노파 시늉을 하면서 그의 질문을 이해하지 못하는 척하지만, 스테파노는 속지 않는다. 그녀도 다른 사람들과 마찬가지로 판매상이다. 이 여자들을 상대할 때면 마음이 심란하다. 특히 마리아가 그렇다. 스테파노는 그녀가 다른 여자들보다 많은 것을 알고 있다고 보고 재차 신문해보았지만, 마리아는 아무 정보도 내놓지 않았다. 아니, 오히려 마리아가 그에 대해 알아내는 정보가 더 많은 것 같다. 지난번 신문할 때 마리아는 이렇게 말했다. "밤마다 동틀 때까지 깨어 있지 않나요? 복잡한 마음을 가라앉힐 수가 없어서?" 스테파노는 아무에게도, 심지어 마르첼로에게도 그런 이야기를 하지 않았다. 당연히 충혈된 눈을 보고 짐작했겠지만, 마리아가 생각보다 많은 것을 알고 있다는 불편한 기분은 가시지 않는다. 자신이 잠을 이루지 못하는 것이 마리아 때문이라는 생각마저 든다. 어쨌든 마녀와 거리가 멀지 않은 여자들이다. 마녀는 국가가 만들어낸 발명품에 지나지 않는다는 마르첼로의 확신도 그에게는 없다.

여자들의 배경은 서로 비슷하다. 교육 수준이 낮고 힘든 인생을 살았다. 기술이 뛰어난 약제사도, 마법사도 아니다. 다른 사람에서 물건을 받아 판매하는 자에 지나지 않는다. 모든 여자가 이 독약이 정확히 무엇인지 알고 있는 것 같지도 않다. 단지 효과가 있다는 것만 확신할 뿐. 그들이 고객에게 거듭 강조한 것도 바로 그 점이었다. 이것은 천천히 작용하는 독이고 흔적을 남기지 않으며 물처럼 무색

투명하다고. 스테파노는 이것이 팔레르모에서 남자들을 죽인 그 독과 동일한 물질이라고 거의 확신하고 있다. 그쪽 법무부 앞으로 서한을 써서 시칠리아로 전령을 보냈지만, 답신이 오기에는 아직 너무 이르다.

이 기묘한 조직에는 몇 명이나 더 있으며 그 핵심에는 누가 있을까? 여자들은 라 스트롤라가나 라 프로페테사 같은 사람의 존재를 부정하고, 독을 만드는 사람 같은 건 없다고 한다. 거짓말이다. 스테파노는 여자들이 누군가를 위해 일하고 있다는 것, 자신에게 어떤 위협이 들어오더라도 그 사람의 정체를 보호하고 있다는 것을 안다. 놀라운 충성심의 발로이거나 공포 때문일 것이다. 혹은 둘 다이거나. 그 인물은 어떤 힘을 가지고 있기에 여자들의 입을 막을 수 있는 것일까? 머릿속에 그 인물의 모습을 그려보려 할 때마다, 스테파노의 머릿속에는 어린 시절의 사악한 마녀가 떠오른다. 말도 안 될 정도로 긴 팔을 뻗어 흰 손으로 그를 붙잡아 우물로 데려가려고 하던 라 마날롱가. 아니, 혹시 그가 어린 시절의 공포에 사로잡힌 나머지 '수수께끼의 여자'라는 관념에 너무 사로잡혀 있는 것은 아닐까. 어쩌면 핵심 주동자는 여자가 아니라 남자일지도 모른다. 상당한 권력을 지닌 남자. 그렇다면 독살범이 대량의 비소를 확보할 수 있었던 것도 설명된다.

독약 구매자 명단에, 그는 아녜제 알도브란디니를 괄호 안에 잠정적으로 넣어두었다. 마르첼로는 체리 공작 집안에서 한때 하인으로 일하던 사람을 통해 부인에게 애인이 있다는 소문이 돌았으며, 어쩌면 그것이 남편을 살해한 동기일 수 있다는 사실을 알아냈다. 하지만 미인에게, 특히 자신의 아름다움을 감추지 않는 여자들에게 그린 소문은 항상 따라다니는 법. 아녜제를 제외하면, 구매자는 대체로 하층계급의 여자들이다. 정육점 주인의 아내, 작은 가게 주인, 시장 상인, 생선 장수. 그들은 안에 무엇이 들었는지, 누가 만드는지 아무것도 모르고 아쿠아를 샀다. 단지 효과가 좋다는 말만 듣고. 그리고 효과는 매번 나타났다. 주로 남편을 없애기 위해 치명적인 액체를 샀지만, 때로 형제나 아버지가 표적인 경우도 있었다. 상황이 더욱 까다로워지고 이 목록이 전혀 도움이 되지 못하는 지점이 바로 여기다. 남자들 중 몇몇은 방해가 되는 존재였다. 어떤 이는 성격이 아주 불쾌한 정도였다. 하지만 다른 남자들, 사실상 대부분의 남자가 극도로, 걱정스러울 정도로 폭력적이었다. 죽이겠다고 협박했다. 강간하고 불구로 만들었다. 아내나 아이들의 인생을 견딜 수 없게, 도저히 살아갈 수 없을 정도로 고통스럽게 했다.

반나는 스테파노에게 자기가 독약을 판매한 여성들에 대해 이야기해주었고, 그들의 사연은 그의 마음을 갉아먹었다. 상상할 수조차 없는 방식으로 아내와 아이를 해친 남편. 어린 시절부터 자신을 학대한 오빠를 없앤 여동생. 힘든 결혼으로 고통받는 여자를 위한 수녀원 말마리타테(Malmaritate)에 들어갔지만 남편에게 발각되고 만 젊은 여자.

스테파노는 온몸에 폭행 흔적이 있는 여관 주인의 아내 카밀라를 신문했다. 그녀는 열여섯 살에 결혼한 이후 어떤 일을 당했는지 증언하기를 거부했다. 스테파노는 동생 피오랄리사를 떠올리지 않을 수 없었고, 아마 그래서 이렇게 말했을 것이다. "돈나 카밀라, 우리는 수사를 도와준 사람들에 대해 교황께 사면을 청할 것이다. 누가 아쿠아를 팔았는지 털어놓으면 당신이 저지른 잘못에 대해 벌을 받지 않도록 하겠다."

하지만 카밀라는 침착하게 그를 응시할 뿐이었다. "저는 잘못한 것이 없습니다."

정말 그렇게 생각하는 걸까? 정말 자신이 한 짓이 정당하다고 믿는 것일까?

⁂

집으로 찾아온 루치아에게 스테파노는 수사와 관련된 이야기들을 털어놓았다. 독약 판매자와 구매자, 지겨운 이야기들, 우두머리의 이름을 실토하지 않는 여자들. 누이에게 수사에 대한 정보를 털어놓았다가 곤란해질지도 모르지만, 마음을 무겁게 누르는 짐을 내려놓고 싶다는 마음 때문에 어쩔 수가 없다.

이야기하는 내내 바닥만 내려다보며 조용히 앉아 있던 루치아가 카밀라 카펠라에 대해 이야기할 때 갑자기 끼어들었다. "그런 여자를 기소하는 게 무슨 실익이 있겠니. 한 아이에게서 어머니를 빼앗는 일인데, 무엇을 위해서?"

누이의 날카로운 목소리에 그는 깜짝 놀란다. "누님, 누구를 기소하고 누구를 기소하지 않는 건 내가 결정할 문제가 아니야. 나는 그저 수사하는 사람에 불과해. 이 도시에서 악을 뿌리 뽑고 더는 목숨을 잃는 사람이 없도록 하려는 거야."

루치아는 한참 동안 동생을 바라본다. "악이라. 네가 맞서 싸우는 것이 정말 악이니?"

"루치아, 우리는 살인에 대해 이야기하고 있어. 냉혈하고 계획적인 살인."

"아, 계획적인 살인이 아니라면 다른 어떤 살인이 가능했을까? 여자들은 남자들처럼 순간적인 감정에 휩쓸려 사람을 죽이지 않아. 그럴 만한 힘이 없으니까. 달아나고 싶다면 계획을 세워야 하지. 그런데 오히려 그렇기 때문에 어떤 상황에 처해 있었든 항변할 수가 없어."

스테파노는 눈살을 찌푸린다. "누님이 법을 그렇게 잘 아는 줄은 몰랐네."

"네가 하는 말을 종종 듣지 않니. 언젠가 네가 살인죄의 변호에 대해 말해준 적이 있었어." 루치아는 잠시 사이를 둔다. "내 말이 맞지, 안 그래?"

"그래, 맞아. 그런 여자에게는 항변 사유가 없어. 하지만 특히 안타까운 경우에 한해 사면이 내려질 수는 있지."

"최악의 경우라 해도 기소한들 아무 실익이 없어, 스테파노. 국가가 잔인한 처사로 국력을 낭비하는 것처럼 보이기만 할 거야. 베아트리체 첸치가 당한 일에 대해 사람들이 아직까지 뭐라고 말하는지 생각해봐."

베아트리체 첸치. 오래전에 처형당한 젊은 여자, 아니, 소녀였다. 스테파노는 레니의 초상화를 통해 그녀의 얼굴을 본 적이 있었다. 말갛고 가슴 아픈 얼굴이었다. 베아트리체의 얼굴과 사연은 수많은 사람들의 가슴에 도덕적 타락과 공포의 이야기로 남아 있다. 가학적인 그녀의 아버지 프란체스코 백작은 딸과 자기 가족들의 인생을 살아 있는 지옥으로 만들었다. 오랜 세월 백작의 학대를(아내와 아들도 괴롭힘당했지만, 주로 베아트리체에 대한 학대였다) 견디다 못한 가족은 교황청이 개입을 거부하자 직접 해결책을 찾기로 결심했다. 그들은 백작을 몽둥이로 때려죽이고 사고로 위장하기 위해 발코니에서 시체를 던졌다. 그러나 계획은 들통났고, 베아트리체와 그 일가는 사형 판결을 받았다. 시민들의 탄원과 항의에도 클레멘스 교황은 사면을 거부했다. 오히려 첸치 가족을 본보기로 삼기로 했다. 모두 끔찍하게 공개 처형되었고, 베아트리체의 열두 살 난 남동생만 살아남아 가족들이 죽는 장면을 보아야 했다.

"사람들은 베아트리체를 살려주어야 한다고 생각했어." 루치아는 말을 잇는다. "그때도 그랬고 지금도 그렇다. 그녀는 너무나 끔찍한 고통을 겪었고, 다른 탈출구가 없었기 때문이야. 이런 마당에, 그저 자신의 목숨을 건지기 위해 남편에게 독을 먹인 여자들을 추적하는 판사에 대해 사람들이 뭐라고 생각할까?"

"루치아, 이따금 나보다 누님이 법률가가 되어야 했다는 생각이 들어." 스테파노는 미소 짓는다. "누님의 주장은 매우 설득력 있지만 바란초네가 동의할 것 같지는 않아. 누구를 기소하고 누구를 기소하지 않느냐를 결정하는 것은 일개 하급 판사인 나의 일이 아니라고 할 거야."

루치아는 어깨를 으쓱한다. "그래도 노력해보아야 하지 않을까? 바란초네에게 쉽게 휘둘리지 않겠다고 말하지 않았니?"

스테파노는 누나를 바라본다. "그 말이 맞아. 그와 이야기를 해봐야겠어."

왜 이런 결정을, 이런 의혹과 죄책감을 나 혼자 짊어져야 한단 말인가? 내일 아침 총독을 찾아가야겠다.

"바쁘겠지만 네 동생도 한번 찾아가보렴. 아직 낯선 사람들과 새로운 집에서 지내고 있지 않니. 네가 가면 반가워할 거다."

스테파노는 이것이 꾸지람이라는 것을 알고 있다. "피오랄리사는 잘 지내?"

"벌써 아이를 가졌어."

"이렇게 빨리! 아, 잘됐군, 안 그래?"

루치아는 어깨를 으쓱한다. "사람들이 그 애에게 기대하는 일이지. 나보다 잘 해내는구나."

스테파노는 움츠러든다. 이 화제를 입 밖에 내어 이야기한 적은 한 번도 없었다. 루치아가 결혼생활 내내 아이를 갖지 못한 것, 이런 일은 언제나 남자의 실패가 아니라 여성의 실패로 여겨진다. 그래서 재혼하지 않는 건가? 스테파노는 생각한다. 불임일까 봐 두려워서? "루치아, 누님도 아직 창창한 나이야."

그녀는 웃는다. "그런 게 중요하지 않다는 걸 잘 알면서." 누나는 일어선다. "목록 정리 계속 하렴."

스테파노도 따라 일어서다가, 갑자기 가슴에 짧고 날카로운 통증을 느낀다.

그가 눈살을 찌푸리는 것을 보고 루치아가 말한다. "몸이 안 좋니?"

"그런 건 아니야. 아까 점심을 너무 급하게 먹었나 봐."

31

스테파노

월요일 아침. 덧문 올리는 소리와 계단 빗질하는 소리, 거리에 물동이 비우는 소리, 시장 상인과 행상 들이 하루를 시작하며 외치는 소리, 어김없이 울려 퍼지는 종소리. 궁정에 가보니 바란초네는 벌써 책상에 앉아 서류에 서명하고 있다. 서기가 옆에 서서 그에게 양피지를 건네고 다 쓴 편지를 봉하고 있다.

"아." 총독은 스테파노를 보고 미소 짓지만 악수를 하려고 일어나지는 않는다. "우리 수사관이군. 말해보게. 탑에서의 수사는 순조롭게 진행 중인가?"

"원활히 진행하고 있습니다, 총독님. 용의자들을 잡아들이고 새 증인도 찾아냈습니다. 이제 사건의 윤곽이 보이기 시작했습니다."

"잘했어, 잘했어." 바란초네는 서명만 계속한다.

"네. 단지……." 스테파노는 적절한 말을 찾지 못해 끝을 흐린다.

"단지 뭔가, 스테파노?" 바란초네는 그를 쳐다본다. "지원이 더 필요한가? 인력이 필요해?"

"지금 당장은 괜찮습니다. 그보다 복잡한 문제가 있습니다." 스테파노는 서기에게 눈길을 준다.

바란초네는 이해한다. "라우렌치오, 잠시 자리 좀 비켜주겠나."

키가 크고 얼굴이 약간 누런 청년 서기가 스테파노에게 차가운 시선을 던지더니 가볍게 목례하고 자리를 뜬다.

"뭔가?" 바란초네는 가죽을 씌운 의자에 앉은 채 곧게 허리를 편다.

앉으라는 권유를 받지 못한 스테파노는 초조한 기색을 드러내지 않고 최대한 자신감 있는 표정을 지으려고 애쓴다. "도덕적으로 복잡한 문제가 있는 지점이 드러나서 말입니다." 그는 카밀라 카펠라의 몸에 남은 흉터와 다른 여자들에게 들은 사연, 목숨이 위태로워서 반나를 찾아가는 여성들과 그들이 털어놓은 끔찍한 이야기에 대해 설명한다.

총독은 이맛살을 찡그린다. "그래서?"

"총독님, 이런 경우 수사를 어떻게 진행해야 할지 확인하고 싶습니다. 이토록 많은 여성이 심각한 학대를 당했다는 사실이 드러난다면, 시민들은 그들을 기소하는 데 동의하지 않을지도 모릅니다." 그는 잠시 침묵한다. 총독은 아무 말도 없다. 스테파노는 말을 이어간다. "베아트리체 첸치의 일도 떠올랐습니다. 그녀의 처형이 로마의 질서를 얼마나 크게 어지럽혔는지 기억하실 겁니다."

한숨. "자네가 그들의 함정에 빠지고 있다는 걸 정녕 모르겠나, 스테파노?"

"함정요?"

바란초네는 은제 상자를 열고 코담배를 한 줌 꺼낸다. "그래. 이 여자들은 자기들의 남편을 서서히 독살해왔네. 다른 여자들은 독약을 팔아서 이익을 취했고. 자네가 알아낸 사실이잖나. 자네가 그들을 잡아들였고, 진실을 끌어냈어. 그 교활한 혓바닥 말고 그들이 달리 무엇으로 자기 자신을 변호하겠나? 자네가 자기들을 풀어줄 만한 솔깃한 이야기를 들려주고 있는 거야."

"하지만 총독님. 흉터가 있잖습니까. 그건 사실입니다. 마르첼로 박사가 검진했습니다."

총독은 어깨를 으쓱한다. "흉터는 여러 방법으로 만들 수 있어. 그 여자의 남편이 한 짓이라는 증거가 없잖나. 죽은 남자들이 자기 아내나 누이, 딸의 비위를 약간 거스르는 이상으로 대단히 나쁜 짓을 했다는 증거도 없고. 아니, 아니, 여자들의 간계에 말려들어서는 안 되네, 스테파노. 우리가 여기서 상대하는 것은 베아트리체 첸치가 아니라, 간교하고 비밀스러운 수단으로 로마의 통치를 무너뜨리려고 획책하는 사악한 여자들의 조직이야."

스테파노는 이해할 수 없다. "그래도 정말 살아남기 위해 발버둥친 사람들이 있을지도 모릅니다. 아이들의 목숨을 지키기 위해서요. 그런 경우에도 다른 사람들과 똑같은 법적 절차를 밟아야 할까요?" 그는 카밀라 카펠라의 어린 아들을 떠올린다.

"스테파노, 증거와 상황만 확실하다면, 교황 성하께서도 심한 학대를 당한 여자들에게 분명 관용을 베푸실 걸세. 하지만 누구를 기소하고 누구를 기소하지 않느냐는 자네가 결정할 일도 아니고, 심지어 내가 결정할 일도 아니야. 범죄를 발견하면, 저 교활한 여자들이 무슨 그럴듯한 소리를 지껄이든 자네는 수사에 나서면 돼. 결국 그것이 법이야."

스테파노는 고개를 끄덕인다. 머릿속이 복잡하게 소용돌이친다.

"말해보게. 아버지에게서 심한 학대를 당했다고 한 그 젊은 여자 말이야. 그 주장을 입증해줄 다른 사람의 증언이 있었나? 스스로 주장한 내용에 대한 목격자가 있느냐는 말이야."

"솔직히 모릅니다. 이건 핵심 증인인 반나 데 그란디스가 들려준 이야기 중 하나입니다." 하지만 그토록 사적이고 무도한 행위를 직접 목격한 사람이 있을 수 있을까? 설령 있다 해도 입을 열지 않을 것이다.

"그렇다니까." 바란초네는 그것이 자기 질문에 대한 답변이 된다는 듯 말한다. "그냥 이야기에 불과해, 자네의 동정심을 자극하기 위해 꾸며낸 이야기. 자네가 그걸 꿰뚫어 보지 못했다는 게 놀랍군."

스테파노는 독약을 산 사람들의 사연을 들려주던 반나를 떠올린다. 정녕 그것이 거짓말이었을까? 그때는 그렇게 생각하지 않았지만, 돌이켜보면 스테파노는 염색장이의 아내 테레사가 거짓말을 하고 있다는 것을 알아보지 못했고, 결국 도망치게 두었다. 당연히 반나도 자신을 살인자가 아닌 구세주로 포장하려 할 것이다.

"명심하게." 바란초네가 말한다. "이유가 무엇이든 하느님은 복수를 용서하지 않으신다는 것을. 로마서 12장 19절, '내 사랑하는 자들아, 너희가 친히 원수를 갚지 말고 하느님의 진노하심에 맡기라 기록되었으되, 원수 갚는 것이 내게 있으니 내가 갚으리라고 주께서 말씀하시니라.' 그는 모욕을 당하셨으나 '맞대어 욕하지 아니하시고 고난을 당하시되 위협하지 아니하시고 오직 공의로 심판하시는 이에게 부탁하셨다.' 그러니 우리 모두 그렇게 해야 하네, 스테파노. 우리 모두 그렇게 해야 해."

"예, 총독님." 하지만 카밀라가 사람을 죽인 것은 복수심 때문이었을까, 자기방어를 위해서였을까?

"그러므로, 관용을 베풀 사람이 있다면 그것은 우리 같은 한낱 인간이 아니야. 그것은 하느님을 대신하여 지상에 내려온 교황 성하가

하실 일이라네."

"예." 하지만 스테파노는 베아트리체 첸치를 생각하고 있다. 그녀를 사면하지 않은 교황을 생각하고 있다. 그가 알기로 알렉산데르 교황은 보다 온화하고 지적인 인물이다. 분명 관용을 베푸실 것이다.

바란초네는 그를 살펴본다. "자네가 나약한 남자라고 생각하지 않았네만, 스테파노."

작은 가시가 가슴을 찌른다. "그렇지 않습니다."

"아니기를 바라네." 총독은 천천히 말한다. "자네 형 브루노가 말하길, 자네가 약간 마음이 무를 때가 있다고 했지. 그건 그냥 형제끼리의 가벼운 경쟁심이겠거니 했거늘."

속이 활활 타오른다. "형의 눈에는 제가 언제나 어리고 작은 동생으로 보이겠습니다만, 바란초네 총독님, 저는 절대 나약하지 않습니다. 아니, 오히려 바탕은 제가 형보다 강합니다. 단지 수사 방침을 확인하고 싶었던 것뿐입니다. 반드시 해야 하는 일을 철저히 수행하겠다고 분명히 말씀드립니다."

바란초네는 미소 짓는다. "좋아, 좋아. 이 이야기는 여기서 접는 것으로 하세. 내가 알고 있어야 하는 주요 진척 상황은 계속해서 알려주게나."

스테파노는 인사한다. "알았습니다, 각하. 시간 내주셔서 감사합니다."

방을 나서면서 스테파노는 자기가 쫓아낸 서기와 대면한다. 히죽 냉소하는 서기의 표정에서 엿듣고 있었다는 것을 분명히 눈치챌 수 있다. 그는 입꼬리를 삐딱하게 올리며 조롱하듯 목례한다.

탑에 돌아오니, 베르투치오가 스테파노에게 특별한 손님이 찾아왔다며 재미있다는 듯한 말투로 알린다.

대기실 문을 열어보니 창녀 플라비아다. 머리카락은 새로 염색했고, 입가의 농포는 한결 나아졌다. 그녀는 그가 들어서자 자리에서 일어난다.

"새로운 소식이 있나?" 그는 묻는다. "라 스트롤라가, 그 독약상에 대해서?"

"그쪽은 모르겠는데, 최근 남편을 묻은 다른 여자에 대한 정보가 있어요." 플라비아는 미소 짓는다. 잇몸은 수은 요법 때문에 검다.

"그래서?" 스테파노는 묻는다.

"이웃 말로는 남편이 아주 갑작스럽게 죽었는데, 여자한테 남자를 없애고 싶을 이유가 많았대요."

스테파노는 그 이유가 무엇인지 물으려다가 자신이 이미 알고 있음을 깨닫는다. 굳이 확인하려는 생각이 사라진다. "그 여자는 누구지? 어디 사나?"

플라비아가 그에게 다가온다. 숨결에서 포도주 냄새가 풍긴다. "명문가 출신의 부인이고 비아 델라 크로체에 좋은 저택을 갖고 있지요. 이름은 안나 콘티."

32

저주:

영혼이여, 나는 그대를 불러낸다. 세상을 뒤흔들고, 바위를 찢어발기
며, 무덤을 열어 죽은 자들을 일으키고, 가장 낮은 곳에 내려가 인
간에게서 악마를 몰아낸 그분의 이름으로. 이 지옥의 불이 그대를
태우기를, 그대의 몸이 활활 타오르는 것을 느끼고 그 몸으로 영원
히 고통받으라.

지롤라마

비가 온다. 비가 오지 않는 날이 없는 것 같다. 지붕에서 마당의
돌바닥으로 콸콸 빗물 쏟아지는 소리가 들려온다. 이렇게 며칠만 더
가면 예전에 여러 차례 그랬듯 테베레강이 둑을 무너뜨리고 범람하
여 거대한 파도가 도시를 휩쓸고 지하실과 묘지의 내용물까지 모조
리 쓸어갈 것이다. 오래전 그랬듯 토르 디 노나까지 잠길지도 모른
다. 그렇게 되면 여자들은 감옥에 갇힌 채 물에 빠져 죽는다. 지롤라
마는 차마 그들이 그 썩어가는 감옥에 갇혀 있다는 생각을 할 수가
없다. 반나와 그라치오사가 어둠 속에서 덜덜 떨고 있는 모습을 그려
보면 속이 문드러지는 것 같다. 그들이 거기 갇힌 것은 지롤라마 자
신의 잘못이기 때문이다. 좀 더 조심했어야 했는데…… 독을 사용

한 남자들의 장례를 치를 때 절대 관을 열어두지 말라고 여자들 모두에게 당부했어야 했다. 아마도, 이런 생각까지는 하고 싶지 않지만, 그렇게 대놓고 독약을 팔지 말았어야 했다.

"저주받을 성인과 악마 같으니." 지롤라마는 핀을 한 줌 모으며 뇌까린다. 지금 그녀는 다른 준비를 하고 있다. 더 강력하고 어두운 주문이다. 그를 멈출 방법이, 모두를 멈출 방법이 필요하다. 분노를 쏟아부을 뭔가가 필요하다.

"어째서지?" 지롤라마는 옆에서 몸을 말고 있는 고양이에게 묻는다. "로마의 총독은 아내를 죽도록 패거나 아예 죽이는 남자를 벌할 시간은 없으면서, 젊은 처녀의 명예를 짓밟는 남자를 벌할 시간은 없으면서, 어째서 남자 하나가 죽어 나자빠지면 이토록 어마어마한 수사를 벌이고 경찰을 잔뜩 동원해 감옥 하나를 용의자로 가득 채운단 말이냐? 어째서 남자의 목숨이 수레 가득한 여자들의 목숨보다 더 귀중한 것이냐?"

고양이는 아무 대답이 없다. 부산하게 작업실을 정리하던 체카가 대꾸한다. "그것이 세상의 질서니까요. 그것을 바꾸는 길은 많지 않아요."

"그런 말은 인정할 수 없어, 체카. 당신도 그래야 해." 상황이 악화되면 공정한 수단이든 부정한 수단이든 써서 변화를 끌어내거나 대응해야 하는데, 이제 공정한 수단은 깡그리 사라진 것 같다. 지롤라마의 첫 남편도 그랬다. 사르데냐에서 얼마나 같이 살았더라? 1년 반? 흡사 한평생처럼 느껴지는 그 시간 동안 지롤라마도 사람들이 하는 말이 맞다고, 이미 정해진 일을 놓고 싸워봤자 아무 소용 없으며 긴 세월 동안 관습과 묵인 속에서 사회에 새겨진 규칙이나 구조에 반항하는 것 또한 의미 없는 일이라고 생각하기 시작했다. 자신은 결국 그 집에서 죽게 될 거라고, 그것이 차라리 자비일지 모른다고 생각하기 시작했다. 하지만 암흑 속에서도 내면의 작은 불씨 하나는 살아 있었다. 큰불로 자라날 수 있는 작은 불씨. 그 불은 아직도 타오르고 있다.

지롤라마는 일어선다. 다른 방법이 없다. 토파니아가 했듯, 줄리아가 했듯, 이제 지식을 전수해야 한다.

딸은 자기 침실에서 콩을 던지고 있다. 잠시 지롤라마는 딸의 모습을 바라본다. 날씬한 어깨, 길게 땋은 검은 머리채. 나이보다 더 어려 보인다. 안젤리카도 나이가 들면 지롤라마처럼 변해갈까? 분노로 인해 내면이 단단하게 굳고, 속은 텅 비며, 피부는 발길질당할 때 스스로를 보호하기 위해서 오래된 가죽 부츠처럼 질겨질까? 안젤리카가 이 사명을 짊어지더라도 부디 지금처럼 밝은 모습을 간직하기를 바라지만, 알 수 없는 일이다. 자신이 하려는 일이 옳은 것인지도 알 수 없다. 반나든 마리아든, 누군가에게 털어놓고 의논하고 싶지만 둘 다 투옥되었다.

"안젤리카, 뭐 하니?"

소녀는 돌아본다. "마법의 콩이에요, 줄리아 할머니가 하던 거요. 기억하세요?"

"기억하지." 지롤라마는 침대에 걸터앉는다.

어떤 할머니들은 손녀에게 놀이를 가르친다. 줄리아는 자기 손녀에게 신탁을 가르쳤다.

안젤리카는 다시 콩을 던진다. "누가 어머니에게 나쁜 말을 하는지, 누가 입을 꼭 다물고 있는지 알아내는 중이에요."

좋은 생각이네. "그래서?"

안젤리카는 멀리 굴러간 콩을 가리킨다. "마라아는 조용해요. 아무 말도 안 하고 있어요."

지롤라마는 미소 짓는다. "예상했던 대로구나."

안젤리카는 제일 작은 콩 옆에 무릎을 꿇는다. "그라치오사도 아무 말 안 했어요. 계속 엉뚱한 말만 늘어놓고 있어요."

그 말에 지롤라마는 웃는다. "당연하지."

안젤리카는 가장 가까운 콩을 집어 든다. "하지만 반나는 완전히 무너졌어요." 그녀는 콩을 손바닥 위에 놓고 감싼다.

지롤라마의 표정에서 힘이 빠진다. "그럴 것 같아서 걱정했다." 반나는 얼마나 버티다가 내 이름을 댈까? 갑작스럽게 뼈마디가 쑤시고 어마어마한 피로감이 몰려온다. 평생 지롤라마는 주먹을 피해 달리고 또 달렸다. 이제 그럴 힘이 남아 있는지조차 모르겠다.

안젤리카는 침대 옆에 나란히 앉더니 어머니의 손 위에 자신의 손을 얹는다. 잠시 두 사람이 가슴을 들먹이며 숨 쉬는 소리, 바깥에서 빗물 흐르는 소리만 들릴 뿐, 방 안은 고요하다. 안젤리카에게서 달콤한 사과 향기 같은 체취가 밀려온다. 머릿결에서는 캐모마일 향이 풍긴다.

"이제 제가 배워야 하죠, 엄마?"

"그런 것 같구나, 아가."

소녀는 고개를 끄덕인다. "좋아요. 전 준비됐어요."

지롤라마는 딸의 무릎을 두드린다. "아니, 아직 안 됐어. 하지만 시간이 없구나."

33

안나

안나는 아직 몸에 힘이 없지만, 너무 늦기 전에 도망쳐야 한다고 결심했다. 그녀와 베네데타는 지난 며칠간 전당포에 물건을 맡기고, 식량을 준비하고, 모든 짐을 최대한 단단히 꾸렸다. 로마에서 아주 잠시 벗어나는 여행일 뿐, 평생 떠나는 게 아니라는 인상을 주어야 한다.

이웃들이 쳐다보는 눈빛을 보면―뒤돌아보며 힐끗거리는 시선과 속삭임―자신에게 뭔가 잘못된 것이 있다고 의심하는 게 아닌가 걱정된다. 로마는 요즘 독살범과 주술사에 대한 소문으로 시끌시끌하다. 안나에게 상처가 생길 때마다 힐끗거리고 고통스러운 비명을 들으면서도 도움의 손길 한 번 내밀지 않던 호사가들이, 이제 와서 안나 역시 사악한 독약을 달인다는 마녀와 교활한 여자들의 조직에 속해 있지 않나 의심하는지도 모를 일이다. 지금 같아서는 그들 모두에게 기꺼이 독을 먹이고 싶지만, 그럴 시간도, 힘도 없다. 그저 아이를 구하고 싶을 뿐. 그저 여기서 벗어나고만 싶다.

베네데타는 로마 전체가 성 안토니오 축제로 시끌벅적한 오늘 떠나는 것이 최선이라고 했다. 어마어마한 인파가 강물처럼 도시의 성문을 통과할 테고 경비는 모든 사람을 확인할 시간이 없을 것이다.

아우렐리아는 동틀 무렵부터 깨어 있었지만, 꾸물거리거나 망설일 시간이 없다. 모든 준비를 끝내는 동안, 적막을 깨는 것은 오로지 아기 옹알이 소리뿐이다. 둘 다 겁을 먹고 있었기 때문에 굳이 입을 열 이유가 없었다. 할 수 있는 일은 소망하고 기도하는 것뿐이다.

마지막으로 집을 돌아보니, 둔한 메슥거림이 밀려온다. 죄수로서, 어머니로서, 살인자로서 지냈던 집이다. 저 벽 속에 나의 고통이 배어 있을까? 우리 뒤에 들어올 사람은 완전히 깨끗한 도화지 위에서 새로운 인생을 그려가게 될까? 그러기를 바란다. 어느 누구도 안나 자신이 겪어야 했던 일을 다시 겪지 않기를 바란다.

"이제 가야 해요, 마님." 베네데타가 말한다. "이웃들이 일어나 창밖을 내다보기 전에요. 자, 그건 제가 들고 가겠습니다."

로마의 거리는 빗물로 번들거린다. 물웅덩이에 햇빛이 반짝인다. 진흙조차 다이아몬드처럼 빛난다. 언제 내가 이 도시를 다시 보게 될까, 안나는 막연히 생각한다. 내가 나고 자란 곳, 무럭무럭 커온 땅. 한 시간도 지나지 않아 성문이 가까워진다. 심장이 목구멍까지 치미는 것 같다. 아기를 가슴에 꽉 끌어안은 채, 안나의 온몸은 땀과 공포에 끈적하게 젖어 있다. 마차 옆자리에는 베네데타가 긴장으로 꼿꼿해진 채 턱을 굳게 다물고 앉아 있다. 서류는 모두 준비했고, 말도 맞추어두었다. 안나는 어머니를 만나 아기를 보여드리기 위해 페라라로 가는 중이다. 설탕에 절인 살구 바구니를 선물로 챙겼고, 옷가지와 일용품도 작은 가방에 꾸렸다. 로마를 영영 떠나는 사람의 짐은 분명히 아니다. 사실, 전당포에 물건을 맡겨서 만든 돈은 모두 망토 안에 꿰매어두었고, 베네데타는 몸에 묵직하게 은을 지니고 있다.

앞에 늘어선 줄에서 한 여자가 가죽을 놓고 관원과 말다툼을 벌이고 있다. 여자는 선물로 로마에서 가지고 나가는 물품이라고 주장하지만, 관원은 판매용이 분명하다고 한다. 뇌물을 바라는 것이 분명하니 제발 몇 푼 찔러주고 빨리 통과했으면. 그들이 언성을 높이자 아우렐리아가 울기 시작하고, 안나도 너무 초조해서 아기를 달랠 수가 없다. 베네데타가 아기를 받아 안고 이리저리 서성이며 얼러보지만 겁을 먹은 것은 그녀도 마찬가지다. 그들 뒤에서 남자들이 고함을 지르면서 너무 오래 기다리게 한다고 투덜거리기 시작한다. "제발, 하느님." 안나는 생각한다. "제발. 아무 일 없이 통과하게 해주세요." 수정 묵주를 손에 쥔 채 기도하고 또 기도한다. 성모마리아에게, 성 필로메나에게. 성 마르가리타에게.

마침내 서류를 제시할 차례가 되자, 안나는 자신이 누구이고 무슨 짓을 했는지 경비가 다 알고 있을 거라는 예감이 든다. 마치 가슴에 속속들이 새겨져 있는 것 같은 기분이다. 하지만 경비는 양피지를 받아 들고 무관심한 눈길로 훑어본다. 통과했다. 머리에서 떨어진 땀방울이 등을 타고 흘러내리는 것이 느껴진다. "모든 영광과 찬미를 하느님 아버지께 돌리나이다." 안나는 중얼거린다. "모든 영광과 찬미를 돌리나이다."

다음은 베네데타다. 하녀는 경비 앞에 서서 고개를 외면한 채 아기만 끌어안고 있다. 순간 무엇 때문인지 남자의 눈빛이 번득인다. 따분하던 눈길이 기민하게 변하고, 안나의 얼굴에서 핏기가 가신다. 하느님, 안 돼요. 경비는 베네데타의 팔에 손을 얹는다. 그는 동료에게 소리친다. "멈춰! 이 두 사람!"

말이 앞발을 허공으로 치켜들고 히힝거리며 먼지를 자욱하게 일으켰고, 안나는 모든 일이 허사로 돌아갔음을 깨달았다.

34

스테파노

하루의 시작이 좋지 않다. 가슴에 묘한 통증을 느끼며 잠에서 깼는데 아침 식사마저 여의치 않다.

탑으로 가는 길에, 스테파노는 몇 달 사이 드나들던 빵집에 들러 갓 구운 뜨끈뜨끈한 빵을 사려고 했다. 향기로운 빵 냄새가 가게 안에 가득하다. 하지만 빵집 안주인의 태도는 그다지 향기롭지 않았다.

"당신이군, 그렇지?" 그녀는 스테파노에게 말한다. "여자들을 잡아 가둔다는 사람 맞지? 토르 디 노나에 감금하는 사람 아니야?"

스테파노는 너무 배가 고파서 순간 자기가 아니라 다른 사람이라고 부정할까도 생각했다. "나는 아주 중요한 사건을 수사하고 있습니다. 내가 여자들을 잡아 가두는 것이 절대 아닙니다."

안주인의 얼굴은 하루 지난 빵 껍질처럼 뻣뻣하다. "인생 기구한 늙은 여자들을 잡아 가두는 남자한테는 우리 물건 못 팔겠소." 그녀의 시선은 스테파노를 지나 뒤에 서 있는 젊은 여자를 향한다. "네, 아가씨. 뭘 드릴까요?"

스테파노는 입을 벌린다. 사람들이 요즘 나에 대해서 이렇게 생각하고 있나? 무고한 여자들을 길거리에서 마구 잡아들이는 짐승 같은 놈이라고? 스테파노는 빵집 안주인에게 말하고 싶다. 그 여자들은 독살범이라고. 이건 내 일이야. 나는 판사고, 신문관이야. 나는 법에 따라 수사하고 있을 뿐이야. 내 능력껏 최선을 다해 일하고 있다고. 하지만 소용없어 보인다. 아침은 다른 곳에서 먹어야 할 것 같다.

스테파노를 쫓아내는 것은 빵집 안주인만이 아니었다. 첫 신문 대상 라 소르다도 마찬가지였다. 이웃에게 독약을 판매했다고 지목당한 여자로, 몸집이 땅딸막하고 납작한 코는 돼지를 연상시킨다. 돼지가 지능이 높은 짐승이듯 이 여자도 분명 바보는 아니다. 아니, 오히려 자기가 귀머거리라고 주장하면서(그래서 라 소르다라는 별명이 붙었다나), 스테파노를 바보로 만들려 든다. 질문을 알아듣게 만들려는 스테파노의 노력은 어색함을 넘어 우스꽝스러울 지경이다. 독약으로 사람을 죽인다는 말을 손짓발짓으로 전달하려다가, 그는 이 여자가 입술을 읽을 수 있다는 것을 깨닫는다. 여자는 그를 골탕 먹이고 있는 것이다.

"돈나 라 소르다, 내 질문을 이해하지 않았나. 다시 묻겠다. 당신이 다른 여자들에게 독약을 팔았다는 혐의에 대해 어떻게 생각하는가? 내 인내심이 바닥나고 있다."

"판사님." 라 소르다는 노래하는 듯한 억양으로 말한다. "말씀드렸듯이 저는 한낱 세탁부에 지나지 않습니다. 그런 것을 파는 일은 하지 않아요. 누가 그랬는지 몰라도 저를 다른 사람과 혼동했겠지요."

"독약을 파는 다른 사람들이 있단 말인가? 그 여자들은 누군가?"

"아, 어르신. 제가 그걸 무슨 수로 말씀드립니까요. 그런 이야기는 들어본 적도 없습니다."

스테파노는 물러앉아 숨을 내쉰다. "로마에서 독이 유통된다는 이야기를 들어본 적 없단 말인가?"

"팔리기야 하겠지요, 그걸 사는 여자들이 있다는 말도 들어봤고요. 하지만 누가 파는지 제가 어떻게 알겠습니까. 저 같은 세탁부들은 끼리끼리 어울리는 편이라, 비누 이야기나 세탁에 사용되는 물건 이야기, 손님 이야기나 나눕니다." 그녀는 조잘조잘 말을 잇는다.

스테파노가 끼어든다. "어떤 여자들이지, 돈나 라 소르다?"

"소문만 들었습니다, 제 귀가 이런지라 잘못 들었을 수도 있고요. 여러 번……."

"어쨌든 들은 대로 말해라."

"음, 뭐라더라. 그 이야기를 들은 건 시장에서였어요. 오랫동안 알고 지내는 마르게리타라는 여자가 있는데, 그 집 아들이 제 아들과 아는 사이라서요, 우리는 이런저런 이야기를 하다가……."

"돈나 라 소르다. 본론을 말해라. 어떤 소문인가?"

라 소르다는 스테파노의 말을 못 들은 척 그날 시장에서 있었던 일을 하염없이 늘어놓기 시작한다. 결국 스테파노는 여자의 얼굴 앞에 손을 바짝 대고 흔들어 보인다. "돈나 라 소르다, 내게는 시간이 많지 않다. 그 여자들에 대한 소문을 이야기해라."

그녀는 짐짓 기분이 상한 척한다. "지금 그 이야기를 하려는 겁니다, 판사님. 마르게리타가 다른 친구한테 듣기로, 어느 공작부인이 입 냄새 때문에 남편한테 정이 떨어져서 귀족 친구를 통해 독약 판매상을 소개받았다는 거예요. 그래서 제가 물었지요. '얼마나 입 냄새가 심하기에 남편을 죽이려 했다는 거야?' 그랬더니 마르게리타가 진짜 심했다, 시체 썩는 냄새였다, 의사가 무슨 처방을 해도 소용이 없었다더라, 하고 대답하는 거예요."

"공작부인이라, 무슨 공작부인?" 어느 공작부인인지 알 것 같았지만, 확인하고 싶다.

"어, 여자 이름은 모르겠지만, 남편의 이름은, 아, 혀끝에서 맴도는데 나오지를 않네. 첼라였던가? 아니, 아닌 것 같아요. 방귀 냄새가 독해서 남편한테서 도망쳤다는 다른 여자 이야기와 헷갈린 것 같기도 합니다."

스테파노는 눈을 질끈 감는다. 두통이 차츰 심해진다. 잠시 라 소르다의 수다를 더 들어주다가 그는 말한다. "체리, 그 이름이 체리 아닌가?"

"아, 네. 맞습니다, 어르신. 잘 아시네요. 이미 알고 계신 줄은 몰랐습니다."

여자의 교활한 눈빛을 보니, 그가 어디까지 알고 있는지 확인하려는 수작임을 알 수 있다.

"체리 공작과 그 아내에 대해 또 들은 이야기가 있나? 부인에게 독약 판매상을 소개했다는 친구는 누구지?"

"아, 제가 아는 건 이것뿐입니다. 저보다 더 많이 아시는 것 같네요, 어르신. 하지만 물론 공작부인과 귀족 숙녀를 체포하지는 못하시겠지요? 어르신이 잡아 가두는 건 우리 같은 가난한 여편네들뿐이겠지요." 라 소르다는 취조실에 들어온 뒤 처음으로 입을 다문다.

스테파노는 엷은 미소를 띤다. "일개 세탁부치고는 법에 대해 아는 것이 많구나, 돈나 라 소르다."

"잘 모릅니다. 몇 가지 주워들었을 뿐이죠. 제가 아는 건 인생, 공정과 불공정, 옳고 그름, 이런 거랍니다."

"좋다. 그렇다면, 만일 어떤 여자가 비밀의 책에 적힌 제조법대로 독을 만들어 남편과 형제, 아버지를 없앨 만큼의 치명적인 분량을 다른 여자에게 판매하고 있다면, 그것은 옳은 일인가?"

"자기가 옳은 일을 하고 있다고 생각하며 독을 만들어 파는 여자들도 있지 않을까요, 판사님? 아이들과 여자들에게 가해지는 끔찍한 폭행을 멈추고 많은 목숨을 살리고 있으니까요. 판사님에게도 피를 나눈 누이가 있지 않은가요? 누이가 견딜 수 없는 잔혹함을 당하고 사는데 빠져나올 길이 전혀 없다고 상상해보시지요. 아무것도 모르는 남자들이 그런 비밀 하나 남기지 않고 파괴해버린다면 어떨까요? 하지만 일개 세탁부인 제가 나라 법이나 전능하신 하느님의 뜻에 따라 무엇이 옳고 그른지를 감히 입에 담을 수 있겠습니까. 그런 건 많이 배우고 박식하신 어르신이 알아서 판단하실 일이지요."

이 여자는 나를 조롱하고 있다, 스테파노는 생각한다. 내가 어리석고 그릇된 길로 가고 있다고 말하려는 것이다. 아니, 그보다 더 고약한 것은, 이 여자가 나에 대해 알고 있다는 것이다. 라 소르다는 내게 누이가 있다는 것을 알고 있다. 또 뭘 알고 있지? 신문은 할 만큼 했다. 그는 경비에게 죄수를 데려가라고 지시한다.

～∾～

그날 저녁 탑에서 집으로 돌아와 보니, 집 안은 고요하고 하인들은 극도로 긴장하여 안절부절못하면서 그를 기다리고 있다. 하녀 콘체타는 창백하고, 요리사는 운 흔적이 역력하다. 누가 죽은 게 틀림없다는 끔찍한 예감이 스친다. 루치아가 아닐까 하는 두려움이 밀려온다. "무슨 일이냐?" 하인들에게 물어도 대답이 없다. "이거야 원, 속 시원하게 털어놓아라!"

여자들이 서로 눈만 마주친 끝에 마침내 콘체타가 나선다. "나으리, 직접 보시는 게 좋겠습니다."

그녀는 앞장서서 집 뒤쪽 계단을 내려가더니 나무 상자를 가리킨다. "저기 넣어두었어요. 정원사가요. 차마 저는 건드릴 수가 없어서요. 발견했을 때는 집 앞에 있었습니다. 저희는…… 아, 이웃 눈에 띄지 않는 것이 좋을 것 같아서요."

스테파노는 어리둥절해서 상자를 바라본다. 도대체 무슨 소리를 하는 거지? 하지만 사람이 죽었거나 다른 끔찍한 소식이 아니라고 생각하니 짜증과 함께 안도감이 밀려온다. 콘체타가 상자를 열려 하지 않아서 그는 직접 뚜껑을 연다. 안에 든 것을 본 순간 그는 불에 덴 듯 뒤로 물러서지만, 다음 순간 어리숙하게 굴지 말자고 마음을 단단히 먹는다.

"도대체 이게 뭐야?" 상자 안에 무슨 장기와 금속이 뒤엉켜 있는 것 같다. 잠시 멍하니 바라보고 있으니, 형태가 눈에 들어오기 시작한다. 가죽을 벗긴 새의 머리와 꼬리에 바늘이 튀어나와 있다. 여자들은 아무 말도 하지 않지만, 스테파노도 그들이 무슨 생각을 하는지 알고 있다. 이것은 저주, 죽음을 기원하는 흑마술이다. 그에게 악운이 깃들기를 바라는 누군가가 남긴 것이 분명하다. 마녀들이 악마를 소환하기 위해 새의 가죽을 거꾸로 벗긴다는 이야기를 들어본 적이 있다.

스테파노는 억지로 호탕하게 웃음을 터뜨린다. "아, 이따위가 다 무엇이냐! 겁먹지 말아라. 이건 속임수에 불과하다. 아무것도 아니다. 늙은 여자의 소일거리에 지나지 않아. 놀랐다면 내가 처리하지. 하지만 이건 정말 아무것도 아니다." 그는 미소 짓지만, 하인들의 얼굴은 겁에 질려 창백하다. 스테파노도 자기가 상자를 들어야 한다는 것을 알지만 도저히 그럴 수가 없다. "가서 할 일을 해라. 쓸데없는 생각은 하지 말고. 내가 알아서 하겠다."

처음에는 도저히 상자에 손을 댈 수 없었지만, 스테파노는 그런 자신을 엄하게 꾸짖고 상자를 두 손으로 들어 올려 정원으로 나간다. 거기서 상자를 내려놓고 누가 놓아두었는지 단서를 찾기 위해 새를 꺼낸다. 불쌍한 새에게 바늘꽂이처럼 핀을 잔뜩 박아놓다니, 정신이 나간 사람이라는 것만은 분명하다. 긴 못이 가슴에 튀어나와 있고, 그 주위에는 더 작은 핀이 심장과 그 내부 장기를 겨냥한 듯 여러 개 꽂혀 있다. 콜로세움의 동굴 같은 어둠 속에서 목쉰 소리로 말하던 여자가 떠오르고, 창녀가 한 말도 떠오른다. '친구한테 거짓말을 하는 자에게 저주를 거는 사람들이 여기 있으니.' 지금 레 세그레테에 갇혀 있는 여자들 중 누군가의 친구나 친척이 보냈을 가능성도 있다. 혹은, 그녀일 수도 있다. 라 스트롤라가, 라 프로페테사. 정말 존재한다면 말이다.

분노가 욱 치밀어 오른다. 이런 것을 여기 내 집에 가져온 것은 그들의 실수다. 바란초네의 말처럼 처음에는 거짓말로, 이제 은근한 위협으로 그를 말려들게 하고 속이려는 것이다. 스테파노는 새를 상자 안에 넣고 뚜껑을 덮는다. 이런 수법에 겁먹을 수는 없다. 목표에서 흔들릴 수도 없다. 이런 것은 오히려 나를 더욱 강하게 하고 이 썩어빠진 음모의 핵심을 파헤쳐야 한다는 결의를 굳힐 뿐이다.

오늘 저녁에는 미사에 참석하여 하느님의 보호를 간구해야겠다.

이 여자들이 저주와 부적을 갖고 있을지는 몰라도, 내게는 보다 강력한 것이 있다. 이 어둠을 헤쳐나갈 수 있도록, 악마의 역사를 파괴할 수 있도록 인도해달라고 성령께 기도해야겠다.

35

"지도자는 필요에 따라 사악한 수단도 쓸 줄 알아야 한다."

니콜로 마키아벨리

로마 토르 디 노나 감옥의 스테파노 브라키 앞

팔레르모에서 있었던 아쿠아 토파니아 독살 사건에 대해 제가 아는 정보를 알려드리고자 씁니다. 이는 물론 제가 임시 총독으로 재직하기 한참 전에 발생한 사건입니다만, 법률 기록을 검토하고 당시 수사에 관련되었던 관리에게 문의하여 내용을 파악하였습니다.

이 사건은 토파니아 다다모, 일명 라 토파니아라는 인물이 주도한 사악한 범죄였습니다. 토파니아는 천천히 작용하는 독약을 직접 만들어 남편 프란체스코 다다모를 살해했습니다. 이어 그녀는 몇몇 여성을 고용해 비슷한 잔혹 행위를 수행하고자 하는 다른 여성들에게 아쿠아 디 팔레르모라는 독약을 판매했습니다. 기록에 따르면 이 독약은 관련된 여성들에게 문제를 초래한 남편과 기타 남성들을 제거하는 데 주로 사용된 것으로 보입니다. 학대와 방치, 곤궁 등 다양한 주장이 신문 과정에서 제기되었지만, 형량을 덜고자 하는 범죄자들이 대기 마련인 핑계에 불과할 것입니다.

범죄가 발각된 후, 당국은 신속하고 엄정하게 독약을 도시에서 뿌리 뽑았습니다. 1633년 2월, 프란체스카 라피사르디(일명 라 사르다)가 주범으로 참수되었습니다. 안타깝게도 처형 도중 단상 전체가 무너지면서 그 위에 있던 수백 명의 사람이 아래에서 구경하던 인파 위로 떨어졌습니다. 어떤 이는 발에 밟히고, 어떤 이는 이어진 군중의 혼란에 휘말려 목숨을 잃었습니다. 라 사르다가 주위에 있던 사람들에게 복수를 맹세했다는 것이 알려지자 독약상들이 악마적인 힘을 가졌다는 말이 퍼지기 시작했지만, 물론 이 사태는 어디까지나 자연적인 원인에 의한 것이었습니다.

라 사르다의 공범 피에트로 플라치도 마르코는 고문을 받고 자백했지만, 독약을 만든 진범이 자신이나 라 사르다가 아닌 토파니아라고 진술했습니다. 1633년 마르코는 스페인 방식대로 몸이 네 갈래로 찢겨 죽었습니다. 토파니아 본인은 남편을 독살하고 치명적인 독약을 유통시킨 죄로 1633년 7월 12일에 처형당했습니다. 시민들에게 본보기를 보이기 위해, 당국은 죄인의 몸을 묶은 뒤 자루를 뒤집어씌우고 주교관 지붕 위에서 떨어뜨려 처형했습니다.

아쿠아의 재료에 관해서는, 말씀하신 비밀의 책은 안타깝게도 발견되지 않았습니다만, 몇몇 증인들이 토파니아가 그런 책을 갖고 있었다고 증언했습니다. 정확한 제조법은 알려지지 않았습니다. 그러나 아쿠아 디 팔레르모는 비소와 안티몬, 납을 혼합한 악마의 약제로 알려져 있으며 모종의 방법으로 증류하여 성수처럼 투명하다고 합니다. 여자들은 자신의 악행을 성인의 이름으로 은폐하기 위하여 독약을 성 니콜라스의 만나 병에 담아 다른 여자들에게 팔았습니다.

무사히 처벌을 피한 자가 있을지도 모르나, 수사는 광범위하고 철저하게 이루어졌습니다. 그러나 한 전직 서기의 회상에 따르면 토파니아가 체포된 후 공범 하나가 도시를 떠났다고 합니다. 라 토파니아와 절친했던 젊은 여성이었습니다. 이 여자가 어디로 도망쳤는지, 그 뒤로 어떻게 되었는지는 알 수 없었습니다.

현재 로마에 만연한 악에 대항하는 싸움에 행운과 힘이 따르기를 기원합니다.

예를 다하여
페드로 루베오 팔레르모 총독

36

안나

이 정도면 공포에는 이골이 났다고 생각했건만, 안나는 평생 이렇게 두려웠던 적이 없었다.

성문 앞에서 안나와 베네데타는 검은 마차로 끌려갔고, 채찍을 휘두르자 말들은 빠르게 발굽을 달그닥거리며 포장하지 않은 거리를 달리기 시작한다. "아무 말도 하지 마라." 마차가 돌부리에 걸려 덜컹하는 틈을 타서, 그녀는 하녀의 귀에 속삭인다. "아무 말도 하지 마. 내가 빠져나올 방법을 찾으마." 과연 그럴 수 있을까.

마차 문이 열리자, 토르 디 노나가 그들 앞에 우뚝 서 있고, 작고 어두운 유리창이 무감각한 눈동자처럼 그들을 내려다보고 있다. 아우렐리아가 울부짖고 있지만, 아기도, 안나 자신도 진정시킬 방법이 없다. 감옥에 들어서자 공포가 비명처럼 가슴을 가득 채운다. 스비리 두 명이 통로를 지나 묵직한 나무 내리닫이문 쪽으로 향한다. 문 안으로 들어간 뒤 그들은 감옥 장부에 떨리는 손으로 서명하고 기다린다. 아우렐리아가 계속해서 울어대는 동안, 서기는 소지품 목록을 작성하고 금고에 넣는다. 저 은과 금을 얼마나 돌려받을 수 있을까, 안나는 생각한다. 손에 쥐는 돈은 거의 없을 것이다. 언젠가 이곳을 나갈 수 있다 해도.

두 번째 문을 통과하니 넓고 으스스할 정도로 고요한 감옥의 안뜰이 나온다. 비둘기 몇 마리가 바람 속에서 날개를 펄럭이지만, 인기척은 전혀 없다. 경비들은 그들을 이끌고 한 층 올라가더니 다시 구불구불한 돌계단을 내려간다. 공기는 점점 차가워지고 악취가 풍긴다. 빛이 거의 들어오지 않는 거대한 돌 감옥에 들어서자, 어디선가 여자들 두런거리는 목소리가 들려온다.

어둑한 그늘 속에서 경비가 나타난다. 그의 피부가 개구리 배처럼 창백하다. "이쪽은 라 모나치타." 그는 베네데타를 보며 고개를 끄덕인다.

라 모나치타. 작은 수녀? 무슨 소리를 하는 거지?

경찰들은 베네데타만 끌고 독방으로 향한다.

"안 돼!" 안나는 소리친다. "우린 함께 있어야 해요! 베네데타!" 그녀는 하녀의 손을 잡으려 하지만 너무 늦었다. 하녀는 속절없이 끌려가서 어두운 방에 던져진다. 문이 잠긴다.

"이쪽은 라 피오렌티나." 경비는 손가락질한다.

얼굴에 흉터가 있는 경찰이 안나를 밀고 어두운 문간으로 향한다. 모든 감방에 이름이 있구나, 안나는 그제야 알아차린다. 너무나 어울리지 않는 고풍스러운 이름이다.

"제게는 아기가 있습니다." 안나는 사정한다. "이곳은 얼음장처럼 춥습니다. 부디, 제발, 자비를 베풀어주세요!"

그러나 경찰들의 가슴에는 자비가 없는지, 안나를 감방으로 밀어넣고 등 뒤에서 문을 닫는다.

거의 칠흑 같은 어둠, 작은 창문 틈으로 한 가닥 불빛이 새어 들어올 뿐이다.

젖을 먹이자 아우렐리아는 겨우 잠든다. 안나는 돌벽에 등을 기댄다. 공포가 잦아들고 땀이 마르자 몸이 얼음처럼 차가워진다. 아기는 이곳에서 죽겠지, 그녀는 생각한다. 이렇게 어린 아기가 이런 곳에서 오래 버틸 수 있을 리 없어. 몸을 씻어주고 따뜻하게 해줄 만한 것도 없고, 온통 병균과 오물이 가득할 텐데. 울고 싶지만 아직 충격 때문에 눈물이 나오지 않는다.

그때 목소리. 여자의 목소리가 벽을 통해 들린다. "의사를 불러달라고 하세요. 의사는 다른 사람들보다 조금 친절하답니다. 담요와 아기에게 갈아줄 천을 갖다줄 거예요. 일단 치맛자락에 따님을 싸서 바짝 안고 있어요. 내 말 들리지요?"

"네. 들려요." 안나는 목소리가 들리는 쪽으로 다가앉는다. 벽에 구멍이나 틈이 있는 것 같다. "아기가 딸인 줄 어떻게 알았어요?"

"안나죠? 화가의 아내. 아닌가요?"

안나는 불안해서 잠시 망설인다. "네, 하지만 어떻게……."

"당신 하녀의 이름과 아기 때문에 알았어요. 난 마리아예요. 당신을 도운 산파와 아는 사이랍니다. 아주 오랜 친구예요. 좋은 친구."

안나는 엄격한 얼굴을 하고 있던 검은 머리 여자를 떠올린다. 산파도 그랬지만 지금 말을 거는 여자도 시칠리아 억양이다. "당신도 산파인가요?"

"가끔은, 네. 할 수 있는 모든 방법으로 여자들을 도와요."

이 여자들이 어떤 존재인지, 무슨 일을 하는지 그제야 조금 알 것 같다. "고마워요, 마리아."

"내일 산 제롤라모 델라 카리타 봉사단 여자들이 와요. 먹을 것을 줄 거예요. 최대한 많이 챙겨둬요. 옷도 더 줄 수 있는지 물어보고.

많이는 없지만, 아이가 있으니 더 달라고 부탁할 수 있을 거예요."

안나는 그들 사이의 벽을 더듬는다. 축축하고 부스러진다. "여기서 나갈 수는 있을까요?"

"하루 두 번, 한 번에 몇 분씩. 한 번은 오물통을 비우고 씻으러 나가고, 한 번은 음식이 나올 때 나가요. 많지는 않아도, 돈이 있으면 좀 더 살 수 있을지도 몰라요. 신문받을 때 말고는 레 세그레테 밖으로 나갈 수 없지만, 판사는 우리보다는 당신한테 잘해줄 겁니다. 내 장담하죠."

안나는 안간힘을 다해 이 상황을 받아들인다. 고작 하루에 몇 분만 이 암흑에서 벗어날 수 있다니. "여기 얼마나 계셨어요, 마리아?"

긴 침묵. "삼 주 정도. 나는 셈에 밝지 않아요. 다른 사람들만큼 오래 있지는 않았을 거예요."

세상에. "어떻게 견디고 계세요?"

"하, 우리 인생에 견딜 만한 것들이 있기는 하던가요? 의지력으로, 기도와 대화로, 친구들의 도움으로 견디는 거죠."

"당신 친구도 여기 있나요?"

"많이요, 네."

"이야기도 할 수 있나요?"

"밤에. 가끔. 경비는 보통 술에 취해 있어요. 음식 배급을 받으러 갈 때도 가끔 한두 마디 나눕니다."

그렇다면 안나도 베네데타에게 말을 걸 수 있을 것이다. 그녀는 벽 건너편에 있는 여자를 상상해본다. 목소리로 짐작할 때, 마리아는 나이가 많지만 힘든 일을 겪어도 흔들리지 않는 기백이 있는 것 같다. 그래야만 여기서 살아남을 수 있을 것이다. "마리아, 왜 저를 도와주세요?"

마리아는 기침한다. "우리는 서로 도와야 해요. 우리 말고 누가 있나요? 여기서는 똘똘 뭉쳐야 해요. 도와준 사람을 밀고하면 안 됩니다." 의미심장한 침묵. "이해하지요, 안나?"

"네, 이해해요." 라우라에 대해, 이름을 밝히지 않았던 산파에 대해 이야기하면 안 된다는 뜻이다.

하지만 자백을 거부한다면 결국 아이까지 죽게 하는 것이나 다름없지 않나? 베네데타까지 내 손으로 끌고 들어가는 건 아닐까? 이 질문이 안나의 머릿속으로 딱정벌레처럼 기어든다.

시간이 흐른다. 아기의 작은 팔다리를 문질러주지만, 피부가 너무나 차다. 묵주가 있으면 얼마나 좋을까? 어쨌든 안나는 기도한다. 길을 인도해달라고, 도와달라고. 하지만 응답은 없다. 이제 어떻게 해야 할까? 그녀는 높은 창문 밖 하늘에 내리는 어둠을 통해 시간의 흐름을 보고, 멀리서 울려 퍼지는 종소리를 통해 시간의 흐름을 듣는다.

밤이 찾아온다. 공기는 점점 더 차가워진다. 안나는 잠을 이루지 못한다.

37

스테파노

죽은 새가 스테파노의 의식 한구석에 어두운 기억으로 내려앉은 채 떠나지 않는다. 하지만 한편으로 그 형상은 그를 더욱 강하게 하며 피로를 이기고 계속 전진하게 하는 힘이 되어준다. 내가 가진 권력 때문에 누군가가, 어쩌면 많은 사람이 내가 잘못되기를 바라고 있다. 그렇다면 절대 굴하지 않는다는 것을 보여주리라. 나 또한 공포를 심어줄 수 있다는 것을 보여주리라. 군대처럼 더 혹독하고 효율적인 방식으로 신문해야 한다. 스테파노는 아무리 약하고 나이 든 사람일지라도, 지치고 아픈 사람일지라도 앞으로는 자리에 앉히지 말고 세워놓은 채 몇 번이고 질문에 대답하게 하겠다고 마음먹었다. 그는 증인과 용의자를 어떻게 몰아붙여야 하는지, 끝없는 회피와 애매한 대답 속에서 유용한 사실관계를 어떻게 뽑아내는지 배우고 있었다. 이 추출 과정에서 얻어지는 것은 순수하고 맑은 재료라기보다는 불쾌하고 음산한 것들이었다. 딸들이 폭력적인 아버지에게서 어떻게 달아나려 했는지, 누이들이 잔인한 오빠에게 어떻게 독을 먹였는지. 하지만 스테파노는 계속한다. 그래야만 한다. 바란초네가 말했듯, 인간의 목숨을 빼앗은 죄에 대해 관용을 베푸는 것은 그들이 할 일이 아니다. 스테파노의 임무는 오로지 수사하는 것, 가능한 한 모든 방법을 동원해, 최대한 빠르게 진실을 얻어내는 것이다. 이제 나라 한가운데에 독의 강물이 흐르고 있다는 것을 세상이 알게 되었으니, 교황청에서 신속하게 행동에 나서는 모습을 보여주어야 한다. 도시를 정화하고 진창을 긁어내야 한다. 그러니 어떤 불편한 감정이 들더라도 억누르고 계속 전진해야 한다. 스테파노는 실패할 경우 자신이 어떻게 보일지 알고 있었다. 계집애 같은 얼굴과 여자 같은 심장을 지닌, 나약한 어린 동생 꼴이 나겠지. 형들의 놀림과 아버지의 조용한 반감, 바란초네의 분노가 눈에 선하다. 경력은 끝장날 것이고, 괜찮은 혼인도 포기해야 하고, 사회적인 지위도 타격을 입는다. 그러므로 내가 가진 무기, 법과 두뇌를 모조리 동원해 여자들의 음모를 까발려야 한다.

그날 아침 염색장이의 아내 테레사가 검은 눈에 눈물을 글썽거리며 끌려왔을 때도, 스테파노는 여자에게 변명할 기회를 주지 않았다. 줄리아라는 여자가 팔레르모를 떠났던 것처럼 그녀도 로마에서 도망쳤으니 혹시 독약 제조 책을 가지고 갔을 가능성도 있다.

"어떻게 된 일인지 말하라. 나는 당신 남편이 당신을 심하게 학대했다는 믿을 만한 정보를 가지고 있다, 돈나 테레사. 외출도 시키지 않았으며 혹독하게 매질했지. 당신 어머니의 얼굴을 칼로 긋겠다고 협박했다."

"누가 그런……."

"누구에게 들었는지가 중요한가. 중요한 것은 그로 인해 당신에게 남편을 없애고 싶은 이유가 생겼다는 사실이다. 내게 진실을 털어놓아야 한다."

"하지만 저는 진실만을 말하고 있습니다, 나으리. 네, 그는 저를 때

렸습니다. 항상, 눈빛 한번, 말 한마디 같은 너무나 사소한 일로. 때로 아무 이유도 없이. 네, 저를 집 밖에 나가지 못하게 했으며 심지어 미사에도 참석하지 못하게 했습니다. 사방의 벽이 저를 내리누르는 것 같아 미치는 줄 알았어요. 네, 그는 절 죽이겠다고 종종 협박했습니다. 창밖조차 마음대로 내다보지 못하는 마당에 다른 남자와 시시덕거리고 유혹했다고! 하지만 어떤 일로도, 그 어떤 일로도 남편을 해치려는 생각을 품은 적은 없습니다. 아니, 신의 뜻을 거스르는 짓이지만, 도저히 살아갈 수가 없어서 차라리 자살할까 생각도 했습니다. 하지만 그러지 않았어요. 저는 기도했고 하느님이 응답하셨습니다. 남편이 빚을 지고 감옥에 끌려갔으니까요."

"덕분에 한숨 돌렸겠군."

"네. 여전히 시댁 식구들이 절 가두고 고함을 질러댔지만, 그래도 네, 한동안은 그렇게 나쁘지 않았습니다."

"남편이 돌아오지 말았으면 했겠군."

테레사는 스테파노를 응시한다. "그런 것을 바란다 하여 죄가 되는 것은 아니지 않나요."

"아니지. 하지만 그 소망을 현실로 만드는 것은 분명 범죄다. 당신은 독을 구해서 천천히 남편을 죽였어."

"아니에요."

스테파노는 입술을 깨문다. "그럼 당신 어머니 체칠리아가 죽였군."

그녀의 눈이 커다래진다. "아니에요! 하느님, 아닙니다!"

고통스러운 외침, 이런 방식을 사용하는 것은 내키지 않지만, 시간이 없다. 둘 중 한 사람이 분명 독약을 샀다. 그중 한 사람, 혹은 두 사람이 독약을 사용했다. "감방으로 돌아가라, 돈나 테레사. 당신이 내게 한 말에 대해 잘 생각해보라. 그 말이 어떤 결과를 낳을지에 대해서도. 나는 당신들 중 한 사람이 염색장이에게 독약을 먹였다고 확신한다. 어머니가 범인이라는 증거를 내놓으면 당신은 목숨을 구할 수 있어."

테레사가 물러간 뒤, 스테파노는 로도비코가 빤히 쳐다보고 있는 것을 알아차린다. "왜 그러지?" 그는 날카롭게 묻는다. "진실을 끌어낼 수 있는 더 공정한 방법이라도 있다고 생각하나?"

로도비코는 움츠러드는 것 같다. "아닙니다. 브라키 판사님."

서기는 다시 기록하기 시작하고, 스테파노는 이 방에서 벌어지는 모든 일을 지켜보는 말없는 서기에 대해 잠시 강렬하고 비이성적인 증오를 느낀다. 한 수 배워서 감사하다고 해야 할 판에 저런 눈으로 쳐다보다니.

물론 여자들을 고문할 수도 있지만, 그 생각을 하면 속이 울렁거린다. 판매자 중 몇몇은 늙어 비틀어진 노인이고, 구매자 중 몇몇은, 특히 카밀라는 이미 육체적으로나 감정적으로 몇 달, 어쩌면 몇 년 동안 학대당한 사람들이다. 게다가 스테파노는 고문을 통해 끌어내는 정보를 그렇게 신뢰하지 않았다. 극도의 고통 때문에 엉터리 자백을 했다가 나중에 철회하는 사례를 많이 들었기 때문이다. 아니, 독약을 만드는 사람의 이름을 토해내게 하려면 더 나은 전략을 써야한다. 단 한 사람만 무너뜨리면 된다. 시간은 계속 흐르고 밤공기는 얼음처럼 차가우니, 누구든 곧 약해질 것이다. 난롯불에 장작을 덜넣으라고 경비에게 지시도 해두었다. 어떤 사람은 잔인하다고 할지 몰라도(마르첼로도 이 조치에 반대했다), 수사판사로서 역할을 다하는 것이 스테파노의 임무다. 죄수를 최대한 약한 상태로 몰아넣어 진실을 얻어내야 한다.

스테파노 자신도 뼛속까지 추위가 스몄는지, 요즘 별다른 이유 없이도 가슴 통증이 잦다. 그래서 오늘 아침에는 스트레스를 발산하는 유일한 수단인 말을 탈 수 없었다. 요즘 무리해서 그런가, 뭔가 심각한 병인가? 그는 질병이 아니기를 하느님께 기도했다.

하지만 이런 생각에 오래 빠져 있을 여유는 없었다. 경비가 벌써 다음 용의자를 데려왔다. 이 여자도 도망치려고 하다가 잡혀 왔다. 그와 마찬가지로 상인 집안의 사람이다. 안나 콘티. 경찰은 여관 주인과 염색장이의 경우처럼, 안나의 화가 남편 역시 아내와 여러 창녀들에게 폭력적이었다는 사실을 확인했다. 스비리가 이런 자들의 잔혹함부터 좀 더 잘 다스렸다면 이런 상황이 벌어지지 않았을 텐데.

심란하게도, 조사실에 들어온 여자는 잠든 아기를 품에 안고 있다. (하느님, 이런 곳에 아기라니요!) 아니, 이런 이유로 흔들릴 수는 없다. 스테파노가 파악한 내용이 사실이라면, 이 여자는 독살범이자 막 아이를 낳은 산모다. 하지만 어디를 보아도 독살범처럼 보이지 않는다. 얼굴이 넓고 매력적이며, 진한 빨간색 벨벳 드레스를 입고 있다. 피로 때문에 혈색이 좋지 않고 머리카락은 감지 못해 기름지지만, 그녀는 꼿꼿한 자세와 일종의 자신감을 유지하고 있다.

곧장 요점으로 들어가야 한다. "당신이 남편에게 독을 먹였다고 믿는 몇몇 증인이 있소."

여자는 흔들리지 않는 눈으로 그를 바라본다. 녹색 반점이 있는 커다란 회색 눈이다.

"인정하는가? 사실대로 말하시오."

여자는 조용히, 하지만 또렷하게 말한다. "변호사를 부르고 싶습니다."

스테파노는 이맛살을 찌푸린다. "변호사를 부를 자격은 없소, 콘티 부인. 공식적으로 기소가 제기되어 판사에게 서류가 전달될 때까지는." 이것이 로마법이다. 아무리 돈이 많아도 죄수에게는 변호사를 선임할 권리가 없다.

"제 상황을 생각하셔서 부디 변호사를 만날 수 있게 해주시기를 부탁드립니다. 아기의 상태를 생각할 때 긴급한 자문이 필요합니다."

스테파노는 고개를 젓는다. "허락할 수 없소. 법률상 그럴 수 없게 되어 있으며, 당신만 예외로 둔다면 이 수사는 물론 다른 수사에까지 선례를 남기게 될 것이오." 피고인에게 변호사를 허락하는 것이 타당할 수 있겠다는 생각이 들기는 하지만, 동의했다가는 총독이 그를 잡아먹으려 들 것이다.

"그러면, 판사님, 아무것도 말씀드릴 수 없습니다."

스테파노는 여자를 쳐다본다. 아직 출산한 지 얼마 지나지 않아 배가 나와 있고 가슴도 부풀었다. 수면 부족으로 눈 밑이 컴컴하다. 하지만 태도만은 당당하다.

"내가 조언할 수 있소." 스테파노는 말한다.

그녀는 고개를 젓는다. "아뇨, 안 됩니다. 당신은 국가를 대리하는 신문관이니까요."

스테파노는 침을 삼킨다. 질문을 시작한다. 남편과의 관계를, 그가 심하게 아내를 폭행했다는 경찰 기록과 유난히 급하게 이뤄진 장례식에 대해 묻자 안나는 먼 곳을 바라본다. "아무것도 말씀드리지 않겠습니다, 판사님."

그들이 어느 결혼식이나 연회에서 만났다면 어땠을까 하는 생각이 든다. 아마 화기애애하게 이야기를 나누었을 것이다. 심지어 스테파노가 호감을 표했을지도 모른다. 하지만 여기서 그들은 안나가 저지른 일과 스테파노가 해야 하는 일 때문에 서로 적이 되어 마주 보고 있다. 그는 말한다. "당신 하녀가 말해줄지도 모르겠군. 다음 차례는 그녀요."

안나는 스테파노에게 잠시 시선을 보낸다. "제 하녀는 당신이 추측하는 일과 아무 상관이 없습니다. 선하고 충직한 여자입니다."

"부인, 아무리 충직한 하인도 결국에는 증거를 내놓기 마련이오." 첸치 가문이 무너진 것도 그 때문이었다. 그들의 하인이 고문당한 끝에 자백한 것이다.

안나는 아기를 더 단단히 끌어안는다. "저와 제 하녀 베네데타에 대한 기소 면제를 신청해주시기 바랍니다." 이것은 질문이 아니라 요구다. 그녀의 배짱에 감탄하지 않을 수 없다.

"법을 아시오, 부인?"

"조금 압니다. 읽어본 적이 있습니다. 죄수는 교황에게 기소 면제를 신청할 수 있다고 알고 있기에, 지금 저와 제 하녀를 위해 청하는 것입니다."

"지금 자백하는 거요?"

"저는 사면을 요청합니다, 판사님." 그녀는 단호하게 말한다. "그리고 제 아기의 안전을 요구합니다. 그것이 허락되지 않으면 아무 말도 하지 않겠습니다."

스테파노는 안나를 바라본다. 아기는 아직 엄마의 품에서 잠들어 있다. "독약을 팔았다고 자백한 여자들이 이미 몇 명 있소. 몇몇 판매상도 체포했고. 아마도 그중에 당신에게 독을 판 사람이 있을 테고. 우리가 곧 밝혀낼 거요."

안나는 대답하지 않는다.

"게다가, 당신을 사면해달라고 총독을 설득하려면 뭔가 더 필요할 거요. 상당한 정보가." 스테파노는 잠시 사이를 둔다. "우리에게 필요한 것은 독약상의 이름이오." 사회적인 지위로 미루어볼 때, 안나가 주범에 대해 뭔가 알고 있거나 직접 독약을 샀을 가능성도 있다.

안나는 잠시 생각에 잠긴다. 스테파노는 이를 악무는 여자의 표정을 유심히 뜯어본다. 마침내 그녀는 조용히 말한다. "그러면 총독에게 이렇게 말씀하세요. 저와 제 하녀를 기소 면제해주고 제 아기를 즉시 감옥에서 꺼내 유모에게 맡겨준다고 약속하신다면, 수사를 진척시킬 수 있는 정보를 드리겠다고요."

"어떤 정보요?"

"음, 지금은 말씀드릴 수 없습니다만, 중요한 정보일 겁니다."

허풍을 떠는 걸까? 정말 핵심에 있는 독약 제조자에게 접근할 수 있는 뭔가를 알고 있나? 확신할 수는 없지만, 지금까지 스테파노가 얻어낸 정보는(산파일 가능성이 있다는 것, 시칠리아인이며 약제 기술을 어느 정도 가지고 있으리라는 것 등) 부족하기만 했다.

"제 아기를 즉시 이 감옥 바깥으로 내보내 제가 선택하는 유모에게 맡기게 해준다는 허락을 총독에게 얻어주시기 바랍니다. 여기는 더럽고 너무나 춥습니다. 저는 아기에게 젖도 제대로 먹이지 못하고 있습니다." 안나는 스테파노의 눈을 똑바로 쳐다본다. "아이의 죽음에 대해 책임지고 싶지는 않으시겠지요."

아아, 하느님, 그럴 수는 없다. 그를 짓누르는 양심의 가책은 이미 너무나 무겁다. 하지만 수사관으로서 마음이 약하다는 인상을 주고 싫지도 않다. "당신이 선택하는 유모? 그럴 수는 없지만, 아는 것을 모조리 털어놓겠다고 약속한다면 우리의 의사가 고른 유모에게 당신 아기를 맡길 수 있도록 총독님에게 반드시 요청하겠소."

다시 이를 악무는 표정.

"마르첼로 박사는 좋은 사람이오." 그는 자기도 모르게 이렇게 말하고 있다. "아기가 안전한 손에 맡겨지도록 신경 써줄 거요."

"제가 자백해야만?"

그는 망설인다. "자백해야만."

안나는 고개를 약간 흔든다. "당신 수사의 성공을 위해 제 아이의 목숨을 걸라는 건가요?"

스테파노는 대화의 방향이 마음에 들지 않는다. 그는 악당이 아니다. "많은 사람의 목숨을 구하기 위해 이 수사는 성공해야 하오." 그의 목소리는 지나치게 크다. "독약은 지금도 사람을 죽이고 있소. 당신도 잘 알고 있지 않소."

두 사람 사이에 침묵이 감돈다. 자신에게 죄책감과 책임감을 심어주려 하는 안나의 태도가 스테파노는 영 못마땅하다. 요즘 그가 루치아를 찾지 않는 것도 그 때문이었다. 누이가 보내는 시선의 무게를 차마 감당할 수가 없었다.

"알았습니다, 판사님. 총독에게 제가 요청한 모든 것에 대해 허락을 받아주시면, 제가 아는 정보를 드리겠습니다. 아기가 어떻게 될지 모르니 신속하게 해주세요."

스테파노는 가볍게 고개를 끄덕인다. "바란초네 총독은 지금 로마에 안 계시지만, 오늘 밤 돌아오실 거요. 최대한 빨리 만나보겠소."

바란초네가 동의할까? 알 수 없다. 아기의 목숨과 자기 자신의 영

혼을 위해서, 스테파노는 총독이 부디 동의해주기를 하느님께 기도
한다.

스테파노는 즉시 마르첼로에게 가서 감옥 환경을 개선하기 위해
할 수 있는 일을 해달라고 부탁했다.

"나는 이미 할 만큼 했어." 마르첼로는 퉁명스럽게 말한다. "간밤
에 여분의 담요와 밀짚을 갖다주기는 했지만, 아기는 태어난 지 고작
몇 주밖에 되지 않았어. 아무리 좋은 환경에서도 죽는 것이 신생아
아닌가. 내가 제안한 대로 당분간 불도 더 때야 할 거야." 그는 스테
파노를 빤히 바라본다. "어디 아픈가?"

"가슴이 좀 불편해서. 별것 아니야."

마르첼로는 숨을 내쉰다. "언제부터 그런 거지, 그 별것 아닌 통증
은?"

"며칠 전부터 시작됐는데, 약간 심해졌어. 원인을 알 수가 없군."

"다친 건 아니고?"

"아니야. 말을 타다가 약간 삐끗한 것 같기도 해."

마르첼로는 일어선다. "어디. 한번 보세."

"마르첼로, 정말 그럴 필요 없어."

의사는 검진대를 가리킨다. "면도칼과 거머리와 피투성이 작업대
가 있는 이발소로 데려가줄까?"

스테파노는 얼굴을 찌푸린다. "좋아." 그는 마르첼로에게 몸을 맡긴
다. 마르첼로는 그의 몸을 여기저기 두드리고 찔러본다. "어떤가?"

마르첼로는 고개를 젓는다. "알 수 없군. 자네 말대로 어디 삐끗한
것 같아. 다른 증상은 없나?"

"지난 며칠 동안 기분이 별로 좋지 않았어. 분명하지는 않지만, 약간의 무력감 정도."

"몸보다 마음을 삐끗한 거 아니야? 너무 자신을 심하게 몰아붙이지 말게, 스테파노."

스테파노는 코웃음을 친다. "그런 쪽으로 힘든 건 아니야, 친구. 난 내게 주어진 역할을 다하고 있을 뿐이네."

"이번 일로 정신적인 부담을 받고 있음을 인정하는 것은 부끄러운 일이 아니야." 마르첼로는 조용히 말한다. "나조차 마음이 무거워지는 것을 느낀다네. 그렇지 않다면 이상한 일 아닌가. 젊은 여자에 늙은 여자. 이제 아기까지. 내 경우는 아내와의 대화가 도움이 돼. 자네도 루치아 누님과 이야기를 나눠보는 게 어떤가. 잠도 잘 못 자는 것 같군."

스테파노는 이런 문제를 너무 깊이 생각하고 싶지 않다. 요즘 꿈자리도 뒤숭숭하고 종종 한밤중에 땀에 젖어 잠에서 깨는 일도 잦지만, 그는 하루 중 상당 시간을 축축한 감옥에서 지내고 있다. 악몽을 꾼다 해도 놀랄 일은 아니다. "하지만 그런 이유로 가슴 통증이 생길 리는 없지 않나."

마르첼로는 슬쩍 어깨를 으쓱한다. "인간의 마음은 기묘한 현상을 만들어낸다네."

"맹세하건대, 이건 상상으로 불러낸 아픔이 아니야." 스테파노는 다시 얼굴을 찌푸린다. "내가 경험했던 여느 통증과 마찬가지로 실제로 아프다고. 분명 무슨 치료법이 있을 텐데."

"고약을 만들어주지. 감초와 컴프리로 된 팅크도 가져가게. 가슴 통증에 효과가 있을 거야."

"좋아. 고마워." 스테파노는 한숨을 내쉰다. 정신적인 스트레스보다는 고약과 팅크라는 보다 확실한 해결책이 생겨서 한층 마음이 놓인다. "그럼 나는 총독관저에 가서 바란초네가 언제 돌아오는지 알아봐야겠어. 안나 콘티와 그 하녀를 사면하고 아기를 유모에게 맡겨도 좋다는 허락을 받아내야 해. 그렇게만 된다면 유용한 정보를 주겠다더군."

"그 말을 믿나? 아기를 살리기 위해 없는 말을 하는 게 아니고?"

"그거야 알 수 없지만, 이 거미줄의 핵심에 있는 거미에 한발 다가갈 수 있는 뭔가가 나올지도 모르잖아."

마르첼로는 자신의 책에 뭐라고 적고 있다. "이 일이 집착으로 변해서는 안 돼, 스테파노. 우리가 할 수 있는 일에는 한계가 있어."

38

뇌를 쉬게 하고 잠을 청하는 법:

빨간 장미 케이크 하나, 화이트와인 식초 한 숟가락, 달걀흰자 하나, 여성의 젖 세 숟가락을 섞어 가열 접시에 올려 숯불에 데운 뒤 장미 케이크를 접시 위에 올리고 같이 데운다. 육두구 하나를 케이크 위에 올리고, 두 겹 천 사이에 놓은 뒤, 열기를 견딜 수 있을 정도로 뜨겁게 하여 이마에 얹는다.

지롤라마

무엇 때문인지 알 수는 없지만, 지롤라마가 퍼뜩 잠에서 깼을 때 방은 달빛에 고요히 잠겨 있다. 기억나지 않는 꿈이었을까, 여자들 중 누가 뭔가 내게 말을 걸려는 걸까? 뭐였을까?

한참 동안 누워서 생각에 잠겨보지만, 아무것도 생각나지 않고 떠올리고 싶지 않은 기억만 떠오를 뿐이다. 손에 편지를 쥐고 울고 있는 줄리아. 이상한 일이다. 줄리아는 절대 울지 않았는데. 지롤라마의 아버지가 돌아가셨을 때도, 란케티가 목에 칼을 들이댔을 때도, 친구들을 두고 시칠리아를 떠났을 때도. 하지만 이 기억 속에서 줄리아는 온몸을 들먹이며 흐느끼고 있다. 이 강철 같은 여인이 갑자기 무너진 모습에 지롤라마는 더럭 겁이 난다. 그녀는 줄리아에게 다가가지도, 껴안지도 않고 그저 바라보며 설명을 기다렸다. 하지만 설명은 돌아오지 않았다. 대신 줄리아는 하루 밤낮을 꼬박 방에 틀어박혀 문을 잠갔다. 다시 돌아왔을 때 그녀의 얼굴은 수척했고, 단단한 표정도 돌아왔지만 힘이 없었다. "네 이모 토파니아가 돌아가셨다." 그녀는 지롤라마에게 이렇게만 말한다. "우리가 팔레르모를 떠난 건 잘한 일이야."

"어떻게? 어떻게 돌아가셨어요?"

"광장에서, 보통 범죄자들처럼 처형됐어. 하지만 토파니아는 보통 범죄자가 아니었어. 드문 사람이었어." 스튜에 넣을 채소를 썰면서 줄리아가 이야기한다. "이제 우리에게 달렸다, 지롤라마. 우리가 이 일을 이어가야 해. 네가 너무 어려서 차일피일 미루고 있었지만, 이제 너도 배울 때가 됐다."

그날 오후 줄리아는 그녀에게 토파니아의 독약 제조법을 가르치기 시작했다. 그중에는 아쿠아도 있었고, 그 뒤로는 지롤라마가 만들어오고 있다.

고작 몇 달 뒤 시칠리아에서 새로 건너온 한 여자를 통해, 지롤라마는 참혹했던 처형 현장을 전해 들었고 토파니아의 죽음이 전혀 평범하지 않았다는 것을 알게 되었다. "너무나 비인간적이었어." 여자는 지롤라마에게 말했다. "몸에 자루를 씌우고 묶었어. 상상해봐, 팔레르모의 숨 막히는 더위 속에서. 그런 뒤 지붕 위로 올려져 사람들이 지켜보는 앞에서 거리로 던져졌어. 박살이 난 거야."

그 모습은 지롤라마의 기억에 남았다. 자루를 뒤집어쓴 여자가 거리에 떨어져 썩은 과일처럼 짓이겨지는 모습. 하지만 지롤라마가 정말 걱정하는 것은 자기 자신이 아니었다. 안젤리카였다. 이제 그들은 정말로 위험에 처해 있다. 그런 생각을 오래 하다 보면 공포가 통제할 수 없는 비이성적인 덩어리로 부풀어 오른다. 라 소르다는 탑에 갇혀 있고, 반나와 마리아, 그라치오사, 그리고 여러 말단 판매자와 많은 구매자들까지 잡혀갔다. 지롤라마의 측근 중에서 라우라만이 아직 무사하지만, 출산할 때 지롤라마의 도움을 받은 안나 콘티가 아기와 함께 잡혀갔으니 라우라도 어쩌면 시간문제다. 안나가 스테파노 브라키에게 라우라나 지롤라마에 대한 정보를 넘길까? 다른 사람들은? 단 한 사람만 무너져도 스테파노는 그녀의 정체를 알아낼 것이다. 물론 지롤라마야 무슨 질문을 받아도 입을 열지 않겠지만, 누가 끔찍한 고문이라도 당한 끝에 안젤리카의 이름까지 불어버린다면? 절대 로마에서 도망치지 않겠다고 다짐했지만, 이제는 탈출 준비를 해야 할 때다. 모든 것을 이대로 남겨야 한다.

냉기에 몸을 떨며, 지롤라마는 침대에서 빠져나와 양초를 들고 난롯불의 불씨로 불을 밝힌다. 속옷 위에 망토를 두르고 맨발로 아래층으로 내려간다. 고양이가 털북숭이 몸을 다리에 비비며 따라온다. 떠나게 되면 고양이도 그립겠지. 점점 감상적인 기분이 든다.

작업실에서 지롤라마는 필요한 물건을 챙긴다. 밖으로 나오니 정원은 은색으로 빛나고 서리 내린 식물들이 달빛 아래 반짝인다. 그녀는 삽을 들고 세비야 오렌지 나무 밑, 단단하게 얼어붙은 땅을 파헤치기 시작한다. 시간이 좀 걸렸지만, 드디어 목적에 맞게 깊은 구덩이를 팠다. 지롤라마는 실크 장정 책과 직접 만든 유리병을 낡은 숄에 싸서 구덩이 안에 넣는다. 다시 구덩이를 흙으로 덮는데, 누가 쳐다보고 있는 듯 목덜미가 따끔한 느낌이다. 하지만 집은 여전히 컴컴하고 고요하다.

나무 밑의 흙은 고르지 않지만, 이 정도면 충분하다.

지롤라마는 일어서서 공기 냄새를 맡는다. 눈이 올 모양이다. 추위에 몸이 덜덜 떨리고, 어서 침대로 돌아가야 한다. 내일 아침에는 나머지 계획을 실행에 옮길 것이다.

39

스테파노

일어나서 창밖을 내다보니, 모든 것이 동화 속 풍경처럼 하얗다. 지붕, 나무, 거리, 모든 것이 눈에 덮인 채 얼어 있다. 내 상상일까? 몸은 너무나 피곤하고 일상은 너무나 기묘하고 힘들어서, 현실이 현실 같지 않고 초점을 벗어나 흐릿하다. 스테파노는 창문을 열고 손을 내민다. 손바닥에 내려앉은 차가운 눈송이가 녹는다. 그렇다면 현실이다. 눈이 왔다.

요즘은 사교적인 방문을 비롯해 무엇에도 시간을 내기 어렵지만, 잠깐이라도 루치아를 들여다봐야 한다. 누이에게서 몇 번이나 안부를 묻는 전갈이 왔다. 정말이지, 루치아에게는 달리 의지할 사람이 없다. 바깥으로 나오니 모든 소리가 눈에 묻혀 거리는 묘하게 고요하다. 제발 부친이 집에 없기를 바라는 마음으로 말을 타고 아버지의 집으로 가보니, 이런, 마침 아버지는 접견실에서 안감에 털을 댄 망토를 두르고 있다.

아버지는 불시에 찾아오는 것을 좋아하지 않는다. 모든 것이 계획되고 통제된 상태를 좋아한다. "찾아온다고 미리 알리지 않고. 막 나가려던 참이다."

"총독관저에 가는 길에 잠시 들렀습니다, 아버지. 누님이 통 찾아오지 않는다고 나무라서요. 바쁘실 텐데 나가보십시오."

아버지는 눈살을 찌푸린다. "루치아는 늘 그렇게 수선스럽지. 수사는 어떻게 되어가지? 이제 거의 결론이 나왔겠지?"

"슬슬 끝이 보이는 것 같습니다."

아버지는 그의 얼굴과 행색을 훑어본다. "말랐구나. 또 어디 아픈 건 아니겠지, 스테파노?"

"아닙니다, 아버지. 약간 피곤한 것뿐입니다."

"늘 그렇게 비실비실해서는." 아버지는 평소처럼 경멸을 섞어 중얼거린다.

스테파노는 대답할 말이 없다. 어린 시절 스스로 원해서 자주 병에 걸리고 항상 콜록거렸을 리 없는데도, 아버지는 그게 무슨 도덕적인 약점이라는 듯 언제나 그를 탓했다. 아버지는 왜 이렇게 나를 싫어할까? 어머니를 닮아서? 몸이 작고 볼품없어서? 이런 의문이 떠오른 것도 물론 처음이 아니지만, 이렇게 분명한 형태로 스스로 질문을 던진 것은 아마 처음인 것 같다.

"저는 아무 문제 없습니다." 스테파노는 아버지에게 말한다. "저 때문에 늦겠네요. 이만 용무 보십시오."

루치아는 누에 알을 확인하고 있다. 봄이 되면 알이 부화해 애벌레가 먹이를 먹겠지만, 지금은 잠잠하다. 작은 진주알처럼. 루치아는 동생의 상태를 대번에 알아본다. 누나에게는 뭘 숨길 수가 없다. 일이 바쁘다는 핑계를 댔지만, 스테파노가 지난주 내내 집을 찾지 않았던 이유 중 하나도 이것이었을 것이다.

"요즘도 미사에 나가지?" 누나는 묻는다. "최소한 하느님과 교통하는 시간은 내고 있는 거지?"

"내 걱정은 안 해도 돼, 루치아." 사실 그는 요즘 교회에서 보낸 시간이 거의 없다. 자신과 어울리지 않는 공간처럼 느껴졌고, 늘 다른 곳에 용무가 있기도 했다.

"네가 달갑게 생각하든 말든, 난 걱정된다, 스테파노. 기운이 없어 보여."

"나야 늘 비실비실했지만 반드시 회복했잖아. 누님의 도움으로."

"그랬지." 루치아는 가볍게 미소 짓는다. "하지만 스테파노, 난 네가 불행할 때를 알아."

"아, 지금도 그래 보여? 누님은? 행복해?"

"나는 만족하며 지내지, 동생."

"아버지 집에서 탈출하고 싶은 생각은 없고?" 그에게는 폐소공포를 일으키는 장소다. 잠시만 있어도 감옥보다 더 갑갑하게 느껴진다.

"사실 성직에 몸담을까 생각하고 있어."

"안 돼! 수녀라니! 아니, 이 집이나 이 집에 사는 사람들보단 차라리 수녀원이 나을 수도 있겠지. 하지만 진심이야? 재혼하지 않고?"

"그래, 스테파노. 진심이야. 거기서는 평화를 찾을 수 있을 테고, 내가 할 일도 있겠지. 대부분의 여자들처럼 결혼 생활과 끊임없는 출산에 갇히고 싶은 마음은 없어. 하지만 지금 우리가 이야기하는 건 네 마음의 평화 아니었던가? 혹시 어디 아프니?"

묘한 박동이 가슴을 훑고 지나가서 스테파노는 얼굴을 찡그렸다. 루치아는 그것을 눈치챘다. "아주 약간. 말을 타다가 다쳤나 봐." 하지만 이것이 승마로 인한 부상이 아니라는 것은 이미 알고 있다. 원인도 없고 나빠지기만 하는 통증이다. 상자와 그 안에 들어 있던 뭉개진 새가 자꾸만 생각난다.

"연고를 가져올게."

"아니, 루치아. 정말 그럴 필요 없어. 마르첼로가 고약을 줬어."

"도움이 돼?"

"약간." 전혀 도움이 되지 않는다.

루치아는 동생을 응시한다. "그렇게 많은 여자들을 가둬놓고 책임을 져야 한다는 것이 쉬울 리가 있겠니. 그 사람들의 목숨이 네 손에 달려 있는데."

"맞아, 쉽지 않아." 눈물로 얼룩진 카밀라의 얼굴과 안나 콘티의 아기가 떠오른다. "하지만 애당초 쉬우리라고 생각하지도 않았어. 누님이 경고했던 일, 기억나?"

"난 바란초네가 다른 사람에게 어떤 해가 돌아가든 자신의 이익만 철저히 따르는 사람이라는 걸 네게 알려줘야겠다고 생각했을 뿐이야."

스테파노는 생각해본다. "그와의 사이에 무슨 일이 있었어?"

루치아는 숨을 내쉰다. 마침내 그녀가 말한다. "아주, 아주 오래전에, 내가 훨씬 젊고 예뻤을 때, 그가 내게 관심을 보인 적이 있었어."

"아, 그랬어? 그런데?"

"바란초네도 그때는 젊었고, 지금 같은 권력도 없었지. 아버지는 내게 더 나은 짝을 찾아주고 싶어하셨어. 더 나이 많고, 돈 많고, 지위도 더 높은 사람." 루치아는 딱딱하게 미소 짓는다. "그래서 바란초네는 실망했지. 너도 짐작했겠지만, 그는 지는 것을 좋아하는 사람이 아니거든. 거절당한 것에 대해 내 탓도 있다고 여겼지. 그때 그가 내게 했던 말은 잔인했어."

"무슨 말?" 스테파노는 순간 격분한다. "바란초네가 누님한테 무슨 말을 했지?"

"스테파노, 이건 다 지나간 옛일이고, 그에게 화를 내라는 뜻으로 이런 말을 하는 것이 아니야. 바란초네가 어떤 인간인지 분명하게 알려주기 위해 말하는 것이지. 내 생각에 그는, 여자를 혐오하는 남자야."

스테파노는 의자에 등을 기댄다. "그가 뭐라고 했는데, 루치아?"

루치아는 팔짱을 낀다. "나와 내 가문이 자신을 선택하지 않은 걸 두고두고 후회하며 살 거라고 했어. 내 삶은 차갑고 메마를 것이며, 결국 나는 외롭게 혼자 죽게 될 거라고."

"어떻게 감히 그런⋯⋯."

"그의 말이 들어맞지 않았니, 스테파노?" 루치아는 웃는다. "나는 아이도 없고 혼자잖아."

"누님은 혼자가 아니야." 스테파노는 그녀의 손 위에 손을 얹는다. "원하면 얼마든지 재혼할 수도 있잖아."

루치아는 고개를 젓는다. "그러고 싶지 않아. 네 동정을 바라는 것은 아니야. 이 도시의 다른 많은 여자에 비하면 나는 꽤 괜찮게 살고 있어. 하지만 네가 그 사람 같은 시선으로 여자를 바라보지는 않았으면 좋겠구나."

"정말이지, 루치아, 나를 그렇게 하찮은 인간으로 보는 거야?"

"나는 널 아주 높이 평가하지만, 네가 남들을 기쁘게 하려고 지나치게 애쓴다는 것도 알고 있어. 이렇게 강한 사람이면서도 곧잘 스스로 부족하다고 느낀다는 것도. 그런 나머지 너 자신의 도덕적 기준을 낮추어 훗날 후회하게 될 일을 하거나 승인하지 않았으면 하는 바람이야. 특히 끔찍한 일을 당한 여자들을 기소하는 것이 과연 현명한 일인지 바란초네에게 물어보았니?"

스테파노는 손을 잡아 뺀다. "물어봤어. 예상대로 아주 분명하게 대답하더군. 나는 수사관 역할을 하면 돼. 내가 증거를 수집하고 그에게 보고하면, 특히 극악한 경우에 대해서는 그가 교황에게 사면을 청하기로 했어."

루치아는 코웃음 친다. "그 사람의 자비에 의지하고 싶지는 않구나."

"알렉산데르 교황? 나는 마음이 넓은 분이라고 생각했는데. 가난한 사람들에게 돈을 많이 나누어주시지 않았나?"

"그랬을지는 몰라도, 내가 들은 바에 따르면 교황은 그들의 삶에 별 관심이 없어. 아니, 나는 차라리 너의 자비에 의지하고 싶어, 동생아." 루치아는 스테파노의 눈을 바라본다.

"말했지만, 그건 내 역할이 아니야, 루치아. 나는 기소를 위해 증거를 모을 뿐이야."

루치아는 손가락으로 탁자를 두드린다. "우리 모두 인생에서 자신의 역할이 무엇인지 결정해야 해, 스테파노." 그녀는 일어선다. "그토록 무거운 양심의 짐을 짊어지고 있으니, 잠을 이루지 못하는 것도 무리가 아니지. 고해성사하러 가보렴. 마음이 가벼워질 거야. 나도 너를 위해 기도하마."

"루치아, 누님의 기도는 필요 없어."

"아니, 필요할 거야. 지금 온갖 영혼과 성인을 불러들여 너를 저주하는 사람이 얼마나 많겠니? 하인에게 들었는데, 누가 네 집에 주술에 쓰는 물건을 남겼다면서."

스테파노는 속으로 하녀 콘체타에게 욕설을 퍼붓는다. "그랬어. 당연히 나도 진중하게 처리했지. 밖에 내던져버리고 싹 잊어버렸다는 뜻이야. 누님도 그렇게 해. 그런 건 늙은 여자들의 헛짓거리에 지나지 않아."

루치아는 말이 없다. 당연히 누나는 스테파노가 그 일을 줄곧 염두에 두고 있음을 알 것이다. 어린 시절 그가 얼마나 쉽게 믿는 아이였는지 기억할 테니까. 그가 걸핏하면 보호주문을 외던 것도, 올빼미 울음소리에도 소스라치게 겁먹던 것도 기억할 것이다. 어른이 된 뒤 아무리 논리로 떨쳐버리려 해도 유모에게서 배운 것들은 테베레 강의 진흙처럼 끈질기게 달라붙어 있다.

하지만 루치아는 그냥 이렇게 말할 뿐이다. "모든 늙은 여자가 헛짓거리만 하는 건 아니란다."

스테파노는 곧 집을 나서서 서둘러 마구간으로 나간 뒤 혀 차는 소리로 다미젤라를 재촉한다. 총독이 돌아왔을 수도 있으니 서둘러 관저로 가야겠다. 잘 이야기하면 안나 콘티의 요청을 들어줄지도 모른다. 하지만 루치아가 들려준 이야기를 생각해보니, 그리 큰 기대를 품기 어려울 것 같다.

40

안나

밤중에 비명이 울려 퍼진다. 누가 감방 안에서 살해당하는 게 아닌가 싶은 소리다.

이어 한 여자가 소리친다. "카밀라! 지금 꿈꾸는 거야, 카밀라! 일어나!"

감방 벽 두드리는 소리. "카밀라!"

잠시 후 비명이 멈춘다. 울음소리에 이어 뭔가 스치는 소리가 들린다.

"카밀라 카펠라, 그는 죽었어, 내 말 들려?" 안나의 옆방에서 마리아의 묵직한 음성이 들린다.

그러자 다른 여자들도 입을 연다. 반대편 방에서 안나는 이런 소리를 듣는다. "괜찮아, 아가씨. 다 괜찮아질 거야."

반나다. 안나도 여러 번 그녀와 이야기를 나누었다. 예순 살이 넘었고, 이 감옥에서 며칠이나 있었는지도 잊었지만 자기가 가장 오래 갇혀 있었다고 했다. "내 잘못이야." 반나는 전날 저녁 안나에게 말했다. "마리아가 여기 갇힌 것도, 다른 여자들이 잡혀 온 것도 다 내 잘못이야. 내가 끝까지 아무 말도 안 하고 버텼더라면 지금 여기에는 뼈와 가죽만 남은 늙은이 하나밖에 없을 텐데. 페라라에서 내 딸을 찾아서 체포하겠다고 그 사람이 겁을 줬어. 하지만 거짓말이었겠지."

"그럴지도 모르지요." 안나는 대답했다. "하지만 그 말을 믿은 게 당신 잘못은 아니에요." 순간 공포가 가슴을 찌른다. 한 사람 한 사람에게서 꽁꽁 숨긴 비밀을 끌어내기 위해 수사관이 필요한 말이라면 뭐든지 하고 있는 게 아닐까? 그게 사실이라면 아기에 대해서 그가 한 약속은? 그것도 빈말이었을까? 아우렐리아는 요즘 하루 종일 잔다. 지금도 소란에 아랑곳하지 않고 잠들어 있다. 아기의 가슴이 오르락내리락하는 것이 느껴지지만, 심장이 너무 급하게 팔딱거리는 것 같아서 불안하다.

레 세그레테 맞은편 감방에서, 카밀라는 마침내 울음을 멈췄다. 차츰 감옥은 고요해지고 몇몇 여자들은 다시 잠든 것 같다. 하지만 안나는 너무 두렵다. 카밀라의 비명으로 놀란 가슴이 진정되지 않는다. 또다시 필리프 생각이 났다. 아우렐리아가 밤중에 죽지는 않을까 겁이 난다. 일어나 앉아 아기에게 젖을 물리려고 애쓰는데, 머릿속에서 온갖 생각이 꼬리에 꼬리를 문다. 총독이 로마로 돌아왔고 스테파노가 그를 만났다 해도 총독이 안나의 요청을 들어줄지는 알 수 없다. 총독은 타협하지 않는 성품이라고 들었기 때문이다. '비열한 마스칼초네(Mascalzone, 악당),' 마리아는 이렇게 말했다. 그렇다면 어떻게 하지? 다른 방법이 뭐가 있을까?

아니, 만약 총독이 부탁을 들어주면 어떻게 하지? 정말 아우렐리아를 내가 알지도 못하는 여자에게 넘겨주어야 하나? 내가 목숨을 건질 수 있도록 도와주었던 여자에 대한 정보를 넘겨야 하나? 라우라에 대해 애정이랄 것은 없지만, 그래도 안나에게 독약이 든 유리병이라는 살길을 알려준 사람이었다. 호감 가는 사람은 아닐지라도, 목숨을 살려준 여자다. 검은 머리 산파. 안나는 이제 그 여자가 누구인지 알 것 같다. 얼만큼의 정보를 스테파노에게 넘겨야 할까? 얼마나 숨긴 채 하녀와 아기와 함께 무사히 감옥을 나갈 수 있을까? 그는 '상당한 정보'라고 했다. 적은 정보가 상당한 정보가 될 수 있을까? 얼마나 작은 파편 하나가 지롤라마를 추적할 수 있는 단서가 될까? 성모마리아와 하늘에 계신 우리 아버지를 부르며 아무리 기도해봐도, 이 어둡고 추운 공간에서는 응답이 돌아올 것 같지 않다. 분명 아무 대답도 돌아오지 않을 것이다. 아우렐리아는 기운이 없다. 여전히 젖을 빨지 않으려 한다.

마침내 은빛 새벽이 감방에 서서히 스미고 아침의 소음이 들려오기 시작한다. 양동이 비우는 소리, 개 짖는 소리. 경비의 묵직한 부츠가 감방 바깥 돌바닥을 울리는 소리. 다시 그녀를 데리러 오고 있다. 안나는 마음을 진정하려고 애쓴다. 하느님 아버지, 우리를 당신의 날개 아래 보호해주소서. 이어 빗장 풀리는 소리, 철컹거리며 문 열리는 소리가 나고, 경비가 서 있다. 무감각한 눈, 애벌레 같은 피부색. "일어나." 이 말뿐이다.

안나는 아기를 담요로 감싸 안은 채 힘들게 일어난다. 경비를 따라 열린 감방 문 밖으로 나가서 눈을 가늘게 뜬 채 어둡고 좁은 계단을 오른다. 길은 차츰 밝아진다. 걸음을 옮기면서 안나는 옷자락으로 얼굴과 이를 문지르고 모자 안에서 머리를 주섬주섬 정돈한다. 조금이라도 인간다운 기분을 느끼기 위해서, 지금부터 닥칠 일에 대해 마음의 준비를 하기 위해서.

경비는 지난번의 큰 방으로 안나를 인도한다. 사방은 돌벽이고, 말 탄 기사를 묘사한 곰팡이 핀 태피스트리가 걸려 있고, 다행히도 난로가 있다. 스테파노는 지난번에 만났을 때 안나가 그랬듯 긴장한 모습으로 허리를 곧추세우고 나무 의자에 앉아 있다. 총독을 만나서 설득하는 데 성공했을까? 뭔가 이루어서 기쁜 사람 같지 않지만, 어쩌면 늘 저런 표정인지도 모른다. 방 반대편에는 안나에게 담요를 주고 아기에게 먹일 물약도 처방해준 의사가 앉아 있다. 젊은 서기도 같이 있다가 안나가 들어오니 일어선다. 서기는 어딘가 교활한 인상이어서 안나의 마음에 들지 않는다. 몸을 아래위로 훑는 듯한 눈빛도 싫다. 그는 이번에도 가장자리에 금박을 입힌 성경을 그녀의 손에 쥐여주고 선서하게 한다. 그리고 다시 라틴어로 서두를 읽어 내려간다. 그동안 안나는 스테파노를 바라보며 생각하고 있다. 말했던 대로 허락을 얻어냈을까? 그랬다면 나는 뭐라고 말해야 하지?

"부인, 진실을 말할 준비가 되었습니까?" 안나가 앞에 앉자 스테파노가 묻는다.

가까이에서 보니 그의 눈은 충혈되어 있고, 눈 밑 혈관이 푸르게 비쳐 멍든 것처럼 보인다. 아니, 안쓰러운 마음은 들지 않는다. 그는 간밤에 얼음장 같은 감방이 아니라 침대에서 편안히 잤을 테니. "총독과 이야기해보셨나요?"

"그랬습니다." 그는 망설인다. "총독께서는 당신이 모든 것을 자백하면 알렉산데르 교황께 기꺼이 기소 면제를 청하겠다고 하셨습니다. 핵심 판매상을 찾는 데 도움이 되는 정보가 반드시 있어야 합니다."

안나의 가슴이 두근거린다. "제 하녀 베네데타도 같이 사면되는 건가요?"

"같이."

"확실한가요? 분명히 그렇게 말씀하셨나요?"

"바란초네 총독은 그렇게 말씀하셨습니다. 핵심 인물을 찾는 데 도움이 되는 정보를 제공한다면, 두 사람 모두에 대해 기소 면제를 신청하겠다고 하셨습니다."

"아우렐리아는요?" 안나는 몸을 앞으로 내밀고 지나치게 빨리 물었다. "유모한테 보내도 된다고 하셨나요?"

마르첼로라는 의사가 대신 대답한다. "오늘 유모에게 보내지도록 제가 조처해놓았습니다. 제 아내와 잘 아는 사이인, 좋은 여자입니다."

안나는 숨을 내쉰다. 가슴이 얼마나 콱 막혀 있었는지, 온몸이 얼마나 긴장해 있었는지 의식조차 못 하고 있었다. "약속하세요? 아기가 안전할 거라고?"

"최대한 잘 돌보겠습니다." 마르첼로가 말한다.

"고맙습니다." 아픔과 안도감이 동시에 파도처럼 밀려온다. 안나는 아우렐리아를 가슴에 더 꼭 껴안고 울지 않으려고 기를 쓴다.

스테파노는 안나에게 잠깐 진정할 여유를 준 뒤 다시 말한다. "자, 그럼 약속한 대로 말씀하시지요."

아, 그래, 거래를 했었지. 이제 넘겨주어야 하는 것을 생각하니 악마와 계약이라도 맺은 기분이다. 안나를 지옥에서 꺼내준 그 사람의 이름. 이로 인해 수사관은 이 조직의 핵심에 한발 다가가게 될지도 모른다. 아쿠아를 만든 여자, 안나의 목숨을 구해준 사람. 그녀가 안나 같은 사람을 얼마나 더 도와주었을까? 스테파노를 도와 그가 말하는 소위 정의를 실현한다면 얼마나 많은 여자가 함께 죄를 받게 될까? "알았습니다."

서기는 잉크병에 펜을 찍는다.

"부인, 자초지종을 말씀하십시오." 스테파노는 말한다. "남편을 어떻게 죽였는지, 누구에게서 독을 샀는지, 그 독은 어떻게 작용했는지 설명해주시겠습니까?"

그가 말하자 너무나 간단한 이야기처럼 들린다. 어떤 측면에서는, 그렇다. 안나는 스테파노에게 말했다. 폭행과 칼질, 끊임없는 공포, 여기저기 필사적으로 도움을 청했던 이야기. 필리프가 장인을 죽였다고 믿게 된 과정에 대해서도 털어놓았다. 독약을 마지막 수단으로 삼을 수밖에 없었던 이유를 왜 감추어야 하나? 이 모든 것이, 남편이 저지른 이 모든 짓이 어째서 나 자신의 수치가 되어야 하나? 자신의 이야기가 창백한 서기의 펜 끝에서 양피지 위에 새로운 형태로 태어나는 것에 묘한 기분이 들었다. 필리프가 발로 차서 배 속의 아기를 끄집어내겠다고 맹세했던 일, 인내하고 순종하라던 신부의 말, 경찰이 집까지 찾아왔다가 그냥 가버린 일. 수많은 고통스러운 사연들이 법률의 언어로 다시 쓰인다. 저 장부 안에는 얼마나 많은 다른 이야기들이 있을까, 얼마나 많은 이야기들이 나의 이야기와 비슷할까.

"어떻게 해서 그 사람을 찾았습니까?" 스테파노는 조용히 묻는다. 그의 눈길은 바닥을 내려다보고 있다. 내 이야기가 그에게 영향을 주었을까? 그렇다 해도, 그는 그런 말을 입밖에 내지 않을 것이다. 남자는 그래야만 강인해진다고 여기고 있을 것이다.

"제 하녀 베네데타가 여자 하나를 소개해주었지만, 그 여자가 독약을 판다는 사실까지는 모르고 있었습니다. 그저 남편과 아내를 화해시킬 수 있는 사람이라고 생각했을 뿐이에요."

"누구였습니까, 그 여자는? 이름이 뭡니까? 언제, 어디서 만났지요?"

"이름은 라우라예요. 성은 모릅니다."

"어디 삽니까? 어떻게 생겼습니까?"

안나는 아주 오랫동안 침묵을 지킨다. 그러다 이야기를 시작한다. 이것이 악마와의 계약 조건이니까. 스테파노가 집중해서 듣고 서기의 펜이 빨라지는 것을 보니, 그들은 라우라에 대해서는 모르고 있었던 모양이다. 자신이 죄수 하나를 더 넘겨주고 있다는 깨달음은 아프고 고통스럽지만, 반드시 치러야 하는 희생이다.

"지난번에 이야기했을 때 수사를 진척시킬 수 있는 상당한 정보를 주겠다고 하셨지요." 스테파노는 이제 충혈된 눈으로 그녀를 바라보고 있다. "그 정보가 뭡니까?"

안나는 침을 삼킨다. 정말 이 여자를 찾도록 도와주어야 하나?

"뭐죠?" 그는 몸을 내밀며 재차 묻는다. "그 여자가 누구인지 알고 있습니까? 독을 만드는 사람을 압니까?"

반드시 알아내고야 말겠다는 그의 집요한 요구는 이제 이성적이거나 논리적인 것을 넘어선 집착이었다. 스테파노에게 이것은 사냥이 되어 있었다.

"독약을 만드는 이가 누구인지는 모릅니다." 안나가 마침내 이렇게 말하자, 스테파노의 몸에서 힘이 빠지는 것이 보였다. "하지만 라우라가 그녀의 집에 대해 이런 말을 했어요. 강 반대편에 있는데, 약초 정원이 딸려 있고 백합 문양이 있다고." 안나는 망설인다. "라우라는 그 여자에 대해, 아들 둘이 있고 남편 둘은 죽었다고 했어요."

"다른 건? 또 무슨 말을 했습니까?"

"독을 만드는 여자가 비밀의 책을 아주 소중하게 지킨다고 했어요."

"그렇겠지." 스테파노는 말한다. "그 여자의 정체에 대해 다른 말이나 단서는 없었습니까?"

안나는 고개를 젓는다. "이게 다예요." 이 정도로 충분할까? 스테파노는 아주 오랫동안 말이 없다. 충분하지 않은 모양이다. 약속을 지키지 않을 모양이다. 안나의 가슴속에서 두려움이 나방처럼 파닥거린다.

하지만 스테파노가 입을 연다. "라우라라는 여자를 찾으면, 이 여자가 알려주겠지." 그는 의사에게 말한다. "지금 당장 경찰한테 가보겠네. 내가 직접 독약 제조범을 찾아내겠어." 자리에서 일어서는 순간, 스테파노의 얼굴이 고통스러운 듯 일그러진다.

"브라키 판사님." 안나도 일어선다. "언제 가능할까요? 베네데타와 저는 언제 나가나요?"

"콘티 부인. 수사가 종결되고 재판이 끝날 때까지는 둘 다 다른 죄수와 마찬가지로 레 세그레테에 있어야 합니다."

가슴이 힘없이 내려앉았지만, 아니, 무엇을 기대했던가? 그냥 이렇게 집에 보내줄 거라고? "제발, 베네데타를 한 번만 만나게 해주세요. 하녀에게 무사할 거라고 한마디만 하게 해주세요." 안나는 자신이 울기 시작했다는 것을 깨닫는다. 실수다, 스테파노가 동정심을 삼키고 짐짓 엄격하게 권위적인 모습을 유지하려는 기색이 보인다.

"콘티 부인, 베네데타에게는 제가 알리겠습니다만, 죄수들이 서로 이야기하는 것은 허락할 수 없습니다. 이건 명령입니다. 법률상 그렇게 되어 있습니다. 당신을 위해서 할 수 있는 일은 모두 다 하겠습니다."

안나는 침을 삼킨다. "아기는요? 아기의 팔다리가 너무 차가워요."

"제가 지금 유모를 불러오지요." 마르첼로가 말한다. "한 시간 내에 도착할 겁니다. 잠시 내 방에 앉아서 기다리세요. 불을 지피겠습니다." 마르첼로는 안 된다는 명령이 떨어질 거라고 생각하는 듯 스테파노를 돌아본다. 하지만 아무 대답도 돌아오지 않는다.

의사는 안나를 데리고 작은 방으로 들어간다. 깨끗하고 단정하고 따뜻하다. 그는 미간에 주름을 잡은 채 아우렐리아를 진찰하고 심장박동을 들어본다. 아기를 다른 담요에 싸고 입에 따뜻한 물을 떨어뜨린 뒤, 아기를 다시 안나의 품에 안기고 최대한 빨리 아기가 감옥을 나가게 해주겠다고 약속한다. 지금 당장 조치하겠다고.

의사가 나가자 안나는 꼼짝도 하지 않는 아기를 안은 채 난로 옆 바닥에 무너져 내린다. 머릿속이 백지처럼 비어버린 채로 한참 동안 그렇게 앉아 있었다. 마침내 종이 울리기 시작하고, 안나는 30분이나 지났다는 것을 깨닫는다. 아우렐리아와 함께 있을 수 있는 시간이 이제 끝나가고 있다.

41

스테파노

독약 제조범 라 프로페테사가 나를 물리치기 위해 눈을 보냈을까? 여자들에게 그런 일을 할 힘이 있던가?

이제 눈송이가 점점 굵어져 세차게 내리고 있고, 다미젤라는 갈기를 흔들어 눈을 털어낸다. 스테파노는 망토로 몸을 휘감고 모자를 이마 위로 눌러쓰고 있지만, 장갑이 흠뻑 젖어서 얼어붙은 손이 쑤신다.

스테파노와 베르투치오는 강 서쪽 거리를 몇 시간 동안 말을 타고 돌아다니며 백합 문장이 새겨진 집을 찾았다. 하지만 그런 집을 보았다는 사람은 없는 것 같다. 수탉 문양이 새겨진 집요? 그런 집은 봤지요. 사자, 늑대, 저울, 혜성, 이런 문양이 있는 저택 이야기는 있어도, 백합 문양을 보았다는 사람은 없었다. 라우라라는 여자가 진짜 백합을 말했을 가능성도 있겠지만, 이런 겨울에 눈 속에서 꽃이 피었을 리 만무하다. '아들 둘이 살아 있고 남편 둘을 보낸' 여자라는 정보도 별다른 도움이 되지 않았다. 탐문한 거의 모든 사람이 역병 때문에 남편 하나를 잃었으며 재혼한 남편마저 다른 병이나 사고로 잃은 여자를 알고 있는 것 같았다. 인간의 생명의 불꽃이란 얼마나 가냘픈가. (그는 안나 콘티의 아기를 다시 떠올렸다. 신께서 부디 아이를 살려주시기를.) 아들 둘을 둔 여자야 부지기수다. 약초 정원을 가꾸는 여자는 모르는 사람이 없는 것 같다. 거대한 가을 낙엽 더미 속에서 참나무 잎 하나를 찾는 것과 같은 일이었다.

"이만 돌아가죠." 베르투치오가 말한다. "이러다 동상 걸리겠습니다. 안나 콘타라는 이 여자가 엉터리 정보를 준 게 아닐까요."

"아니, 그런 것 같지는 않다." 스테파노는 안나의 얼굴과 눈빛을 떠올린다. 그의 기분만큼 고통스러워 보였다. 분명 안나는 진실을 이야기하고 있었다. 라우라라는 이 여자가 안나에게 거짓말을 한 것이 아니라면. "그 여자가 어디 있는지 인도해줄 사람 하나만 찾으면 돼."

"판사님, 테베레강 서쪽 도시 전체를 샅샅이 뒤져도 못 찾을 수도 있고, 찾아낸다 해도 진실을 실토하지 않을 수도 있습니다." 베르투치오가 대뜸 기수를 돌리는 것을 보고, 스테파노는 피로한 가운데서도 짜증이 솟았다. 수사관은 나다. 수색 종료를 결정하는 것도 나다. 하지만 다미젤라도 녹초가 되어 있고 하늘은 어두워지고 있으니, 이런 시간에 뭔가 찾아낼 수 없다는 것은 그도 알고 있다. 오히려 쓸데없는 문제에 휘말릴 위험이 있다.

침대가 눈에 어른거리지만, 다시 탑으로 돌아가서 마페오가 독약을 판 라우라를 찾았는지 알아보아야겠다. 라우라가 해답을 알려줄지도 모른다.

토르 디 노나에 돌아와서 다미젤라를 거친 천으로 문질러주고 건초를 먹이고 나니, 팔다리에 거의 감각이 느껴지지 않을 지경이다.

"하느님 맙소사, 스테파노." 마르첼로가 잔소리를 한다. "도대체 무슨 짓을 하는 건가. 자살이라도 하려는 건가?"

그는 스테파노의 손에 따뜻한 라벤더 오일을 문질러준다. "난 독약 제조범을 찾기 위해 노력하고 있어, 친구. 이제 거의 다 왔어."

"수색은 경찰에게 맡기고 증인 진술에 집중해. 이러다 내가 바란초네에게 수사관이 어쩌다 꽁꽁 얼어붙었는지 설명해야 할 판이니."

손이 통증으로 화끈거리지만, 스테파노는 의사가 자신이 얼음 토막 속에 갇혔다고 총독에게 호소하는 광경을 상상하고 웃음을 터뜨린다. "총독이라면 그냥 횃불을 갖다 대겠지, 마르첼로. 하느님, 내가 빨리 이 사건을 해결하지 못하면 틀림없이 그렇게 할걸."

마르첼로는 눈썹을 올린다. "바란초네가 인내심이 강하다는 평판이 있는 사람은 아니겠지만, 어느 누구도 불가능한 일을 해낼 수는 없어. 여유를 가져, 스테파노. 뜨거운 포도주를 마시고 뭘 좀 먹게. 경비를 오스테리아로 보내 먹을 것을 사 오게 하지."

"그럴 필요가……."

"그럴 필요가 있어." 마르첼로는 단호하게 말을 자른다. "지난 몇 주 사이 자네는 눈에 띄게 말랐어. 힘을 비축해야 해. 이 수사가 마무리되기 전에 치러야 할 전투가 더 있을 텐데, 우리 어머니 말씀대로 배 속이 비어 있으면 싸울 수가 없어."

스테파노는 미소 짓는다. "누구를 상대로 싸워야 한다는 거야? 악마?"

"아, 그렇게 간단한 상대라면 얼마나 좋겠나? 어쨌든 다음 죄수를 신문하기 전에 영양분을 좀 보충하게."

"다음 죄수?"

"자네가 휴식을 취한 뒤에 말하려고 했는데…… 마페오가 찾아냈어. 라우라라는 여자. 이제 눈을 뚫고 나갈 필요가 없을지도 몰라."

라우라 크리스폴디, 일명 라우라치아. 사악한 라우라.

방으로 끌려 들어오는 모습을 보니 별명과 잘 어울린다. 깡마르고 심술궂은 얼굴, 살이 너무 얇게 골격을 감싸고 있어서 드레스에 갈비뼈의 윤곽이 도드라질 정도이고, 광대뼈 위의 피부는 마치 양피지 같다. 눈동자는 싸늘한 회색이다.

"돈나 라우라, 너는 거추장스러운 남편을 제거하고 싶은 여성들에게 독약을 판매했다."

"누가 그랬는지는 몰라도, 혀를 뽑아버려야겠네."

"그럴 수야 있겠나. 당장 혓바닥을 놀려서 자백하지 않으면 범행을 저지른 자들이 벌을 받게 될 것이다. 핵심 주동자를 찾는 데 순순히 협조하지 않는다면."

라우라의 눈빛이 번득인다. 표면 아래에서 뭔가 움직이는 것 같다. "무슨 말씀인지 모르겠습니다, 나으리."

"아주 잘 알고 있을 것이다. 너는 천천히 작용하는 독약을 판매해서 돈을 벌지 않는가. 그 독을 제조하는 자가 누구인지 말하지 않으면, 네 목이 부러질 것이다. 무슨 말인지 이해하겠나?" 스테파노는 아치형으로 높이 솟은 천장에서 늘어진 도르래와 밧줄로 죄수를 매달아 고문하는 방에서 신문을 진행하고 있다. 뼈만 남은 여자에게 이런 고문을 실제로 가할 마음은 없지만, 죄수에게 그럴지도 모른다고 겁을 주어야 한다. 시간도, 인내심도 거의 바닥을 보이고 있다.

"전 불쌍한 늙은 여자에 불과합니다요, 나으리."

"너는 독을 판매했고, 독을 누가 제조하는지 알고 있고, 제조법이 어디 사는지도 알고 있다."

"저는 한낱 세탁부란 말입니다."

"아, 또 빨래 이야기. 더러운 테베레강에서 옷가지를 빨아 돈들을 얼마나 많이 버는지, 이거야말로 기적 아닌가. 네가 돈을 버는 방법은 그것 말고도 또 있지 않나, 돈나 라우라."

"이따금 중고 옷가지를 팔고 삯바느질을 하기도 합니다. 먹고 살기 빠듯합니다, 나으리."

"너는 독약을 팔아서 썩 잘살고 있다." 그는 외친다. "그러니 불쌍하고 가난한 여자라는 헛소리는 집어치워라."

이 말을 듣더니 여자의 얼굴이 쪼그라들고 마치 먹이를 노리는 뱀처럼 눈이 가늘어진다. "제 인생이 어땠는지 모르시겠지요, 나으리. 남편은 날 버렸습니다. 내가 모든 것을 다 바친 딸년도 날 떠나고. 난 그저 혼자 힘으로 악착같이 살아온 사람입니다, 도와주는 사람 하나 없이."

놀랄 일도 아니지, 스테파노는 생각한다. 저런 여자의 자식이었다면 나도 다리에 힘이 붙자마자 달아났을 것이다. "너는 로마 시내에 괜찮은 집이 있고 다른 곳에도 재산이 있다. 천천히 작용하는 독약을 팔아서 많은 돈을 벌었어. 그건 무슨 약인가? 누가 만들지? 비밀의 책은 어디에 숨기고 있나?" 그는 빠르게, 단호하게 말한다.

라우라는 고개를 약간 갸웃한다. "하지만 제가 뭔가 털어놓았다가는……." 그녀는 두 손을 벌린다.

"혹시 보복이 걱정된다면, 분명히 약속하지만 이 감옥에 있는 동안에는 그 여자가 네게 해코지할 방법이 없다."

여자는 묘하게 씩씩거리는 숨소리를 낸다. 스테파노는 그것이 웃음이라는 것을 깨닫는다. 라우라는 그를 비웃고 있다.

"뭐가 그렇게 우습지, 돈나 라우라? 뭐가 그렇게 재미있는지 말하라."

라우라는 뱀 같은 눈으로 그를 빤히 살펴본다. "당신이 상대하는 것은 이런 돌벽으로 막아낼 수 없는 존재입니다. 내가 실토한다면 제아무리 당신이라도 날 보호할 방법은 없어요. 다른 여자들이 입을 다물고 있는 것도 장담하건대 그 때문일걸. 여러 사람에게 물어봤겠지요, 안 그렇습니까?"

섬뜩한 한기가 스테파노를 스친다. 그는 여전히 눈이 내리는 바깥 풍경을 바라본다. "네 입을 열게 할 방법은 얼마든지 있다."

라우라는 밧줄을 흘끗 올려다보더니 아무것도 아니라는 듯 어깨를 으쓱한다. "흠, 나으리, 그건 해보셔야 알지."

다 알고 있는 것 같다. 스테파노의 머리를 가르고 속을 들여다보면서 그에게 이런 기구를 사용할 용기가 없다는 것을 꿰뚫어 보는 것 같다. 그는 차갑게 말한다. "네가 독을 팔았다고 증언한 사람 두 명을 확보했다, 돈나 라우라. 자백이 없어도 유죄판결을 받아낼 수 있다는 뜻이다. 아무 말을 안 해도 나는 너를 얼마든지 교수대에 보낼수 있어. 너는 화가의 아내 안나 콘티에게 독약을 제조한 여자가 강건너 약초가 가득한 정원 딸린 집에 산다고 했다. 그 집은 어딘가? 그 책은 어디에 보관하지? 목숨을 건지고 싶다면, 이것이 네게 주어진 유일한 기회다."

무거운 침묵이 흐른다. 라우라는 선택지를 저울질하고 있다. 스테파노는 시간을 준다. 마침내 그녀는 속삭이기 시작한다. "책을 어디에 두는지는 나도 모릅니다. 본 적이 없어서. 하지만 더 좋은 정보를 드리지요. 누가⋯⋯." 그녀는 갑자기 기침하기 시작한다. 목구멍을 긁어내는 듯한 끔찍한 소리다. 스테파노는 기다리지만, 기침은 끝이 없다. 멈출 수가 없는 것 같다. 스테파노 자신의 어린 시절, 피가 섞여 나오던 가래, 끝날 줄 모르던 기침이 기억난다.

로도비코를 돌아보니, 그도 눈살을 찌푸린 채 여자를 쳐다보고 있다. 기침이 계속되자 그들은 눈길을 교환한다. 사실을 털어놓지 않으려고 무슨 수작을 부리고 있나?

여자는 입에 손을 가져갔다가 놀라 눈앞에 들어 올린다. 이제 기침은 나오지 않는다. 손에는 피가 묻어 있고 입가에서도 피가 흘러 나온다.

스테파노는 벌떡 일어나 라우라에게 다가가려다가 문득 다시 물러선다. 이건 뭐지? 속임수?

하지만 그와 마주친 여자의 눈은 아까처럼 교활하지 않다. 공포에 질려 커다랗게, 공허하게 열려 있다.

42

스테파노

히힝거리는 말 울음소리, 남자의 외침. 사람들이 감옥 안뜰에 속속 모여든다. 스테파노가 미처 문간으로 나가기도 전에, 경비가 흥분해서 눈을 커다랗게 뜨고 들이닥친다. 마르첼로가 바로 뒤따라온다.

"총독님이 오셨습니다, 판사님." 경비가 말한다. "일행을 거느리고 오셨습니다."

가슴의 통증이 점점 심해지는 것이 아득하게 느껴진다. 머릿속에서는 온갖 질문들이 시끄럽게 오간다. 총독님이 왜 여기 왔지? 내가 뭘 잘못했나?

"즉시 이쪽으로 모시게."

"알았습니다."

스테파노와 마르첼로는 눈빛을 교환한다. "무슨 진척이 있나 보군."

"무슨 재앙이 생겼든가."

"우리가 저지른 일은 아니겠지, 스테파노. 마음을 굳게 먹자고."

스테파노는 고개를 끄덕이고 마음의 준비를 하려고 애쓴다. 그도 마르첼로도 잘못한 일은 없다. 명령받은 대로 귀족들을 찾아가서 귀찮게 군 적도 없었다. 그들과 핵심 인물 사이의 관계를 추적하기 위해 정보와 자백을 확보했다. 그는 최선을 다해 일했다.

하지만 통통한 얼굴을 벌겋게 붉힌 바란초네가 심기가 영 불편한 듯한 표정으로 방에 들어서자마자 스테파노의 자신감은 눈처럼 녹아 사라진다. 덩치 큰 경비 둘이 따라온다. 그중 하나는 얼굴에 곰보 자국이 가득하다.

"여러분." 총독은 숨을 가다듬은 뒤 말한다. "나는 교황 성하를 뵙고 곧장 오는 길이다."

스테파노는 속에 돌덩이가 내려앉는 기분이다.

"성하는 매우 언짢아하신다." 그는 스테파노를 뚫어지게 쳐다보며 말한다. "자네 수사에 대한 이야기가 국외까지 퍼졌다. 스페인에서 대사가 편지를 보내 거기서도 이 사건이 널리 입방아에 올랐다는 소식을 전했어. 교황령 한복판에서 독살 음모라니." 그는 아직도 숨을 씩씩거리고, 방 건너편의 스테파노에게까지 땀 냄새가 흘러온다. "악마와 거래하는 주술사와 마녀에 대한 공포로 로마가 광기에 휩쓸렸다는 소문이 프랑스에도 파다해. 로마! 가톨릭 신앙의 심장! 세상에 본보기가 되어야 할 이 도시에서!"

"소문이 그렇게 널리 퍼졌다니 당황스럽습니다." 스테파노는 침착하게 입을 열지만, 자신이 담당하는 이 사건이 유럽 각지에서 입에 오르내린다니 마음 한구석이 은근히 뿌듯하다. "최대한 빨리 수사를 진행했고, 그런 입방아를 피할 수 있도록 최선을 다했습니다."

"이 정도로는 안 돼!" 바란초네의 말이 성난 빗줄기처럼 쏟아진다. "이 정도로는 충분히 빠르지도, 조용하지도 않아. 최대한 신중하게 수사해야 한다고 시작부터 분명히 경고하지 않았나!"

"예, 총독 각하. 저희는 최선을 다했습니다만, 감옥에 용의자와 증인이 가득 찼습니다. 로마 시민들이 우리가 무엇을 하고 있는지 추측하는 것을 막을 수는 없는 노릇이고, 이제 핵심 독약 제조자의 정체에 거의 접근했습니다. 이제 몇 주만 있으면……"

"몇 주까지 줄 수 없다, 브라키. 열흘을 주지. 열흘 안에 수사를 마무리하고 서류를 콘그레가치오네 크리미날레(Congregazione criminale, 형사재판소)로 보내라. 교황께서 분명하게 말씀하셨다. 애매하게 빙빙 돌거나 죄인들을 무르게 다루는 것은 용납할 수 없어. 로마에서 죄악을 몰아내야 한다, 사순절까지는 반드시."

스테파노의 얼굴에 분노의 핏기가 치민다. 바란초네는 내가 요 몇 주 동안 뭘 하고 있었다고 생각하는 건가? 그냥 죽치고 앉아 있었다고? 수사를 진행하는 동안 다른 일을 거의 못 하고 잠도 못 잤는데. 그 때문에 사람이 피폐해질 지경인데. "총독님." 그는 냉정하게 말한다. "이제 거의 다 왔습니다. 저희는 아주 열심히 일하고 있습니다. 이제 진실이 차츰 윤곽을 드러내고 있습니다. 하지만 열흘이라니요. 그건 사실상 불가능합니다."

"가능하게 만들어. 방법을 바꿔. 인력을 바꿔. 자백이 필요해. 주동자가 필요해." 그는 더 이상 반론을 허락하지 않는다는 뜻으로 한 손을 들어 보인다. "이 여자들은 알고 있어, 스테파노. 냄새 나고 이가 들끓는 저 여편네들은 이미 알고 있다고. 그들에게서 정보와 자백을 끌어내는 것이 자네 임무야. 그럴 배짱이 있다고 하지 않았나. 그러니 하느님의 이름으로, 그렇게 하게."

스테파노는 바란초네를 노려본다. 그에 대한 증오심이, 그를 두려워하고 자신이 해야 하는 일을 두려워하는 자기 자신에 대한 증오심이 끓어오른다. "어떤 방법을 동원해도 불가능한 일도 있습니다, 총독 각하." 피를 철철 흘리던 라우라의 입이 떠오른다.

"아니, 할 수 있어. 방법을, 찾아." 바란초네는 망치질을 하듯 단어를 하나하나 힘주어 뱉는다. "그러지 못하면 자네의 수사판사 경력은 여기서 끝난 것으로 알게." 그는 말없이 그늘 속에 물러서 있는 마르첼로를 돌아본다. "당신 역할 또한 잘 알고 있겠지, 박사? 죄수들의 몸이 너무 약해서 취조할 수 없다는 말은 받아들일 수 없다."

"상당수가 늙은 여자들입니다." 마르첼로는 조용히 말한다. "나머지는 쇠약하고 병든 환자들이고요."

바란초네는 어깨를 으쓱한다. "수사 과정에서 몇 명쯤 죽는다 해도 어쩔 수 없지. 보다 큰 선을 구현하기 위한 필요악일 뿐." 그는 돌아선다. "나를 실망시키지 말게. 로마의 평판이 이 일에 달렸다."

꒞ꪛ

사람들이 나가고 점점 멀어지는 발소리를 확인한 뒤, 스테파노는 길게 숨을 내쉰다. "하, 어쨌든 말뜻은 확실하군." 정적 속에서 목소리가 울려 퍼진다.

"할 건가?" 마르첼로는 말한다. "시키는 대로?"

"이 문제에 대해 내게 선택의 여지는 별로 없는 것 같군." 스테파노는 짐짓 가볍게 던지지만, 마음은 그렇지 않다.

"아니, 선택의 여지가 있어." 마르첼로는 말한다. "자네 입으로 말했잖아, 고문은 안 통한다고. 고문을 통해 얻어낸 자백은 진실인 경우가 드물어. 유럽 전역의 마녀재판에서 이미 입증된 사실이지만, 뭐, 애당초 그들이 원했던 것은 진실이 아니었지."

스테파노는 눈을 문지른다. "다른 해법이 있나? 고작 일주일 남짓한 시간 안에 필요한 결과를 얻어낼 방법이?"

마르첼로는 고개를 젓는다. "아니, 바란초네가 요구하는 것은 불가능에 가까워."

"그렇다면 내가 어떻게 해야 한단 말인가, 마르첼로? 이제 와서 수사를 그만둬? 그럴 수 없어, 내 경력을 위해서도, 이 사건 자체를 위해서도. 몇몇 여자들의 범행 동기에 정상참작의 여지가 있다 해도, 이건 본질적으로 독살 조직일세. 이윤을 얻고자 하는 욕망으로 활동한 한 무리의 여자들이라고. 아직 핵심 인물을 찾지는 못했지만, 그 여자가 무슨 성자나 약자의 수호자는 아니야. 수십 명, 어쩌면 수백 명의 죽음을 설계한 인물이야. 잡아들여서 유죄판결을 받아내지 못하면, 앞으로도 그녀는 이 일을 할 거야. 계속할 거라고."

마르첼로는 팔짱을 낀다. "자백을 받아낸다 해도, 스테파노, 유죄판결을 받아낸다 해도, 이 독약이 제조자와 함께 영영 사라지지는 않을 걸세. 팔레르모에서 사라지지 않았듯이. 자네도 알지 않나. 이게 바란초네가 생각하고 싶은 것처럼 그렇게 간단한 문제가 아니라는 걸. 필요가 있는 한 여자들은 아쿠아를 계속 유통시키려 할 거야. 신속한 종결을 요구하는 건, 이건 그냥 겉보기에 불과해. 성과를 보여주는 게 가장 중요한 거라고."

"어쨌거나 우리에게 요구되는 건 그것 아닌가. 아니, 지시가 떨어졌다고." (브루노의 목소리가 귓전에 들리는 것 같다. '네가 이번 일을 제대로 해낼 만한 그릇 같지는 않구나, 동생아.') "나는 바란초네에게 이 수사를 담당할 만한 배짱이 있다고 장담했네. 내게 내려진 명령이 탐탁지 않다고 해서 지금 발을 뺄 수는 없어. 이것은 법 집행이야." 스테파노는 마르첼로와 더 입씨름하고 싶지 않아 성큼성큼 방을 나선다. 내가 가야 하는 방향과 해야 하는 일에 오롯이 집중하자. 그러지 않으면 끝까지 수사를 완수할 수 없고, 그렇게 되면 언제나 두려워하던 그런 시시한 남자가 되고 말 것이다.

✵

스테파노는 날이 저물기 시작할 때까지 기다렸다가 레 세그레테로 이어지는 계단을 내려간다. 그가 탑에 도착한 지 6주가 훌쩍 지났지만, 그곳으로 내려가는 것은 이번이 처음이다. 코를 찌르는 동물적인 냄새와 깊은 어둠, 창살 틈으로 흘러나오는 절망과 고통, 두려움의 소리가 발길을 붙잡는다. 흡사 지옥으로 내려가는 기분이다. 대문을 지키는 경비가 그를 보고 퍼뜩 놀라 일어난다. 한눈에도 술에 취했다는 것을 알 수 있다. 이런 곳에서 누가 그를 탓할 수 있을까? 하지만 여기는 스테파노가 만들어낸 장소다.

"무슨 일이십니까?" 경비의 혀가 꼬인다.

"모든 죄수에게 한꺼번에 할 말이 있어서 왔다." 스테파노가 말한다.

"감방에서 끌어낼까요?"

"아니, 그럴 건 없다." 차마 그들을 마주할 수는 없다. "그냥 내 말이 들리기만 하면 된다."

경비는 종을 들어 세 번 울린다. 즉각 신음과 속삭임이 멈추고 으스스한 정적이 흐른다. 경비는 이제 말씀하시라는 듯 스테파노를 쳐다본다. 어떻게 연설을 시작해야 할지, 이 여자들을 뭐라고 불러야 할지, 잠시간 머릿속이 텅 빈다. 어떤 호칭도 어울리지 않는 것 같다.

"죄수들." 그는 마침내 호칭을 정한다. "안뜰에서 말 우는 소리, 계

301

단을 오가는 발소리를 들었을 것이다. 로마 총독이 친히 다녀가셨다. 총독은 이 사악한 음모를 끝까지, 신속하게 추적해야 한다는 사실을 분명히 하셨다. 더는 미룰 수 없다. 진실을 털어놓지 않는다면, 억지로라도 끌어내겠다." 그는 모두 상황을 깨닫도록 잠시 사이를 둔다. "총독께서는 어떤 예외도 인정할 수 없다고 하셨으며 자비도 없다고 하셨다. 너희 모두에게서 진실을 끌어내고야 말겠다." 여전히 감옥 안에는 정적만이 감돈다. 내 말뜻이 분명하게 전달되고 있을까? "내일, 너희를 다시 신문하겠다." 누가 흐느끼기 시작한다. "어떤 이에게는 손가락 고문을, 다른 이에게는 보다 극단적인 방법을 사용하겠다."

"안 돼!" 한 여자가 외친다.

다른 여자가 이어 외친다. "하느님, 제발 자비를 내려주소서!"

"알고 있는 건 다 말씀드렸어요!"

"제발!"

울음소리와 외침이 계속 이어지면서 끔찍한 진혼곡처럼 밀려온다. "그만!" 스테파노는 외치면서 자신의 분노에 스스로 놀란다. 듣고 싶지 않다. 들을 수가 없다. "어떤 것인지는 이미 내가 알려준 바 있다. 이것은 정의를 구현하는 방식이다. 나는 너희에게 기회를 주는 것이다. 내일 아침, 각자의 자유의지로 진실을 털어놓아라. 그 후에 이 일은 내 손을 떠난다." 엄밀하게 말하자면, 밧줄과 나사를 조이는 것은 스테파노 자신이 아닌 경비들의 몫이다. "오늘 밤 잘 생각해보길. 나는 반드시 진실을 알아낼 것이고, 독약을 제조한 자의 이름을 알아낼 것이다. 이름을 말하기만 하면 너희는 구원받을 수 있을 것이다."

스테파노는 돌아서서 계단으로 뚜벅뚜벅 돌아간다.

"넌 구원받지 못해." 나지막한 목소리. 누구의 목소리인지 알 수 없다. 남자 목소리도, 여자 목소리도 아닌 것 같다.

그는 획 돌아선다. "방금 누구지?"

대답이 없다. 스테파노는 경비를 돌아보지만, 그는 어깨만 으쓱할 뿐이다. 정말 몰라서 이러나?

"나는 해야만 하는 일을 할 뿐이다." 스테파노는 어둠 속에서 자신을 비난하는 자에게, 무엇보다 자기 자신에게 힘주어 말한다. "이것은 법률이 내게 요구하는 일이다. 내 영혼이 시키는 일이 아니다."

계단을 올라가면서, 스테파노는 공기 속을 맴도는 악취와 비참한 소리를 떨쳐내려 애쓴다. 여자들은 서로를 부르며 서로를 위안하려고 애쓰고 있다. 어떤 이는 흐느끼고 울부짖는다. 어쩌면 총독의 말대로 최대한 빨리 끝내는 것이 옳을지도 모른다. 오늘 밤 경비에게 일러두어야겠다. 아침 일찍부터 끔찍한 용무를 시작하라고. 이 일을 다 끝내야만 그 자신도 제대로 숨을 쉴 수 있을 것 같다.

43

신경을 치료하는 법:
냉기로 감각을 잃은 환자에게는 특히 다음과 같은 것들이 효과가
있다. 곽향, 해리향, 구운 토끼의 뇌, 작은 센토리, 세인트존스워트 뿌
리, 라벤더, 몰약, 잣, 개회향, 앵초, 스파이크 라벤더, 세이지, 타르 냄
새가 나는 트레포일.

지롤라마

그를 막을 방법이, 좌절시킬 방법이 틀림없이 있을 것이다, 지롤라
마는 생각한다. 하지만 그게 뭐지? 그녀가 준비한 도구와 저주는 충
분히 강하지 않았다. 어쩌면 감이 떨어졌는지도, 스스로 그런 힘이
있다고 착각했을 뿐 실상 어리석은 여자에 불과했는지도 모른다. 지
롤라마는 부산스럽게 집 안을 돌아다니며 준비를 계속하다가 걸리
적거리는 모든 것에 성질을 부린다. 체카에게, 고양이에게, 안젤리카
에게. "어머니, 벌이 가득 든 항아리처럼 화를 부리고 계세요."

"오늘은 건드리지 말아라, 안젤리카." 그들은 그녀가 보는 것을 보
지 못하고, 그녀가 느끼는 것을 느끼지 못한다. 아니, 지롤라마는 영
혼 속에 겨울 서리가 스며드는 이런 기분을 그들이 느끼지 않기를
바란다.

그러지 말았어야 한다는 것을 알지만, 지롤라마는 토르 디 노나에서 무슨 일이 있는지 전혀 모르고 있는 것을 견딜 수가 없어서 간밤에 영혼의 거울을 마주 보았다. 그 안에서, 혹은 자신의 마음속에서 본 것은 너무나 끔찍했다. 거울은 고통으로 가득 차 있었다. 그녀는 반나의 얼굴, 라 소르다의 얼굴, 마리아의 얼굴을 보았다. 너무나 오랫동안 그녀를 도와온 여자들. 지롤라마는 그들의 고통을 보고, 그들의 공포가 어둠 속에서 괴물처럼 자라나는 것을 보았다. 그들이 아닌 내가 탑에 갇혀야 하는 것 아닐까? 이건 내가 주도한 일 아닌가. 이런 생각으로 괴로워하는 것은 언제나 자기 보호에 집중해온 지롤라마답지 않다. 나이가 들어서 마음이 약해진 건가.

"마님이 할 수 있는 일은 없어요." 체카가 말한다. "벌어질 일은 벌어지는 거지요."

하녀를 때리고 싶다. "체카, 나한테 아무 말 하지 마. 가서 할 일이나 해. 정원 도구나 정리하라고."

분명 내가 할 수 있는 일이 있을 것이다. 그래야만 한다. 가슴속을 태우는 이 초조한 에너지를 사용할 방법을 찾지 못하면, 할 일이 없을 때마다 온갖 상상과 죄책감이 머릿속을 채워서 미쳐버리고 말 것이다. 오랜 세월 잘 다스려온 생각과 기억들이 무너진 둑을 넘어 범람하는 강물처럼, 터진 물집에서 쏟아지는 고름처럼 예기치 않은 순간에 콸콸 밀려온다. 심지어 자신이 죽인 남자들, 대부분 동정할 가치라곤 없던 그들까지 떠오른다. 썩어빠진 놈들. 그중에는 원하지 않았던 죽음도 몇몇 있었지만(싫다는 이유만으로 남편을 죽인 자매들, 잔인한 아버지를 없애야 한다는 핑계를 대고 아쿠아를 구해 의붓아들에게 먹인 여자), 그들에게 독을 먹인 것은 지롤라마가 아니다. 안 그런가? 그중 어떤 경우도 내 책임은 아닌데, 어째서 지금 이런 생각이 밀려드는 거지? 어쩌면 이 전부가 자기 자신의 생각이 아닐지도 모른다. 반나의 생각이 스며들었는지도 모른다. 지롤라마는 자신이 친구의 절망까지 느낄 수 있다고 생각하지만, 반나는 1마일이나 떨어진 감옥의 두꺼운 돌벽에 몇 겹으로 둘러싸여 있다.

그때, 별다른 이유 없이, 줄리아와 마지막으로 나누었던 대화가 불쑥 떠오른다. 의붓어머니의 마지막이 얼마 남지 않았던 때였다.

"이따금 네게 가르치지 말았어야 했다는 생각이 드는구나, 지롤라마. 나 혼자 짊어지고 갔어야 했는데, 넌 네 인생을 살게 해주었어야 했는데."

"무슨 소리를 하는 거예요, 마드레냐(Madregna, 양어머니). 왜 지금 그런 생각을 하시는 거예요?"

몸에서 습기가 모두 빠져나갔는지, 줄리아는 종이처럼 말라비틀어진 손가락으로 그녀의 얼굴을 어루만진다. "이것은 누군가에게 지우기 버거운 짐이자 영혼을 갉아먹는 일이기 때문이야."

"피곤해서 마음에도 없는 말씀을 하고 계세요. 어머니는 제가 아는 거의 모든 것을 가르쳐주셨고, 저는 단 한 순간도 그걸 후회하지 않아요. 어머니도 그렇게 생각하셔야 해요. 제가 고통스러워 보이나요? 전혀 그렇지 않아요."

지금 생각해보니, 줄리아는 다른 말을 하려 했던 것 같다. 지롤라마가 너무 단단해졌고, 너무 분노에 차 있고, 인간의 목숨에 너무 소홀해졌다는 말을 하려 했던 건지도 모른다. 그랬던가? 내가 세상을 떠난 뒤 안젤리카도 그렇게 될까, 아니면 저 타고난 선량한 성품으로 보호받을 수 있을까? 순간 지롤라마는 자신이 안젤리카의 친어머니가 아니라는 것이 다행스럽다. 자기 자신이 줄 수 없었던 것을 친모의 다정한 성격에서 물려받았을지도 모르니 말이다.

다시 30분 동안 정신없이 준비하다가, 지롤라마는 결심한다. 위험의 소지가 있으니 절대 이 길을 택하지 않겠다고 맹세한 바 있지만, 그녀는 오랫동안 만나지 않았던 사람을 찾아 나서기로 한다. 그들을 도울 수도 있고, 모든 것을 끝장낼 수도 있는 사람.

그녀는 회색 망토를 두르고 얼굴과 머리카락을 가리려고 후드를 덮어쓴다.

"어디 가세요?" 문간으로 나가자 안젤리카가 묻는다. 고양이보다 귀가 더 밝은 것 같다.

"사육제에 나가서 춤이나 추려고 할까, 내가 왜 나가겠니? 우리 모두를 구할 방법을 찾으려는 거지."

"그럼 저랑 같이 가요."

"안 돼, 넌 못 간다. 넌 여기서 마저 준비하고 있어. 내일 아침까지 내가 돌아오지 않으면, 나 없이 체카와 둘만 떠나도록 해."

44

스테파노

이 고통도 아무 성과가 없었다. 적어도 대단히 중요한 정보는 전혀 나오지 않았다. 바위에서 금을 짜내는 것 같다. 스테파노는 총독에게 진척 상황을 알리는 보고서를 작성하고 있지만, 지금까지 누가 고문실에 들어갔는지, 그들의 고통에서 무엇이 나왔는지 자세히 적는 것이 너무나 힘들다. 어차피 모두 증거 장부에 적혀 있으니, 바란초네든, 사건을 심리할 판사든 원한다면 언제든 볼 수 있을 것이다. 스테파노 자신은 기록을 다시 들출 생각이 없다. 방을 나선 뒤에도 그 기억은 오랫동안 머릿속에서 되풀이되고 있기 때문이다. 로도비코는 신문 내내 스테파노 옆에 서서 고문이 지속된 시간을 계산하기 위해 주기도문이나 미제레레를 읊었다. 필요악이라고는 하지만, 그 악행을 측정하기 위해 기도문을 이용하다니 분명 얄궂은 일이다. 여자들이 기도하고 소리치고 비명을 지르고 비는 동안, 로도비코는 중얼거렸다.

"이 몸은 죄 중에 태어났고, 모태에 있을 때부터 이미 죄인이었습니다. 그러나 당신은 마음속의 진실을 기뻐하시니 지혜의 심오함을 나에게 가르쳐주소서."

아주 가끔 여자들이 스테파노에게 정보를 토해놓기도 했지만, 그것은 그가 찾는 핵심 정보는 아니었다. 독약 제조자의 신원도, 비밀의 책을 숨겨둔 장소도 아니었다. 마르첼로는 반나를 고문하는 것을 허락할 수 없다고 잘라 말했다. 갈 때가 다 된 사람이니 죽으면 아무것도 얻을 수 없다는 것이었다. 마리아와 라우라에게는 그 나이에 너무 심한 방법을 쓰면 불구가 되거나 죽을 수 있다는 마르첼로의 경고를 감안하여 손가락 고문만 가했다. 바란초네는 절대 그런 생각에 흔들리지 말라고 쉽게 말했지만, 마르첼로는 도저히 그 말에 따를 수 없었다. 이제 고문당하며 버티는 마리아와 라우라를 보니 그들은 무슨 짓을 해도 무너지지 않겠다는 생각이 들었다. 라우라는 후회하지 않을 이유가 있었다. 독약을 만드는 사람을 향한 두려움이 (입에서 흐르던 피를 생각하면 스테파노도 섬뜩했다) 무엇인지는 몰라도, 그것은 스테파노가 가할 수 있는 육체적인 고통을 훨씬 능가하는 것 같았다. 마리아는 마치 강철로 된 망토나 초자연적인 오라 따위로 보호받는 것 같았지만, 당연히 그럴 리가 없다. 그런 생각을 해서는 안 된다.

하지만 스테파노의 머릿속은 지치고 혼란스럽다. 일부는 수면 부족 때문일 것이고, 일부는 실패하며 어쩌나 하는 두려움, 일부는 이 일의 끔찍함 때문일 것이다. 증거가 눈앞에 놓여 있지만 오랫동안 정신을 집중해서 생각할 수가 없다. 스테파노는 지금까지 자기 손으로 정리한 목록과, 경찰들이 가져온 산파와 여성 약제사, 로마에 거주하는 시칠리아 출신 여성 명단을 읽어내려간다. 분명 어딘가 놓친 정보가, 지나쳐버린 단서가 있다는 직감이 날파리처럼 머릿속에서 웅웅거리지만, 도무지 잡을 수가 없다. 마치 어둠 속에서 팔을 허우적거리며 악몽을 붙잡으려는 것 같다. 가슴의 통증은 점점 심해져서 이따금 아무 경고 없이 머리까지 뻗쳐오고 온몸에 땀이 배어난다. 마르첼로의 치료법과 고약도 아무 도움이 되지 않는다. 녹초가 된 스테파노는 이 통증을 일으키는 원인이 육체적인 것이 아니라 외부에서 오는 것이 아닌가 생각한다. 핵심 주모자의 짓인가? 내가 그자의 공범들에게 가하는 고통을 그대로 되돌려주려는 건가? 하지만 내게는 선택의 여지가 없지 않나, 스테파노는 스스로 되뇐다. 나는 지시받고 명령받았으며 위협당했다. 아무리 역겨울지라도 법이 제공하는 도구를 사용해야만 하고, 그러지 않으면 내게 맡겨진, 아니, 등에 안장처럼 얹힌 역할을 수행하지 못한 것이 된다. 왜냐하면…… 그렇다, 하루하루 지날 때마다 루치아의 예언이 옳았다는 생각이 든다. 이 임무는 특권이 아니라 독이 든 성배였고, 그 독은 실재하며 너무나 농밀하다. 아직도 스테파노는 아쿠아의 재료가 무엇인지 정확히 알지 못하고, 여자들이 고문당하면서 보이는 반응을 보면 그들 역시 모르는 것 같다. 어쩌면 마리아, 그녀는 알지도 모른다. 하지만 그녀는 고통 외의 어떤 답도 그에게 주려 하지 않는다.

이름. 무엇보다 필요한 것은 이름이다. 콜로세움의 어두운 미로 속으로 들어갔던 그 무시무시한 날 이후로 계속해서 수사망을 피해가는 수수께끼의 이름. 라 스트롤라가. 라 프로페테사. 그는 실재하는 인물이다, 스테파노는 확신한다. 단순한 어린 시절 상상력의 산물이 아니라, 땅속에 도사린 채 그를 괴롭히는 진짜 인물. 그녀가 아주 가까운 곳에 있다는 느낌이 든다.

바란초네에게 제출할 보고서를 반쯤 쓰고 읽다가, 스테파노는 이 정도로는 안 된다는 것을 깨달았다. 총독의 반응을 짐작할 수 있다. 보고서를 읽으면서 불만과 경멸로 일그러지는 표정을 상상할 수 있다. 총독이 수사를 완결하라고 못 박아둔 열흘에서 이제 남은 시간은 겨우 사흘. 스테파노는 자신이 어떻게 해야 하는지 알고 있다. 반나는 이미 거의 무너졌으니 조금만 더 힘을 주면 지금까지 숨겨온 이름을 털어놓을지도 모른다. 약한 사람을 표적으로 삼는다는 것이 힘들지만, 수사관의 임무라는 게 그런 것 아닌가? 무너지기 직전의 가장 취약한 부분을 노리는 것 아닌가? 그는 총독 법정의 판사가 무너질 때까지 공격하고 또 공격하며 무자비하게 증인을 신문하던 모습을 떠올린다. 진실에 도달하는 방법은 그런 것이며, 지금 그가 해야 하는 일도 그것이다.

하지만 마르첼로가 허락하지 않았다. 스테파노가 집무실까지 가서 상의했지만, 그는 굳은 얼굴로 의견을 굽히지 않았다. "나는 반나에게 어떤 형태의 위해도 허락할 수 없어. 그 사람은 죽을 거야. 이건 전적으로 자네 책임일세, 스테파노."

"하지만, 마르첼로, 상황이 어떤지 자네도 알잖아. 그녀가 마지막으로 넘어서야 하는 장애물이라는 걸. 이건 법에 의한 수사야, 마르첼로. 체제가 운영되는 방식이라고."

"그런가?" 그는 스테파노의 얼굴을 보려 하지 않는다.

"그래." 차츰 화가 난다. "나를 나쁜 사람으로 만들지 마, 마르첼로. 법률을 검토했지만, 허가가 떨어졌다면 신체적으로 약한 사람에게도 고문이라는 수단을 사용해야만 해."

"법이든 아니든 그건 야만적인 짓이고, 그것을 시행한다면 우리도, 자네도 야만인이야."

"총독이 우리에게 아주 분명하게 지시하기를……."

"난 관심 없네." 마르첼로는 또렷한 눈빛으로 그를 응시하고 있다. "그가 우리에게 무슨 지시를 했건, 무슨 법률책에 뭐라고 적혀 있건, 난 관심 없다고. 이건 내 영혼과 내 양심이 걸린 문제이고, 나는 그것을 허가할 수 없어. 원한다면 무시하고 집행하게나. 하지만 나는 자네가 하려는 일을 승인하지 않겠네."

격분이 밀물처럼 스테파노를 덮친다. 마르첼로는 그에게 모든 책임을 떠넘기고 있다. "지금 요청을 거부하는 건가?"

"자네 행동에 대해서는 자네 자신이 하느님 앞에서 책임을 지게, 스테파노. 나는 나 자신의 행동에 대해서 책임지겠네." 마르첼로는 나가려는지 몸을 일으킨다.

"어디 가는 건가?"

"집으로. 아내한테 가겠어. 이곳에서 나갈 거야. 지금부터는 나 없이도 할 수 있겠지. 내가 있어도 아무 도움이 되지 않는 것 같군."

스테파노의 가슴이 무거워진다. "여기는 의사가 필요해." 그리고 무엇보다 그에게는 친구가 필요하다.

"그럼 다른 의사를 찾으면 되겠네." 여전히 마르첼로는 그의 얼굴을 보지 않는다. "나는 죽은 사람에 대해 수사하는 일을 맡았지, 사람을 죽이는 일을 맡은 게 아니야." 그는 벽의 옷걸이에 걸린 망토를 벗긴다.

"이 일이 내게 수월하다고 생각하나?" 스테파노는 믿기지 않는다는 듯 묻는다. "내가 이런 일을 즐기는 것 같아?"

"자네는 자네 자신이 누구인지, 어떤 사람이 되고 싶은지 잊어버린 것 같아." 마르첼로는 망토의 브로치를 잠근다. "자넨 바란초네가 아니야, 적어도 아직은. 자, 스테파노, 옆으로 비켜주게."

스테파노는 마르첼로가 문간으로 나갈 수 있도록 물러난다. 그는 친구가 방을 나서는 것을 바라본다. 그는 발소리가 사라질 때까지 움직이지 않는다.

✎

바깥은 야단법석이다. 사육제가 한창이고, 오랫동안 격리와 역병의 음침함에 시달리던 로마 시민들은 예년에 없던 방종에 흠뻑 젖었다. 코르소 거리는 나뭇잎과 꽃, 종이 장식으로 넘실거리는 어두운 마법의 숲이다. 가면을 쓴 사람들이 밤거리를 배회하고 있고, 많은 이들이 손에 든 촛불 불빛이 강물처럼 넘실거린다. 가짜 영국 선원, 바르바리 해적, 죽마에 오른 거인…… 코메디아 델라르테 가면극의 모든 인물이 출동했다. 돈 많은 사람들이 거지로 분장하고, 남자는 여자로, 여자는 소년으로, 소년은 동물과 신화 속의 괴물로 꾸미고 있다.

인파를 뚫고 집으로 향하는 길에, 스테파노는 포졸라나와 석고로 만든 다트와 구슬에 맞고, 밀가루 세례와 창문에서 쏟아지는 물세례를 간신히 피한다. 9시가 넘은 밤, 인생과 포도주에 흠뻑 취한 취객들은 본격적인 폭력으로 이어지기 전의 가벼운 흥분 상태에 빠져 있다. 사람들은 춤을 추고, 서로 붙잡고, 벽을 기어오르고, 고함을 지른다. 어떤 이는 초를 흔들고, 다른 이는 촛불을 끈다. 이렇게 빽빽하게 거리를 채운 사람들이 들고 있는 불길에 스테파노는 초조해진다. 마치 혼란스러운 자신의 머릿속이 거울을 보듯 환상 같은 풍경으로 눈앞에 펼쳐지는 것 같다. 은방울 종이 울리고, 스테파노는 코르소

거리를 질주하는 마차를 피해 급히 물러선다. 화려한 장식을 뒤집어쓴 말들이 깃털을 흔들며 달려간다. 마차 위에는 아를레키노 분장을 한 세 사람이 인파 위로 색종이를 뿌린다. 마치 여동생의 결혼식을 조롱하는 것 같다.

그보다 더한 일이 기다리고 있다. 포폴로 광장에는 가짜 처형대가 세워지고, 풀치넬라가 교수형 집행인으로 서 있다. 아를레키노의 정부 콜롬비나로 분장한 가면 쓴 남자가 누덕누덕 기운 찢어진 드레스 차림으로 자비를 빌며 애원하고 있다. 탑에서 실제로 일어나는 일들을 잔인하게 풍자하는 장면처럼 보여서, 스테파노는 장난에 끼어들고 싶지 않아 걸음을 재촉한다. 마음이 너무나 심란해서 마치 이 모든 것이 그를 고문하기 위해 마련된 장면 같다. 혹시 형들이 꾸민 짓은 아닐까? 어리석은 짓을 하지 말자고 거듭 다짐하고 있는데, 누가 스테파노의 팔을 잡는다. "이거 봐! 진짜 판사야! 토르 디 노나에 있는 그 판사라고!"

사람들이 이쪽을 돌아보고, 인파가 꾸역꾸역 다가선다.

"놓으시오." 스테파노는 팔을 뿌리치려 하지만, 남자는 듣지 않는다. 더 많은 사람이 스테파노에게 밀려오더니, 이제 그를 가면 쓴 풀치넬라 쪽으로 질질 끌고 간다.

"당신이 판사 역할을 해!" 여자가 날카롭게 소리친다. "당신이 판사 겸 배심원이라고!"

"아니, 아니야!" 스테파노는 항의하지만 아무도 듣지 않고 상관하지 않는다. 인파는 흥에 겨워 제정신이 아니다. 사람들은 그를 나무 의자에 앉히고 가짜 재판을 시작한다. 목격자 역할을 맡은 사람이 움츠러든 콜롬비나를 가리키며 새된 소리로 비난한다. 구체적으로 어떤 죄를 저질렀다는 것인지도 분명히 들리지 않는다. 죄목은 헷갈리고 혼란스럽다. 마술, 주술, 성적인 방종, 그리고 물론 독살. "진실을 말하라!" 사람들은 이제 스테파노와 불편할 정도로 가까운 광장 돌바닥에 무릎을 꿇고 있는 죄인을 향해 외친다.

"제발! 판사님!" 콜롬비나는 여자 목소리를 흉내내어 스테파노에게 애원한다. "자비를 베풀어주세요!"

스테파노는 콜롬비나의 가면을 홀린 듯이 바라본다. 가면 뒤에 혹시 내가 아는 남자가 있을까? 혹시 인파 속에도 아는 사람이 있나? 이 모든 것이 짓궂은 장난일까? 그의 시선은 가면을 쓴 얼굴들을 둘러보지만, 이제 자기 자신의 이성조차 믿어야 할지 알 수 없다. 그저 간절히 이 자리를 떠나 안전한 집으로 돌아가고 싶을 뿐.

"판결을 내려주십시오, 판사님!" 풀치넬라가 교수대의 밧줄을 휘두르며 청한다.

스테파노는 입을 열지만, 뭐라고 해야 할지 알 수 없다. 상관없다. 인파는 이미 입을 모아 외치고 있다. "매달아라! 매달아라! 죄의 대가를 치르게 하라!"

인파가 콜롬비나를 둘러싸고 밀려오고, 스테파노는 혼란한 틈을 타서 붙잡힌 손을 뿌리치고 밀집한 사람들을 밀치며 서둘러 그 자리를 빠져나간다. 사람들이 자신을 보고 웃고 손가락질하는 것을 의식하지만, 그는 고개를 숙인 채 최대한 빨리 걸음을 옮긴다. 집에 도착할 때쯤에는 가슴 통증이 심해지고 얼굴은 식은땀으로 뒤덮여 있다.

어느 정도 시간이 지난 뒤, 스테파노는 콧구멍을 가득 채운 배설물과 죽음의 냄새가 자기 집에서 난다는 것을 깨닫는다. 그는 한 걸음 물러선다. 문에서 조금 더 떨어지니, 칠 위에 십자가 형태가 그려져 있는 것이 눈에 들어온다. 무엇으로 그렸는지는 몰라도, 그림은 달빛에 반짝이고 악취가 풍긴다. 사육제에 취한 악당들의 소행일까, 그보다 더 어두운 의미가 있나? 사람들이 시체의 뼈를 섞은 액체를 남의 집 문간이나 창틀에 발라 저주한다는 이야기는 들은 적이 있다. 이것이 그런 의도로 한 짓일까? 잠시 욕지기가 올라왔지만, 그는 꾹 참는다. 누가 보고 있을지도 모르니, 상대에게 자기들의 수법이 먹혔다고 생각하게 하고 싶지 않다. 그저 힘겹게 문으로 다가가 열쇠로 열고, 천천히, 뚜벅뚜벅 안으로 들어간다.

어두운 현관에 들어오고 나서야, 스테파노는 벽에 몸을 기대고 차가운 타일에 얼굴을 댄다. 이토록 혼자라고 느꼈던 적이 없었다.

45

안나

남자들이 반나를 데리러 오자 감옥은 발칵 뒤집힌다.

"당신들이 이 여자를 죽일 거요, 그거 알아?" 그라치오사가 외치고 있다. "이미 갈 때가 다 된 사람 아니오!"

"베르고냐(Vergogna, 부끄러운 줄 알아야지)!" 다른 여자가 외친다. "지금 하는 짓이 부끄러운 줄 알아야 해!"

감방의 모든 문이 쿵쿵거린다. 다들 바닥에 발을 구른다. 분노와 고통의 끔찍한 합창이 차츰 커진다. 지난 몇 주, 아니, 이 여자들이 평생 겪은 좌절과 부당함이 함성이 되어 돌벽 안을 가득 채운다.

영혼이 저릴 정도로 아기가 그립고 젖가슴도 불어났지만, 안나는 지난 며칠 동안 이 지옥 같은 공간에 아기와 있지 않다는 것을 하느님께 감사했다. 고문이 어떤 것인지 자신이 알고 있다고 생각했었다. 광장에서 매질당하는 남자도 보았고, 스트라파도에서 고문당한 뒤 팔다리가 회복되지 못하고 마비되어 절뚝거리는 남자도 보았다. 하지만 이것은 전혀 다른 경험이었다. 낮이면 문 열리는 소리, 여자들이 애원하고 비는 소리, 자기를 감방에서 끌어내서 돌계단 위의 고문실로 데려가는 경비에게(이제 두 명이다) 저항하는 소리. 밤이면 울고 기침하고 울부짖는 소리, 훨씬 더 심한 경우에는 그저 정적. 한데 이제 점점 더 쇠약해져서 말도 제대로 못 하는 늙은 여자를 끌어내는 광경까지 봐야 하다니. "나는 죽는 것이 두렵지 않아." 반나는 예전에 안나에게 속삭였다. "하지만 고문은 받고 싶지 않아. 견딜 수 없을 것 같아. 비밀을 지킬 수 없을 것 같아. 차라리 목숨을 가져가지."

스테파노가 정말 이 모든 참혹한 짓을 허락했을까? 신문 중 본 그는 진정 자신의 양심과 싸우는 것 같았다. 어쩌면 양심을 억눌렀을지도 모른다. 권력을 휘두르다 보면 그렇게 되는지도 모른다. 안나는 점점 더 자신을 지배하려 들고 발길질까지 하는 필리프에게서 그런 모습을 보았다. 스테파노는 전혀 다른 부류의 남자라고 생각했지만, 어쩌면 선한 천성도 지속적인 압력을 받다 보면 뒤틀리는지도 모른다.

하지만 이 여성들 사이에서 압력은 다르게 작용하고 있었다. 고통과 비참함 속에서도 그들은 계속해서 서로를 격려하고, 서로를 부르고, 서로에게 강해지라고 다독이고 있었다. 손가락 고문을 당한 마리아도 계속해서 다른 여자들에게 힘을 주는 말을 외치고, 안나에게도 벽에 난 틈을 통해 계속 말을 걸고 있다. 아우렐리아를 볼 수 있을 거라고, 잘 지내고 있을 거라고, 앞으로도 악착같이 살아남을 거라고. 이런 말을 들으니 안도감에 눈물이 난다. 마리아가 알고 있다고 믿기 때문이다. 안나도 마리아에게 위안이 되는 말을 돌려주려고 애쓰고 그녀의 영혼을 위해, 부러진 뼈를 위해 기도하지만, 한편으로 그런 자신이 위선자라는 것을 알고 있다. 비밀을 실토한 덕분에 자신은 고문에 몸이 뒤틀리지도, 형틀에 매달리지도 않았으니까.

이제 라우라도 감옥에 끌려왔다. 아침에 몸을 씻으면서 안나와 마주치자, 라우라는 쇳소리로 쏘아붙였다. "내 이름을 실토한 게 네년

이야? 반드시 대가를 치르게 해주겠어, 두고 봐."

라우라가 무슨 짓을 할지도 두렵지만, 자기 자신이 한 짓에 대한 죄책감도 마음을 누른다. 안나는 검은 머리 산파에 대해 거의 아무 말도 하지 않았고, 그것이 최선이라고 생각했다. 하지만, 차라리 다 털어놓았더라면, 지금 반나는 고문실에 끌려가지 않고 참혹한 고통을 면할 수 있지 않았을까? 반나는 육체적으로 가장 쇠약한 만큼 쉽게 꺾일 거라는 계산이리라.

"바람만 불어도 쓰러질 노인네를!" 카밀라가 외치고 있다. "이러면 안 돼!"

문 두드리는 소리, 발 구르는 소리, 저주하고 애원하는 소리가 계속된다.

하지만 경비는 전혀 흔들리지 않는다. "입 닥쳐, 이 늙은 마녀들아. 우리는 명령받은 대로 할 뿐이다. 지옥에 가서 악마한테 소리칠 힘이나 아껴둬라."

진혼곡 같은 애원 속에서, 반나를 계단 위로 끌고 가는 기척이, 치맛자락이 바닥에 쓸리는 소리가 들리는 것 같다.

반나가 스테파노에게 그가 원하는 이름과 끝까지 숨겨온 비밀을 털어놓을까? 그렇게 되면 모두, 심지어 사면을 약속받은 안나까지 마지막을 맞는 걸까? 사실 그들이 약속을 지킨다는 보장도 없는 데다 이제 스테파노는 바른길에서 완전히 벗어난 것 같았다.

안나는 돌바닥으로 돌아가서 양팔로 몸을 껴안는다. 젖꼭지에서 아무도 빨지 않는 젖이 흐른다. 어차피 원하는 것을 얻기 위해서 여자 하나쯤 얼마든지 죽일 수 있다면, 다른 여자한테 한 약속 따위 굳이 지킬 이유가 있을까?

46

스테파노

지롤라마 스파나. 이 이름은 그를 놀라게 하지 않는다. 아니, 마음 깊숙한 한구석에서 스테파노가 이미 알고 있던 이름처럼 느껴지기도 한다.

그는 이 이름을 어떻게 알아냈는지 생각하지 않으려고 노력한다 (엄지손가락에 묶은 밧줄을 감아 올리는 소리, 뼈가 짓눌리고 으깨지는 소리, 밧줄 당기는 소리, 툭 끊어지는 끔찍한 소리). 어쨌든 이제 독약 제조자의 이름뿐만 아니라 집 주소와 두 아들의 이름까지 얻어냈다. 아직 확보하지 못한 것은 제조법, 혹은 비밀의 책이 숨겨진 위치다. 반나가 숨긴 것이 있을 거라고는 생각하지 않는다. 노인은 완전히 무너진 것 같았다. 어떻게 그렇게 할 수 있었는지, 누가 그렇게 했는지 생각해서는 안 된다. 비명도. 스테파노는 다른 의사를 부르라고 지시했다. 반나의 상태가 위중하다는 것을, 그녀가 혹시 죽는다면 자기 자신을 용서할 수 없으리라는 것은 알고 있지만, 그에게 다른 어떤 선택지가 있단 말인가?

이제 지롤라마, 독약 제조자에게 집중해야 한다. 가슴의 통증은 점점 심해지고 머릿속은 점점 더 안개 낀 듯 멍해지지만, 신속하게 앞으로 전진해야 한다. 이 저주받은 임무를 끝내야 한다. 이미 마페오와 베르투치오에게 지시를 내렸고, 그들은 스테파노와 함께 여자의 집에 가서 신병을 확보하고 재산을 압류할 예정이다. 이미 도망치지 않았다면 말이지만, 스테파노는 그런 가능성을 염두에 둘 수 없다. 아직 지롤라마가 자기 손안에 있다고 믿어야 한다.

막 출발하려는데, 루치아가 탑에 도착한다. 그녀가 감옥에 발을 들인 것은 처음이다. 스테파노는 화가 나려 하는 눈으로 누이를 바라본다. 그녀는 이 어둠의 영역에 들어와서는 안 된다. 루치아는 이곳과 동떨어진 존재다. "누님, 무슨 일이지?"

그녀는 후드를 벗으며 조용히 말한다. "어떻게 지내는지 보러 왔다. 걱정되어서. 지금 보니 내 걱정이 맞는구나."

"루치아, 걱정할 것 없어. 정말이야. 하지만 하필 안 좋은 때에 왔네. 중요한 체포를 하러 가려던 참이라."

루치아는 손을 들어 동생의 뺨을 만진다. "스테파노, 몸이 안 좋구나."

그는 자신의 약한 모습이 들킬까 봐 누나의 손을 떨친다. "루치아." 그는 소곤거린다. "이제 정말 다 끝나가. 일단 마무리부터 해야 해. 돌아와서 내가 찾아갈게."

"스테파노, 넌 요즘 날 피하고 있어."

"아주 바빴어."

"말은 그렇게 하지." 말투에는 나무라는 기색이 섞여 있다.

베르투치오와 마페오가 다가온다. 스테파노는 그들에게 고개를 끄덕인다. "잠깐만."

루치아는 초조한 눈빛으로 그들을 본다. 솔직히 말해, 그들은 정

말 살인자처럼 보이기도 한다. "스테파노." 그녀는 소곤거린다. "할 이
야기가 있어."

"지금은 때가 아니라니까."

"네가 무슨 일을 하고 있는지 알고 있니? 어디로 가는지?"

가장 격려가 필요한 순간에 누나가 동생을 의심하다니, 분노가 치
민다. "내가 무슨 일을 하고 있는지, 어디로 가는지 정확히 알고 있
어. 악마의 소굴로 가는 거라고." 그는 망토 자락을 단단히 여민다.
"빨리 일을 끝낼수록 더 좋아."

"하지만 스테파노⋯⋯."

"제발, 루치아. 다시는 여기 오지 마." 여기는 여자가 올 곳이 아니
라는 말을 덧붙이려다가 문득, 이 감옥에 여자들이 가득하다는 것
을 깨닫는다. 누이 같은 여자들이 아닐 뿐.

반나가 알려준 집은 비아 델라 룬가라와 비아 디 산프란체스코
디 살레스, 비콜로 델라 페니텐차가 만나는 모퉁이에 자리 잡고 있
다. 대문 위에 백합 모양의 작은 표지가 달려 있어 알아볼 수 있다
고 했다.

그들은 조용히 집에 접근한다. 저벅거리는 자신들의 발소리와 귓
전에서 웅웅거리는 맥박 소리만 들릴 뿐이다. 가까이 다가가니 그림
을 알아볼 수 있다. 배경보다 약간 더 짙은 색으로 미묘하게 그려진
백합 그림이다. 아주 찬찬히 봐야 보이지만, 분명 문장(紋章)이다. 백
합은 순결해 보이지만 독성이 있는 식물이다. 목적이 있어서 찾아
오는 사람에게, 바로 여기가 당신이 찾는 그 집이라고 알려주는 신
호다.

그들은 이제 문에서 몇 발짝 떨어져 있다. 위장이 죄어오고, 심장이 갈비뼈 안에서 쿵쿵거린다. 베르투치오의 눈과 스테파노의 시선이 마주친다. 말 없는 질문. 그는 고개를 끄덕인다.

두 경찰이 동시에 달려가서 문짝을 차 넘어뜨린다.

무너진 문짝 뒤에서 비명이 들려오고, 머리가 희끗희끗하고 허리가 굽은 늙은 여자가 서 있다. 이건 독약 제조범이 아니다, 스테파노는 생각한다. 마페오는 신속히 노인을 의자에 앉히고 결박한다. 누구인지는 몰라도 나중에 신문하자. 스테파노는 그들 옆을 지나 거실과 방, 부엌을 차례로 둘러보고, 베르투치오는 위층으로, 마페오는 로지아로 들어선다. "저기!" 그는 외친다. "저 아래쪽입니다! 발소리가 들립니다!"

스테파노가 뒤따라 달려가보니, 마페오는 지하실에서 두리번거리고 있다. 방은 아무 곳으로도 이어지지 않은 것 같다. 베르투치오도 도착한다. "문이 없어요." 마페오가 말한다. "막다른 곳입니다."

스테파노는 어둑어둑한 방을 둘러본다. 빈 항아리가 선반에서 반짝이고 있다. "아니, 길이 있을 거야. 분명히." 찬장 하나를 열어보니, 낡은 옷가지만 들어 있다. 혹시 비밀통로가 있을까 싶어 벽을 따라 더듬어보지만, 손에 먼지만 묻을 뿐이다. "저걸 들춰봐라." 스테파노는 발밑의 깔개를 가리키며 부하들에게 지시하지만, 그 밑에도 숨겨진 비밀통로는 없다. 빠뜨린 게 뭐지? "확실해, 마페오? 여기서 발소리를 들었나?"

"그런 것 같습니다. 하지만 속임수일 수도 있겠지요."

다시 계단을 올라온 스테파노는 아까 달려서 통과했던 방이 약제사의 도구로 가득한 작업실이라는 것을 깨닫는다. 그는 벽을 따라 늘어선 구리와 유리 증류기, 도자기 항아리를 둘러본다. 하지만 모든 라벨은 진통제다. 컴프리, 생강, 칡. "아까 발소리를 들었을 때 여기 서 있었나?" 그는 마페오에게 묻는다.

"네, 판사님."

스테파노는 등불을 집어 들고 다시 지하실로 내려간다. 상대의 꾀에 속아넘어갈 수는 없다.

등불로 벽과 바닥을 비추어보지만, 중요한 것은 눈에 띄지 않는다. 아주 오랫동안 스테파노는 거의 캄캄한 공간에서 움직이지 않고 서 있었다. 발밑에서 물소리가 들리는 것 같고, 라 마날롱가가 우물에서 뻗은 흰 손이 점점 가까이 다가오는 듯한 섬뜩한 기분이 스친다. 뭔가 발목을 스치는 감각에 하마터면 비명을 지를 뻔하지만, 잘 보니 고양이다. 스테파노는 시선으로 고양이를 뒤쫓는다. 고양이는 찬장 문을 코로 부비더니 홀쩍 넘어간다. 스테파노는 잠시 기다렸다가 찬장 문을 연다. 고양이는 없다. 어떻게 이런 일이?

스테파노는 비밀의 문이 있나 하고 찬장 뒤쪽을 밀어보지만, 아무것도 움직이지 않는다. 무릎을 꿇고 바닥을 밀어봐도, 아니, 꼼짝도 하지 않는다. 마법의 고양이였던 모양이다. 잠시 그는 서서 생각에 잠긴다. 지난 세기 로마 대약탈 당시 사람들이 도망치기 위해 사용했다던 비밀통로 이야기가 떠오른다. 그는 주워들었던 자세한 내용을 더듬는다. 어디 손잡이가 있나? 하지만 고양이가 손잡이를 무슨 수로 작동시키지? 복잡한 것일 리가 없다. 그냥 미처 생각을 못 해서 빠뜨렸을 뿐. 스테파노는 고양이의 눈높이로 허리를 굽혀본다. 찬장 뒤쪽의 바닥을 손으로 쓸어본다.

벽에 뭔가 튀어나온 부분이 손가락에 걸린다. 그는 숨을 들이쉰다. 누른다.

긁히는 소리가 나더니, 벽이 움직이기 시작한다. 그것은 벽이 아니라 문이다. 문이 열리자, 썩은 낙엽 냄새와 오래전에 죽은 것들의 냄새를 풍기는 차갑고 축축한 공기가 혹 끼친다. 스테파노는 조심스럽게 찬장 안으로 들어가 문 너머, 깊이 입을 벌린 구멍을 들여다본다. 분명 피로와 두려움 때문이겠지만, 우물 입구에 서 있는 기분, 그 깊은 밑바닥으로 빨려 들어갈 것 같은 기분이 엄습한다. 그는 정신을 가다듬고 퀴퀴한 공기를 한껏 들이마신다. 눈앞에 전등을 들어보니, 더 깊은 어둠 속으로 이어지는 돌계단이 겨우 보인다.

"판사님?" 베르투치오의 목소리가 머리 위에서 들리고 계단을 내려오는 말소리가 이어진다.

스테파노는 다시 방으로 물러선다. 나직한 목소리로 지시한다. "비밀통로 같은 것이 있다. 소리 내지 않고 신속하게 들어가야 한다. 등불을 가져가. 최대한 빨리 간다."

기름등을 찾아 불을 켠 뒤, 스테파노가 앞장서서 찬장 아래 심연으로 내려가기 시작한다. 계단은 축축하고 미끄럽다. 지롤라마가 그렇게 빨리 도망쳤을 리가 없다, 스테파노는 생각한다. 1분쯤 내려갔을까, 돌바닥이 나온다. 등불로 비추어보니 낮은 터널이다. 세 사람은 울퉁불퉁하고 젖은 바닥에 미끄러지지 않는 데만 집중하며 말없이 터널 속으로 들어간다. 앞에서 무슨 소리가 들린 것 같지만, 그냥 물 떨어지는 소리일 수도 있다. 터널은 점점 좁아지고, 공기는 점점 축축하고 답답해진다. 숨을 쉴 수 없을 것 같아서 스테파노는 더럭 겁이 난다. 하지만 계속 가는 수밖에 없다. 독약 제조자를 잡으려는 순간에 수색을 포기한다는 것은 있을 수 없는 일이다.

걸음을 옮기며 스테파노는 혹시 지롤라마가 이 비밀통로의 존재를 알고 이 집으로 이사했을까 생각해본다. 오랫동안 계획해온 일인가? 그가 지금까지 알아낸 바로 미루어볼 때 충분히 가능하다. 아니, 그럴 가능성이 높다. 그의 아버지라면 박수를 보낼 용의주도함이다.

누군가의 손이 어깨를 붙잡아서, 하마터면 등불을 놓칠 뻔했다. 베르투치오다.

"여긴 도대체 뭡니까?" 경찰의 숨결에서 마늘 냄새가 잔뜩 풍긴다.

"오래전에, 어쩌면 수백 년 전에 탈출용으로 건설된 것 같군. 로마와 나폴리의 지하에 귀족들이 지은 이런 공간이 많다고 들었다. 하지만 직접 보는 것은 나도 처음이야." 어느 신부가 기묘한 터널과 좁은 틈, 카타콤을 찾아낸 이야기를 쓴 책이 있었다는 기억이 난다. 어떤 통로는 고대 로마 시대에, 심지어 그보다 더 오래전에 지어진 것도 있었다.

"아, 이런 경험은 안 해도 되겠는데요." 베르투치오가 중얼거린다. "땅속으로 더 깊이 들어가는 것 같습니다."

그의 말이 맞다. 길은 점점 아래쪽으로 이어지고 있다. 도대체 어디로 가는 거지? 벌써 1마일은 족히 들어온 것 같은데, 이렇게 답답하고 음침한 곳이어서 먼 길을 온 것처럼 느껴지나? 스테파노의 상상력과 피로가 등불 그림자와 합쳐져 어둠 속에서 환영을 만들어내는 모양이다. 벽에 묘한 형상이 어른거리기도 하고 통로를 따라 이쪽으로 스물스물 기어오기도 한다. 지하 미로에 장치된 덫 이야기도 생각나고, 아무것도 모르고 들어온 사람들이 동굴 속에 떨어지거나 독이 묻은 창에 꿰뚫린다는 이야기도 생각난다. 그는 이성을 유지하고 침착하자고 수도 없이 되뇐다. 이건 지하 터널일 뿐이다. 한발 한발 계속 나아가야 한다. 다시 한번 이 말을 되뇌는데, 갑자기 검은 형체가 그의 몸을 스치는 바람에 심장이 튀어나올 뻔했다. 지롤라마의 고양이다. 땅 위에서 못지않게 여기서도 행복한 것 같다. 분명 쥐가 득실거릴 테니까.

길은 점점 더 좁아지지만, 이제 곡선을 그리며 휘어지기 시작한다. 전등에 벽의 한 부분이 비치는 순간 스테파노는 그것이 불빛이나 자신의 머릿속이 부리는 속임수라고 생각하지만, 아니다, 프레스코화의 한 부분이다. 마페오와 베르투치오가 전등을 벽에 비추니, 용 같은 것이 모습을 드러낸다. 날개 달린 거대한 야수가 창을 휘두르는 작은 인간을 향해 불을 뿜고 있다. 계속 벽을 따라 걸음을 옮기니, 목에서 피를 흘리며 무릎을 꿇고 기도하는 인간의 그림이 불빛에 비친다.

"성모마리아님." 마테오가 말한다. "여긴 대체 뭐지?"

"고대의 교회나 제단이었던 것 같군." 스테파노가 등불을 움직이자 이번에는 날개 달린 여자가 비친다. 얼굴은 지워져서 형체를 알 수 없다. 그는 계속 걷는다.

휘어진 통로를 계속 따라가니 커다란 바윗덩어리로 보이는 것이 나온다. 다가가서 보니 정교한 조각이라는 것을 알 수 있다. 하나는 여자의 머리에 사자의 몸통, 독수리의 날개가 달린 스핑크스 형태다. 이건 석관이다. 납골당이군, 스테파노는 흠칫 몸을 떨다가 갑자기 멈춘다.

어떤 소리.

"들었어요?" 베르투치오가 소곤거린다.

뭔가 쪼개지는 소리다. 나무 조각 같다.

"빨리 들어가서 여자를 잡읍시다." 베르투치오가 귀에 대고 속삭인다. "아주 멀지는 않을 겁니다. 저희가 먼저 가서 해치우겠습니다, 판사님." 베르투치오는 그의 옆을 지나 앞장선다. 순간 언제나 그랬듯 시시한 약골 취급을 당하는 게 아닌가 하는 생각이 들지만, 아니, 이건 그들의 임무다. 경찰은 범죄자를 추적하는 일에 익숙하다.

베르투치오는 전등을 앞으로 내밀고 달리기 시작하고, 마페오도 따라간다. "이봐!" 그는 외친다. 지롤라마가 눈에 보인 것 같다.

뒤처지지 않고 바짝 뒤따르다가, 문득 비명과 함께 뭔가 무너지는 오싹한 소리가 메아리친다. 지롤라마가 아니라 남자의 목소리다. 쿵쿵거리는 가슴을 안고, 스테파노는 두 사람을 뒤따라 달려간다. 땅에 누가 쓰러져 있다. 베르투치오가 쓰러져 있는 것을 보고 스테파노는 가슴이 내려앉는다. 마페오가 그의 다리와 상체를 덮은 돌을 치우고 있다. 하느님 아버지. 베르투치오 옆에 꿇어앉아 살펴보니 그의 얼굴은 피와 흙으로 뒤덮여 있다.

"가세요, 저는 여기 두고." 베르투치오가 가까스로 입을 연다. "도망치기 전에 잡으세요."

"마페오, 자네가 여기 같이 있게." 스테파노는 지시하고 빠르게 통로를 따라 움직인다. 지롤라마의 발소리가 들린다. 메아리 때문인지 마치 두 사람이 있는 것 같다. 이쪽을 따돌릴 만큼 멀리 가지는 못했다.

가슴 통증 때문에 호흡이 가쁘고 심장은 갈비뼈를 뚫고 나올 것 같지만, 어떻게든 쫓아가야 한다. 그토록 오랫동안 수사망을 피해온 여자다. 이제 통로는 위쪽으로 향하고, 이어 계단이 나온다. 이번에는 돌계단이 아니라 나무 계단이다. 터널이 밝아지는 것을 보니, 지상으로 나가는 문을 열어둔 것 같다. 폐가 불타는 것 같지만 스테파노는 달리고 또 달린다. 반쯤 열린 문을 밀어젖히자, 신선한 공기가 얼굴을 어루만진다. 환한 빛 속에서 눈을 찡그린 채 여자를 찾아 주위를 둘러보니, 그가 나온 곳은 사람들이 북적거리는 시장통이다.

잠시 스테파노는 두리번거린다. 가슴이 쿵쿵거리고, 갑작스럽게 햇빛을 받은 눈앞이 캄캄하다. 달리는 사람은 보이지 않는다. 분명 여자는 고작 몇 걸음 앞서 있을 것이다. 빠르게 걸음을 옮기는 소녀가 보이지만, 아니, 그가 찾는 것은 소녀가 아니다. 그는 인파를 훑는다. 바구니를 든 여자, 성복 차림의 신부, 뱀장어가 가득 들어 있는 들통을 옮기는 남자.

그때 그는 여자를 보았다. 가늘게 뜬 눈으로 그를 보는 여자. 틀어 올린 검은 머리. 겨우 몇 걸음 앞이다. 엄격한 얼굴, 검은 옷, 꼿꼿한 자세. 상상했던 모습은 아니지만, 분명 저 여자다. 어떻게 그 여자라고 확신했는지는 알 수 없지만.

스테파노가 다가가자, 여자는 말한다. "여기를 떠나는 것이 당신에게 좋을 거요, 스테파노 브라키. 나를 찾아내지 못하는 것이 당신에게 좋다."

그 말에 소름이 돋지만, 스테파노는 가볍게 말한다. "내 안녕을 생각해주다니 정말 사려 깊으시군, 돈나 지롤라마. 너를 체포한다. 토르 디 노나로 데려가겠다."

"어리석은 선택이야." 그녀는 말한다.

"그런 것 같지는 않군."

마페오가 합류해서 결박할 수 있게 되자, 스테파노는 마음이 놓인다. 도저히 이 여자의 몸에 직접 손을 댈 수가 없다.

47

여자에게 자백을 얻어내려면:
살아 있는 개구리를 잡아 혀를 잘라낸 후 개구리는 다시 물에 넣는
다. 그 혀를 잠든 여자의 심장 쪽에 둔다. 이때 질문하면, 여자는 진
실을 말할 것이다.

지롤라마

   그들은 '푸르가토리오(Purgatorio, 연옥)'라는 이름의 감방에 그녀를
가두었다. 이렇게 춥고 화가 나 있지만 않았다면 지롤라마도 웃었을
것이다. '인페르노(Inferno, 지옥)'에는 누가 갇혔을지 궁금했다. 주위
감방에서 외치고 울부짖는 저 여자들 중 한 사람이겠지. 산토 치엘
로(Santo cielo, 맙소사)! 이 광경을 보니 그 어느 때보다 화가 난다. 남
자들이 여자들을 감옥에 묶어놓고, 고문하고, 하느님의 명에 따라
악을 뿌리 뽑는다는 둥 하면서 자기들의 행동을 정당화하는 이 모
습이. 진정 세상을 살아본 사람이라면, 선악이라는 이분법만큼 단순
한 것이 없다는 것을 안다. 이곳, 이 땅에서 가장 성스러운 도시 한
복판에 자기들이 만들어놓은 이 지옥이야말로 악 그 자체라는 게
안 보이나? 무슨 송아지 분류라도 하듯 이 캄캄한 우리에 여자들을
가두어놓다니.

벌을 받을 거라는 사실을 알지만, 지롤라마는 다른 여자들에게 외친다. "힘내요! 저들에게는 당신들이 말한 것 외에는 아무 정보가 없어요! 당신들을 해칠 권리가 없어요! 당신들의 목을 매달 증거가 없다고!"

"주둥이 다물어." 경비가 마주 소리친다. "내가 닫게 해줄까?"

"지롤라마!" 여자 한 사람이 외친다. 반나의 목소리 같지만, 심하게 쉬어 있고 어딘가 다르다. 무슨 짓을 당했을까?

"지롤라마!" 다른 여자가 더 큰 소리로 외친다. 라 소르다다. 동료들이 여기 갇혀 있다는 사실은 고통스럽지만, 그들의 목소리를 듣고 가까이 있다는 것을 확인하니 기쁘다.

"그만해!" 다시 경비의 목소리. "혀를 잘라버리기 전에!"

깊고 걸걸한 웃음소리, 마리아의 웃음이다. 어둠 속에서, 좀처럼 웃지 않는 지롤라마의 얼굴에 미소가 번진다. 마리아가 바로 옆칸에 있다는 것을 깨달았기 때문이다. 웃음은 기침으로 이어진다. 지롤라마는 돌벽에 손을 댄다. "마리아." 그녀는 속삭인다. "마리아."

새벽 이른 시각 어느 때인가, 경비가 지롤라마를 깨워서 촛불을 밝힌 넓은 방으로 끌고 간다. 불빛 속에서 본 판사의 소년 같은 얼굴은 시체처럼 회색이다. 한눈에 봐도 녹초가 되어 있고 어딘가 아픈 것 같다. 마지막으로 스테파노를 보았을 때, 그는 한참을 달려서 얼굴이 붉게 달아올라 있었다. 지금은 밀랍 인형처럼 창백하다. 고통이 심한 것 같고 아파도 마땅한 인간이지만, 그런 모습을 확인한다고 지롤라마의 기분이 좋아지지는 않는다. 한때 그 얼굴에 있던 선함이 어느새 굳어서 뭔가 전혀 다른 것으로 변했음을 확인했기 때문이다. 하지만 루시퍼도 악마가 되기 전에는 천사였다. 판사에게 동정심을 느낄 여유는 없다. 동정심은 유한한 자원이니, 저렇게 인생에서 많은 행운을 타고난 남자에게 낭비할 수는 없다. 어차피 그 스스로 선택한 길이다. 동정심은 선택의 여지가 없었던 여자들, 그녀를 필요로 하는 여자들을 위해 아껴두어야 한다. 안젤리카를 위해 아껴야 한다.

서기가 가장 먼저 입을 열고 지롤라마의 이름과 무슨 라틴어를 읊는다. 햇빛이 부족해서 키만 훌쩍 자란 식물을 연상시키는 남자다. 하지만 그 밋밋함 아래에, 정확히 무엇인지 알 수 없지만, 불꽃 같은 것이 있다.

"지롤라마 스파나." 스테파노가 말한다. "네가 왜 여기 왔는지 알 것이다."

체구보다 큰, 좋은 목소리다. "당신이 나를 여기 왜 데려왔는지는 알고 있어요. 당신이 왜 여기 있는지는 알고 있으신가요?"

스테파노는 얼굴을 찌푸린다. "그렇다, 돈나 스파나. 내 목적은 내가 잘 알고 있다. 이 도시에 얼룩진 수많은 독살 범죄를 끝장내고 그 핵심 범인을 찾는 것이다. 나는 그것이 너라는 사실을 이제 안다."

"나요? 아니, 판사님. 나는 화장품과 여자들이 쓰는 약을 만듭니다. 화장수와 강장제 같은 것이죠. 당연히 내 작업실에서 그런 걸 발견하셨겠죠?" 연고와 안약, 크림을 만들 때 쓰는 재료와 장비만 빼고 다른 모든 것을 이미 다 치워놓았다. 표정을 보니, 판사가 다른 것을 찾지 못했음을 알 수 있다.

"진실을 말하라. 너는 오랫동안 활동해온 독약 유통 조직의 핵심 제조자다. 아쿠아를 만든 것이 너다. 네가 그 독약을 조직원들에게 공급해서 여자들에게 판매하게 했다."

지롤라마는 어깨를 으쓱한다. "내 집과 내 물건들을 이미 보셨을 텐데요. 내게는 독을 제조하는 도구가 없습니다. 그럴 지식도 없어요. 나는 판사님처럼 배운 사람이 아닙니다. 학교도 거의 못 다녔습니다."

"너는 팔레르모에서 로마로 왔다."

"맞습니다."

"라 토파니아라는 여자를 알고 있지."

그 이름이 목구멍 깊은 곳에 턱 걸리지만, 지롤라마는 혼란스럽다는 표정을 짓는다. "아뇨, 모르겠습니다."

"알 것이다. 그렇지 않다면 네가 제조법을 어떻게 알겠나?"

"무슨 제조법을 말씀하시는지 모르겠습니다."

"잘 알고 있지 않나. 아쿠아 디 팔레르모, 이제는 '아쿠아 디 로마 (Aqua di Roma, 로마의 물)'가 된 독약의 제조법 말이다. 토파니아의 비밀의 책에 적혀 있던."

아, 제법 많이 알아냈군요, 브라키 소년. 하지만 다는 모르고 있다. "기록을 찾아보시면 알겠지만, 저는 아홉 살 때 팔레르모를 떠났습니다. 그때 저는 실뜨기 놀이나 했지요. 독약이라니요."

자신의 정교한 추측에 구멍이 있는 것을 깨닫고, 스테파노는 미간을 찡그린다. "반나 데 그란디스는 당신이 독약 제조자라고 확실하게 증언했다."

"아, 반나는 어떤가요?" 지롤라마는 그를 똑바로 응시한다. "나이 많은 여자입니다. 몸도 아주 쇠약하죠. 정신이 오락가락합니다. 그런 사람이 믿을 만한 증인이라고 생각하시나요? 아마 고문 도중 말했을 텐데, 판사들이 그런 사람의 말을 믿을 거라고 생각합니까?"

지롤라마는 판사의 얼굴을 바라보며 생각한다. 그래, 이 돼지 같은 자식아, 그 불쌍한 여자를 고문하다니. 견디다 못해 실토한 것도 당연하지.

"나는 당신이 이 모든 음모의 핵심 주동자라는 것을 누구나 충분히 납득할 거라고 생각한다."

"여자 한 사람의 말만 듣고? 이제 제정신도 아닌 늙은 여자 말을? 그리고 브라키 판사님, 내가 그 독을 만드는 걸 반나가 봤다던가요?"

잠시 침묵. "그렇지는 않다." 그는 인정한다. "당신이 아무에게도 제조법을 보여주지 않았고, 제조하는 모습도 남들에게 보이지 않았다고 했다."

"아!" 지롤라마는 미소 짓는다. "그렇다면 목격자가 하나도 없는 셈이로군요."

"그것은 중요하지 않아. 반나는 당신이 병을 나눠주는 것을 보았다. 그 병을 자기가 팔았다고 인정했어."

"반나는 당신이 시키는 말을 했겠지요, 판사님. 온갖 도구도 있고, 말씀도 영리하게 하시니. 몸이 나으면 반나도 부인할 겁니다."

"아니다." 목소리에 분노가 슬그머니 묻어난다. "반나의 증언은 증거로 채택될 것이며, 당신 조직원들에게서 독을 샀다고 인정한 많은 사람들의 증언도 있다."

지롤라마는 어깨를 으쓱한다. "저에 대해 또 무슨 증거를 갖고 있으신지?"

"네 이웃들이 그 집에 사람이 드나드는 것을 보았다. 다양한 계층의 손님이 찾아왔다고 했지."

"당연하지요. 제가 판매하는 화장수와 화장품은 로마 전역에서 찾는 사람이 많습니다. 상인과 무역상의 딸, 궁정 부인들. 물어보세요. 저희 귀족 고객들과 이야기를 나눠보시면 알 겁니다."

스테파노의 얼굴은 얼어붙는다. 지롤라마가 그를 완전히 흔들어놓은 것이다. 그는 귀족에게 접근하지 못한다.

"네." 지롤라마는 말을 계속한다. "제게는 부자 손님들이 많답니다. 제가 드리는 상품을 아주 높이 평가하시죠." 그녀는 종이 위에서 손을 바삐 움직이는 깡마른 서기를 흘끗 본다. "당신한테 이 수사를 지시한 분들은 누가 그런 상품을 사는지 생각 안 해보셨나 봐요?"

"이런 식으로 이야기를 끌고 가는 것은 현명하지 못한 짓이다, 돈나 스파나."

지롤라마는 몸을 내민다. "이쪽으로 끌고 가는 건 판사님에게도 현명하지 못한 일 아니겠어요?"

스테파노의 목에 힘줄이 불끈 솟는 것이 보인다. "나는 교황 성하의 명을 받아 극히 심각한 범죄를 수사하고 있다. 내 권한을 의심하지 마라."

아, 이 남자는 여기가 약하군, 자존심이 문제야. 이 정도는 손바닥에 올려놓고 박살 낼 수도 있겠어. "나는 판사님의 권한을 의심하는 게 아니에요." 지롤라마는 조용히 말한다. "누가, 왜 판사님에게 이 일을 맡겼는지도 알고 있고요. 저는 단지, 당신이 진정 이 길을 가고 싶은지 묻고 있을 뿐입니다. 나이 든 여자, 학대당한 아내, 의지할 곳 없었던 딸과 자매들에게 혹독한 벌을 내린 사람이 되고 싶으세요?"

"그러면 인정하는가? 이 여자들에게 독약을 판매했다는 것을? 네가 제조했다는 것을 인정하는가?"

"나는 아무것도 인정하지 않습니다. 아무것도 자백하지 않습니다. 하지만 그런 독약이 실제로 존재하고 사용된다고 하시니, 오랜 세월 폭행과 굴욕 속에서 살아온 여자, 남편이 언젠가 자신을 죽일 거라는 사실을 알고 있는 여자의 상황이 어떠할지 한번 상상해보실 것을 청할 뿐입니다. 아버지에게 수없이 강간당한, 유일한 탈출구는 독약이 가득 든 병 하나뿐인 소녀의 삶을. 그런 사람들이 당신이 말하는 구매자입니다, 안 그런가요? 사람들이 기억하는 것은 그런 이야기들입니다. 정말 그 모든 짐을 짊어지고 싶으세요?"

스테파노는 의외로 고개를 돌리지 않고 지롤라마의 시선을 똑바로 받아낸다. "그 모든 짐이 내 몫이다. 내가 원하든 원치 않든, 나는 수사 담당 판사이고 법원의 관리다. 내 임무는 범죄를 파헤치고 증거를 제시하는 것이다. 내가 특정한 경우 범죄가 정당화된다고 믿든, 그렇지 않든, 내가 수행해야 하는 역할은 그것이다."

지롤라마는 놀란다. 판사는 예상보다 이 문제에 대해 깊이 생각하고 있었다. 하지만 아직 그것이 자기 자신과 얼마나 민감하게 관계된 문제인지는 모르고 있다.

"그런 다음에는 어떻게 되지요, 판사님? 그 변변치 않은 역할을 다 하고 나면?"

"알고 있을 텐데, 돈나 스파나. 사건은 재판에 넘겨지고, 총독이 형사재판소와 함께 판결을 내리게 된다."

"아, 그렇군요. 바란초네 총독." 지롤라마는 고개를 끄덕인다. 총독이 이제껏 어떤 판결을 내렸는지, 그 결과 어떤 고통을 불러왔는지 익히 들었다. "그가 공정한 사람이라고 생각하세요? 이 수사를 요청한 남자 말입니다. 애당초 수사를 시작한 바로 그 사람의 손에 판결을 맡기는 것이 과연 공정한 절차일까요?"

정적. 난로 안에서 장작이 쩍 소리를 내며 불꽃을 튀긴다. "그것을 판단하는 것은 내 일이 아니다."

"스스로 죄를 사하시는군." 지롤라마는 미소 짓는다.

"수사받고 있는 것은 내가 아니다." 스테파노의 목소리가 커진다. "어쩌면 수백 명의 남성들을 죽였을지도 모르는 독약을 제조하고 판매한 혐의를 받는 이는 내가 아니야!" 그는 앞에 놓인 탁자를 주먹으로 내리친다. 지롤라마는 자신이 그의 아픈 곳을 찔렀다는 것을 알지만, 이 정도로 충분하지 않다. 그는 말을 잇는다. "지금 나는 자발적으로 네 악행을 자백할 기회를 주는 것이다. 지금 자백하지 않으면, 내일 무슨 일이 생길지는 네가 알 것이다."

"네, 알지요." 아니, 추측할 수 있다. 지금 진행되는 과정을 볼 때, 이 남자의 상태를 볼 때, 굳이 손가락 고문을 거치지도 않을 것이다. 곧장 매다는 고문을 시작하겠지. "그런데도 판사님은 나더러 악하다고 하시네요." 지롤라마는 조용히 말한다.

판사는 지롤라마를 응시한다. "나는 법에 어긋나는 짓을 하지 않았다. 명령받은 것 외의 일을 한 적이 없어."

지롤라마는 큭 하고 웃는다. 정말 저런 말로 구원받을 거라고 생각하나? "당신 계층에서 그런 식으로 자신의 행동을 정당화하는 사람은 얼마나 되죠? 정말 법전 따위가 영혼을 구해준다고 생각하나요?"

"지롤라마 스파나, 다른 사람들을 통해서 상품을 판매했다고 하여 네가 지옥에 떨어지지 않을 거라고 생각하나? 네가 수많은 남자들을 죽였다는 사실을 부정한다고 해서?"

지롤라마는 눈을 깜빡인다. 그들이 눈앞에 떠오른다. 자신의 독을 먹고 죽은 정육점 주인과 염색장이와 체 장인의 유령 같은 모습. 아니, 그렇게 생각하지는 않는다. 이제는. 지롤라마는 스테파노에게 이렇게만 말한다. "나를 고문하세요, 판사님. 법률이 당신에게 허락하는 일을, 총독이 하라고 한 일을 다 하실 수 있겠지요. 하지만 결국 당신은 나를 다치게 한 것보다 당신 자신을 더 다치게 할 거예요."

"공연한 협박이군." 그는 언뜻 자신만만한 말투로 한마디 던지지만, 지롤라마의 눈에는 그 너머가 보인다.

"아니, 판사님. 잔에 넘쳐 흐르는 협박이지요. 아침에 다시 보십시다."

경비는 지롤라마를 넓은 방에서 데리고 나와 계단을 내려간다. 그녀는 경비를 눈여겨보고 있었다. 이 남자도 어느 정도 가늠할 수 있을 것 같다. 이 음울한 공간에서 주목 한번 받지 못하고 일해온 진흙 덩어리 같은 인간, 조금의 희망과 조금의 아름다움을 갈망하는 인간이다. 벽에서 타오르는 횃불 아래를 지나칠 때, 지롤라마는 그의 어깨를 톡톡 두드린다.

경비가 돌아서자, 지롤라마는 작은 물건을 손에 쥐고 불빛 아래 들어보인다. "그래." 그녀는 속삭인다. "진짜예요."

지롤라마는 그에게 물건을 받으라고 내민다. 과연 받을까?

48

안나

한밤중이다. 한 여자가 소리치고 있다. "빨리 나와봐! 감방 문이 열렸어!"

안나는 머리카락에 짚이 붙은 채로 혼란스러운 기분으로 일어나 앉는다. 지금 꿈을 꾸는 건가?

"서둘러!" 여자가 소리친다. 누구 목소리인지 알 수 있다. "경비가 돌아올 때까지 시간이 별로 없어."

산파다, 안나는 생각한다. 이제 그녀의 이름이 지롤라마라는 것을 알고 있다. 안나는 그녀의 목소리를 듣게 되어 반갑기도 하고 소름 끼치기도 한다. 결국 그녀까지 잡혀 들어왔다는 뜻이니까.

돌바닥 위에 질질 끄는 발소리. 어떤 발소리는 다급하다. "나갈 수 있을까?" 누가 말하고 있다. "탈출할 수 있을까?"

"아니." 지롤라마가 다시 말한다. "주 대문은 잠겼어."

칠흑 같은 어둠 속에서 감방 문을 밀어보니, 놀랍게도 열린다. 안나는 바깥으로 나간다. 서둘러 각자 방에서 나와서 하나둘 모여드는 여자들의 얼굴 위에 횃불이 일렁인다. 빛을 향해 기어 나오는 하얀 벌레들 같다.

"마님?"

"베네데타!" 안나는 하녀와 얼굴을 맞대며 와락 껴안는다.

"어떻게 이런 일이 가능하죠?"

"나도 몰라." 그들 주위로 다른 여자들이 서로 다가오면서 말을 나누고 손을 맞잡고 있다. "산파가 경비에게 뇌물을 줬든가, 우리가 나올 수 있도록 뭔가 속임수를 썼나 봐."

베네데타가 속삭인다. "기도하고, 또 기도했어요. 아우렐리아를 위해서, 우리를 위해서, 부디 구해달라고요."

"틀림없이 그렇게 될 거야. 스테파노, 그 판사 말로는 총독이 전부동의했대. 걱정할 것 없어." 하지만 하녀가 걱정하는 것도 당연하다. 안나도 매일, 매 시간 걱정한다. 여기서 이렇게 끔찍한 일을 자행하고 있는데, 스테파노나 총독이 약속을 지킬 거라고 어떻게 믿을 수 있겠는가.

라우라가 어디 있는지 둘러보지만, 보이지 않는다. 바로 옆에서 체칠리아라는 이름의 여자가 자기 딸 테레사를 끌어안는다. 둘 다 울고 있다. 하지만 반나의 감방 문은 열리지 않는다. 안나가 그쪽으로 가려는데, 지롤라마가 말하기 시작한다.

"들어봐요." 지롤라마는 어둠 속을 향해 말한다. "다시는 여러분에게 말할 기회가 없을지도 모릅니다."

"지롤라마!" 다른 여자가 말한다. 노래하는 듯한, 묘한 억양. 제대로 듣지 못하는 사람의 말투다.

"라 소르다, 이리 와." 지롤라마는 땅딸막한 여자를 가까이 끌어당기고, 라 소르다는 지롤라마가 여기 있다는 것이 지난 몇 주 사이가장 우스운 일이기라도 하다는 듯 웃기 시작한다. 아니, 정말 그럴지도 모른다.

"당신은 누구죠?" 다른 여자가 묻는다. "우리를 어떻게 감방에서 꺼낸 거예요?"

"내가 누군지는 중요하지 않아요." 지롤라마가 말한다. "중요한 건 지금부터 내가 하려는 이야기입니다."

중얼거리는 소리, 소곤거리는 소리. "당신 때문에 지금 우리가 여기 있다고!" 젊은 여자의 목소리다.

"그런 말을 할 시간은 없어요." 지롤라마는 날카롭게 말한다. "당신 각자가 내린 선택이었잖아요. 서로 싸우기 시작하면 우리 모두 지고 말아요. 자, 다들 이 점을 알고 있어야 합니다. 이 판사, 스테파노 브라키라는 사람 입장에서는 당신이 자백하거나, 혹은 당신이 죄를 저질렀다고 증언하는 증인 두 사람이 있거나, 혹은 기타 결정적인 증거가 있어야만 유죄판결을 기대할 수 있습니다. 그렇다 해도, 법정에서 반드시 유죄판결을 내린다는 보장은 없어요. 우리는 굳게 입을 다물어야 합니다. 서로 유죄라고 지목하는 일이 있어서는 안 돼요."

"너무 늦었어!" 누군가 말한다. "저들이 다 알고 있다고!"

라우라다, 안나는 생각한다. 라우라다. 안나는 어둠 속으로 몸을 숨긴다.

"그들이 뭘 아는지, 뭘 안다고 생각하는지, 그런 건 중요하지 않아요." 지롤라마는 계속 주장한다. "중요한 건 그들이 증명할 수 있는가 하는 점이니까요. 그들은 독약을 확보하지 못했어요. 그 약이 무엇인지조차 모르고 있습니다. 누가 독으로 죽었다는 사실에 대한 증거가 아예 없어요."

여자들이 웅성거리기 시작한다. 지롤라마의 말이 맞을까? 안나는 궁금하다. 하지만 그녀는 이미 죄를 자백했다. 그 자체가 증거다. 내가 잘못된 선택을 한 건가?

"이미 자백한 사람도 있어, 지롤라마." 마리아가 말한다.

"알고 있어, 마리아. 우리가 서로 등 돌리게 만들기 위해 온갖 수법을 다 썼으니까. 하지만 고문 도중에 자백한 내용은 나중에 번복할 수 있어."

더 큰 수런거림이 인다. "하지만 했던 말을 뒤집으면 우리를 다시 고문하지 않을까요?" 다른 여자가 말한다. "종교재판소에서 그렇게 했잖아요!"

"어쩌면." 지롤라마가 말한다. "아닐 수도 있어요. 이 판사는 겉보기만큼 강한 사람이 아니라서요."

"그 친구는 애송이야!"라 소르다가 말하더니 다시 웃는다.

"이제 그렇지 않아요." 안나는 용기를 내어 입을 연다. "그는 이 수사 때문에 자신의 양심을 짓밟았고, 이제 끝장을 보려 하고 있어요."

지롤라마는 안나를 돌아본다. 그녀의 눈동자가 새까맣다. 안나가 라우라에 대해 자백한 것을 알고 있을까? 자기 자신에 대한 정보를 준 것도? "네, 그는 단단히 마음을 먹고 있지만, 내적 갈등도 심해요. 당신이 모르는 부분도 있습니다. 아무것도 단정하지 말고, 모든 방법을 다 시도하세요."

"우리가 왜 당신 말을 들어야 해?" 젊은 여자가 지롤라마에게 말한다. "우리가 여기 들어온 게 당신 때문인데."

"이름이 뭐죠, 아가씨?" 지롤라마는 묻는다.

여자는 망설인다. "카테리나." 그녀는 마침내 말한다. "카테리나 누치."

"카테리나 누치. 내 기억이 맞는다면, 당신이 지금 살아 있는 것 자체가 나 때문이에요. 정육점 주인의 아내 아닌가요?"

여자는 대답하지 않는다. 지롤라마는 고개를 끄덕인다. "내 말을 듣든 안 듣든, 나한테는 달라질 게 없습니다. 하지만 여러분은 법에 대해 이 어두운 감방만큼이나 깜깜한 상태죠. 곧 저들은 빈민 변호인을 선임해야 할 겁니다. 그때까지 여러분은 아무것도 말해서는 안 돼요."

"경비가 언제 돌아올까?" 마리아가 묻는다.

"15분 정도. 어쩌면 더 빨리."

마리아는 지롤라마에게 다가가 뭐라고 속삭이기 시작한다. 그녀는 지롤라마를 반나의 감방으로 데려간다. 땅딸막한 여자 라 소르다가 뒤따르고, 이어 그라치오사, 이어 라우라가 들어간다. 시간이 흐른다. 여자들은 말없이 다시 나온다. 지롤라마의 얼굴이 돌처럼 굳었다. 반나가 죽어가는 모양이다, 안나는 생각한다.

경비가 돌아오는 발소리가 들리자, 지롤라마와 여자들은 서로 끌어안는다. 마리아는 지롤라마의 머리 위로 안나가 이해하지 못하는 손짓을 한다. 마치 그녀를 축복하는 것처럼.

49

스테파노

악마가 이 여자를 보호하는 건가? 형틀에 매달린 채 두 시간이 흘렀지만, 지롤라마는 아무 것도 털어놓지 않았다. 분명 고통스러울 텐데도, 거의 비명조차 없었다. 스테파노는 힘줄과 뼈가 으스러지는 모습을 더 볼 수가 없어서 고문실을 나왔다. 로도비코가 기록하고 있으니 충분하다. 이제 그는 감옥 안뜰을 서성거리고 있다. 심장이 쿵쿵거리고, 가슴 통증은 여전하고, 머릿속은 의혹으로 소용돌이친다. 결국 여자들을 고문하는 방법까지 쓰고 있지만, 아직 건진 것은 아무것도 없다. 나는 대체 어떤 남자가 된 걸까? 총독이 못 박은 기한까지 이제 겨우 이틀, 죄수는 확보했지만 아직 유죄판결을 얻어낼 만한 증거가 없다.

방으로 돌아온 뒤 스테파노는 경비들에게 죄수를 묶은 끈을 자르고 그 자리에 내버려두라고 지시한다. 아무 소득이 없어 보인다. 지롤라마는 바닥에 고꾸라지지만 몸은 편안해 보인다. 심지어 바닥에 툭 떨어지는데도 타격이 없는 것 같다. 마치 약에 취한 것 같지만, 그럴 리가 있나. 정신력으로 이런 일도 가능한 모양이다. 천천히, 지롤라마는 바닥에서 정신을 차리고 일어나 앉아서 벽에 등을 기댄다. 입에서 한 줄기 피가 가늘게 흘러내린다. 그녀는 고양이처럼 피를 핥으며 나른하게 스테파노를 바라본다.

"자백이 없다 해도 유죄판결을 받아내고야 말겠다." 스테파노는 말한다. "네가 한 짓은 내가 알고, 하느님이 아신다."

지롤라마는 웃는다. 가래, 아니면 피가 끓는 듯한 걸걸하고 묘한 웃음. "아." 그녀는 조용히 말한다. "당신이 한 짓은 스스로 알고 계시나?"

분노에 턱이 굳는다. "나는 법에 어긋하는 짓을 전혀 하지 않았다. 진실을 찾아내고 이 사건을 재판에 회부하기 위해 필요한 행동 이상의 짓을 한 적이 없어."

"브라키 판사, 당신 자신을 포함한 모든 사람에게 거짓말을 할 수 있겠지만, 나를 속이지는 못할 거예요. 자백도 얻어내지 못했다. 독약 제조법도 없다. 내가 그 독약이라는 것을 만드는 것을 보았다고 증언하는 사람도 없다. 단지 고문을 가해서 독을 샀거나 팔았다고 말한 늙은 여자 여럿이 있을 뿐······. 심지어 아쿠아라는 그 독약조차 무엇인지 모르고 있잖아." 이상하게 혀가 꼬인 말투다. 고통 때문일까?

"아니, 나는 그것이 비소에 뭔가를 섞은 약이라는 사실을 알고 있다. 팔레르모에서 사람들을 죽인 독약과 제조법이 같다는 것을 알고, 이 약으로 로마에서 수십 명, 어쩌면 수백 명이 죽었다는 것을 알고 있다. 너는 그 모든 죽음에 책임이 있다. 그 모두의 죽음에."

입가에서 피가 계속 흐른다. 지롤라마는 침을 뱉는다. "나는 단 하나의 영혼에게도 독을 먹이지 않았어."

'영혼'이라는 단어를 유독 길게 끄는 것이 문득 마음에 걸린다. 정확히 무슨 의미지? 정말 이 모든 죽음에 자신의 책임이 없다고 생각하는 건가? 밤잠을 자려고 누우면, 그 사람들의 얼굴이 어른거리지 않는 건가? 그 죽음에 책임져야 할 그 모든 남자의 얼굴이? 그럴 수도 있겠지. 어쩌면 그렇게 많은 죽음을 정당화할 수 있는 유일한 방법은 거리를 두고 자신과 관계없는 척하는 것뿐일지도 모른다. 나 자신도 지금 그렇게 하고 있지 않은가? 그래서 지금 고문실에서 벌어지는 일에서 거리를 두고 있는 것 아닌가? 여기서 일어나는 모든 일은 사실 나의 책임인데도?

바로 그 순간 끔찍한 통증이 가슴을, 심장을 가른다. 뭔가 발톱 같은 것이 그를 움켜잡고 있는 것 같다. 이 여자가, 이 여자가 내게 이런 짓을 하는 건가? 지롤라마 앞에서 아픈 내색을 할 수는 없지만, 공포가 차츰 커져서 숨을 쉴 수 없고 심장이 너무 빨리 뛰어서 당장이라도 죽을 것 같다. "이제 끝났다." 스테파노는 중얼거리고 가슴에 손을 얹은 채 고문실을 나선다. 로도비코의 시선이 그를 뒤쫓는다. 분명 지롤라마도 자신의 성공에 흡족해하며 그를 지켜보고 있을 것이다.

복도로 나온 스테파노는 우뚝 서서 숨을 헐떡이며 부들부들 떤다. 눈앞에서 계단이 울렁거려서 도저히 올라갈 수가 없다. 맙소사, 무슨 일이 일어나는 거지? 내가 죽는 건가?

"판사님?" 베르투치오다. 그의 손이 스테파노의 어깨를 짚고 있다. "왜 그러십니까?"

"몸이 좋지 않은 것 같아. 여기서 나가야겠네."

"같이 가시죠. 어디로 갈까요?"

수치스럽지만, 그가 베르투치오를 이끌고 향하는 곳은 어린 시절 아플 때마다 그를 돌보아주던 누나가 있는 집이다. 베르투치오의 말이 거리를 지나는 동안, 스테파노는 수레에 누워 땀을 흘리며 메슥거림과 견디기 힘든 공포를 느낀다. 아직 사육제가 한창이고 거리를 달리는 바르바리 말발굽 소리, 인파의 고함 소리가 들려온다. 아버지의 집에 도착할 즈음, 그는 한결 진정된 상태이지만 아직 온전하지 않다. 고맙게도 아버지가 아닌 루치아가 그들을 맞는다. 그녀는 급히 스테파노를 자기 방으로 데려가 침대에 앉히고 젖은 수건으로 이마를 눌러준다. 스테파노는 벽에 걸린 자잘한 종교적인 물건들을 둘러본다. 기도용 의자, 아기 예수 테라코타, 의자 하나, 낡고 평범한 장 하나. 이 방을 보는 것은 처음이지만, 몸이 힘든 와중에도 루치아가 이렇게 부유한 집에서 빈한한 삶을 꾸리고 있다는 생각이 들어 서글퍼진다.

하인이 향신료를 넣은 포도주를 가져왔고, 몇 분이 지난 뒤 루치아는 입을 연다. "무슨 일이야, 동생?"

스테파노는 털어놓는다. 취조실에서 통증과 공포가 독수리 발톱처럼 가슴을 찢었다고. "그 여자야." 그는 속삭인다. "그 여자가 나한테 한 짓이야. 이런 일이 가능한가?"

루치오는 계속 수건으로 이마를 닦아주며 그를 바라본다. "너 자신이 네게 하는 일이거나. 너는 너무나 두려워하고 있고, 너무나 긴장해 있어."

"나는 패배하고 있어, 루치아. 이 여자는 평범한 인간이 아니야. 마녀야. 내 손아귀에서 빠져나가는 뱀 같아."

"그녀는 일개 여자일 뿐이야, 동생아. 강한 여자겠지만, 피와 살이 있는 여자야."

"누나가 못 만나봐서 그래. 그 여자가 어떻게 행동하는지 몰라서.

무엇도 그녀를 건드리지 못하는 것 같아. 지금도, 그녀의 발톱이 나를 찢어발기는 것 같아!" 다시 가슴이 아프기 시작한다. 그는 이를 악문다.

루치아는 그를 지켜본다. "스테파노, 이 사건에서 물러난다 해서 부끄러운 건 아니야. 이렇게 몸이 좋지 않으니……."

"부끄럽지 않다니!" 그는 웃는다. "루치아, 난 부끄러워서 죽어버릴 거야."

"아니, 이 일이, 이 일이 널 죽이고 있어."

그는 고개를 젓는다. "다 왔어, 루치아. 손톱만큼만 더 가면 진실을 알아낼 수 있어. 반드시 이 일을 바닥까지 파헤치고 말 거야."

오늘 루치아의 눈은 아주 짙은 녹색이다. 색깔이 변하는 것 같다. "다른 사람에게 일을 넘겨. 네 손으로 진실을 찾을 필요는 없어. 너는 이미 할 만큼 했잖아."

"아니, 루치아. 내가 해야 해. 모르겠어? 내가 지금 그만두면, 그건 패배를 인정하고 내가 아버지가 늘 생각하는 그런 나약한 존재라는 사실을 입증하는 짓이야. 지금 내가 사임한다면 아버지가 쏟아낼 경멸을, 그 눈빛을 상상해봐!"

루치아는 그의 입술에 손가락을 댄다. "하인들. 하인들은 이 집의 모든 걸 다 들어. 하지만 스테파노, 아버지가 생각하거나 원하는 것은 중요하지 않아. 아버지는 늘 자기 자신에게 가장 큰 명예가 된다고 믿는 방향으로 우리를 밀어붙이는 분이지. 네 행복이나 안녕에는 별 관심이 없어. 넌 기억하지 못하겠지만, 어머니에게도 그랬어. 아버지는 오로지 자기 자신만 생각해. 옛날부터 그랬어. 모르겠니? 그가 우리 모두를 어떻게 조종하고 있는지? 하지만 나는 널 걱정해,

스테파노. 체면을 깎이면 어쩌나 하는 두려움 때문에 네 한계를 넘어서는 일을 억지로 해서는 안 돼. 다른 사람이 수사를 마무리하도록 넘겨."

그가 대답이 없자, 루치아는 말한다. "스테파노, 듣고 있니?"

"응, 루치아. 듣고 있어. 생각하는 중이야." 그는 루치아가 말한 첫 번째 부분에 대해 생각하고 있다. 그 안에 해답이 있을까? 이 수렁에서 빠져나가는 길이? 스테파노는 물에 빠져 급류에 떠밀리면서도 밧줄을 움켜쥐는 사람처럼 그 생각에 집요하게 매달린다.

50

고문받을 때 고통을 피하는 방법:
당신의 피로 다음 내용을 적어 그 쪽지를 삼킨다. 아글라스, 아글라노스, 알가데나스, 임페리에쿠에리티스, 세 시체가 가지에 매달려 있고 내 팔다리와 행위가 그 한가운데 있으며 신성한 권능이 내 속에서, 그러나 행위는 별들 위로 솟아오르네, 혹은 텔, 벨, 쿠엘, 카로, 몬, 아쿠아.

지롤라마

드디어 고통이 시작되었다. 옷 안에 숨겨 들여온 양귀비 용액을 모두 써버려서 감각을 둔화시킬 방법이 없다. 부적조차 효험을 잃은 것 같다. 약기운이 떨어지자 몸의 각 부위가 존재감을 드러낸다. 먼저 등과 어깨가 지금까지 당한 일로 비명을 지르고, 등골을 따라 벌건 불덩이 같은 통증이 바늘로 찌르듯 번진다. 하지만 지롤라마는 이를 악물고 나을 거라고 다짐한다. 그래야만 한다. 다른 사람들처럼 평생 불구가 될 정도로 심하게 다치지는 않았다. 스테파노의 영혼이 얼마나 단단해졌는지는 몰라도, 그녀를 완전히 망가뜨릴 정도의 배짱은 그의 안에 없다. 그의 정신과 영혼이 차츰 병들어가고 있다는 것이 느껴진다. 어둠이 그를 뒤덮고 있다. 기뻐해야겠지만, 왠지 그렇지가 않다. 아직 절반의 성공일 뿐이다.

강인해져야 하고 정신을 바짝 차려야 한다는 것을 알지만, 감방 안에 혼자 누워 있으니 신경을 따라 불꽃처럼 번지는 고통과 입안에 감도는 쇳내 같은 피 맛 속에서 점점 정신이 혼미해진다. 마리아가 힘을 내라고 벽 건너편에서 계속 말을 걸지만, 오랜 친구의 목소리도 와닿지 않는다. 누구의 목소리도. 알록달록한 고리가 마치 정령들의 춤처럼 흐릿한 불빛 속에서 눈앞에 맴돈다. 이건 혼백일까, 고통과 양귀비로 인한 환영일 뿐일까? 이름조차 부르고 싶지 않은 첫 남편이 그녀를 지하실에 가두고 때로 며칠 동안 방치하던 시절이 떠오른다. 어둠 속에서 그녀의 의식은 친구들을 만들어냈고, 익숙한 존재들이 그녀를 위로하고 괴물들을 물리치기 위해 곁을 지켰다. 어둠 속에 도사리는 상상 속의 존재들과 이 땅에 살고 있는 진짜 존재들. 지하실은 벌이라고 그는 말했었지. 말대꾸를 했다고, 폭력에 맞서 그녀 자신을 지켰다고. 하! 결국 그녀가 그에게 벌을 내리긴 했지만, 하느님, 오랫동안 그녀는 정말로 자신이 패배했다고 생각했다. 결혼했을 때 지롤라마는 겨우 열여섯, 란케티의 성적인 학대를 경험하기는 했지만, 폭력을 놀이처럼 여기고 소녀의 몸과 정신을 잔혹함과 야만의 시험대로 여기는 남자들이 있다는 것을 그녀는 몰랐다. 아니, 지금은 그런 생각을 하지 않겠어. 그녀는 생각을 거부한다. 지금처럼 자신을 치유하고 그때의 영상을 머릿속에서 몰아내기까지 반평생이 걸렸다. 그가 무슨 짓을 했는지, 왜 그랬는지, 지금은 생각하지 않기로 하자. 이제 다 극복한 일이고 그는 오래전에 죽었으므로. 그는 그녀가 직접 죽인 유일한 남자. 병에 든 독약이 왜 필요한지 진정 이해하게 해준 남자였다.

하지만 독약이 항상 필요했던가? 눈앞에서 환영이 맴도는 동안 그녀는 이런 질문을 던진다. 내가 약을 팔았던 여자 중에서 부당한 이유로 그걸 사용한 사람은 없었나? 어쩌면, 있었을 것이다. 내가 늘 철저히 신중하지는 못했으니까. 여자들에게 다른 출구가 없었던 경우가 대부분이었지만, 꼭 그 처방이 필요했는지 나중에 의심할 만한 이유가 생기기도 했다. 예를 들어 세탁부들. 세 자매가 모두 자기 남편들을 독살했던 일, 혹은 금화를 주겠다던 그 부인. 그들에게 굴복해서는 안 됐는데. 워낙 많은 잔인하고 굴욕적인 사연들을 접하다 보니 아들들 외의 어떤 남자에게도 연민을 느끼기 어려워졌다. 지금 와서 생각하니 잘못이었고, 자기 손을 통해 너무 많은 사람이 죽었다는 두려움이 밀려온다. 하지만 이런 생각은 다 고통과 탈진 때문이다. 지금은 성찰할 때가 아니다. 다음으로 닥칠 일에 대비해서 정신을 차려야 한다.

바닥을 울리는 부츠 소리가 들린다. 경비가 돌아온다. 빗장이 풀리고 문이 열린다. 지롤라마는 몸을 일으켜 앉으려다가 통증 때문에 하마터면 비명을 지를 뻔하지만, 그래도 자신이 얼마나 다쳤는지 내색하고 싶지 않다.

"위층에서 부르신다." 경비가 손을 내민다.

그는 루비를 받은 뒤로 태도가 상당히 부드러워졌다. 분명 뇌물로 바칠 보석이 더 있을 거라고 생각하는 모양이다. 지롤라마가 손을 잡자 그가 일으켜준다.

루비는 이제 없다. 정보만이 있을 뿐.

취조실에 들어가니 여전히 유령처럼 창백한 스테파노가 눈빛을 번득이고 있다. 무서울 정도다. 병 때문에 번들거리는 것 같기도 하지만, 혹시 광기가 아닐까 두렵다.

"잘 있었나, 돈나 스파나. 손님이 있다."

뱃속에서 공포가 치민다.

"누구인지 알고 싶지 않나?"

아무 내색도 하지 않겠다. 지롤라마는 무표정을 유지한다.

"너를 고발한 증인이다." 스테파노는 짐짓 더욱 유쾌하게 말을 잇는다. "너를 잘 아는 사람."

뱃속에 고인 공포가 가슴께까지 차오르고 심장까지 촉수를 뻗는 것 같다. "그런가요?" 그녀는 조용히 대답한다. 방 안에 들어서기 전부터 증인이 누구인지 짐작했지만, 그래도 그 모습을 보니 숨이 턱막힌다.

거미가 기어다니듯 안짱다리로 걷는 눈에 익은 걸음걸이. 체카가 들어와 스테파노가 권하는 자리에 앉는다. 그녀는 지롤라마 쪽을 보지 않는다. 그저 바닥만 내려다본다.

스테파노가 말한다. "돈나 체카, 네 주인이 독약을 만드는 것을 어떻게 목격했는지 다시 말해보라."

"네, 어르신." 체카는 무감각하게 말한다. "말씀드렸지만, 그녀는 비소를 다량 사용하는데……."

"비소는 어디서 구하나?"

"산피에트로 인 빈콜리 성당의 돈 지롤라모 신부가 갖다주었습니다. 흰 소금 비슷한 희고 반짝이는 물질이었습니다. 지금은 역병으로 돌아가셨습니다만, 오랫동안 지롤라마에게 비소를 갖다주었습니다."

"비소를 받아서 어떻게 했나?"

"비소를 절구에 넣어 다른 물질과 함께 빻습니다. 아주 곱게. 그런 뒤 새 물항아리에 물을 채우고 가루를 넣습니다. 물처럼 맑아질 때까지 증류합니다."

우유푸딩 요리법이라도 외는 듯한 말투다. 지롤라마의 시선은 체카의 얼굴만 바라보고 있다. 그들 뒤에서 서기가 증거 장부를 기록하는 모습도 의식한다.

"그건 어떻게 하는 건가?" 스테파노는 묻는다. "액체를 어떻게 증류하지?"

"정확한 방법은 모릅니다. 항아리 입구를 반죽으로 덮는 건 알고 있습니다." 체카는 여전히 감정이라곤 없는 목소리로 중얼거린다. "그리고 공기가 통하지 않게 잘 봉합니다. 그런 다음 불 위에 얹어서 수위가 1인치 정도 내려갈 때까지 아주 천천히 끓입니다. 그게 전부입니다."

"그다음에는?"

"하룻밤 그대로 두었다가 직접 만든 작은 유리병에 담습니다. 사람들이 독약이 아니라 순례자의 기름이라고 생각하도록 '성 니콜라스의 만나'라고 표시된 병입니다."

"그것이 독약이라는 것이 확실한가?"

"아, 네. 지롤라마가 여자들에게 말하는 것을 수없이 들었습니다."

"뭐라고 말했나?"

"아쿠아를 한 번에 대여섯 방울씩 포도주나 죽에(그래야 맛이 변하지 않아서요) 타서 먹이라고 했습니다. 계속 그렇게 먹이다 보면 죽는다고요."

스테파노는 지롤라마를 돌아본다. "자, 필요한 증거는 모두 확보했

354

다. 이제 자백하라."

지롤라마는 입을 연다. 처음에는 아무 소리도 나오지 않지만, 애써 입술을 달싹인다. "아뇨. 체카는 거짓말을 하고 있거나, 잘못 본 겁니다. 체카는 내가 독약을 만드는 것을 본 적이 없어요." 아니, 물론 봤다. 최소한 그 과정의 일부는 당연히 보았다. 워낙 오랜 세월 같이 일하다 보니, 지롤라마는 체카를 집 안에 있는 가구나 낡은 신발 같은 존재로 여기게 되었다. 그녀가 위험한 존재라고 생각해본 적이 없었다. "방금 그녀가 말한 것은 화장수를 증류하는 과정입니다."

스테파노는 창백하고 유령처럼 일그러진 미소를 짓는다. "그렇게 말할 것 같아서, 부하들을 당신 집에 보내 세비야 오렌지 나무 아래를 파보게 했다." 스테파노는 일어서서 문간으로 나간다. "마페오?"

지롤라마는 체카를 응시하지만, 그녀는 시선을 피한다. 제발, 안젤리카에 대해서는 아무 말도 하지 않았기를. 만일 그랬다면, 부디 천벌이 내리기를.

남자 하나가 들어온다. 터널에서 쫓아오던, 인상이 거친 경찰이다. 그는 천에 싼 뭔가를 품에 안고 있다. 스테파노 앞 탁자 위에 천을 펼치니, 안에서 실크로 장정된 책과 유리병 여러 개가 나온다. 흙이 탁자 위에 흩어진다. "이 정도면 증거로 충분할까요, 브라키 판사님?"

"아, 그런 것 같군." 스테파노가 대답한다.

"아니," 지롤라마는 쉰 목소리로 말한다. "이건 아무 증거도 되지 않습니다. 어떤 인간은 유독하고 나약해 피하는 것이 좋다는 사실만 입증해줄 뿐." 그녀의 시선은 여전히 체카에게 못 박혀 있다. "자백은 못 얻을 겁니다, 브라키 판사님. 박식한 남자가 빼곡하게 참석한 재판정은 고사하고, 이 늙은 여자의 말로 누구를 설득할 수 있겠어요."

마침내 체카가 지롤라마를 쳐다본다. 어린 시절부터 알고 지낸 여자. 줄리아를 절대적으로 신뢰했던 여자. 무엇이 그녀로 하여금 이렇게 오랜 세월이 흐른 지금 배신을 택하게 만들었을까?

이 말없는 질문에 대답이라도 하듯 체카는 말한다. "깔아뭉개지 않으면 우리가 뭉개진다고 했잖아, 지롤라마! 이제 나는 나 자신을 구하는 것밖에 달리 도리가 없어. 난 늙은 여자야. 피곤해. 여생만은 평화롭게 보내고 싶을 뿐이야."

안젤리카의 인생은? 지롤라마는 소리치고 싶다. 보호자 하나 없이 혼자 남으면 그 예쁜 어린아이한테 무슨 일이 생길 것 같아? "내가 누구인지, 무슨 일을 할 수 있는지 잊어버린 모양이군." 지롤라마는 속삭인다. "더 이상 말한다면 당신은 절대 평화를 얻을 수 없을 거야."

"네, 네." 경멸 어린 목소리다. "저주니, 독약이니. 항상 자기가 나보다 잘났다고, 똑똑하다고 거들먹거리지. 나는 그동안 당신 집안에 할 만큼 했어. 이제 와서 당신하고 같이 망하기는 싫어."

지롤라마는 그 순간 할 말을 잃는다. 어떤 일이 있어도 좀처럼 놀라지 않는 그녀이지만, 머리를 한 대 얻어맞은 것 같은 기분이다. 양어머니가 거두어 오랫동안 생계를 책임져준 여자, 평생을 내 집 한복판에 있던 여자가 이렇게 아무 생각 없이 나를 배신할 줄이야. 그저 조용한 인생을 살고 싶다는 이유로.

스테파노는 책을 들고 지롤라마에게 다가온다. "이제 자백하시오, 돈나 스파나. 선택의 여지가 없다. 내겐 증인이 있다. 내가 손에 든

건 제조법이다. 약병도 있다. 당신의 여자들도 있다."

　내 여자들을 가두었을지 몰라도 내 딸은 안 돼, 지롤라마는 생각한다. "아뇨, 브라키 판사님. 당신은 틀렸어요. 내 자백 없이는 유죄판결을 얻어낼 수 없을 겁니다. 당신이 지금 손에 들고 있는 것?" 그녀는 손을 벌려 텅 빈 손바닥을 보여준다. "그건 사실 아무것도 아닙니다."

51

스테파노

스테파노는 이해할 수가 없다. 마차에 치이기라도 한 것처럼 머리가 지끈거린다. 눈앞이 흐려지기 시작한다. 지롤라마의 책을 읽고 또 읽어본다. 분명 거기에는 온갖 불법적인 약물 제조법이 적혀 있다. 낙태약, 사랑의 묘약, 부적, 서로 다른 필체로 적힌 수많은 약물 제조법이다. 이 중에는 토파니아의 필적도 있을 것이다. 오래되어 닳은 종이가 많고, 글자는 은색으로 바랬다. 하지만 아쿠아를 만드는 법은 어디에도 없다. 독약 제조법이 없다. 비소나 납, 안티몬, 아니, 그가 알고 있는 독극물이 포함된 제조법은 단 하나도 없다. 어떻게 이런 일이 가능하지?

발견될 것을 예측하고 관련된 제조법이 적힌 책장을 찢어내 땅에 묻었나? 더 위험한 제조법은 아직 찾아내지 못한 다른 책에 적혀 있나? 아니, 혹시 투명 잉크 같은 세그레테 레기에리(Segrete leggieri, 미묘한 비밀)를 사용했나? 비밀의 기록이 드러날지도 모른다 싶어 책을 난롯불 가까이 가져갔지만, 아니, 아무것도 없는 것 같다. 어떻게 또 나를 속일 수가 있지?

책장을 넘기다 보니, 몇몇 페이지는 손가락 밑에서 바스라진다. 스테파노는 책을 아주 작게 갈기갈기 찢어버리고 싶은 충동을 꾹 참는다. 비밀의 책은 없었다. 거짓과 혼선의 책이 있을 뿐.

지롤라마가 독약을 만들었다는 체카의 증언 역시 허술하고 부정확하기는 마찬가지다. 그녀는 주인이 사용한 모든 재료를 알지 못했고, 독약을 실제 만드는 장면을 본 적도 없다. 단지 비소라고 주장하는 뭔가를 받아다 가루로 만들고, 그것과 별개로 뭔가를 증류해서 유리병에 넣는 것을 보았을 뿐이다. 이것만으로는 유죄판결을 받아내기 부족할지도 모른다. 물론 지롤라마는 결코 자백하지 않을 것이다.

두 시간 뒤에는 총독과 교황에게 수사 결과를 보고하기 위해 바티칸에 가야 한다. 스테파노는 자신이 실패자로 보이리라는 것을 안다. 그는 논거를 마련하고, 항변과 사죄의 말을 준비한다. 정신적인 대비도 하려고 애쓴다. 로도비코가 먹을 것을 가져오지만, 입맛이 없다. 스테파노는 방을 서성거리며, 논거를 중얼거리고 지금까지 수사한 내용과 증거를 요약한다. 하지만 충분하지 않다.

회의 시각이 다가오자, 스테파노는 손과 얼굴을 씻고 셔츠와 목깃을 닦는다. 기운을 차리기 위해 포도주를 한 잔 마신다. 바티칸으로 걸어가는 동안, 땀이 목을 따라 흘러내리는 것이 느껴진다. 긴장해서인지 아파서인지 알 수 없다. 어느 쪽이든 상관없다. 무슨 일이 닥치든 이 임무를 완수해야 하고, 이 저주받은 일거리를 끝내야 한다. 그는 단정한 생울타리로 길이 나뉘고 늘어선 석상들이 무표정하게 내려다보는 퀴리날레 정원을 지난다. 퀴리날레 궁에 들어와본 적은 한 번도 없어서, 녹초가 된 상태에서 이렇게 걷고 있으니 꿈결처럼 환상적인 기분이다. 아늑하게 불을 밝힌 방들이 호화로운 토끼굴처럼 서로 연결되어 있고, 사제와 시종, 밝은 제복 차림의 스위스 근

위병 들이 여기저기 걸어 다니며 목소리를 낮춰 이야기를 나눈다. 스테파노는 빨간 망토를 입은 추기경에게 안내되고, 추기경은 그를 데리고 속삭임으로 가득한 금박과 대리석의 미로를 지나 빨간 커튼이 쳐진 방에 도착한다. 이제 공포 때문에 온몸이 따끔거리고 심장이 쿵쿵거린다. 스테파노는 할 말을 입속으로 다시 한번 연습해본다. 이마의 땀을 닦고 심호흡한다.

방은 염색장이의 내장 같은 진홍색이고, 벽에는 다홍색 새틴이 덮여 있다. 유일한 빛은 촛농이 뚝뚝 떨어지는 은색 촛불뿐이다. 긴 테이블에 두 사람이 앉아 있다. 한 사람은 바란초네, 다른 한 사람은 교황 알렉산데르 7세다. 이렇게 가까이에서 교황을 알현하는 것은 처음이지만, 금빛 공단과 흰 족제비 털에 둘러싸인 그의 모습은 예상했던 것보다 작고 연약해 보인다. 스테파노는 깊이 허리 숙여 절하고 성 베드로의 반지에 키스한 뒤 일어서라는 명을 기다린다.

"시간이 별로 없다." 교황의 목소리는 높고 약간 짜증이 섞여 있다. "수사에서 알아낸 사실을 간략하게 들려달라."

스테파노는 밀랍 과일이 가득한 금장 바구니와 흑단을 깎아 만든 책상, 책장에 빼곡하게 꽂힌 금박 장정 서적, 성자의 유품이 들어 있을 듯한 사람 팔 모양의 은제 성물함, 묵직한 붉은 공단 가림막이 드리워진 침대를 무시한 채 자신이 하는 말에 정신을 바짝 집중하려 애쓰며 보고하기 시작한다. 지롤라마가 자백하지 않았고 아쿠아의 제조법도 손에 넣지 못했지만, 분명 그녀가 천천히 작용하는 독약을 대규모로 유통시켰다고 확신한다고. 판매 조직도 색출해냈다고. 아쿠아를 샀다고 자백한 여자를 여러 명 확보했으며, 액체를 병에 넣는 장면을 보았다고 증언한 여자도 한 사람 있다고.

"하지만 자백은 얻지 못했군." 바란초네가 말한다.

스테파노의 가슴이 내려앉는다. "자백은 얻지 못했습니다. 맹세하건대 모든 수단을 다 동원했습니다."

"그렇다면 범인의 자백 없이 형사재판소에 사건을 제출해도 좋다는 교황 성하의 허가를 구해야겠군." 바란초네의 얼굴에서는 표정을 읽을 수 없다.

말로 하는 공격에는 준비되어 있었지만, 이런 것은 아니다. "저는…… 음, 그런 일이 가능하다는 것은 미처 모르고 있었습니다만, 성하께서 그러한 대안을 허락해주신다면 얼마든지……." 교황을 바라보니, 그는 희미하게 따분한 표정만 짓고 있을 뿐이다.

바란초네가 말을 받더니, 교황들이 자백 없는 재판을 진행하도록 허가한 전례가 분명 있으며 마녀재판 당시에는 오히려 진짜 마녀들이 종종 끝까지 버티고 자백하지 않았다고 자신 있게 설명한다.

교황은 손을 내민다. "이 사안의 법적인 전례에는 관심이 없다. 나는 법정에서 심판받아야 하는 사악한 여자들이 있다고 확신한다. 아직 자백을 거부하는 자들이 또 있는가?" 스테파노를 향한 질문이다.

"몇 명 있으나, 고문을 통한 자백이었습니다. 마리아 스피놀라라는 여자와……."

알렉산데르는 말을 끊는다. "이 여자들을 의심할 합당한 증거가 있다면, 자백의 유무와 상관없이 이 사건은 형사재판소에서 다루어져야 한다. 나는 이런 뜻을 밝히는 교황령에 서명하겠다. 무엇보다 이 사건은 극악한 추문이다. 사안을 신속하게 재판소에 넘겨 진행할 수 있도록 하라. 우리의 평판이 이미 더럽혀졌으니 서둘러 이 사안을 마무리짓는 것이 합당하다."

더럽혀졌다. 스테파노는 은촛대를 바라본다. 겉으로 보이는 모습. 중요한 것은 그것뿐인가?

바란초네는 말한다. "어떤 수단을 써서든 이 사건을 신속히 재판소에 회부하겠습니다, 성하." 그의 시선이 스테파노에게 향한다.

"여기 브라키로 하여금 아보카토 데이 포베리(Avvocato dei poveri, 빈민 변호인)을 선임하고, 필요한 서류를 모두 제게, 그리고 형사재판소에 보내도록 하겠습니다. 그렇게 할 수 있겠지, 스테파노?"

스테파노는 침을 삼킨다. "예, 각하."

"좋아." 교황은 작고 붉은 입술을 내민다. "서류를 보내라. 가능한 한 빨리 이 문제를 종결짓기를 원한다."

문제라니. 수십 명이 탑에 갇혀 있는 사건을, 무슨 번거롭지만 처리해야 하는 관료주의적 서류뭉치처럼 취급하다니. "여자들 전부 말씀입니까?" 스테파노가 묻는다.

"당연히 그렇지." 바란초네가 날카롭게 대꾸한다. "사건은 모두 한꺼번에 재판에 넘겨질 것이다. 성하의 말씀을 듣지 않았느냐. 이제 범죄를 의심할 만한 합리적인 증거가 있는 모든 죄인을 형사재판소로 회부해야 한다."

하지만 이것은 적법한 절차가 아니다. 법적으로 올바른 절차가 아니다. 이 남자들은 용의자의 목숨에는 관심이 없고 오로지 서둘러 유죄판결을 내리는 데에만 관심이 있다는 것을 깨달아서일까, 계속된 수면 부족 때문일까, 스테파노는 자기도 모르게 이렇게 말한다. "교황 성하, 혐의를 받고 있는 일부 여자들에 대해 관용을 베풀어주실 것을 청하나이다. 정황이 특히 끔찍한 경우가 있었습니다."

바란초네는 얼굴을 찌푸리고, 알렉산데르는 손을 내젓는다. "그럴 수도 있겠군, 그리 하라. 빈민 변호인이 서면으로 신청하면 검토하겠다. 하지만 지금은 시간이 없다. 최대한 빨리 사건을 법원으로 넘기도록."

스테파노는 그들을 응시한다. "주요 증인 체카 데 플로레스에게 추가 증언을 받아야 할지도 모르겠습니다. 지롤라마 스파나의 조수입니다."

"오늘 중으로 처리하게." 바란초네는 자리에서 일어선다. "그동안 나는 형사재판소의 심리관에게 통보하지. 말베치가 새롭게 이 역할을 맡았다."

"말베치?" 피오랄리사의 결혼식에서 스테파노와 한자리에 앉았던 오만한 남자다. 검사 중에서도 가장 가혹한 성향에 최고위급이다.

"그래. 마침 이번 일에 적절한 인물이니 시의적절한 이동이지. 그라면 감정에 호소하는 말에 휘둘리지 않을 것이다."

스테파노가 움직이지 않자 바란초네가 말한다. "수고했다, 스테파노. 이만 끝내지. 그간의 노고에 감사한다."

"수고 많았다." 교황은 그를 보지도 않은 채 말한다. "이제 다른 문제로 넘어가지."

스테파노는 총독에게 인사하고, 교황에게 더 깊이 조아린 뒤, 뒷걸음으로 빨간 벽의 방에서 물러난다.

방을 나온 뒤 스테파노는 옷깃을 느슨하게 푼다. 공기가 폐로 충분히 들어가지 못하는 것 같다. 교황이 수사 결론을 받아들이고 그이상도 허락했으니, 안도감이나 일말의 만족감이 느껴져야 할 터였다. 지롤라마는 법원으로 넘겨질 것이고, 수사는 끝났으며, 지금까지 해온 일에 대한 치하도 받았다.

하지만 그런 감정은 느껴지지 않는다. 가슴만 답답하고 속이 메슥거린다. 나는 정녕 무엇을 불러일으킨 것인가?

52

우울감을 다스리는 법:
패랭이꽃을 베버스톤의 보리알 일곱 알 무게만큼 취해 밀가루처럼
한 숟가락 곱게 빻은 뒤, 패랭이꽃 농축액 두 숟가락에 섞는다. 이렇
게 준비한 처방을 저녁 식사, 혹은 점심 식사 후 네 시간이 지난 뒤
복용하면 마음이 가벼워진다.

지롤라마

"일주일 후 모든 사건에 대해 형사재판소에서 심리가 진행될 것이
다." 서기는 레 세그레테 바깥에 서서 가느다랗고 높은 목소리로 무
슨 서류를 읽고 있다.

감방에 혼자 서서 이 소식을 듣고 있는 지롤라마에게는 배를 한
대 얻어맞는 충격처럼 다가온다. 그녀는 낙관주의자가 아니지만, 이
건 예상보다 심하다. 모든 여자를 살인죄로 기소하고, 일부는 독약
을 획득해서 판매한 죄로 기소한다. 단 한 사람도 방면되지 않지만,
서기는 사면 신청 이야기를 하고 있다. 아마 그들 중 유일한 중산층
이자 교황의 법정에서 볼 때 유일하게 살릴 가치가 있는 인물인 안
나 콘티를 가리키는 것이리라. 감옥에 갇힌 사람은 스무 명이 넘는
데, 변호인은 단 한 명만 선임된다. 여자들은 이 남자를 통해야만 말

할 수 있지만, 그는 모든 내용을 말보다 서면으로 제출할 것이다. 서기는 이 모든 내용을 밋밋하고 감정 없는 어조로 읽어내려간다.

어깨가 통증으로 비명을 지르지만, 지롤라마는 축축한 벽에 기댄다. 절망은 집단적이고 공통적이다. 주변 감방에서 다른 여자들이 신음하고 욕설을 내뱉고 기도하는 소리가 들려온다.

"어머니!" 고통스러운 외침, 염색장이의 아내 테레사다.

"뭐라고 말 좀 해봐, 지롤라마!" 다른 목소리가 냉소적으로 쏘아붙인다. "자백이 없으면 재판에 못 넘긴다며!"

지롤라마는 기운을 차리려고 애쓴다. "우리의 몸을 비틀었듯이, 저들은 법도 비틀었어요. 하지만 아직 패배한 건 아니에요. 아직 절차가 남아 있고, 몇몇 사람들에게는 사면이 주어질 거예요. 뭐든 이용하세요. 내 말 들려요? 희망을 버리지 말아요."

희망. 울부짖음 속에 둘러싸여 있으니 부질없게 들리지만, 지금은 자기 연민에 빠질 때가 아니다. 지롤라마에게는 결코 용납할 수 없는 감정이었지만, 특히 지금은 더욱 그렇다. 몸이 무너지려 하지만, 지금은 행동해야 할 때다.

"얼마나 남았을까요?" 다른 여자가 외친다. 카밀라, 여관 주인의 아내 목소리다. "얼마나 있으면 우리의 운명이 결정될까요?"

서기가 말한다. "재판은 월요일에 시작된다. 소요되는 시간은 판사의 재량에 달려 있지만, 심리는 신속하게 진행될 것이다."

이렇게 많은 목숨이 고작 몇 시간의 재판으로 결정된다. "의사가 필요합니다." 지롤라마가 말한다. "여기 몸이 아픈 여자도 많고 목숨이 위태로운 사람도 있어요. 알고 있잖습니까." 지롤라마는 반나의 눈을 보고 시간이 얼마 남지 않았다는 것을 알았다.

잠시 침묵. 서기는 뭐라고 대답해야 할지 모르는 것 같다. "요청을 상부에 전하겠소."

조롱하는 웃음소리. 마리아가 내뱉는다. "논 프레가 운 카초(Non frega un cazzo, 집어치우라고 해)! 어차피 우리를 다 죽이려는 거야."

"스테파노 브라키에게 전하세요." 지롤라마는 목소리를 높인다. "그에게 내 말을 전하세요. 반나가 죽어가고 있다고 알려줘요."

"그거 잘됐네!" 라우라가 외친다. "우리 대부분이 여기 갇힌 게 그 여자 때문이잖아!"

"조용히 해, 라우라." 지롤라마는 화가 치밀어서 소리친다. "이 사업을 시작한 게 반나도 아니고, 지금 사경을 헤매고 있는 사람이잖아."

"그래, 이 사업을 시작한 건 당신이지." 라우라가 날카롭게 대꾸한다. "당신이야, 지롤라마 스파나. 덕분에 우리 모두 목매달리게 생겼어!"

모두 대꾸를 기다리겠지만, 지롤라마는 아무 말도 할 수 없다. 어떻게 보면 라우라의 말이 맞다. 모두의 목숨. 그 많은 죽음. 그 모든 것이 그녀의 책임이다.

마리아가 입을 연다. "당신 스스로 선택한 길이야, 라우라. 우리 모두 그랬어. 당신 자신이나 챙기고 성인과 성령에게 기도나 드려. 지롤라마를 탓하지 말고."

두런거리는 목소리가 잦아들자, 마리아의 속삭임이 벽을 타고 지롤라마에게 들려온다. "당신 딸. 딸은 안전해. 비밀은 안전. 중요한 건 그거야, 지롤라마."

"얼마나 갈까, 미아 아미카? 그렇게 어린아이인데."

체카나 다른 누군가가 마지막 순간에 목숨을 건지려고 얼마든지 실토할 수 있다. 그렇게 되면 지롤라마의 유산은 영영 사라지고, 가장 밝은 불꽃이 꺼지게 된다. 안젤리카가 제조법을 가지고 있다 해도, 그녀에게는 주재료가 없다. 지롤라마의 도움 없이 얼마나 구할 수 있을까? 그보다도 안젤리카가 홀로 남겨진다고 생각하니 도저히 견딜 수가 없다. 이제 겨우 열네 살, 그보다 훨씬 더 큰 소녀들도 짓밟히는 도시에서. 지롤라마가 사형선고를 받는다면, 누가 안젤리카를 보호할 수 있을까?

53

스테파노

스테파노는 형사재판소에 넘겨야 하는 서류를 최대한 빨리 준비한다. 불가능한 일을 떠넘긴다는 것을 알고 있지만, 빈민 변호인도 선임했다. 감옥에 가득 찬 여자들에 관한 수사를 마무리할 시간은 이제 고작 며칠밖에 남지 않았다. 그런 뒤에는 이미 마음을 정하고 있을 무자비한 검사와 한 무리의 판사 앞에 나가야 한다.

스테파노는 체카를 다시 불러들였다. 지롤라마의 자백이 없으니, 핵심 증인의 진술이 결정적이다. 체카는 이전과 똑같은 단조로운 목소리로 증언을 반복한다. 왜 이 여자가 다른 마음을 품거나 배신할지도 모른다고 지롤라마가 전혀 의심하지 않았는지 스테파노도 알 것 같다. 그녀는 입고 있는 드레스와 희끗한 머리카락만큼이나 색깔 없는 사람이다. 하지만 그 아래에는 분명 이기심이 있다. 강렬한 자기보존 본능이 있다. 이렇게 개성 없는 겉모습을 자기보호를 위해 가면처럼 두른 것일까? 저 색 바랜 눈동자 뒤에는 정말 아무것도 없는 것일까?

스테파노는 반복적인 진술을 끊고 말한다. "돈나 체카, 언제부터 지롤라마 밑에서 일하기 시작했나?"

"음, 처음에 저는 지롤라마의 양어머니인 줄리아 밑에서 일을 시작했습니다."

"줄리아." 그는 시칠리아에서 온 편지를 떠올린다. 로마로 달아났다는 젊은 공범. "그녀는 누구지? 정식 이름은?"

"줄리아 만지아르디였습니다. 콜레오네 출신이었습니다."

"처음 일을 시작한 것이 언제라고?"

"잘 모르겠습니다. 오래전이었습니다. 팔레르모에서요."

스테파노는 체카가 그렇게 오랫동안 이 가족을 위해 일했다는 것까지는 모르고 있었다. "돈나 체카, 거기서 라 토파니아라는 여자를 알았나?"

"네, 잘 알았습니다." 체카는 여전히 표정 없는 말투다.

"약제사였지?"

"그 비슷했습니다. 토파니아의 남편이 스페치알레였습니다."

흠. 지금은 이 사건을 마무리하는 데 집중해야 한다는 것을 알지만, 스테파노는 일이 어떻게 시작되었는지 궁금하다. "토파니아가 줄리아에게 아쿠아 제조법을 가르쳤군, 안 그런가?"

"그랬을 겁니다, 네."

"흠, 틀림없어. 그렇게 로마로 제조법이 유입된 거다." 아직 찾지 못한 비밀의 책을 통해서.

여자는 그를 쳐다보기만 할 뿐 대답이 없다.

"돈나 체카, 토파니아가 교수형에 처해졌을 때 당신도 팔레르모에 있었나?"

"아, 아닙니다. 우리는 오래전에 그곳을 떴어요."

"우리라니? 줄리아와 지롤라마, 당신이?"

"네, 하지만 그때 지롤라마는 아주 어렸습니다. 줄리아는 범인으로 지목당하기 전에 빨리 탈출하는 것이 좋겠다고 결정했습니다. 그래서 로마로 오게 되었지요."

스테파노는 왜 이렇게 늘 땀이 나는지 모르겠다고 스치듯 생각하며 손수건으로 얼굴의 땀을 닦는다. "그렇게 줄리아는 로마에서 아쿠아를 만들기 시작했군."

"곧장 그런 것은 아니었지만, 네, 결국 그렇게 됐습니다. 액체를 필요로 하는 여자들은 늘 있었으니까요."

그랬겠지, 스테파노도 짐작할 수 있다. "그러다가 줄리아는 지롤라마, 수양딸에게 제조법을 가르쳐서 사업을 이어가게 했다. 맞나?"

체카는 콧등에 주름을 잡는다. "네. 줄리아는 지롤라마를 아주 아꼈고, 지롤라마도 영리한 아이였으니까요. 하지만 첫 결혼 후 그녀는 변했습니다."

변했다. 우유가 상하듯. 스테파노는 로도비코를 돌아본다. 서기는 아직도 뭔가 적고 있다. 시간이 별로 없고 에너지도 바닥을 드러내고 있지만, 그는 체카에게 묻는다. "왜? 무슨 일이 있었지?"

체카는 눈을 아주 약간 가늘게 뜬다. "여기서 들으신 사연이 많으니 아마 짐작하실 텐데요, 브라키 어르신."

아, 그렇지. 짐작할 수 있다. 그는 카밀라의 손목에 난 깊은 상처와 온몸에 있다는 화상 흉터를 생각한다. 자기 집에 감금당했던 카밀라, 손을 칼로 찔렸던 안나 콘티를 생각한다. 다른 여자들이 들려준 잔인한 폭력과 굴욕, 고통에 대해 생각한다. "지롤라마의 첫 남편은 어떻게 되었나?"

체카는 그의 눈을 똑바로 바라본다. 잠시 후 그녀는 말한다. "죽었습니다."

스테파노는 토파니아에게서 줄리아에게로, 줄리아에게서 지롤라 마에게로 전해진 이 치명적인 독약에 대해 생각한다. 그는 체카에게 말한다. "지롤라마에게는 아들 둘이 있지."

"네."

"딸은 안 낳았나?"

"없습니다." 여자는 아주 잠시 망설이다 덧붙인다. "딸은 안 낳았 습니다."

스테파노는 고개를 끄덕인다. 질문을 계속한다.

30분 뒤, 진술이 끝나자 로도비코는 손가락 관절을 우두둑거리며 매만진다. 스테파노는 뼛속까지 피곤하다. 탁자에서 이대로 잠들 것 같다. 체카가 일어서자, 그는 말한다. "내가 알아야 한다고 생각하는 다른 정보는 없나? 우리가 아직 만나지 않은 다른 여자라든가?"

체카는 생각에 잠긴다. "물어보시니 생각납니다만, 네, 한 사람 있 습니다. 비아 델 코르소에 사는 숙녀분이 찾아온 적이 있습니다. 이 름은 모릅니다만, 그분이 지롤라마에게 자기가 레이디 비텔레스키라 고 했습니다."

스테파노는 갑자기 정신이 번쩍 들어 고개를 든다. 레이디 비텔레 스키라니. "술피치아 비텔레스키 말인가?" 피오랄리사의 결혼식에 참석했던 칠흑 같은 머리채의 미인이다. 아녜제 알도브란디니, 체리 공작 부인의 친구.

"글쎄요. 잘 모르겠습니다. 젊은 분이었어요. 아주 미인이었습니다. 살결도 곱고."

스테파노는 설탕 덩어리처럼 흰 얼굴을 떠올린다. 친구를 통해 체리 공작의 부인을 소개받았다던 라 소르다의 진술도 생각난다. 이마에서 뺨을 타고 땀이 흘러내린다. "그 숙녀가 지롤라마에게 찾아갔을 때 무슨 일이 있었지?"

"지롤라마에게 자기 남편에 대해 이야기했습니다. 남편이 오만하고 냄새가 나서 같이 못 살겠다고요. 제가 듣기에는 그리 힘들어 보이지 않았지만, 지롤라마는 아쿠아를 팔았습니다. 여자의 돈이 필요했죠."

"지롤라마가 그 여자에게 아쿠아를 팔았다는 게 확실한가?"

"아, 네. 병을 건네는 모습을 보았습니다."

스테파노는 어안이 벙벙해서 한참 뒤에야 방 안 분위기가 변했다는 것을 깨닫는다. 정적이 흐른다. 서기는 펜을 움직이지 않고 있다. "로도비코. 피곤하겠지만, 돈나 체카의 증언을 계속 적어주게나."

로도비코의 시선이 그에게서 체카에게로 옮겨갔다가 다시 장부로 향한다. 그는 천천히 펜을 집어 든다.

스테파노는 숨을 내쉰다. "돈나 체카, 그녀가 정확히 언제 당신 주인을 찾아왔는지 말해보라. 처음부터 아주 자세히."

✿

체카가 끌려 나간 뒤, 스테파노는 말한다. "로도비코, 가서 경비에게 난로의 땔감을 좀 더 가져오라고 해주겠나?" 젊은 남자는 꿈쩍도 하지 않는다. "어서."

서기는 마지못해 일어나서 방을 나선다. 문이 닫힌 뒤, 스테파노는 로도비코의 책상으로 다가가 장부를 내려다본다. 오늘 날짜가 쓰인

쪽이 펼쳐져 있다. 술피치아의 이름은 없다. 증언 내내 로도비코는 여백에 그림을 그리고 있었다. 교수형 집행인. 막대 같은 인간들. 스테파노의 심장이 두근거리기 시작한다. 그는 증거 장부를 넘겨보며 라 소르다의 증언을 찾는다. 그의 눈길은 점점 더 빨리 문장을 훑어 내려간다. 체리 공작에 대한 내용은 빠져 있다. 그의 부인도 마찬가지다. 신문에서 거기 해당되는 부분이 아예 없었던 것처럼.

문이 삐걱거리며 다시 열린다. 로도비코가 돌아왔다. 그는 스테파노를 적개심 어린 눈으로 노려본다.

"로도비코, 이건 재판에 제출할 증거 장부다. 극히 중요한 문서야."

"네, 브라키 판사님."

"그런데 자네는 임의로 특정한 인물들의 이름을 일부러 기록하지 않았다."

잠시 침묵. "제 임의로 그런 것은 아닙니다, 사실."

"임의로 그런 게 아니라고?"

로도비코는 혀로 입술을 핥는다. "총독님께서 지시하신 대로 했을 뿐입니다."

스테파노의 가슴이 무겁게 내려앉는다. "총독님이 정확히 뭐라고 지시했지?"

로도비코는 망설인다. "특정한 인물의 이름이 나오면, 그건 기록하지 말라고 하셨습니다."

"특정한 인물이란?"

로도비코의 시선은 자신을 구해줄 사람이 튀어나오기를 기다리는 듯 방을 두리번거린다. 아무 방법이 없으니 그는 계속 실토한다. "체리 공작과 그 부인, 아녜제 알도브란디니. 지롤라모 마테이와 그 부인 술피치아 비텔레스키."

스테파노는 녹색 드레스를 입은 젊은 여자를 다시 떠올린다. "총독은 언제부터 그들에 대해 알고 있었지?"

서기가 대답하지 않자, 스테파노는 일어나서 그에게 다가간다.

"보고가 들어갔습니다." 로도비코는 물러서며 얼른 대답한다. "한참 전에요."

"언제?" 머릿속에 온갖 생각들이 정신없이 오간다.

"모르겠습니다. 제게 이 일을 맡기기 한참 전이었을 겁니다."

그렇다면 스테파노가 임명되기 한참 전이었던 것이 분명하다. 온몸에 소름이 돋는다. "총독이 이 사람들에 대해 어떻게 알고 있었지? 누가 보고했나?" 그는 계속 로도비코에게 다가가고 있다.

"편지가 있었던 것으로 기억합니다." 서기는 말을 더듬는다.

"그 편지는 어디 있지?"

"저는 모릅니다!"

스테파노는 서기의 멱살을 잡는다.

"모릅니다, 정말입니다." 로도비코는 부들부들 떤다. "전 두 번 다시 그 편지를 보지 못했습니다. 제가 알기로는, 파쇄했다고."

"바란초네는 귀족이 연루되었다는 증거를 없애고 싶었던 거로군."

"총독님은 살인을 막는 것도 중요하지만, 수사로 인해 곤란한 일이 생기지 않는 방식으로 일을 진행해야 한다고 했습니다."

스테파노는 서기의 멱살을 놓고 물러난다. 로도비코와 싸울 일이 아니다. 그가 싸울 상대는 바란초네. 바란초네는 이미 몇 달 전부터 귀족 여성 두 명이 남편을 독살했다는 것을 알고 있었다. 애당초 이 수사를 지시한 이유도, 평민인 염색장이의 죽음에 대해 굳이 파

375

헤쳐야 했던 것도 그 때문이었다.

스테파노는 창가에 서서 회색빛으로 흐르는 테베레강을 바라본다. 이제 어떻게 해야 하지? 지금 그는 체제의 근본적인 한 부분이다. 그 자신이 체제가 저지르는 불의의 한 부분이 되어버린 것이다. 이번 수사의 계기가 된 것은 귀족들의 행동이었다고, 과연 내가 탑 꼭대기에 서서 외칠 수 있을까? 감옥에서 시들어가는 것은 가난한 여자들뿐이지만 최소한 두 명의 귀족 여자도(한 사람은 수녀원에, 한 사람은 대저택에 있다) 똑같은, 어쩌면 더 큰 죄를 저질렀다고 모든 사람에게 말할 수 있을까? 아니, 할 수 없다. 그랬다가는 지끈거리는 그의 머리 위로 모든 것이 무너질 것이다. 서류 준비를 마쳐야 한다. 이 저주받은 임무를 끝내야 한다.

취조실 문을 두드리는 소리가 들리고 문이 열린다. 얼굴이 넓적한 경비다.

"무슨 일이지?"

"이 여자가." 경비는 자기 뒤쪽을 가리킨다. "여기 데려와달라고 고집을 부렸습니다. 중요한 일이라고 합니다."

순간 지롤라마일까 하는 희망이 솟지만, 아니, 그렇지 않다. 방에 들어서는 여자의 얼굴을 잠시 알아볼 수가 없지만, 다시 보니 염색장이의 장모 체칠리아다. 딸 테레사와 함께 로마에서 도망쳤던 여자.

"돈나 체칠리아, 시간이 별로 없다. 무슨 말을 하려는지 몰라도, 서둘러라."

그녀는 책상으로 다가온다. "자백하고 싶습니다."

스테파노는 그녀를 가만히 바라본다. 결의에 찬 표정이 눈에 들어온다. "자백하고 싶다고?"

"네."

그는 잠시 미간을 찌푸리다가 서기를 돌아본다. 그는 스테파노가 때릴까 봐 여전히 겁먹은 표정이다. "로도비코, 증거 장부에 적게나."

"네, 판사님." 그는 얼른 책상 앞에 앉아 펜을 잉크에 담근다.

"자, 돈나 체칠리아." 스테파노는 말한다. "염색장이를 독살한 것을 인정하는가?"

"인정합니다. 저는 마리아 스피놀라에게서 독약을 산 것을 자백합니다. 독약을 제 딸 테레사에게 주면서 그것이 치유력이 있는 특별한 성자의 기름이라고 했습니다. 남편에게 먹이면 나을 거라고 했습니다."

스테파노의 피곤한 눈은 계속 그녀에게 머물러 있다. "테레사는 병 안에 든 액체가 독약인 줄 몰랐단 말인가?"

"그렇습니다, 브라키 어르신. 바로 그 말입니다."

그는 유독 바싹 마른 입술을 혀로 핥는다. 자신에게 남편이 독살 당하고 있다는 것을 어떻게 모를 수가 있나, 딸을 그런 식으로 속이는 것이 가능하냐고 체칠리아에게 물을 수도 있다. 하지만 그는 이렇게 말한다. "왜 그에게 독을 먹였는가?"

"그가 감옥에서 나오면 테레사를 죽일 거라고 생각했으니까요. 이미 여러 번 그렇게 협박했기에 도저히 가만히 보고 있을 수가 없었습니다. 그 애는 제 딸이에요. 제 전부입니다." 그녀의 목소리가 갈라진다.

스테파노는 고개를 끄덕인다. "그가 당신도 협박했나?"

"제 얼굴을 긋겠다고 으르댔습니다. 그 애 손아래 여동생도 강간하겠다고 했습니다. 저는 그가 이런 짓을 다 할 수 있을 거라고 믿었습니다. 하지만 브라키 어르신, 테레사는 제 속을 몰랐습니다. 이 일과 아무 상관이 없어요."

스테파노는 머리를 긁는다. "돈나 체칠리아, 당신은 이 자백이 무엇을 의미하는지 알고 있는가? 무슨 일이 생길지도?"

"네, 알고 있습니다." 그녀의 눈은 눈물로 반짝인다. "이렇게 간청드립니다. 제발 딸을 풀어주세요. 제발 내보내주세요. 제발, 저는 어르신이 좋은 분이라고 믿고 있습니다. 저는 제 딸을 목숨보다 더 사랑합니다."

아주 오랫동안 스테파노는 아무 말 없이 자기 손만 내려다본다.

"할 수 있는 만큼 해보겠다, 돈나 체칠리아."

체칠리아가 나간 뒤, 스테파노는 체계적으로, 이어 미친 듯이 몇 시간이고 일에 몰두했다. 잠도 필요 없었다. 요즘은 어차피 잠도 오지 않고 생각하고 싶지 않은 것들만 생각하게 된다. 대신 그는 활활 타오르는 난로 앞에서 밤새도록 책상에 앉아 일했다. 동물 냄새를 풍기는 촛불을 켠 채 증거 기록 필사본을 확인하고, 빈민 변호인에게 편지를 쓰고, 심리관에게도 편지를 썼다. 손이 욱신거리고 어깨도 아파오고 이제 가슴 통증은 거의 끊임없이 계속되지만, 차라리 아픈 것이 낫다. 고통은 어리석음에 대한 벌이다. 가난한 여자들의 몸에 자신이 가한 고통의 메아리다. 통증을 덜기 위해 포도주를 마셔보아도 신통치 않았다. 아침에 로도비코가 먹을 것을 가져왔지만, 그는 거의 손도 대지 않았다. 그저 일을 끝마치고 싶을 뿐이었다.

바란초네에게 보내는 편지를 완성하고 다시 읽어보려는데, 글자가 양피지에서 둥둥 떠오르더니 허공으로 날아간다. 스테파노는 눈을 깜빡인다. 너무 피곤하다. 루치아도 알아보았듯이, 그는 아프다. 요즘은 기침까지 나온다. 편지는 이 정도면 됐다. 그는 잉크가 번지지 않도록 모래를 뿌리고 양피지를 흔든다. 그런 뒤 열을 가한 빨간색 밀랍 막대를 서류에 대고 꾹 누르고 자신의 인장 반지로 도장을 찍는다. 그는 로도비코에게 이제 더 못 하겠으니 판사에게 서류를 가져가라고 지시한다.

"이게 전부입니까, 판사님?"

"하나 더, 로도비코. 테레사 베르첼리나. 그녀는 살인죄로 기소되어서는 안 된다. 내가 편지를 썼다."

"기소하지 않는다고요, 브라키 판사님?"

"그래, 로도비코. 자네도 그 어머니 체칠리아의 진술을 들었지. 자신이 염색장이를 죽였다고 자백했어. 딸은 관계가 없다고 했다. 그러니 테레사에 대한 합리적인 증거는 없는 셈이야."

그는 반박이 나오지 않을까 싶어 서기의 눈을 응시한다. 하지만 서기는 말이 없다. 어쩌면 이해하는지도 모른다. 그들이 많은 사람 중에 목숨 하나라도 살릴 수 있다는 것을.

"나는 이만 집으로 돌아가서 쉬겠네."

스테파노는 집으로 돌아가서 좁은 침실에 들어선다. 벽이 흔들리는 것 같다. 너무나 목이 말라서 큰 물병에서 바로 물을 마신다. 먼지 냄새가 난다. 너무 피곤해서 부츠를 벗을 기운도 없다. 그는 담요 위에 드러누워 붉게 충혈된 눈을 감는다. 그의 몸이 침대 밑으로, 깊은 우물 밑으로 한없이 가라앉는다. 바닥에 다다르니 푹신한 진흙과 악취를 풍기는 진구렁이 손가락 발가락을 빨아들인다. 벌레처럼 창백하고 흰 마녀, 라 마날롱가가 예상대로 거기 있다. 하지만 마녀의 몸은 으스러졌고, 긴 팔은 뒤틀리고 부러졌다. 그녀는 그를 향해 팔을 든다. 고문을 당했는지 손가락이 으깨져서 너덜너덜하다. "네가 이랬어." 그녀는 쉰 목소리로 외친다. "네가."

눈을 떠보니 온몸이 땀에 흠뻑 젖었다. 스테파노는 물을 더 마시지만, 충분하지 않다. 나도 독을 먹었나? 그럴 수 있을까? 하지만 지금 그의 몸에서는 열이 나는데, 마르첼로는 열은 중독 증세가 아니라고 했다. 아니, 그냥 아픈 것이다. 익숙한 상태다. 스테파노는 다시 눈을 감는다. 다시 몸이 추락한다. 우물은 터널이 되고, 그는 구불구불 이리 꼬이고 저리 꼬인 하수도를 따라 지롤라마를 추격하고 있다.

뭔가 몸에 닿는다. 라 마날롱가가 우물에서 손을 뻗고 있다. 손가락이 축축하다.

아니, 이건 루치아다. 그녀가 그의 입술에 잔을 대준다. 물은 시원하고 좋다. "몸이 아주 안 좋구나, 내 동생."

"어떻게 왔어?"

"뭔가 안 좋다는 걸 직감해서. 널 찾아왔지."

"그녀를 찾아야 해."

"누구를, 스테파노?"

"지롤라마. 독약제조범."

"벌써 찾았잖니, 스테파노. 그녀는 탑에 갇혀 있어, 기억 안 나? 자, 좀 더 마셔." 루치아는 젖은 수건을 이마에 대어준다. 다시 어린아이로 돌아간 기분이다. 그때와 똑같은 무력감, 똑같은 공포가 밀려온다.

"아직도 그 여자가 이기고 있어, 루치아. 나를 아프게 한 게 그 여자야." 그래, 그는 이제야 깨닫는다. 탑에 갇혀 있을지 몰라도, 지롤라마는 그를 죽일 작정이다.

"아니야, 스테파노. 열 때문에 헛것을 보는 거야. 누워라. 쉬잇."

스테파노는 누이의 말에 고분고분 따른다. 거역할 힘도 없다. 눈을 뜨고 있을 수조차 없다. 묵직한 것이 그를 끌어내리고 몸을 짓누른다. 입술조차 움직일 수 없다. 그녀다. 지롤라마다. 그 여자가 내게서 생명을 빨아들이고 있다.

몇 시간인지 며칠인지 알 수 없는 시간이 흐른 뒤 그는 바티칸의 빨간 벽으로 된 침실에서 깨어난다. 주변은 지옥처럼 캄캄하고 이가 두개골 안에서 딱딱거리며 부딪힌다. 피에 불이 붙은 것 같다. 지옥에 떨어졌나? 지구 한복판인가? 악마가 나를 여기로 끌고 왔나? 스테파노는 이런 열기와 공포를 느껴본 적이 없다. 불꽃은 그를 둘러싸고 있을 뿐 아니라 몸속에서 내장을 불태우는 것 같다.

"내가 불타고 있어." 그는 루치아에게 알리려고 애쓴다. 루치아는 아직 옆에 있고, 얼굴에 두려운 빛을 띤 것을 보니 그 말이 맞는 것 같다.

형들도 같이 있는 것 같다, 지옥에. 아, 이 얼마나 잘 어울리나.

다시 시간이 흐르고, 친구의 목소리가 들린다. 마르첼로다. 아니, 친구가 아니다. 그렇게 되기를 바랐지만, 결국 그렇게 되지 못했다. 지나친 바람이었다. 스테파노는 이 모든 수사가 거짓이었다는 것을, 체리 공작이 독살당했다는 사실을 총독도 처음부터 알고 있었다는 이야기를, 술피치아에 대한 이야기를 그에게 하려고 노력한다. 우리는 사기극에 말려들었다고.

마르첼로는 그에게 진정하라고 한다. 쉬어야 한다고. 그는 도움이 될 만한 약재를 가져왔다. "알았어. 다 들었어, 스테파노. 정말 다 들었어. 하지만 듣는 귀가 많아."

약은 듣지 않는다. 스테파노의 몸에 든 것이 자연의 병이 아니라 흑마술의 힘인데 무슨 약이 듣겠는가. 피가 들끓는 와중에도 몸은 부들부들 떨린다. 아무것도 먹지 못했지만 구토가 올라온다. 악마가 이글이글 달아오른 집게와 꼬챙이로 내장을 들쑤신다.

밤낮의 구분도 흐릿하다. 항상 어둡다. 열기가, 공포가, 얼음장 같은 물이 파도처럼 그를 휩쓴다. 이따금 고통이 잦아들 때면 그는 눈을 뜬다. 방 안의 윤곽이 보인다. 침대와 책상, 덧문. 사각형 윤곽 주위로 새어드는 빛. 누나나 마르첼로가 옆에 앉아 있는 것이 보인다. 그럴 때면 스테파노는 그들에게 눈길을 고정하고, 다시 심연으로 끌려 내려가지 않도록 방 안에 남으려고 안간힘을 쓴다.

"정신 차려봐." 루치아의 목소리가 들리지만, 그럴 수가 없다. 그 여자가 길고 흰 팔로 그를 붙잡아 미끄러운 우물 속으로, 소용돌이치는 지옥의 심연으로 데려가려고 다가오고 있기 때문이다.

54

안나

나흘 후면 판사들이 모인다. 나흘 후면 여자들의 생사가 결정된다. 안나는 가슴이 점점 더 조여오고 속에서 구역질이 치미는 것을 느낀다. 마리아조차 이제 정말 두려운 것 같지만, 그녀는 분노와 저주로 그것을 표현할 뿐이다. 반나는 거의 의식이 없다. 안나는 그래도 그녀에게 말을 건다.

빈민 변호인이 법적 절차를 설명하기 위해 토르 디 노나를 방문했다. 안나는 탑의 접견실에서 그를 만난다. 투옥된 뒤로 짚 한 번 갈아주지 않은 악취 풍기는 감방에 비하면 너무나 향기롭고 상쾌한 곳이다. 안나는 자신이 어떤 꼴일지, 상한 젖과 땀 냄새가 얼마나 심할지 신경 쓰이지만, 지금은 허영을 부릴 때가 아니다. 재판 전 단 한 번 허락된 만남인 만큼 죽느냐 사느냐 하는 문제에 집중해야 한다.

변호인은 재판 절차에 대해 설명하고 있다. 남자 몇 명이서 탑에 갇힌 여자들 모두의 운명을 결정하다니 안나의 경험에 비추어 조금도 이상한 일이 아니지만, 막상 현실로 다가오니 숨이 턱 막힌다. 죄인 중 누구도 형사재판소에 출석하지 않는다. 증언도 하지 않는다. 심지어 자신에 대해 오가는 말을 듣지도 못한다. 심리관이 그들을 기소하는 내내 레 세그레테의 감방 안에 갇혀 있어야 한다. 약간 우스팡스러운 외모를 지닌, 검정 더블릿 재킷을 입고 모자를 쓴 이 변호인이 닫힌 법정에 한 줄로 앉아 있는 판사들 앞에서 잠시 변론하게 될 것이다.

"총독이 재판을 주관하게 됩니다." 변호인은 코맹맹이 목소리로 말한다. "그리고 그는 예정된 이틀 동안 재판 전체를 끝내겠다는 생각이 확고합니다. 안타깝게도 각각의 피고에게 할당된 시간은 극히 짧지만, 저는 최선을 다해 준비하고 있고, 당신의 경우에는 기소 면제가 어느 정도 합의된 것으로 알고 있습니다."

"어느 정도라니, 무슨 뜻이지요?" 안나는 날카롭게 말한다. "확실히 합의된 것인데요. 스테파노 브라키 판사가 말했습니다. 총독이 저와 베네데타를 사면하는 데 동의했다고요."

남자는 긴 코를 문지른다. "총독에게 교황의 사면을 청하겠다는 뜻이 아니었을까요. 그리고 그렇게 요청했을 테니 그 점은 거의 걱정하지 않으셔도 되리라 생각합니다."

'거의'라는 단어에 얼마나 많은 것이 걸려 있는지. "그럼 제가 브라키 판사와 이야기해볼 수 있을까요? 그분이 확인해주실 수 있을 텐데요."

변호인은 다시 코를 문지른다. "안타깝게도 브라키 판사는 와병 중입니다."

"와병?"

"제가 들은 것은 그것뿐입니다. 하지만 걱정하지 마시라고 거듭 말씀드립니다. 이제 몇 가지 확인을 해주셔야 합니다, 콘티 부인."

안나는 변호인의 질문에 최대한 답변하지만, 불안감이 가슴속에서 커져간다. 스테파노에게 무슨 일이 생겼나? 그는 그녀의 친구도 아니고, 천성 또한 점점 거칠어지고 있었지만, 적어도 인간적인 모습은 남아 있었다. 안나는 그가 자신의 처지를 어느 정도 이해한다는 것을 알 수 있었다. 비록 그것을 인정하지 않았고, 연민을 억눌렀다 해도. 그에게 대체 무슨 짓을 한 걸까? 그는 실각한 걸까? 끔찍한 일이 벌어진 걸까?

이제 그와 맺은 합의는 어떻게 될까? 끝까지 지켜질까?

기다림은 일종의 고문이다. 사실상 아무도 잠을 잘 수 없어서 여자들은 밤낮으로 서로를 부르며 기도한다. 이따금 노래도 부른다. 로마 전통 민요, 시칠리아의 민요. 기분을 띄워줄 만한 거라면 뭐든지. 하지만 이렇게 암울한 환경에서 희망과 힘을 찾기란 힘들다.

재판이 시작되는 날, 안나는 법정에서 무슨 일이 일어나고 있을지 추측하며 감방 안을 쉴 새 없이 서성거린다. 주변에서 여자들의 기도 소리가 들려온다. 마리아는 무슨 주문 같은 것을 중얼거리고, 안나는 그게 무엇인지 생각하는 것조차 두렵지만, 이 단계에서 마리아가 무엇이든 해보려는 것을 탓할 수는 없다. 5시를 알리는 종이 울리고 저녁이 내리지만, 경비도 변호인도 아무 기적이 없다. 아무도 보이지 않는다. 기다림이 그 무엇보다 최악이다. 어떤 결정이 내려졌는지 모르고 있다는 것을 견딜 수가 없다.

마침내 서기가 나타난다. 그는 결정이 내려지지 않았으며, 판결은 다음 주에나 나온다고 알린다.

여자들이 입을 모아 신음한다. 절망과 분노와 좌절의 소리.

"다음 주?" 지롤라마가 소리친다. "일주일이나 더 기다리란 말입니까?"

"뭐라고 했어?" 누가 외친다. "법정에서 뭐라고 했느냐고."

"그건 말할 수 없다." 서기가 대답한다.

고함과 욕설. 분노의 포효. "어떻게 우리한테 아무 말도 안 할 수 있어?"

"그것이 절차요." 서기는 무감각하게 말한다. "내가 할 수 있는 말은 그것뿐이다."

야유와 쉿 하는 소리.

"하지만 지금부터 내일 심리가 진행될 죄수들의 명단을 발표하겠다." 똑같이 무덤덤한 목소리로, 그는 다음 날 목숨이 저울질될 여자들의 이름을 읽는다.

카테리나 누치
엘레나 콘타리니
마달레나 치암펠라
프란체스카 라우렌티 줄리
베네데타 메를리니……

안나를 둘러싼 공기가 갑자기 무거워지는 것 같다. 너무나 갑갑해서 숨을 제대로 쉴 수가 없다.

"안 돼!" 그녀는 속삭인다. "아니야, 아니야, 아니야. 기소 면제를 약속했다고. 약속했단 말이야!"

하지만, 그렇다, 스테파노는 약속한 적이 없다. 분명하게 약속하지 않았다. 교황에게 기소 면제를 신청해줄 것을 총독에게 요청하겠다고 했다. 총독이 약속을 지키지 않았을 수도 있고, 교황이 거부했을 수도 있다. 안나는 목구멍으로 올라오는 신물을 삼키고 바닥에서 몸을 일으킨다. 절망할 시간이 없다.

안나는 감방 문을 두드린다. "경비!" 뇌물이라도 주어서 밖으로 전갈을 내보내야 한다. 압수당한 돈을 찾을 방법이 있을 것이다. 스테파노에게 전갈을 보내 도와달라고, 무슨 일이든 해달라고 해야 한다. 그 모든 시련 동안 곁을 지켜주고 어둠 속에서 손을 잡아준 여자를 잃을 수는 없다.

55

스테파노

스테파노는 꿈을 꾸고 있다. 머리 둘 달린 송아지가 테베레강에서 잡혀 올라왔다고 마르첼로가 말한다. 바란초네는 그 짐승을 해부하여 마술인지 불길한 징조인지 알아보라고 그에게 지시한다. 아니, 마르첼로는 총독에게 말한다. 이건 마술이 아닙니다. 자연의 변덕일 뿐입니다. 자연은 놀랍고 소름 끼치는 것들을 창조합니다.

총독은 그의 말을 믿지 않는다. 마술의 소행이라고 굳게 믿는다. 송아지의 머리를 자르라고 한다. 그것도 고역인데, 스테파노가 돌아보니 송아지의 머리는 여자이고, 아직 살아서 입을 벌리고 있다. 안 돼! 그는 외치려고 한다. 안 돼!

"스테파노!" 마르첼로가 말한다. "내 말 들리나?"

마르첼로는 꿈속에서만이 아니라 실제로 그의 병실에 와 있는 것 같다. 이 사실에 스테파노는 놀란다. 의사가 자기에게 완전히 등을 돌렸다고 생각했기 때문이다. 스테파노는 고개를 들어보려 하지만 아직 힘이 없다. "마르첼로, 다 거짓말이었어." 그는 입을 달싹거리지만, 목구멍이 바싹 마르고 혀는 썩은 고깃덩어리처럼 입안에서 묵직하다. 흘러나오는 것은 희미한 속삭임뿐이다. 자신의 몸이, 두뇌가 연약하다는 것을 이렇게 뼈저리게 느낀 적이 없다. 도무지 그가 원하는 대로 돌아가지 않는다.

"스테파노, 내 말 들어봐." 마르첼로가 말을 잇는다. "자네의 정신과 기백이 필요해. 변호인의 사면 신청을 도와야 해."

모기 웅웅거리는 소리처럼 가느다란 비명. 마르첼로는 또 뭐라고 말하고 있지만, 날카로운 소리가 귓전을 뒤덮고 마르첼로의 얼굴은 시야에서 사라진다.

스테파노는 다시 꿈의 세상으로 돌아간다. 머리 둘 달린 송아지 여자가 입을 벌려 구해달라고 외치고 있다.

몇 시간 뒤, 아니, 몇 분인지도 모른다. 그는 다시 현실로, 이번에는 보다 또렷한 정신으로 돌아온다. 마르첼로와 루치아가 자신에 대해 이야기하는 소리가 들린다. 대답할 힘도, 눈을 뜨고 있을 힘도 없다. 불에 태운 로즈메리와 촛농의 냄새가 공기에 자욱하다.

"결핵이 재발했다는 걸 제가 알아차렸어야 했어요. 혼자 두지 않는 건데."

"그럴 수가 없었잖아요." 루치아가 침착하게 말한다. "침대에 가서 쉬라고 했어도 말을 안 들었을 거예요."

마르첼로가 침대로 다가오는지, 의자 긁히는 소리가 들린다. "친구." 그는 말한다. "내 말 들어봐. 자네가 빨리 회복해야 해. 해야 하는 중요한 일이 있어. 이건 마술도, 마법도 아니야. 체력이 약해지다 보니 어린 시절 앓던 병이 되돌아온 거야."

그는 집중하려 애쓴다. "저주."

"스테파노, 육신이 저주받았다고 정신이 믿으면, 계속 자기 자신을 공격하게 돼. 자네에게 벌을 주고 고통을 주는 자가 있다면, 그건 바로 자네 자신이야, 스테파노. 자신이라고. 이제 그만둬야 해. 육신이 회복하도록 여유를 주어야 해."

그는 눈을 뜬다. "왜?"

"자네가 필요하니까, 스테파노. 우리가 만들어낸 이 괴물을 같이 길들여야 하니까."

스테파노의 눈이 다시 감긴다. 마르첼로가 하는 말을 끝까지 따라가려고 애쓴다. 형사재판소, 안나 콘티의 편지. "판사들은 안나를 제외한 여자들을 모두 교수형에 처할 생각이야, 스테파노. 사면을 약속했던 하녀까지 전부."

스테파노는 의식의 표면 위에 머무르려고 기를 쓴다. "그럴 수는 없어."

"그럴 수 있어, 스테파노. 그런 일이 지금 일어나고 있어. 총독과 심리관, 다른 판사들이 모든 시민이 보는 앞에서 본보기 삼아 이 여자들을 목매달기로 결정했단 말일세. 하지만 자네와 나는 그들 중 다수가—아직 소녀에 불과한 여자도 있어—너무나 절망적인 상황에서 범행을 저질렀다는 것을 알고 있지 않나. 다른 선택의 여지가 없어서."

루치아의 기도 소리가 들리고, 그녀가 침대 위로 몸을 굽히는 것이 느껴진다. 루치아에게 손을 뻗고 싶지만 팔다리를 움직일 수가 없다. 스테파노는 다시 아래로, 아래로 떨어진다. 우물 속으로 미끄러져 들어간다.

"자네가 필요해, 스테파노. 자네를 사랑하는 사람들이 많아."

어둠이 그를 덮고 숨을 막고 아래로 밀어낸다. 약에 취한 사람처럼 그는 점점 깊이 빠져든다.

56

뼈가 쑤시는 통증에 바르는 연고:
세이지와 캐모마일, 루의 즙을 각각 같은 양만큼 취해 엑서터 기름
과 섞는다.

지롤라마

의사가 돌아왔다. 그는 지롤라마의 어깨뼈를 맞추어서 좀 더 자유
롭게 움직이도록 해준다. 통증이 지독하지만, 최소한 안젤리카에 대
한, 앞으로 있을 일에 대한 공포를 잠시나마 잊을 수 있다. 법정은 월
요일에 판결을 내릴 예정이고, 감옥은 냄새마저 달라질 정도로 공포
에 휩싸여 있다.

"자." 마르첼로가 말한다. "어깨는 차츰 나아질 거예요."

지롤라마는 의사를 본다. 검은 이마와 진심 어린 눈빛이다. "며칠
뒤에 사형 판결을 받을 것이 거의 확실한 여자들을 치료하시다니,
특이한 분이시네요. 언제 돌아오셨지요, 박사님?"

그는 분주하게 붕대를 감아주고 있다. 마침내 그는 말한다. "사실
한 가지 부탁이 있어요."

아픔에도 불구하고 지롤라마는 웃음을 터뜨린다. 그러지 않을 수
가 없다. "부탁? 부탁이라니요! 여기서 무슨 일이 있었는데!"

부끄러움을 아는 것을 보니 나쁜 사람은 아니다. "당신에게도 나쁜 일은 아닐 겁니다, 돈나 지롤라마."

지롤라마는 멀쩡한 손으로 눈을 닦는다. "말씀하세요. 자, 그 부탁이란 게 뭐지요?"

의사는 망설인다. 어쩐지 연습한 것처럼 말이 어색하게 흘러나온다. "스테파노에게 무슨 마법을 걸었는지 몰라도 그만 풀어주기 바랍니다. 당신이 건 저주가 완전히 풀렸다고 믿게 해야 해요."

지롤라마는 미소 짓는다. 갈라진 입술이 다시 터진다. "정말 제게 그런 능력이 있다고 믿으시는 건 아니겠지요, 박사님? 당신네 의사들 말로 우리 여자들은 약한 그릇 아니던가요. 기질이 너무 차서 남자를 제압할 만한 힘이 없다면서요. 그런데 저주라니. 교회 바깥에서는 불가능한 일 아닙니까. 교황청이 그렇게 말하지 않던가요?"

의사는 눈길을 돌린다. "돈나 스파나, 스테파노는 심하게 아픕니다. 죽을지도 몰라요. 모두에게 사형선고를 내리지 말라고 총독을 설득할 수 있는 단 한 사람이 있다면, 바로 스테파노입니다."

지롤라마의 얼굴에서 웃음기가 사라진다. 정말 생각했던 것만큼 안 좋은 상황이군. 침을 삼키려 해보지만, 목구멍에 돌멩이가 걸린 것 같다. "애당초 이 사건을 나서서 수사한 사람이, 우리 모두를 여기 끌고 온 사람이, 자기가 가둔 죄수들에게 관용을 베풀어달라고 총독에게 요청할 이유가 대체 뭐란 말입니까?"

마르첼로는 지롤라마와 눈을 마주친다. "스테파노는 여기서 보여준 모습과는 다른 사람입니다. 여자들이 다 죽는 것을 원하지 않아요. 특정한 경우, 여자들이 왜 그렇게 했는지 그도 이해하고 있습니다."

지롤라마는 기다린다. "박사님은? 이해하시나요?"

"제가 경험하지 못한 일, 앞으로도 그렇지 못할 일들이 있다는 건 이해합니다. 다른 해법이 없는 고통과 공포가 있을 수 있다는 것도 이해해요."

그녀는 눈을 깜빡인다. "때로는, 네." 지롤라마는 다시 욕심 많은 세 자매를, 금화를 움켜쥔 귀족 여자를 생각한다. 잠시 후 그녀는 말한다. "스테파노가 정말로 상황을 바꿀 수 있다고 생각하세요? 지금이라도?"

"솔직히, 모르겠습니다. 하지만 그는 희망을 걸 수 있는 유일한 사람입니다. 바란초네가 처음에 무슨 약속을 했는지 알고 있는 사람은 그뿐인데, 그런 그가 지금 아무것도 할 수 없어요. 침대에 일어나 앉지도 못합니다. 당신을 설득해서 저주를 풀었다고 하면, 혹시 회복될지도 몰라요."

지롤라마는 의사를 똑바로 바라본다. 그래, 어쩌면 그녀에게도 좋은 일일지 모른다. "그럼 스테파노 브라키에게 제가 며칠 전에 저주를 풀었다고 전하세요. 저와 이야기를 해야 한다고 전해주세요. 그가 해줘야 하는 일이 있다고."

의사는 미간을 찡그린다. "벌써 풀었습니까?"

"네." 이유를 설명할 생각은 없다. "자, 그 보답으로 저도 부탁이 있습니다. 반나 데 그란디스. 그녀가 심하게 아파요."

"알고 있습니다. 제가 할 수 있는 일을……."

"박사님, 제가 직접 봐야겠어요. 반나는 오랫동안 제 친구였습니다."

의사는 생각에 잠긴다. "그건 허용되지 않는 일입니다."

"압니다. 판사에게 자비를 내려달라고 죄수를 찾아오는 것도 사실 금지된 일 아니던가요?"

마르첼로는 보일락 말락 하게 웃는다. "맞는 말 같군요."

의사는 지롤라마를 감방에서 데리고 나와서 돌바닥을 지나 반나를 가둔 작은 창살로 향한다. 경비는 멀거니 그들을 지켜본다. 너무 취한 데다 이 공간에 질려버려서, 이제 무슨 일이 일어나든 관심도 없는 것 같다.

이 방에는 악취가 코를 찌른다. 방치된 병자의 냄새다. 지롤라마는 바닥에 깔린 판자 쪽으로 천천히 다가가서 온몸이 비명을 지르는데도 억지로 몸을 굽힌다. 반나의 얼굴을 쓰다듬는다. 두개골 윤곽이 앙상하게 드러나 있다. 피부는 축축하고 차갑다.

"왔구나." 반나는 놀라지 않는다.

"그래, 왔어." 반나의 가슴에서 씩씩거리는 숨소리가 가쁘게 흘러나온다.

잠시 후 반나가 말한다. "내 잘못이야, 지롤라마. 전부 다."

거친 목소리다. "겁이 났어. 내 딸을 데려갈까 봐."

지롤라마는 숨을 내쉰다. 더 젊은 시절이었다면 반나에게 그렇게 잘 속아서 어떻게 하느냐고 한바탕 호통이라도 쳤겠지만, 이제 그녀는 그런 사람이 아니다. 지롤라마 자신에게도 너무나 많은 악마가 있다. 그녀가 탓하는 사람은 체카뿐이다. 안젤리카가 어떻게 될지, 줄리아의 유산이 끊기면 어떻게 될지 생각조차 하지 않고 비밀을 팔아넘긴, 집 안에 도사리고 있던 독사. "반나, 당신이 아니었더라도 다른 사람이 무너졌을 거야. 그리고 당신은 가장 큰 비밀을 지켰잖아? 당신이 지킨 건 당신 딸만이 아니었어. 그러니 잘못했다는 말은 하지 마." 그녀는 반나의 손에 자기 손을 얹는다. 남아 있는 힘을 어떻게든 반나에게 불어넣으려 애쓴다.

잠시 후 지롤라마는 다시 일어선다. 동작 하나하나가 힘겹다. 그녀는 마르첼로에게 말한다. "동이를 갖다주세요. 물과 깨끗한 수건도."

"그러지요."

"세이지도 약간."

"세이지?"

"네. 목이 아플 때 좋습니다. 그걸 모르다니 놀랍네요. 박사님."

하지만 약에 쓰려는 것은 아니다. 그 이상이다. 태워서 주문을 욀 생각이다. 더는 자신의 마법이 통할 거라고 확신할 수 없지만, 그래도 마지막 시도는 해볼 가치가 있다.

57

스테파노

"이런, 세상에. 자네 얼굴이 왜 이 모양인가."

당신도 마찬가지야, 스테파노는 생각한다. 바란초네는 마지막으로 만났을 때보다 허리가 더 굵어진 것 같다. 이 모든 잔혹함과 거짓이 다 살이 된 걸까. 체구에 비해 책상이 너무 작아 보이고 의자도 위태로워 보인다. "보기에는 이렇지만 괜찮습니다." 스테파노는 거짓말을 한다. "마르첼로 박사의 치료가 효험이 좋았습니다."

"듣던 중 다행이구먼. 하지만 완전히 회복하는 데 집중하도록 해. 여기서 자네가 할 일은 없으니."

스테파노는 입술을 핥는다. "염려해주시니 감사합니다만, 각하, 몸은 이제 거뜬합니다. 다름이 아니라 제가 여기 와야 하는 중요한 이유가 있었습니다."

총독의 얼굴에서 미소가 사라진다. "무슨 이유인가, 브라키?"

총독은 의자를 권하지 않았지만, 어쨌거나 스테파노는 자리에 앉는다. 사실 서 있을 힘조차 없다. "형사재판소가 모든 죄수에게 사형을 선고하기로 했다는 소식을 전해 들었습니다."

바란초네의 눈이 가늘어진다. "아니, 전부는 아닐세."

스테파노는 미소 짓는다. "거의 전부지요. 중산층 계급인 안나 콘티 하나만 예외니까요."

잠시 침묵. "어디서 들었나?"

"빈민 변호인에게서 들었습니다. 안나 콘티 본인에게서도요. 그녀가 제게 편지를 보냈습니다."

그는 눈썹을 치켜올린다. "그랬나?"

스테파노는 말한다. "콘티의 하녀, 베네데타 말입니다. 총독님이 그 하녀에게도 사면을 제안하라고 하신 것 기억하시지요? 전 그렇게 했습니다."

바란초네는 턱을 긁으며 의자에서 물러앉는다. "난 중요한 정보를 얻어내는 데 필요한 수단이라면 뭐든지 써보라고 했지."

"그런데 약속을 지키지 않으시다니요. 그것은 조금 야비하지 않습니까. 정의를 수호해야 하는 우리가 말입니다."

총독의 얼굴이 돌처럼 흉하게 굳는다. "자네 지금 날더러 야비하다고 하는 건가?"

"약속한 것은 지키는 게 좋지 않겠습니까, 각하. 그러지 않으면 보기에도 안 좋고, 혹여 이 수사가 처음 어떤 계기로 어떻게 시작되었는지, 혹시 더 깊이 들여다보는 사람이 생길 수도 있을 것 같습니다."

바란초네는 의자에서 몸을 똑바로 세운다. "그게 무슨 뜻이지?" 얼음장 같은 목소리.

개자식, 스테파노는 생각한다. 거짓말과 위선으로 똘똘 뭉친 개자식. "증거 장부에서 귀족들의 이름을 확실히 빼고 싶으시다면 다시 생각하시는 게 좋을 것 같다는 말씀입니다, 바란초네 총독님."

"지금 나를 협박하는 건가?"

"그럴 리가요." 스테파노는 침착하게 말한다. "저는 단지 상황 전체를 보시라고 말씀드리는 겁니다. 안나 콘티는 자기 자신과 하녀 베네데타 메를리니가 기소 면제를 받는 조건으로 자백했습니다. 지금 이대로 일을 진행하신다면, 콘티 부인은 틀림없이 공개적으로 불만을 제기하고 나설 겁니다. 상당한 사회적 지위가 있는 지적인 분이더군요. 콘티 부인이 우리가 나눈 대화 내용을 소상히 밝히라고 하면, 저는 제가 총독님께 사면을 요청하기로 약속했고 총독님은 교황님께 사면 신청을 하기로 약속했다는 내막을 털어놓지 않을 수 없습니다." 스테파노는 잠시 멈추었다가 다시 가볍게 말을 잇는다. "교황 성하께 아무 신청도 하지 않으셨지요?"

대답이 없다. 스테파노의 말이 맞았다. 바란초네는 일개 하녀를 위해 알렉산데르 교황에게 사면을 신청할 의향이 애당초 없었다. 스테파노에게 필요한 일을 시키기 위해 말만 그렇게 한 것이다.

"그게 전부인가?" 바란초네는 적개심을 감추지도 않는다.

"사실, 그렇지 않습니다." 스테파노는 총독의 책상에 서류 한 묶음을 올려놓는다. "이것은 변호인이 작성한 사면 탄원서 사본입니다. 원본은 이미 총독님께 보냈는데 답변이 오지 않았다고 합니다. 몸이 나아졌기에, 제가 임의로 서류를 훑어보고 검토해보았습니다."

"그건 자네가 할 일이 아닐 텐데."

스테파노는 그의 눈을 마주 본다. "저는 아직 수사판사입니다. 모든 증거를 직접 보고, 모든 증인을 신문한 유일한 사람입니다. 탄원을 검토하는 것은 언제나 수사관의 역할이니, 저 역시 이번 사건에서 그렇게 하였습니다." 스테파노는 바란초네가 끼어들지 못하도록 빠르게 말을 잇는다. "카밀라 카펠라, 여관 주인의 아내. 이 여자는 제가 본 중 가장 무도한 폭행을 겪었고, 아이도 있습니다. 교황 성하께서는 분명 이 사례에 사면을 고려하실 것입니다. 테레사 베르첼리나, 염색장이의 아내. 이 경우는 그 어머니가 단독으로 범행을 저질렀다고 자백했습니다. 테레사도 사면받아야 합니다. 사실 저는 아예 기소를 면제해야 한다고 요청한 바 있습니다. 반나 데 그란디스는 첫 번째로 증언한 여성입니다. 그녀가 없었다면 다른 조직원들을 기소하는 것이 불가능했을 것입니다. 지금 생사의 기로에 놓여 있기도합니다. 이 여자의 목숨을 구해주는 것이 정치적으로도 올바를 것입니다." 스테파노는 이렇게 손가락으로 서류를 짚어가며 자기가 쓴 내용을 한번 훑었다.

"독은." 바란초네는 그의 말을 가로챘다. "가장 교활한 악이야. 가장 간교해. 목에 칼을 들이대거나 가슴을 쏘는 것과 달리, 독은 상대에게 싸울 기회도 주지 않는단 말일세. 이 여자들에게 관용을 베풀어서는 안 돼."

스테파노는 생각한다. 그래, 독은 교활하고 조용하지. 아쿠아는 투명하고 냄새도 없다. 남편이나 아버지, 형제들에 비해 약한 여자들에게는 그것이 유일한 수단이었다. 그래서 그것이 악인가? 확신할 수없다. 그는 말한다. "관용의 여지는 언제나 있게 마련입니다, 각하. 언제나. 알렉산데르 교황께 이대로 제안해주실 것을 부탁드립니다."

바란초네는 숨을 내쉰다. "절차대로 서류를 제출하겠네."

"성하께서는 서류를 읽지 않으십니다, 각하. 아시지 않습니까. 관심이 없으십니다. 교황께서는 총독께서 제안하는 내용이라면 모두 동의하실 겁니다. 그러니 제 제안을 지지해주실 것을 이렇게 청하는것입니다."

바란초네는 그를 뚫어지게 바라본다. "이 여자들은 위험하다, 스테파노. 정녕 모르겠나?"

"그렇다면 다른 여자들, 돈 많은 여자들은? 작위와 돈이 있는 젊은 여자는 위험하지 않습니까? 그런 것이 있으면 온건해지기라도 합니까?"

총독은 차가운 눈으로 그를 쏘아본다. "한 사람은 수녀원에 갇혀 있고, 한 사람은 안전하게 결혼했다."

그렇겠지. 상류층 여자들도 어떤 식으로든 감금되어야 할 테니까. "결혼했으니까 안전해요?" 그는 조용히 말한다. "술피치아는 그때도 결혼하지 않았습니까?"

"자네는 이 세상이 어떻게 돌아가는지 모른다, 스테파노."

"저도 이 사회가 어떻게 돌아가는지 이해는 합니다만, 총독 각하, 그것이 제가 그 방식을 좋아한다는 뜻은 아닙니다." 스테파노는 총독의 시선을 똑바로 받아낸다. "제 제안을 지지해주실 것을 다시 한번 부탁드립니다. 총독님의 소신을 관철하기 위해 모든 여자가 죽을 이유는 없습니다. 민중은 가장 중한 죄인을 처벌하되 가장 고통받은 죄인에게 자비를 베푸는 것을 더 공정한 판결이라고 생각하지 않겠습니까?"

"이제 법률가에 더해서 외교술까지 부리려 드는군." 조롱하는 듯한 말투. "자네의 일장연설은 내 고려해보지, 스테파노. 하지만 너무 늦었어. 재판소는 내일 판결을 발표할 것이다. 주사위는 던져졌어."

스테파노는 일어선다. 온몸이 쑤신다. "그렇다면, 총독님, 귀족들의 이름을 끝까지 숨기고 싶으시다면 지금 즉시 회의를 소집하셔야 할 겁니다."

58

환자가 죽을지 살지 알아보는 법:
환자의 소변을 받아 여자의 젖을 한 방울 떨어뜨리게 한다. 젖이 잘
섞이면 그는 죽을 것이고, 젖이 소변 위에 뜨면 그는 살 것이다.

지롤라마

줄리아의 꿈을 꾼 모양이다. 컴컴한 감방에서 눈뜨자마자 그 주름
진, 현명한 얼굴이 눈앞에 떠오른다. 다시 꿈속으로 돌아가 잠시만
이라도 양어머니를 붙잡고 싶다. 줄리아와 이야기를 나눌 수 있다면,
물어볼 수 있다면 얼마나 좋을까? 우리가 했던 일이 항상 옳았을까
요? 세상에 지치고 무심해지는 바람에, 제가 무고한 사람들에게 고
통을 준 건 아니었을까요? 줄리아의 인도가 필요하다. 아무리 상황
을 수정구슬처럼 머릿속에서 돌려보며 온갖 각도에서 들여다봐도
앞으로 나아가는 올바른 길이 보이지 않기 때문이다.

하지만 오늘은 선고일, 더 이상의 성찰과 숙고는 있을 수 없다. 그
들 모두 형사재판소에 끌려가 판사들이 자기들의 목숨을 어떻게 저
울질했는지 듣게 될 것이다. 지롤라마는 이미 자신에게 어떤 판결이
내려질지 알고 있지만, 정확히 어떤 처형 방식일지는 아직 모른다. 그
녀는 자루를 뒤집어쓰고 지붕에서 떨어뜨려진 토파니아를 생각하

고 잠시 눈을 감는다. 주먹을 부르쥐자 아픔이 팔을 타고 찌릿하게 올라온다. 그들이 어떤 방식을 고안했는지는 몰라도, 어린 소녀에 불과했던 자신이 당한 일들보다 심하지는 않을 것이다. 수많은 여자들이 매일, 매년 견뎌야 하는 일들보다 심하지는 않을 것이다. 그리고 이 삶에는, 확실한 것이란 없다.

다른 여자들이 하나둘 일어나서 준비하는지 기침 소리와 중얼거리는 소리가 들려오기 시작한다. 지롤라마는 벽에 손을 짚는다. 반대편에서 마리아도 똑같이 하고 있을 것이다. 용기. 용기를 내야 한다. 판사들이 원하는 대로 훌쩍이고 울면 안 된다. 감정을 걸어 잠그고, 아무것도 내비치지 말아야 한다.

거의 암흑과 다름없는 공간에서 몇 주 동안 지내다가 처음으로 다시 햇빛을 마주하는 것은 충격이었다. 레 세그레테에서 끌려 나와 긴 창문이 늘어선 주 감옥으로 들어서면서, 여자들은 처음 바깥 세상으로 나온 동굴 도마뱀처럼 몸을 움츠린다. 손이 결박되어 있어 얼굴을 가릴 수도 없다. 고개를 숙이고 눈을 찡그려야 한다.

그러나 지롤라마에게 이 빛은 경이로웠다. 이제 3월일 것이다. 아치 모양 통로를 지나는 동안, 봄바람이 피부를 스치는 신선하고 벅찬 감각이 느껴진다. 식물은 어떻게 자라고 있을까, 안젤리카가 잘 돌보고 있을까. 내 영리한 아이 안젤리카. 철문을 지나 감옥 안뜰로 나온 뒤, 지롤라마는 다시 공기를 들이쉰다. 감방의 악취를 겪고 난 뒤에 접하는 이 공기는 기적이다. 바로 바깥에서 도시의 소음이 들려온다. 사람들의 고함, 말발굽 소리, 마차 바퀴 굴러가는 소리, 배경에서 흐르는 테베레 강물, 뱃전을 찰싹이는 물결. 이 모든 것을 두고 떠날 수는 없다. 안젤리카를 두고 떠날 수는 없다. 너무나 살고 싶다. 이 강렬한 욕구에 지롤라마는 놀란다.

그들은 따로 떨어진 건물에 있는 살라 디 트리부날레(Sala di tribunale, 재판정)로 끌려간다. 어떤 교훈이라도 보여주고 싶은 건지, 혹은 자신의 권력을 과시하고 싶어서인지, 총독은 이번 판결을 공개적으로 선고하겠다고 선포했다. 그래서 많은 방청객이 와 있다. 검은 법복을 입은 변호인뿐만 아니라 시체 썩는 냄새를 맡은 까마귀처럼 비극에 이끌린 보통 시민들까지. 공기에는 찌든 체취와 값비싼 향수 냄새가 섞여 있다. 사향과 용연향, 프랑지파니, 장미. 방청석은 대부분 남자로 채워졌고, 극소수의 여자들이 좋은 옷을 차려입고 나와 있다. 어떤 이는 소곤거리고, 어떤 이는 손가락질한다. 죄수들은 포기한 눈으로, 혹은 증오가 가득한 눈으로 그들을 마주 본다. "누가 감히 우리를 판단하나?" 마리아가 중얼거린다. "이 불쌍한 늙은이들을 괴롭히는 것 말고 달리 할 일이 없나?"

아니, 그들은 불쌍한 늙은이가 아니다. 그랬다면 아무도 구경하러 오지 않았을 것이다. 그들은 여자, 특히 나이 든 여자가 침묵을 강요받고 제자리를 지켜야 하는 이 도시에서 일종의 권력을 휘둘렀다. 그래서 신기하고 소름 끼치는 구경거리가 된 것이다. 그래서 이 구경꾼들이 몰려온 것이다.

얼마 지나지 않아 그들은 지롤라마가 핵심 구경거리, 혹은 주범이라는 것을 알아차린다. 법정 맨 앞의 긴 의자까지 끌려가는 동안, 야유와 손가락질, 소곤거리는 소리가 그녀를 따라다닌다.

"독살범이야!" 누군가 소리친다. "목매달아!"

"하지만 영웅이라고!" 여자가 외친다.

곧 총독이 나타나고, 그는 요란한 소동에 신경 쓸 여유가 없다. "방청석에 앉아 있는 시민 여러분, 이것은 볼거리가 아니라는 점을 여러분께 상기시켜야 하겠소. 이것은 법과 질서를 수호하는 중대한 문제이니 모두 조용히 해주시오."

크고 성량이 풍부한 목소리. 자기 자신을 중요하다고 생각하는 남자, 남들이 자신의 말을 경청하는 데 익숙한 남자의 목소리다. 하지만 지롤라마는 기름진 몸집과 달리 그의 영혼은 종잇장처럼 얄팍하다는 것을, 벨벳처럼 매끄러운 목소리 밑에 독하고 검은 액체가 흐른다는 것을 알고 있다.

스테파노 브라키는 어디 있지? 지롤라마는 법정을 둘러보지만, 그는 보이지 않는다. 아직도 아픈가? 법정 출입을 금지당했나? 그런데 체카는? 아직 탑에 있는 것이 분명하다. 눈에 띄면 지롤라마가 덤벼들어 갈기갈기 찢어버릴까 봐 잘 숨겨놓은 것 같다.

지롤라마의 시선은 자신을 향해 미소 짓는 소녀에게서 멈춘다. 안젤리카다. 반가움과 비탄이 한꺼번에 밀려와 심장이 터질 것 같지만, 지롤라마의 얼굴은 일그러진다. 저 애가 여기 오면 안 되는데. 너무 위험하다. 그런데도 아이를 다시 볼 수 있다는 것이, 스스로 인정하고 싶은 것 이상으로 너무나 기쁘다.

다른 판사들이 주섬주섬 의자에 앉는다. 종잇장처럼 희거나 포도주 때문에 발그레한 늙은 남자들의 얼굴, 숱 없는 우스꽝스러운 수염. 이 시체 같은 무리가 어떤 판결을 내릴지 지롤라마는 알고 있다. 그것은 유쾌하지도, 독창적이지도 않을 것이다.

라 소르다가 지나치게 큰 목소리로 말한다. "고작 이게 최선이야? 벌써 한쪽 다리는 관 속에 들어가 있는 작자들이구만."

지롤라마는 미소를 억누른다. 라 소르다. 저 통통한 뺨과 화통한 마음에 축복이 있기를. 사형선고가 내려질 가능성이 높다는 것을 알면서도 저런 기백을 잃지 않다니.

총독이 일어선다. "본 법정은 증거와 피고 측 변호를 듣고 사면 청원과 기소 면제 신청을 검토하여 다음과 같이 선고한다." 그는 극적인 효과를 위해 잠시 사이를 둔다. 지롤라마는 자기도 모르게 숨을 멈춘다. 제발, 몇 명이라도 살려주세요. 마르첼로가 말한 대로 스테파노의 노력이 성과를 거두었기를.

바란초네는 말한다. "피고들이 저지른 범죄는 너무나 극악하다. 팔레르모 출신의 지롤라마 스파나가 이끈 이 여성 조직은 치명적인 독약을 제조하고 판매해서 그 수를 정확히 헤아릴 수 없는 피해자들을 죽음으로 내몰았다. 이 아쿠아라는 독은 투명하고 냄새가 없으며 음식에 넣어져 천천히 작용했기에 피해자들은 어떠한 방어도 할 수 없었다. 이 독약은 의사도, 친척도, 교황청의 법정도 속였다. 그러나 하느님을 속일 수는 없다. 이 음모의 주범은 스파나였으나, 주로 과부로 구성된 여자들이 조직적으로 범행을 도와 로마 전역에 독약을 유통시켰다. 독을 구매한 사람 역시 주로 여자들이었고, 그들은 조금도 의심하지 못하는 남편과 형제, 아버지, 연인을 살해하려는 의도로 독을 손에 넣었다. 독으로 인해 역병처럼 번졌던 이 사태는 이제 이탈리아에서 완전히 정화될 것이다."

지롤라마는 이 괴물 같은 남자를, 특권과 권력의 품속에서 살아온 남자를 응시한다. 도대체 이자가 무슨 권한으로 우리를 심판한다는 건가? 우리의 세계에 대해 무엇을 안다고?

"그러나." 총독은 말을 잇는다. "본 법정은 공정하고 자비로우며, 교황 성하는 너그럽고 사려 깊으시다. 그러므로 본 법정은 특별히 예외적인 경우에 한하여 관용을 베풀고자 한다."

방청석이 술렁인다. 죄수들은 말없이 서로 얼굴을 쳐다본다.

총독은 한층 가슴을 내민다. "우선, 카밀라 카펠라. 남편인 여관 주인 안드레아 보렐리를 살해하기 위해 독약을 구매한 죄가 있으나, 그 젊음과 극도의 고통을 참작하여 교수형을 면하고 추방한다. 그는 즉시 로마를 떠나야 하며 다시 돌아오지 못한다."

외침이 울려 퍼진다. 카밀라는 법정 반대편에 서서 그녀를 만지려는 듯 손을 내밀고 있는 남자를 응시하고 있다. 재혼한 남편인 모양이다.

총독은 말을 잇는다. "베네데타 메를리니. 남편인 화가 필리프 앙베르를 살해하기 위해 독약을 구매한 주인을 도운 죄가 있으나, 여주인의 자백을 감안하여 사형을 면한다. 그러나 다른 죄수들이 처형되는 동안 교수대 아래에 서서 지켜보게 하고, 그런 뒤 교황령에서 평생 추방한다."

베네데타는 땅에 풀썩 주저앉는다. 그녀는 울고 있다.

"체칠리아 라 소르다, 그가 특정한 여자에게 독약을 팔았다는 것을 입증할 증거가 없으므로, 역시 교수대 아래에 서서 지켜보게 한 뒤 거리에서 태형에 처하고 교황령에서 평생 추방한다."

지롤라마의 입술이 삐딱하게 올라간다. 영리한 라 소르다. 어디 평퍼짐한 그 엉덩이를 실컷 때려보라지. 어쨌거나 중요한 건 목숨을 건졌다는 것이다.

다른 여자들의 이름이 계속 불린다. 어떤 이는 자비를 받았고, 어떤 이는 그렇지 못했다. "테레사 베르첼리나. 그는 남편인 느릅나무

집 염색장이 지오반니 벨트람미에게 아쿠아를 먹였으나 어머니가 준 병이 독약이라는 것을 알지 못했다. 체칠리아 베르첼리나는 자백하였으니 교수형에 처한다. 그 딸은 사형을 면하되 로마와 교황령에서 추방한다."

정적, 이어 덫에 걸린 짐승처럼 울부짖는 소리가 터져 나온다. 키 크고 아름다운 테레사는 눈을 부릅뜬 채 체칠리아에게 달려가려고 몸부림치고 있다. "무슨 짓을 한 거예요, 어머니? 무슨 짓을 한 거예요?"

총독은 계속 말을 이어간다. 추방이나 태형, 혹은 둘 다 선고받는 다른 독약 판매자들의 이름이 계속 흘러나온다. 이어 그는 말한다. "다음의 죄수들은 로마 시민이 지켜보는 가운데 교수형에 처해진다." 그는 극적인 효과를 위해 잠시 침묵한다. 지롤라마는 안젤리카를 쳐다본다. 아이의 눈은 총독의 얼굴에 못 박혀 있다. 어떤 말이 나올지 알고 있을 것이다.

마침내 총독은 공표한다. "지롤라마 스파나, 마리아 스피놀라, 반나 데 그란디스, 그라치오사 파리나, 라우라 크리스폴디, 체칠리아 베르첼리나."

방청석에서 고함이 터져 나오고, 테레사는 통곡한다. 나머지 여자들은 아무 소리도 내지 않는다.

지롤라마는 목구멍까지 치미는 신물과 가슴속에서 차츰 커져가는 울음을 삼킨다. 이렇게 될 줄 알고 있었지만, 그래도 막상 들으니 쇠로 된 주먹이 그녀를 땅에 때려눕히는 것 같다. 마리아나 그라치오사에게 손을 뻗을 수는 없지만, 지롤라마는 그쪽으로 조금 다가선다. 그들이 숨 쉬는 공기를 들이마신다.

"반나도 살려줄 것이지." 그라치오사가 속삭인다. "어차피 반송장인데. 그래서 오늘 반나만 감옥에 남겨둔 거잖아."

라우라는 혼란스러운 표정으로 땅만 보고 있다. 다른 결과를 기대했을까?

총독의 발표는 계속된다. "지롤라마 스파나와 그 공범들은 불행한 아내들을 남편 살해라는 극악무도한 범죄로, 딸들을 부친 살해로, 자매들을 형제 살해로 유인했다. 사악한 독약을 제조한 자와 조달한 자들을 뿌리 뽑으면 로마는 다시 안전하게 숨 쉬고 먹을 수 있을 것이다. 그러므로 교수형은 지금부터 일주일 뒤에 집행한다. 더 이상의 관용과 사면 청원은 받아들이지 않는다."

지롤라마는 여자들의 얼굴을 본다. 어둠 속에서 판자 위에 누워 있을 반나를 생각한다. 머릿속에서 수정구슬이 계속 돌아간다. 이 모든 목숨. 어느 정도는 지롤라마 때문에 사라지는 목숨이다. 그 모두를 살리고 싶지만, 그녀는 그럴 수 없다는 것을 알고 있다. 유일하게 살아남는 라 소르다조차 영원히 로마에서 추방당한다. 라 소르다가 안젤리카를 데려가 보호해줄 수 있을까? 아니면 오늘 밤 당장 도시에서 쫓겨나게 되나? 둘 중 누구든 비소를 구해 이 유산을 이어갈 수 있을까? 하지만 이제 그런 것은 뜬구름 같은 가능성에 지나지 않는 것 같다.

지롤라마는 인파 속에서 다시 안젤리카를 찾는다. 아이의 얼굴에서는 웃음기가 사라졌지만, 그녀는 울지 않는다. 두 사람의 시선이 마주치고, 지롤라마는 가슴속에 있는 생각을 아이에게 전하기 위해 마음을 모은다.

59

스테파노

망치 소리, 톱으로 나무 자르는 소리, 이따금 휘파람과 고함 소리. 비아 델라 코르다 입구에는 사람들이 기억하는 한 가장 크고 가로 대 많은 교수대가 설치되고 있다. 주변의 집에서는 돈이 오간다. 캄 포 데 피오리를 내려다보는 창가 자리 하나에 6스쿠디부터 30스쿠 디. 로마 최고의 객석이다. 하지만 분위기는 엇갈리고 어수선하다. 어 떤 이는 정의의 심판이라고 생각하지만, 어떤 이는 여자들이 이 도 시에서 미미하나마 힘을 휘두를 수 있는 것은 군중 앞에서 목이 늘 어질 때뿐이라고 체념한다. 하지만 지켜보고 싶은 것은 모두 마찬가 지다. 역사의 한 장면이니까.

안내문과 안내장은 탑에서 고해성사를 진행하는 사제들이 죄수 에게서 별다른 성과를 얻어내지 못했다고 전한다. 판결과 무관하게 여자들은 고해할 마음이 없다. 마지막 순간에 사면될 거라고 기대하 는 건가? 지롤라마 스파나는 고함을 지르고, 침을 뱉고, 아무것도 인정하지 않는다는 소식이다. 죄수가 끝까지 저항하는 모습에는 할 말이 있다고들 하지만, 정말 지옥에라도 가고 싶은 걸까? 자신의 죄 를 고해하지 않는다면 여자들 모두 분명 그렇게 될 텐데. 사람들은 지옥에 대해 많이 배웠기 때문에(설교단과 사제에게서, 이 도시 전역에 인쇄되고 그려진 그림들 속에서) 그것이 영구한, 말로 표현할 수 없는 고통을 의미한다는 것을 잘 알고 있다. 지롤라마는 지옥의 악마들이 같은 편이라며 자신을 환영해줄 줄 아나?

처형일이 되자, 캄포 데 피오리에 거대한 인파가 모인다. 하지만 광장은 고요하다. 사람들은 광장에 간신히 들어온 마차 지붕 위에 올라가 앉아 있다. 교수대를 마주 보는 건물 지붕에 올라간 사람들도 있다. 창문마다 사람들이 밖을 내다보고 있다. 광장 주변의 모든 거리는—비아 디 리페타와 스트라다 파올리네, 코르소 그 자체도—구경꾼으로 완전히 막혔다.

스테파노는 관리들을 위해 마련된 무대에 총독과 함께 앉아 있다. 처형 때 으레 그렇듯 군중들이 소리치고 시끌벅적하면 차라리 좋겠지만, 아니, 그들은 쥐 죽은 듯 조용히 지켜본다. 스테파노도 지켜보기만 한다. 이제 그가 할 수 있는 일은 없다.

가장 먼저 신부들이 검은 장막을 드리운 커다란 은제 십자가를 지고 행진한다. 긴 검은색 가운을 입고 눈에만 구멍을 뚫은 가면을 쓴 미제리코르디아 형제단 단원들이 그 뒤를 따른다. 앞쪽에 선 사람들은 불붙인 횃불을 들고, 뒤따르는 사람들은 검은 천을 드리운 관 다섯 개를 어깨에 받쳐서 함께 이고 있다. 바로 뒤에는 처형인과 두 조수가 진홍색 코트 차림으로 따른다.

수천 개의 몸이 뒤엉키는 독한 체취가 스테파노의 콧구멍으로 올라온다. 순간 욕지기가 치밀 것 같다.

"왜 그렇게 우울한 얼굴이냐?" 빈첸초는 아까 동생에게 물었다. 두 형과 아버지, 심지어 여동생 피오랄리사도 같이 나와 있다. "네가 아

끼는 말 같은 얼굴을 하고 있구나. 네 영광의 순간 아니냐. 네가 해냈
어. 네가 악당들에게 정의의 심판을 내렸다."

그랬던가? 지금 호송 마차에 실려 오는 이 여자들이 악당인가? 그
라치오사 파리나가 제일 먼저 마차에서 내리고, 위로하는 사제가 양
옆에 따라온다. 목에는 벌써 올가미가 걸려 있다. 빨갛게 염색한 머
리를 잘라내니 한층 작아 보이고, 검은 드레스는 스테파노의 집 앞
에 놓여 있던, 지금까지 그의 뇌리를 떠나지 않는 상자 속의 새를 연
상시킨다. 다음은 마리아 스피놀라. 하얀 눈동자의 마리아가 이제
목동의 막대기처럼 허리가 굽어버린 반나를 부축해서 내린다. 다음
으로 나온 라우라치아는 고개를 푹 숙이고 있지만 이따금 억울한
눈빛으로 인파를 흘끗거린다.

"저기 나온다." 총독은 신랄한 어조로 말한다. "악마의 늙은 하인
들 아닌가!"

무리의 마지막은 체칠리아다. 여전히 꼿꼿하고 위엄 있는 걸음걸
이고, 머리에는 숄을 두르고 있다. 체칠리아의 자백에도 불구하고
테레사 본인도 남편에게 무슨 약을 먹이는지 잘 알고 있지 않았을
까, 스테파노는 생각한다. 하지만 체칠리아는 자기 목숨보다 딸이 더
소중하다고 했고, 이렇게 몸으로 증명하고 있다.

스테파노는 아버지를 돌아본다. 그는 오늘 처형을 위해 준비된 관
람석에 앉아 있다. 아버지라면 자식 중 누구를 위해서 기꺼이 목숨
을 바칠까? 모두 다? 아니, 그럴 리 없다.

아버지는 그의 눈길을 느끼고 이쪽을 바라본다. "저기 너의 적들
이 있구나. 안 그러냐, 스테파노? 다 잡아들이는 데 이렇게 오래 걸린
게 신기하구나. 까마귀 떼 같은 여편네들인데." 그는 웃고 있지만 눈

길은 차갑다.

스테파노는 다시 돌아앉아 교수대를 바라본다. 순간 분명하게 깨달을 수 있다. 그가 무엇을 성취하든 아버지는 그 스스로 부족하다는 기분을 심어주려 할 거라는 사실을. 이탈리아 전체에서 가장 존경받는 판사가 된다 해도, 로마 총독이 된다 해도, 아버지는 여전히 그를 왜소한 인간으로, 실패자로 끌어내리려 할 것이다. 루치아의 말대로, 이것은 스테파노가 어떤 인간이고 무엇을 이루었는가 하는 일과는 아무 관계 없는 문제였다. 이것은 아버지의 문제, 그를 그런 인간으로 만든 요인의 문제였다. 지롤라마가 뭐라고 했더라? 어떤 인간은 독과 같다. 피하는 것이 최선이다.

다음으로 라 소르다가 끌려 나온다. 친구들이 교수대에서 죽는 것을 보러 간다기보다, 여전히 장 보러 가는 사람처럼 가벼운 걸음이다. 하지만 안나 콘티의 하녀 베네데타는 이미 얼굴을 손으로 가리고 있다. 경비는 다른 여자들이 안대를 머리에 두르고 죽을 준비를 하고 있는 교수대 밑에 그들을 세운다.

스테파노는 안나 콘티가 거기 나와 있다는 것을 깨닫는다. 그녀는 거의 앞쪽, 인파 속에 섞여서 베네데타 쪽으로 손을 뻗고 있다. 하녀에게 말하려는 것이다. 내가 여기 있어.

"그들은 모두 고해했다." 총독은 시민들에게 큰 목소리로 외친다. "지롤라마 스파나만 예외다. 그 여자는 지옥불 속에서 영원히 타오를 것이다."

두건을 쓴 지롤라마가 끌려 나오고, 가면을 쓴 성직자 여러 명이 곁을 따른다.

"저기 나온다!" 총독은 자기 목소리가 더 잘 들리게 하려는지 자리에서 일어선다. "저것이야말로 모든 악의 근원. 마침내 정의의 심판이 내리게 되었다. 이 얼마나 보잘것없는 모습인가. 보라! 몸을 가누지도 못한다. 사람들이 말하는 끔찍한 힘이 어디에 있느냐!"

사람들은 동의한다는 뜻으로 수런거리지만, 스테파노는 침묵을 지킨다. 그는 총독에게 할 말도 없고, 설령 말하려 해도 말할 수 없을 것 같다. 목구멍이 두려움으로 꽉 막혀 있다.

신부가 여자들 옆에 무릎을 꿇고 은 십자가와 성상을 들어 올리며 죄인을 위해 기도한다. 군중 속에서 울부짖는 소리가 들려온다.

교수대 위의 여자들을 지켜보면서, 스테파노는 판결 직전 마지막으로 지롤라마를 만났던 때를 기억한다. 신문 전체를 진행했던 탑의 취조실이었다. 그가 물었다. "고해를 하지 않을 건가? 네가 저지른 잘못을 인정하지 않는가? 죄를 씻고 싶지 않은가?"

"아, 죄라." 그녀는 창밖 테베레강을 내려다본다. "당신은요, 브라키 판사님? 당신 영혼은 어떻죠? 하느님이 당신의 행동을 용인하실 거라고 생각합니까?"

"나 또한 고해하러 갈 것이다, 돈나 스파나." 그는 조용히 말한다. "나는 하느님의 계획을 안다고 말하지 않는다. 나 스스로 옳다고 생각하는 대로 행동했을 뿐이다." 우리는 거의 언제나, 그 순간에는 자신이 옳은 일을 하고 있다고 생각하지만, 나중에 가서 다른 결론을 내리게 되지 않던가?

지롤라마는 미소 짓는다. "지금 교수형을 당하고 고향에서 영영 쫓겨나게 될 많은 여자들도 마찬가지죠. 그들은 상상 속의 불지옥이 아닌 살아 숨 쉬는 지옥에서 벗어나기 위해 옳다고 느끼는 대로 행동했을 뿐입니다. 당신 인생의 여자들을 돌아보세요, 브라키 판사님.

그들이 당신의 업적을 찬양할까요?"

그는 아직 뼛속까지 피곤하다. "이건 나에 대한 일이 아니다, 돈나 스파나. 내 이야기를 할 때가 아니다. 나는 당신에게 자백을 권하고 있다."

"나도 내 질문을 제대로 생각해보시라고 권하는 겁니다." 지롤라마의 얼굴에서 미소가 사라진다. 눈동자는 아주 검고 고요하다. "당신 인생의 여자들을 생각해보세요. 아니, 당신이 세상에서 가장 사랑하는 여자를 생각해보세요."

스테파노는 잠시 후에서야 그녀가 무슨 말을 하는지 깨닫는다. 가슴이 죄어드는 것 같다. "어째서?"

그녀는 기다린다. 당긴 활시위처럼 침묵이 팽팽하게 이어진다. "오래전, 루치아가 내게 왔었지요."

아니야, 스테파노는 생각한다. 아니야.

"몸에 난 상처를 조금 보여주면서 그가 한 짓을 이야기하더군요."

몸이 땅 밑으로, 어둠 속으로 다시 빨려드는 것 같았다.

"굳이 다른 말을 할 필요가 없었습니다. 당신의 누이를 보자마자 그 인생이 보였으니까. 그런데도 당신은 아무것도 보지 못했지요."

"무슨 말을 하는 거냐?" 스테파노의 세상이 뒤집히고 있었다. "왜 이런 말을 하는 거지?"

지롤라마는 말을 잇는다. "나도 어린 시절 똑같은 경험을 했기 때문에 알아본 겁니다. 당신 누이가 똑같은 고통을 겪기를 바라지 않았기에. 그래서 난 그녀에게 아쿠아를 팔았죠."

스테파노는 루치아의 남편 모습을 기억 속에서 끄집어낸다. 단정하고 머리가 희끗희끗한, 특징 없는 얼굴의 남자. 생각도 해본 적 없었다. 짐작도 하지 못했다. 어떻게? 어떻게 그걸 못 봤을까? 그는 루치아를, 마음 넓은 루치아를, 항상 그에게 모든 것을 주던 루치아를 생각한다. 도대체 왜, 왜 나한테 말하지 않았을까? 아니, 말하려고 했지만 내가 알아듣지 못했던 건가? 뻔히 눈앞에 있는 것을 내가 못본 건가? 스테파노는 그 순간 루치아의 남편을 죽이고 싶었다. 하지만 그는 이미 죽었다.

지롤라마는 그를 쳐다보고 있다. 매정한 눈길은 아니다. "이제야 알아차리셨군."

스테파노는 피오랄리사의 결혼식 날 누나와 나눈 대화를 기억하고 있다. 행복은 당연히 주어지는 것이 아니라는 뜻이야, 스테파노. 루치아가 이 임무에서 물러나라고 설득하던 모습. 결혼 생활 동안, 말을 타지 못할 때마다 여자들만 아는 문제라고 둘러대던 모습. 그의 손이 얼굴을 덮는다.

"거래를 제안하죠, 브라키 판사님. 저의 침묵과 여자들의 목숨을 교환합시다."

스테파노는 집중하려고, 이성적으로 생각하려고 애쓰지만, 머릿속에는 파편 같은 이미지와 영상만 가득하다. 이 이야기가 알려지면 어떻게 될지는 뻔하다. 루치아도, 그도, 그들 모두 파멸할 것이다. 모든 것이 무너질 것이다. 스테파노는 천천히 숨을 쉬며 논리적으로 생각하려고 애쓴다. 해결책이 있을 것이다. 분명히 있을 것이다.

그의 생각을 읽은 듯, 지롤라마는 말한다. "혹시 빠져나갈 구멍이 있다고 생각하실까 봐 말씀드리지만, 당신 누나에 대해서, 자세한 사정을 잘 알고 있는 사람은 나뿐만이 아닙니다. 장부에 다 기록되어 있죠. 그녀가 아쿠아를 산 날짜, 분량, 사유. 당신 누나를 해치고 싶지는 않지만, 내가 교수대에 가게 되면 맹세코 그 비밀을 백일하에 공개하겠어요."

스테파노는 이 말을 의심하지 않는다. 지롤라마는 그의 아버지가 봤다면 감탄할 정도로 용의주도한 인물이다. 그녀는 모든 것을 계획하고 모든 것을 예상했다. "그래서 몇 달 전에 진작 로마에서 도망치지 않았군. 어쨌든 가장 유리한 패를 쥐고 있으니, 마지막까지 기다린 거로군."

지롤라마는 어깨를 으쓱한다. "목숨은 카드 같은 게 아닙니다."

스테파노는 코웃음을 친다. "당신은 수많은 목숨을 그리 취급하지 않았나. 카드 한 벌씩 한꺼번에 탁자에서 쓸려나갔다. 얼마나 많은 남자가 죽었나?"

그녀는 입술을 깨문다. "내가 선하다고 우기지는 않겠어요, 판사님. 내게도 나름의 후회는 있지만, 지금 후회한들 무슨 소용이 있겠어요. 중요한 것은 앞으로 나아가는 거죠."

스테파노는 고개를 젓는다. 이게 타로코 게임이라면 그는 '바보' 카드다. "내가 그 제안에 동의한다 해도, 방법이 없지 않나. 당신 자신이 더 잘 알 텐데. 어떻게 하라는 거지? 당신과 공범들을 이대로 탑에서 달아나게 하라고? 집단 탈출극이라도 꾸며달라는 건가? 그랬다가는 교황청이 발칵 뒤집히고 다시 수사가 벌어질 거고, 수색은 끝도 없이 길어질 텐데. 내가 가담했다는 사실도 곧바로 밝혀지고, 당신과 공범들은 얼마 못 가 잡힐 것이다. 이건 불가능한 일이야."

오랫동안 지롤라마는 말이 없다. 마침내 그녀는 다시 입을 연다. "그러면 타협하죠. 내 목숨만."

"그것 역시 불가능하다."

"어렵지요, 네. 하지만 불가능은 아닙니다." 어딘가 서글픔이 떠도는 목소리.

그는 고개를 젓는다. "여자들 전부 그대로 두고 당신만 살겠다고?"

그녀는 미간을 찌푸린다. "그렇게 할 수밖에 없다면, 네. 내게는 그럴 이유가 있습니다."

"무슨 이유?"

"부분적으로는 당신이 내 제안을 수락하게 될 이유와 같아요, 스테파노 브라키. 내가 가장 사랑하는 소녀를 보호하기 위해서."

스테파노는 눈을 깜빡인다. 무슨 뜻이지? 체카의 말이 떠오른다. '딸은 안 낳았습니다.' 시장통을 달려가던 한 소녀.

"내가 동의한다 해도, 도대체 무슨 방법이 있다는 거지?"

"위험한 건 사실이지만, 가능해요. 내게 계획이 있습니다. 이렇게 하시죠."

군중 속에서 누가 외치는 소리에 스테파노는 상념에서 벗어나 현실로 되돌아온다. 그의 시선은 지금 두건을 쓰고 교수대로 다가가는 인물에게 향한다. 그는 부축받지 않고는 몸을 가누지 못하고 있다. 공포나 병 때문에 그런 것이 아니다. 양귀비와 만드라고라에 취해 있고 입에 재갈이 물려 있기 때문이다. 지롤라마를 배신한 여자. 스테파노의 위장이 두려움 때문에 경련을 일으킨다. 과연 들키지 않고 무사히 끝날까? 정말 이런 일을 허락해도 되는 것일까? 다른 선택지는 없는가?

어쨌든 이 여자도 완전히 무고하지는 않다, 그는 스스로를 설득한다. 전적으로 선한 사람은 아니다. 체카는 오랫동안 지롤라마와 그

양어머니 줄리아를 도왔다. 그들이 무슨 짓을 하는지 알고 있었다. 자기 목숨을 건지려고 지롤라마를 배신했다. 그래도, 스테파노는 엉뚱한 사람을 사형에 처하고 있다. 그가 치른 대가도 적지 않았다. 영혼에 치른 대가는 물론, 시체를 교수대에서 내려 땅에 묻는 사람에게 뇌물로 금화까지 바쳐야 했으니까. 마르첼로가 말한 대로 죽은 뒤 인간의 몸은 생전에 안고 있던 비밀을 내놓는다. 이 책은 영영 펼쳐지지 않는 책이어야 한다.

"궁금하다." 스테파노는 악마의 계약을 맺은 뒤 지롤라마에게 물었다. "아쿠아 제조법이 적힌 비밀의 책은 어디 있는가?"

"태웠어요. 오래전에. 토파니아는 독약 제조법을 글로 적는다는 것이 너무 위험한 행동이라고 생각했어요. 수사기관의 손에 들어갈 수도 있고, 다른 이의 손에 들어갈 수도 있으니까. 토파니아와 줄리아는 아쿠아와 기타 핵심적인 독약의 제조법을 외웠습니다. 때가 되어 줄리아는 내게 가르쳤지요. 비밀은……." 그녀는 머리를 두드린다. "이 안에 있죠."

체카가 교수대로 끌려가는 것을 보면서, 스테파노는 그 말이 사실이었을까 생각한다. 이제 알 길은 없다. 이 모든 일을 통해 배운 것이 있다면 바로 그것이리라. 인간은 그 어떤 것도, 자기 자신에 대해서조차도 진정으로, 확실하게 다 안다고 말할 수 없다. 스테파노의 머릿속에도 그 자신조차 알지 못했던 어둠의 파편이 존재한다. 그런 판에 어떻게 타인의 행동에 대해 다 알고 심판할 수 있다고 말할 수 있나? 스테파노는 자신이 만들어내는 데 한몫한 죽음의 구경거리 앞에 앉아 있다.

집행인이 체카에게 다가간다. 그리스도의 그림을 든 신부가 옆에

서서 기도를 읊는다. 사형을 집행하는 자와 구원하는 자가 나란히 서 있다.

어쩌면 좋은 사람과 나쁜 사람, 선과 악을 구분하는 또렷한 선 같은 건 없을지도 모른다. 그 경계는 너무나 모호하고 구멍투성이에 루치아의 누에가 짜내는 천처럼 얇다.

집행인이 체카의 목에 걸린 올가미를 조인다. 그는 한 걸음 물러선다.

지금이라도 멈출 수 있다. 일어나서, 외칠 수 있다. 하지만 물론 그렇게 하지 않을 것이다.

집행인은 팔을 들어 신호를 보내고, 그 순간 사람들의 손이 입으로, 가슴으로, 아이들의 눈앞으로 향한다. 마지막 순간에 죽음을 막기 위한 처형 연기도, 기적도, 신이나 악마의 개입도 없다는 것을 이제 모두가 깨닫는다. 군중 속에서 몇몇 사람들이 울부짖기 시작하지만, 대다수는 조용하다.

집행인의 조수가 두건을 쓴 여자들을 앞으로 밀기 위해 다가간다. 그라치오사, 마리아, 반나, 라우라, 체칠리아, 그리고 모든 사람이 지롤라마로 알고 있는 여자. 교수대 밑에는 베네데타와 라 소르다가 서로 손을 잡고 기다리고 있다.

일제히 숨을 멈춘다. 순간, 핏줄 속 피와 시간의 흐름까지 느려지는 것 같다. 바늘 떨어지는 소리조차 들릴 듯한 끔찍한 정적이 흐른다.

밧줄이 홱 당겨지고, 숨을 들이키는 소리. 외마디 비명. 여자들이 허공에 매달린다.

60

기운을 돋우려면:

바다쑥, 스피어민트, 베토니, 마조람, 로즈메리, 레몬밤, 보리지, 세이
보리를 각각 같은 양을 취하되 증류기에 들어갈 만큼 준비한다. 약
초 위에 빻은 계피 2온스를 넣고 최대한 많은 물이 나오도록 증류
하며 한데 모아둔다. 아침 공복에 진주 가루 8, 혹은 10, 혹은 12온
스를 한두 숟가락 이 액체에 섞어서 마신다. 일주일 동안, 원하는 만
큼 자주 복용하면 전신을 든든하게 보양한다.

로마에 제비가 돌아오고 있다. 새는 빨랫줄을 스치듯 날며 벌레를
잡아먹고 처마 밑에 둥지를 튼다. 성주간을 맞아 도착한 순례자도
수천 명씩 무리지어 속속 성문을 통과한다. 예수그리스도가 부활하
실 때 하느님의 도시에 있기 위하여.

이렇게 도착하는 사람들의 물결 속에서, 베네데타는 떠날 준비를
하고 있다. 안나의 하녀, 이제 친구가 된 그녀는 베네치아로 가서 가
족과 함께 지내며 다시 살아갈 방도를 찾을 것이다. 언제 다시 돌아
올 수 있을지, 다시 돌아오게 될지는 알 수 없다. 교황의 사면에 달려
있지만, 그는 이 여자들의 존재조차 잘 모른다. 그 생각을 하면 때로
슬픔이 너무 커서 안나는 숨이 막히는 것 같지만, 그래도 다른 사람
들이 맞이한 운명보다는 낫다. 주위의 수많은 여자들이 죽고 그들이

살아남았다는 것이 무엇을 의미하는지 서로 털어놓고 이야기해보지는 않았다. 안나는 입에 올릴 수조차 없을 것 같다. 그저 기도만 할 뿐. 그녀는 아직도 마리아와 반나, 지롤라마와 라우라를 매일 생각한다. 밤에 침대에 들면 그들의 목소리가 벽에서 소곤거림으로 들려오는 것 같다.

하지만 아우렐리아는 마리아의 말대로 태어날 때부터 그랬듯 악착같이 목숨을 이어갔다. 이제 아기를 요람에 재우고, 안나는 정원에서 딴 채소와 허브를 썰어 미네스트로네 수프를 만들고 있고, 베네데타는 빵 작업대에서 작은 파스타를 별 모양으로 자르고 있다. 그들이 함께 먹을 마지막 식사다.

"가족은 가족이죠." 베네데타는 말한다. "마음에 안 들어도 제가 혼자 설 수 있을 때까지 받아줄 거예요."

안나는 팬에 허브를 넣는다. 그녀로서는 가족에게 돌아가는 것은 선택지가 아니다. 어머니는 그 점을 분명히 했다. 이제 안나도 살길을 찾아야 한다는 게 두려운 동시에 홀가분하기도 하다.

"곧 일을 찾을 거야, 틀림없이." 안나는 베네데타에게 말한다. "아우렐리아가 좀 더 크면 내가 찾아갈게. 어떤 모습으로 살고 있는지 보러 갈게."

❦

색채도 로마로 돌아오고 있다. 나무의 녹색 덩굴과 잎사귀, 돌과 석회를 비추는 금빛 햇살, 연파란색 하늘.

안젤리카와 지롤라마는 보라색 스위트피가 만발한 정원에 와 있다. 머리를 숄로 가린 지롤라마는 금잔화가 벌써 되살아나고 붓꽃이 피는 것이 기쁘다. 어둠 속에 잠겨 있던 영혼을 환히 밝혀주는 것 같다. 가깝던 사람들이 너무나 많이, 자신이 만든 독약을 판매한 죄로 죽었다. 그들을 살릴 수 없다면 같이 죽었어야 했을까? 내 목숨을 건지기 위해서 체카를 대신 죽게 한 것은 잘못이었을까? 나를 배신한 사람인데도? 대답할 수 없는 질문들이라는 것을 안다. 그녀의 생각은 달처럼 찼다가 다시 기운다. 하지만 안젤리카를 보면, 자신의 딸이 이 세상에 외톨이가 아니라는 것이 기쁘다. 살아갈 기회를 얻었다는 것이.

서리와 비, 방치된 시간을 이겨낸 식물 중 가장 튼튼한 것을 골라 뽑고, 잘라낸다. 가장 살아날 가능성이 높은 것들이다. 다른 도시에 가져가서 다시 심을 것이다.

"여행 중에 견뎌낼까요?" 안젤리카가 묻는다.

"전부 다 살지는 못하겠지만, 일부는 살겠지. 우리가 도와주면 다른 곳에 다시 뿌리를 내릴 거야."

"우리는 어쩌고요? 우리도 뿌리 내릴 수 있을까요?"

"아, 그럴 거야. 라 소르다가 같이 있을 텐데, 그녀는 항상 친구와 고객을 잘 찾아내지 않니. 다시 작업실을 꾸리고, 재료 공급처를 물색하고, 새로운 여자들을 찾으면 돼." 하지만 반나, 마리아, 작은 그라치오사처럼 충실하고 영리한 사람, 라우라처럼 수완 좋은 사람을 다시 만날 수 있을까. "우리가 제공하는 것은 사람들이 늘 필요로 하는 물건이니까." 그녀는 말한다. 한 여성의 목숨에 제대로 된 가치가 매겨질 때까지는 그럴 것이다. 지롤라마가 보기에 그런 때가 곧 올 것 같지는 않다. 너무나 많은 목숨이 매일같이 사라진다. 토파니아가, 줄리아가 알아본 것이 그것이었다. 지롤라마 자신이 항상 알고 있었던 것이. 하지만 앞으로는 물려받은 비밀을 다룰 때, 작은 유리병에 봉한 힘을 다룰 때 한층 더 신중해야 할 것이다.

"다 죽으면 어떻게 해요?" 안젤리카가 묻는다. 지롤라마는 잠시 생각한 뒤에야 아이가 식물 이야기를 하고 있다는 것을 깨닫는다.

"그러면 새로 시작하면 되지. 줄리아도 여기서 맨손으로 시작했는데, 보렴, 얼마나 대단한 걸 이뤘니?"

중요한 것은 유산을 이어가는 것, 비밀을 잃어버리지 않는 것이다.

✧

스테파노는 산 판크라치오 문을 통해 로마를 떠나서 귀족들의 녹색 포도밭과 무성한 정원을 지나 사람의 손길이 닿지 않은 들판을 가로지른다. 루치아가 있는 수녀원은 남쪽으로 몇 마일 떨어져 있는데, 그가 이미 잘 아는 여행길이다. 매번 달릴 때마다 그는 자신이 잊어버린 것과 배운 것, 구한 것과 잃어버린 것, 책에 적힌 것과 책장에서 빠진 것들을 생각한다. 은색 글자가 적혀 있던, 서로 다른 사람들이 수정해온 지롤라마의 책을 기억한다. 우리 각자의 제조법도 그런 것이겠지, 그는 생각한다. 우리가 배운 것, 경험한 것, 각자가 내린 선택, 이 모든 것을 솥에 넣고 끓여서 만드는 것이겠지.

그는 다미젤라에게 박차를 가해 점점 더 빨리 들판을 가로지른다. 풍경은 시야에서 번지고 바람이 얼굴을 세게 때리며 모든 것을 씻어내는 것 같다. 생각도, 그 자신의 존재조차도.

그저 바람과 봄의 향기, 말의 움직임뿐이다.

그들은 거대한 이 땅 위를 움직이는 하나의 점일 뿐이다.
그렇게 그들은 계속 나아간다.

작가의 말

　역사적 기록에 등장하는 많은 사실에도 불구하고 이 이야기는 허구이다. 당대의 사법당국과 통신문, 언론인들이 작성한 기록 자체가 워낙에 불완전한 데다 편견에서 자유롭지 못했다. 여자들의 목소리에 대해 남아 있는 기록은 공증인의 문서뿐인데, 이 역시 필사본이다. 팔레르모 대학의 교수 시모나 페치가 〈1656년 로마 대역병 직후 여성들의 음모〉라는 글에서 지적했듯, 이 독약 조직 신문 과정 전체는 역병과 전염에 집착했으며 전복적인 활동을 억제하려 했던 사회적 맥락 속에서 이해되어야 한다. 이른바 '아쿠아 토파나 사건'에 대해 전해지는 내용 중 많은 부분이 19세기에 창작된 내용이며, '줄리아 토파나' 역시 여러 인물이 한데 뒤섞여 만들어진 가상의 인물로 보인다. 지롤라마 스파나의 실제 양어머니 이름은 줄리아 만지아르디였고, 그녀가 팔레르모의 토파니아 디 아다모의 딸이었는지는 확실하지 않다.

　더 이해하기 쉬우면서도 만족스러운 이야기를 창조하기 위해 기록상 남아 있는 사실을 의도적으로 비틀기도 했다. 역사 속 사건의 피고인은 무려 서른 명이 넘었는데, 그들 모두를 소설 속에 등장시킬수 없어서 몇몇 여자들의 이야기를 내세워 전체를 대표하게 했다. 기록상으로는 지오반나 데 그란디스('반나')와 마리아 스피놀라도 아쿠아의 제조법을 알고 있었던 것으로 보이지만, 나는 핵심 제조자인 지롤라마 스파나만 알고 있는 것으로 설정했다. 사실 반나는, 다소 이해할 수 없을 정도로 수사 초기에 자백해 판사인 스테파노 브라키에게 수많은 공범을 넘겨주었지만, 나는 미스터리 장르에 어울리도록 수사 과정 전체에 걸쳐 천천히 진상이 밝혀지도록 했다. 하지만 지롤라마 스파나가 스테파노 브라키를 곤경에 몰아넣고 마지막까지 자백하지 않았던 것만은 사실이다. 그녀는 분명 강인하고 지적인 여성이었다. 스테파노에 대해 말하자면, 그가 실존 인물이고 로마 총독 바란초네의 요청에 따라 신문관 역할을 수행했다는 것까지는 알고 있었다. 하지만 그 외에는 알려진 사실이 거의 없어서 인물상 대부분을 창작해야 했다. 죄수들을 검진한 의사 또한 누구인지 알려진 바가 없기에 마르첼로 박사는 전적으로 내가 창작해낸 인물이다. 마찬가지로 지롤라마의 집에 고아가 살았다는 사실은 전해지지만, 그에 대해 밝혀진 바는 없다. 그러니 안젤리카 역시 내 상상의 산물이다.

역사 속 재판 결과를 살펴보면, 체칠리아 베르첼리나는 다른 여자들과 같이 형장으로 가지 않았으며, 몇 달 뒤 나폴리에서 붙잡혀 처형되었다. 라 소르다는 1660년이 되어서야 체포되었다. 지롤라마 스파나는 캄포 데 피오리의 교수대에서 다른 여자들과 같이 목매달렸고, 그녀를 배신한 하녀는 살아남았다. 소설 속에서 지롤라마를 살려둔 것을 독자들이 용서해주길 바란다. 나는 도저히 그녀를 죽일수 없었다.

혼란을 피하기 이해 몇몇 이름을 교체하기도 했다. 지오반나 데 그란디스는 지롤라마와 줄리아와 헷갈리지 않도록 '반나'로 바꾸었다. 안나 콘티의 실제 이름은 안나 마리아 콘티이지만, 역시 마리아 스피놀라와 헷갈리지 않도록 바꾸었다. 같은 이유로 안나 마리아 알도브란디니도 '아녜제' 알도브란디니로 바꾸어 썼다. 안나와 마리아라는 이름이 워낙 많이 등장해서 초고를 읽은 사람들이 혼란스러워했기 때문이다. 시몽 앵베르는 '필리프' 앵베르로 고쳤다. '시몽'이라는 이름을 악역으로 상상하기 힘든 까닭도 있었다.

실제 재판 절차에 대한 자세한 이야기가 궁금하다면, 크레이그 몬슨의 저서 《영원한 도시의 검은 과부들(The Black Widows of the Eternal City)》를 읽어보기를 권한다.

참고 자료

지롤라마의 장에 인용된 처방과 주문의 참고 자료는 다음과 같다. 관련 문헌 인용을 허락해준 에소테릭 아카이브, 르웰린, 웰컴 컬렉션, 텍스트 제너레이션 파트너십에 감사한다.

5장: 의학 및 외과학의 엄선된 비법 선집, 켄트 백작부인 엘리자베스 그레이, 1662년.

9장: 건강의 진정한 보존과 회복을 위해 엄선한 모든 질병에 대한 처방, 조지 하트먼, 1682년.

13장: 의학 및 외과학의 엄선된 비법 선집, 위와 동일.

17장: 자연 마법, 지암바티스타 델라 포르타, 1558년.

20장: 이사벨라 코르테제의 비밀, 1662년(직접 번역).

29장: 솔로몬의 열쇠—클라비쿨라 살로모니스, S. 리델 맥그레거 매더스 편집, 조지프 H. 피터슨 개정.

32장: 오베론의 책: 엘리자베스 시대 마법 사료집, 대니얼 함스, 제임스 R. 클라크, 조지프 H. 피터슨 편집.

38장: 의학 및 외과학의 엄선된 비법 선집, 위와 동일.

43장: 가난한 사람들을 위한 약제: 혹은 평민을 위한 의술, 니콜라스 컬페퍼, 1656년.

47장: 알베르투스 마그누스의 비밀의 책: 약초와 광물, 일부 동물의 효험, 또한 세계의 경이에 대한 책, 1502년.

50장: 호노리우스의 마법서, 1670년.

52장: 의학 및 외과학의 엄선된 비법 선집, 위와 동일.

56장: 나투라 엑셴테라타, 혹은 해부된 자연, 알라테아 탤벗, 1655년.

58장: 나투라 엑셴테라타, 위와 동일.

60장: 의술과 외과학의 처방들, 아이스코프 부인의 책(MS1026).

여성, 결혼, 출산, 그리고 독약

르네상스 시대 이탈리아

이 책의 배경이 되는 르네상스 시대 이탈리아는 과학적인 사고와 기술이 발전하고 문화와 예술을 눈부시게 꽃피운 시기였다. 중세 교회의 지배에서 차츰 벗어나 인간 중심의 사회 질서를 모색한 시기이기도 하다. '그래도 지구는 돈다'는 유명한 말로 기억되는 갈릴레오 갈릴레이, 인간의 신체를 과학과 예술의 시각으로 바라본 레오나르도 다 빈치, 《군주론》에서 지도자의 자질을 논한 마키아벨리 같은 인물들은 이러한 흐름 속에서 저마다 탁월한 업적을 남겼다. 하지만 인본주의로 찬란했던 저 르네상스도 좀처럼 눈길을 주지 않았던 것이 있었다. 바로 여성과 여성의 권리였다.

여성의 권리라는 '그늘'

직접 도시국가를 다스리면서 문화를 후원했던 이사벨라 데스테, 베네치아에 맞서 성채를 지켜내 호랑이라는 명성을 떨쳤던 카테리나 스포르차처럼 권력의 중심부에서 나름의 영역을 차지하고 활약

했던 '여걸'들도 존재했다. 하지만 대부분의 여성들은 나이가 차면 가문의 이해관계에 따라 혼처를 찾고, 결혼 전에는 아버지에게, 결혼 뒤에는 남편의 의지에 종속된 삶을 살아야 했다. 혼사를 통해 생겨나는 인맥과 신부에게 딸려가는 지참금의 액수는 가문의 위세를 드러내는 중요한 수단이었다. 여성의 지참금은 법적으로 의미 있는 재산이었지만, 실제 운용과 통제는 대개 남편의 손에 달려 있었다. 딸의 혼인이 곧 가문의 전략이었던 셈이다. 이렇게 결혼한 여성들은 스무 명 중 한 명꼴로 출산 도중, 혹은 그 후유증으로 목숨을 잃었다고 추정된다. 지역에 따라서는 당대 여성의 사망원인 5분의 1이 출산이었다는 추산이 있을 정도로, 여성의 '본분'을 다한다는 것은 죽음을 각오해야 하는 위험한 일이었다.

하지만 이런 갑갑한 조건조차도 지참금을 마련할 수 있는 귀족이나 유복한 상인 계층의 여성에게나 한정된 이야기였다. 변변한 밑천 없이 맨몸으로 삶을 이어가야 했던 하층 계급의 여자들은 남편의 폭력과 가부장제의 억압, 교회의 방조 속에서 무엇에도 의지할 수 없었다. 안나 마촐라의 소설 《비밀의 책》은 남성들의 폭력을 견디다 못해 막다른 골목에 다다른 여자들의 손에 최후의 수단을 쥐여준 독약 제조 밀매 조직을 그리고 있다.

독약이라는 탈출구

이 책에 등장하는 무색무취의 액체 '아쿠아 토파나'는 17세기 이탈리아에서 실제 존재했던 악명 높은 독약이다. 1632년경 팔레르모에서 프란체스카 라 사르다와 토파니아 디 아다모가 폭력적인 남편을 살해하기 위해 사용한 것이 최초의 사례로 기록되어 있다. 주범은 체포되어 사형당했지만, 독약의 비밀을 가진 줄리아 토파나와 지로니마 스파나는 로마로 건너가 조직원이 무려 150명에 달하는 조직을 운영하며 성자의 그림이 그려진 유리병에 독약을 담아 화장수 겸 성수로 위장해 판매했다. 1659년, 조직이 발각되면서 주범 다섯 명이 사형당했다. 이 역사적인 사건이 소설의 뼈대를 이루고 있다.

비소를 주재료로 했다고 알려져 있을 뿐, 아쿠아의 정확한 성분은 오늘날 전해지지 않는다. 1739년판《저명재판집》에 의하면 '이 독은 가슴을 공격해 쉽사리 낫지 않는 염증을 일으킨다. 죽으면 마치 폐렴 때문에 죽은 것처럼 보인다.' 19세기의 독물 관련 서적에는 '시간이 지나면 차츰 식욕이 없어지면서 결국 아무것도 먹을 수 없게 된다. 권태감이 점점 극심해지면서 조금씩 쇠약해지다가 의사조차 원인을 제대로 파악하지 못한 상태로 몇 개월씩 초췌한 생활을 이어가다 결국 촛불이 사그라지는 것처럼 서서히 죽어간다'고 증상이 기록되어 있다.

일부 귀족 부인들의 일회적인 일탈이 아니라, 세대를 이어 오랫동안 제조법이 살아남아 수많은 평민 여성들의 고통을 덜어주는 데 독약이 사용되었다니, 아쿠아 토파나의 전설은 유럽 남성들 사이에 비상한 관심을 불러일으켰던 모양이다. 유명한 소설가 스탕달도 19세기 초《로마 산책(Promenades dans Rome)》이라는 책에 그 독약에 대해 이렇게 기록했다.

'40년 전까지만 해도 아쿠아 토파나가 실제로 존재했다고 생각하는 사람들이 있었다. 맛도 없고 냄새도 없는 액체였다. 매주 한 방울씩 마시면 2년 후엔 목숨을 잃게 된다. 혹여 2년 이내에 자칫 병에라도 걸리면, 그것이 비록 아무리 가벼운 병일지라도 결국 목숨을 앗아가버린다. 오히려 그것이야말로 독약을 취급하는 사람들이 염원하는 바다. 아쿠아 토파나는 커피에 섞든, 초콜릿에 섞든 그 힘이 약해지지 않는다. 단, 술은 어느 정도 그 작용을 없앨 수 있다.' (시부사와 다쓰히코의《독약 수첩》에서 재인용)

'남자를 처치해드립니다.'

소설 속에서 여성들의 모든 문제에 대한 해결사를 자처하는 '독살단'이 17세기 로마를 배경으로 활약하는 모습은 언뜻 초기 이탈리아 이민자들의 마피아를 연상시킨다. 이들을 이끄는 지롤라마는 많이 배우지는 못했지만 똑똑한 여성이다. 남성 중심 사회에서 무엇이 여성을 고통스럽게 하는지, 그들에게 무엇이 필요한지 경험으로 알고 있다. 그는 산파로 일하면서 약학, 법학 등 다방면의 지식으로 조직을 꾸려나가며 독약 제조법을 후세에 전해야 한다는 사명감까지 품고 있다. 지롤라마 못지않게 강인한 마리아, 늙고 연약하지만 친절한 반나, 화통한 수다로 판사를 농락하는 세탁부 라 소르다, 샘 많고 욕심 많은 독설가 라우라까지, 작가는 교황령의 재판과 심문 앞에서도 기백을 잃지 않는 조직원 한 명 한 명에 애정을 쏟아 저마다의 색깔을 불어넣었다. 일부 페미니스트들이 도널드 트럼프의 유명한 슬로건, MAGA를 패러디해 'Make Aqua Tofana Great Again'이라 외치며 온라인상에서 미소지니에 저항하고 여성의 재생산권을 주장했다고 하니, 지롤라마의 정신은 오늘날까지 이어져오는 셈이다.

사회의 요구와 인간적인 양심 사이에서 방황하는 젊은 판사 스테파노도 인상적인 인물이다. 출세하고야 말겠다는 야심이 가슴속에 뜨겁게 타오르는 그이지만, 허약한 몸으로 형들에게 눌려 성장한 터라 사회의 그늘을 선명하게 볼 수 있는 눈을 가졌다. 약자의 고통, 귀족과 평민 사이의 불평등……. 약자의 저항을 강자의 폭력보다 더 무겁게 벌하는 현실을 외면할 수 없지만, 율사(律士)로서 어떤 이유에서건 생명을 빼앗는 것은 죄악이며 이것이 절대적인 명제임을 부정하지 못한다. 이 모순 앞에서 마침내 독살단 대장을 마주한 바티칸의 법률가가 어떤 선택에 이르기까지의 과정이 짧지 않은 후반부를 묵직하게 끌고 나아간다. 타인의 고통에 눈 감는 일은 얼마나 쉽고 간단한가. 그러나 그것은 우리 자신을 얼마나 순식간에 망가뜨리는가. 책을 옮기는 내내 '나였다면 어땠을까' 하고 고민해보았다. 독자 여러분은 스테파노의 선택에 얼마만큼 공감하는지도 궁금하다.

2026년, 유소영

옮긴이 유소영

전문 번역가. 앤 클리브스의 형사 베라 시리즈 《하버 스트리트》, 존 르 카레의 《나이트 매니저》, 제프리 디버의 링컨 라임 시리즈, 퍼트리샤 콘웰의 법의학자 스카페타 시리즈 《법의관》 등을 우리말로 옮겼다. 그 밖의 역서로 이민진의 《백만장자를 위한 공짜 음식》, 비그디스 요르트의 《의지와 증거》, 존 스칼지의 《무너지는 제국》 삼부작, 윌리엄 린지 그레셤의 《나이트메어 앨리》, 리처드 모건의 《얼터드 카본》, 세한 카루나틸라카의 《말리의 일곱 개의 달》, 줄리애나 배곳의 《우주에 구멍을 내는 것은 슬픔만이 아니다》, 라이오넬 슈라이버의 《마니아, 평등에 미친 시대》, 논픽션 《어둠 속으로 사라진 골든 스테이트 킬러》 등이 있다.

비밀의 책

초판 1쇄	2026년 4월 28일
지은이	안나 마촐라
옮긴이	유소영
발행인	문태진
본부장	서금선
책임편집	이준환　　　편집 3팀 허문선

기획편집팀　한성수 임은선 임선아 강유정 최지인 송은하 김광연 송현경 이은지 김수현 이예림 원지연
마케팅팀　김동준 이재성 박병국 문무현 김은지 이지현 전지혜 조용환 김화정 천윤정
저작권팀　정선주 김하림
디자인팀　김현철 강재준 황주미
경영지원팀　노강희 윤현성 정헌준 조샘 이지연 조희연 김기현
강연팀　장진항 조은빛 신유리 김수연 송해인

펴낸곳	㈜인플루엔셜
출판신고	2012년 5월 18일 제300-2012-1043호
주소	(06619) 서울특별시 서초구 서초대로 398 그레이츠 강남 11층
전화	02)720-1034(기획편집)　02)720-1024(마케팅)　02)720-1042(강연섭외)
팩스	02)720-1043
전자우편	books@influential.co.kr
홈페이지	www.influential.co.kr

한국어판 출판권 ⓒ ㈜인플루엔셜, 2026

ISBN 979-11-6834-384-9 (03840)